Corinne Michaels

Mein Herz in deinen Händen

Über die Autorin:

Das Schreiben half Corinne Michaels über den Trennungsschmerz während der langen Einsätze ihres Mannes, einem Ex-Navy-Offizier, hinweg. Seitdem finden sich ihre Romane auf den Bestsellerlisten der NEW YORK TIMES, USA TODAY und des WALL STREET JOURNAL. Als unverbesserliche Optimistin lässt sie ihre Helden gerne leiden und viele Hürden überwinden, bevor sie schließlich doch ihr Happy End bekommen.

Corinne
Michaels

Mein HERZ in deinen HÄNDEN

RETURN TO ME

ROMAN

Aus dem amerikanischen Englisch von
Michaela Link

lübbe

Dieser Titel ist auch als E-Book erschienen.

MIX
Papier aus verantwortungsvollen Quellen
FSC® C014496

Vollständige Taschenbuchausgabe

Deutsche Erstausgabe

Textredaktion: Anne Schünemann, Lektorat am Meer, Schönberg
Umschlaggestaltung: Sandra Taufer, München
unter Verwendung von Illustrationen von
© shutterstock: Angie Makes | Eisfrei |
TheDoctaCanShoot | Tanya Sun | tomertu
Satz: hanseatenSatz-bremen, Bremen
Gesetzt aus der ITC New Century Schoolbook LT Std
Druck und Verarbeitung: GGP Media GmbH, Pößneck
Printed in Germany
ISBN 978-3- 404-17908-4

2 4 5 3 1

Sie finden uns im Internet unter
www.luebbe.de
Bitte beachten Sie auch: www.lesejury.de

Liebe Leser*innen,

dieses Buch enthält potenziell triggernde Inhalte. Deshalb finden Sie auf Seite 397 eine Triggerwarnung.

Aber Achtung: Diese enthält Spoiler, die den gesamten Inhalt des Buches betreffen können.

Für den Mann, der mich gehen ließ, sodass ich denjenigen fand, an dem es sich festzuhalten lohnt

Und für meinen Vater, der mir als Beispiel für die Sorte Mann diente, die ich nie in meinem Leben haben wollte. Du dachtest wohl, ich sei nicht gut genug für dich, aber im Gegenteil: Du warst nicht gut genug für mich.

Der Regen hört auf, die Nacht geht zur Neige, und der Schmerz lässt nach. Die Hoffnung ist nie so verloren, dass sie nicht wiedererlangt werden kann.

Mandy Hale

Kapitel 1

»Warum gehst du nicht nach Hause, Presley? Ich kann zuschließen«, schlägt Angie vor, die hinter der Theke steht.

Wir betreiben einen kleinen Cupcake-Laden in Media, Pennsylvania. Ein paar anstrengende Tage liegen hinter uns, weil unsere beiden Bäcker krank sind. Ich habe drei Tage lang fast vierzig Stunden gearbeitet und bin hundemüde. Angie backt nicht, sondern kümmert sich um das Geschäftliche, also musste ich allein einspringen.

»Bist du dir sicher?«

»Ja.« Sie lacht. »Jetzt geh, bevor ich Todd anrufe und ihn bitte, dich hier rauszuschleppen.«

»Du hast Glück, dass ich dich lieb hab.«

Sie küsst mich auf die Wange. »Ich hab dich noch mehr lieb, obwohl du mich mit deinem Perfektionismus in den Wahnsinn treibst.«

Angelina oder Angie, wie wir sie nennen, ist meine Schwägerin und ehemalige Mitbewohnerin vom College. Mein Ehemann ist ihr Bruder, in den ich mich verliebt habe, als er während einer schwierigen Zeit in meinem Leben für mich da war. Zuerst war Angie natürlich nicht begeistert davon, dass wir etwas miteinander anfingen, aber als sie sah, wie gut wir zusammenpassen, hat sie sich damit arrangiert.

»Wir sehen uns morgen früh.« Ich schnappe mir meinen Mantel und gehe zum Wagen, bevor ich einen Grund finde, noch länger zu bleiben.

Auf dem Weg wähle ich die Nummer unseres Festnetzanschlusses zu Hause, aber die Jungs heben nicht ab. Ich stelle mir vor, wie Logan mit seinem Kopfhörer auf den Ohren irgendein stupides Spiel daddelt, während Cayden sich weigert, auch nur einen Finger zu rühren. Es ist ein täglich wiederkehrendes Abenteuer mit den beiden. Schwer zu glauben, dass sie nächstes Jahr in die Mittelstufe kommen. Es fühlt sich an, als seien sie gestern noch Kleinkinder gewesen.

Der Anrufbeantworter piept, und ich bete, dass einer der Jungen oder mein Mann ihn abhört. »Hey, Jungs, ich bin auf dem Heimweg. Ich hoffe, ihr habt eure Hausaufgaben gemacht. Wollen wir zum Abendessen vielleicht ausgehen? Hab euch lieb! Oh, und Todd … vergiss nicht, deine Mutter zurückzurufen, sie hat diese Woche achtmal angerufen.«

Ich verlasse den Parkplatz und mache mich auf den Weg dorthin, wo mit Sicherheit gerade das Chaos wütet. Wir wohnen in einem wunderschönen Reihenhaus, ungefähr zehn Minuten von der Bäckerei entfernt. Todds Eltern sind nach Florida gezogen, um den kalten Wintern hier zu entfliehen, und mich hätten nach dem College keine zehn Pferde dazu gebracht, wieder nach Tennessee zurückzukehren. Man hätte mich in Handschellen dorthin schleppen müssen. Also haben meine Schwiegereltern uns nach der Hochzeit ihr Haus verkauft. Wir haben es komplett umgebaut, und jetzt ist es ein wahrer Traum. Der Umbau hat am Ende mehr gekostet als der Kauf einer neuen Immobilie, aber wir wollten hier leben.

Nachdem ich geparkt habe, werfe ich einen schnellen Blick in den Spiegel. Mein Gesicht ist bedeckt mit verschiedenen Backzutaten, und dank der Schüssel Mehl, die ich in der Früh umgeworfen habe, überziehen weiße Sprenkel mein Haar. Ein typischer Tag.

»Hallo?«, rufe ich, als ich das Haus betrete. Überall liegen Zeitungen, Schuhe stehen genau da, wo sie ausgezogen worden sind, und Jacken türmen sich, wo die Kinder sie haben fallen lassen. In dieser Familie jemanden dazu zu bringen, etwas aufzuhängen, ist ein Ding der Unmöglichkeit. »Jungs! Räumt dieses Chaos auf!«, brülle ich, aber niemand antwortet.

Also gehe ich ins Wohnzimmer, wo sie, genau wie ich vermutet habe, mit Kopfhörern in ein Spiel vertieft sind. Ich ziehe jedem der beiden eine Hörmuschel vom Ohr. »Hey!«

»Mom!«, murren sie beide. »Wir spielen gerade.«

»Das sehe ich. Wie wär's, wenn ihr im Flur Aufräumen spielen würdet? Ich finde, das klingt nach einem lustigen Spiel.« Ich lächle und küsse beide nacheinander auf die Wange, was mir erneut Protest einträgt. »Wollt ihr eurer Mommy nicht …«

»Stopp!« Sie unterbrechen das Spiel und springen auf. »Dir macht es Spaß, uns bloßzustellen«, beklagt Logan sich.

»Das ist meine Lebensaufgabe.« Ich zucke mit den Schultern. »Wo ist euer Dad?«

»Wir haben ihn noch nicht gesehen. Bestimmt ist er oben.«

»Räumt eure Sachen weg, dann reden wir darüber, wie es in der Schule war.« Ich zeige auf die Tür, während sie durch den Raum schlurfen.

Mama hat immer gesagt, Jungen seien einfacher. Vielleicht stimmt das, wenn man nur einen hat, aber Zwillinge eröffnen einem völlig neue Dimensionen in Sachen Spaß. Sie schicken den jeweils anderen vor, um ihre Wünsche auszuhandeln. Todd und ich sind immer auf der Hut. Abgesehen davon habe ich keinen Zweifel, dass Elternsein der lohnendste Job auf der Welt ist.

»Schatz?«, rufe ich in Richtung Schlafzimmer.

Keine Antwort.

»Todd! Ich bin zu Hause.«

Wahrscheinlich ist er in seinem Arbeitszimmer oder telefoniert. Alle unsere Freunde beneiden uns um unsere Beziehung. Ganz gleich, mit welchen Hindernissen wir konfrontiert werden, wir sind füreinander da. Todd ist der liebevollste und fürsorglichste Mann, der mir je begegnet ist. Er ist nie fremdgegangen und war stets eine große Stütze für mich. Als ich ihm erzählt habe, dass Angie und ich den Laden eröffnen wollen, hat er nicht mit der Wimper gezuckt. Wir haben ein Darlehen aufgenommen, und er hat hinter mir gestanden. Ich weiß, dass ich mich immer auf ihn verlassen kann. Er liebt mich mehr, als ich es verdiene.

Ich laufe die Treppe hinauf, entdecke ihn aber weder im Arbeitszimmer noch im Zimmer der Jungen.

»Schatz, bist du da?«, frage ich noch einmal und bekomme abermals keine Antwort. »Todd?« Ich sehe mich im Schlafzimmer um, aber dort ist er auch nicht.

Dann gehe ich zum Badezimmer. »Schatz, bist du da drin? Du kannst mir zumindest antworten.« Ich lache und öffne die Tür.

Ich erstarre.

Mein Herz zerspringt. Meine Welt bricht zusammen.

»Nein!«, schreie ich und stürze auf ihn zu. Er hängt schlaff an einem Seil, das an dem Balken in der Decke befestigt ist. Seine Lippen sind blau, seine Augen blutunterlaufen, und er gibt keinen Laut von sich. »Gott, nein!« Ich packe seine Beine und versuche, ihn zu stützen. Dabei zittere ich am ganzen Leib. Ich muss ihn aus dem Seil befreien. Furcht erfasst mich, als ich all meine Kraft einsetze, um ihn hochzustemmen.

Er reagiert nicht. Bewegt sich nicht. »Todd, bitte. Das darfst du nicht. Warum?« Tränen rinnen mir über die Wangen. Ich kämpfe mit allem, was ich habe, um ihn zurückzuholen.

Ich muss den Notruf wählen, doch ich weiß es. Ich weiß

mit jeder Faser meines Seins, dass es zu spät ist. Da ist kein Atemgeräusch. Keine Bewegung. Ich kann ihn nicht retten. Er ist tot. Aber ich weigere mich, aufzugeben. Ich rase ins Zimmer nebenan und schnappe mir das Telefon.

Ich fummle an dem Apparat herum, und meine Hände zittern so heftig, dass ich kaum auf die Tasten drücken kann. Sobald ich gewählt habe, versuche ich wieder, Todd zu mir zurückzuholen.

»Neun Eins Eins, was haben Sie für einen Notfall?«

»M-mein Ehemann!«, schreie ich in den Hörer, während ich mich weiterhin bemühe, ihn zu stützen. »Er hat versucht … ich meine, ich d-denke, er ist t-tot. Er atmet nicht.«

»In Ordnung, Ma'am, bleiben Sie ruhig und nennen Sie mir Ihre Adresse.«

Ich rassele unsere Anschrift herunter und hoffe, dass sie korrekt ist. Tränen verschleiern meinen Blick. »Wie konntest du mich verlassen?«, schluchze ich. Meine Arme verkrampfen sich. »Er atmet nicht!«, erkläre ich der Frau am anderen Ende der Leitung hektisch. So gut es geht, hieve ich ihn mit einem Arm hoch und presse meine Finger in sein Handgelenk, aber ich spüre nichts.

»Ma'am, können Sie mir sagen, was passiert ist?«

Das wüsste ich auch gern. Er würde mir und den Jungen so etwas doch niemals antun. Und trotzdem stehe ich hier, die Arme um seine Beine und seinen leblosen Körper geschlungen. Meine Brust schmerzt, als ich an Logan und Cayden denke, die nicht wissen, was gerade geschieht. »Er hat sich erh-hängt. Ich kann ihn nicht herunterholen. Ich versuche, ihn hochzuheben, aber i-ich …« Ich zerbreche fast, als ich die Worte ausspreche. Dann trifft es mich wie ein Schlag. »Oh Gott.« Ich zittere noch heftiger. »Meine Söhne. Sie sind im Haus. Sie wissen von nichts«, erkläre ich der Frau am Telefon.

»Nennen Sie mir bitte Ihren Namen.«

»Presley. Presley Benson.«

»In Ordnung, Presley. Ich bin Donna, und ich werde in der Leitung bleiben, bis die Polizei und die Sanitäter eintreffen. Bewegt er sich noch?«

»Nein. Er bewegt sich nicht. Er wacht nicht auf. Er … er ist … ich darf nicht zulassen, dass die Kinder das sehen.«

»Atmet er oder gibt er irgendwelche Geräusche von sich?«

Ich schüttele den Kopf, bringe aber kein Wort heraus. Das kann nicht real sein. Das ist einfach ein verdammter Traum. Das ist auf keinen Fall die Wirklichkeit. *Wach auf, Presley.* Ich schüttele noch einmal den Kopf, aber nichts ändert sich.

»Presley, sind Sie noch da?«

»Er atmet nicht. Er hat keinen Puls«, antworte ich, jede Faser meines Körpers von Angst erfüllt. Mich verlassen die Kräfte, während die Worte über meine Lippen kommen.

Ich sinke zurück auf die Fersen, und Donna redet weiter: »Atmen Sie tief durch. Können Sie Ihre Kinder bitten, der Polizei die Tür zu öffnen?«

»Nein.« Ich muss sie beschützen. Er ist tot. Mein Mann, mit dem ich dreizehn Jahre verheiratet war, hat sich gerade das Leben genommen. »Sie dürfen das hier nicht sehen. Ich darf nicht zulassen, dass sie ihn so sehen.«

Warum sollte er so etwas tun? Wie soll ich es ihnen erklären? Wie? Ich kann das nicht. Ich bin nicht stark genug.

»In Ordnung, Presley, Sie müssen jetzt die Haustür öffnen. Die Beamten sind gleich da.«

»Meine Söhne. Ich-ich muss …«

»Gehen Sie zur Haustür und schirmen Sie die Jungen, so gut Sie können, ab. Die Beamten sind in weniger als drei Minuten da. Können Sie das tun?«

Kann ich irgendetwas tun?

Kann ich mich bewegen?

Tränen fließen, als ich ihn loslasse. »Warum, Todd?«, flüstere ich. Ein Schluchzen bricht aus mir hervor, während ich dastehe und mich nicht bewegen kann. »Warum?«

»Sind Sie noch da?«, fragt Donna.

»Ich bin hier. Aber ich kriege keine Luft mehr. Sie dürfen ihn nicht so sehen. Er hat einfach …«

»Ich weiß, Presley. Atmen Sie tief ein, Hilfe ist fast bei Ihnen. Können Sie nach unten gehen und Ihre Kinder zu einem Nachbarn bringen?«

Ich falle hin und schlage mit den Knien auf dem harten Boden auf. Aber das ist nichts im Vergleich zu dem Schmerz in meiner Brust. Reglos sitze ich da, während mein Leben zerbricht. Ich muss an meine geliebten Söhne denken, deren Welt gerade aus den Fugen gerät. Um jeden Preis werde ich sie beschützen. Ich wische mir die Tränen aus dem Gesicht und versuche, mich so gut es geht zusammenzureißen.

»Ich mache mich jetzt auf den Weg zur Tür.«

»In Ordnung, ich bleibe am Telefon, bis die Polizei eintrifft, wenn Sie wollen.«

Im Moment ist Donna die einzige Person, die Bescheid weiß. Wenn ich auflege, dann ist es wahr. So irrational und lächerlich es klingt, aber sobald dieses Gespräch beendet wird … ist alles real. »Bitte. Ich kann das nicht allein.«

»Natürlich. Ich bin da. Sie sind nicht allein, Presley.«

Es gelingt mir, aufzustehen. Irgendwie bewegen meine Füße sich vorwärts. Ich trete ins Wohnzimmer, und Logan schaut auf.

»Mom?« Er erhebt sich.

»Geht bitte hinten raus und klopft bei Mrs Malgieri. Spielt mit Ryan, bis ich euch holen komme«, weise ich sie wie ferngesteuert an. Mit geschlossenen Augen schlinge ich die Arme um mich.

Logan kommt herbeigeeilt. Er ist schon immer der Sensiblere gewesen. Das hier wird ihn zerstören. »Was ist passiert?«

Ich lege ihm eine Hand auf die Wange, als mir erneut die Tränen kommen. »Du und Cayden, ihr geht jetzt bitte, und ich komme dann gleich nach.« Mir versagt die Stimme, als der Schmerz mich ganz durchdringt. Meine Söhne. Meine süßen, unschuldigen, geliebten Söhne werden nie wieder dieselben sein. Caydens Augen werden feucht, als er, da bin ich mir sicher, den Schmerz in meinen Worten hört.

»Sie machen das großartig, Presley«, ermutigt Donna mich. »In einer Minute sind sie da.«

»Du machst mir Angst, Mom.« Er sieht mich mit seinen großen grünen Augen an.

»Ich muss etwas erledigen, und ich kann euch hier nicht gebrauchen.« Ich kämpfe gegen das Schluchzen an, das sich erneut in meiner Brust erhebt, weil ich weiß, dass meine Kinder binnen Kurzem am Boden zerstört sein werden.

Logan schlingt mir die Arme um die Taille, aber Cayden zieht ihn zurück. »Ist es Dad?«, fragt er.

»Geht! Sofort!« Ich bin nicht länger in der Lage, die Fassung zu bewahren. Sie müssen einfach raus hier. Ich weiß, ich habe sie erschreckt, und ich kann sehen, dass sie vollkommen in Panik sind, aber ich kriege erneut keine Luft mehr. »Es tut mir leid. Ihr müsst auf der Stelle zu Ryan hinübergehen.«

»Komm, Logan, los jetzt.« Cayden ist immer schon sehr einfühlsam gewesen. Er liest zwischen den Zeilen und bemerkt oft Dinge, die die meisten Kinder seines Alters nicht wahrnehmen.

Es ist unmöglich, ihnen etwas vorzumachen. Mein Gesicht muss rot sein und meine Augen vom Weinen geschwollen. Cayden sieht mich an, als mein Kinn zittert. »Wir werden es schon schaffen.«

»Mom?«, fragt Logan, als ich die Tränen nicht länger zurückhalten kann.

Eine Träne rollt über Caydens Wange, als ich sie beide in die Arme schließe. »Ich habe euch lieb.«

Ich sehe sie an und bete, dass ich einen Weg finden werde, alles wieder in Ordnung zu bringen. Widerstrebend lassen sie mich los und gehen zur Hintertür hinaus. Ich schaue ihnen nach und weine. Ich weine um sie. Um mich. Und darum, wie viel Schmerz ihnen all das zufügen wird.

Als sie außer Sicht sind, laufe ich zur Haustür und öffne sie. Das Blaulicht des Streifenwagens erhellt die Straße, und die Leere verschlingt mich.

Kapitel 2

»Presley!«, ruft Angie, als sie das Haus betritt.

Ich sitze auf dem Sofa, wo ich die letzten vierzig Minuten verbracht habe. Die Polizisten haben Angie angerufen und gebeten herzukommen, noch bevor sie meine Aussage vollständig aufgenommen hatten. Ich habe ihnen alles erzählt, was ich weiß, und sie mussten mir während der qualvollen Prozedur ein Taschentuch nach dem anderen reichen. Die Sanitäter sind oben und kümmern sich um den Leichnam.

Angie läuft zu mir herüber. »Ang?« Ich starre sie an, sehe die Furcht in ihren Augen. Es bricht mir das Herz, dass gleich auch ihre Welt aus den Fugen geraten wird.

»Geht es um die Jungs?«

Ich schüttele den Kopf.

»Nein!« Sie sinkt neben mir auf das Sofa, und ich nehme sie in die Arme. »Oh Gott«, schluchzt Angie, und wir klammern uns aneinander.

Ich lehne mich zurück, während sie sich über die Augen wischt. »Ich ... ich weiß nicht, wie ich dir das sagen soll.« Es ist so viel schlimmer.

»Mir was sagen?«

»Er ... er ... er hat sich erhängt.« Meine Brust hebt und senkt sich hektisch, als ich die Worte laut ausspreche.

»Nein, nein, nein, nein!«, schreit sie wieder und wieder. »Warum? Wie? Nein! Das würde er niemals tun! Du lügst!«

»Er hat es getan.«

Ein verwirrter Ausdruck tritt in ihre Augen. »Nein. Du irrst dich!« Angie steht auf und geht umher. »Nicht Todd. Er liebt dich. Er liebt seine Söhne mehr als irgendetwas sonst. Ich glaube dir nicht. Er würde das nicht tun!«

Ich kann es selbst nicht glauben. »Ich wünschte, ich würde lügen, ich wünschte, das hier wäre ein böser Traum, aber das ist es nicht. Er ... er ...« Mir stockt der Atem, und ich schnappe nach Luft. Das alles ist zu viel. »Ich habe ihn vom Balken im Badezimmer h-h-hinabhängen s-sehen!«, schreie ich und schluchze hysterisch. »Ich lüge nicht! Ich ... ich ...«

Der Beamte, der neben mir sitzt, umfasst meine Schultern und weist mich an, langsam einzuatmen. Durch die Nase ein. Durch den Mund aus. Ich wiederhole das so lange, bis ich die aufkommende Panikattacke abgewehrt habe.

Angie weint mit mir und stößt verzweifelte Laute aus. Wir klammern uns aneinander und trauern um den Mann, den wir beide lieben.

Zwanzig Minuten später, gerade als Angie und ich uns ein wenig beruhigt haben und nur noch leise weinen, erscheinen die Sanitäter auf der Treppe. Ein schwarzer Sack liegt auf der Bahre, darin der Mann, mit dem ich alt werden wollte, der Vater meiner Kinder, und alle Hoffnung auf das Leben, das ich mir vorgestellt hatte. Keine gemeinsamen Abendessen mehr. Keine Küsse. Kein Lachen, das wir teilen können. Denn er hat beschlossen, dass er das nicht kann. Und ich weiß nicht einmal, warum.

Wir haben ein wunderschönes Zuhause, feste Jobs und kluge, gesunde Kinder. Ich bin so durcheinander. Die ganze Zeit warte ich darauf, dass Todd die Treppe herunterkommt und mir sagt, dass alles gut werden wird.

Ich stehe auf und starre auf die schwarze Masse vor meinen Augen.

Die Leere bemächtigt sich jedes Winkels meiner Seele. Sie ergreift Besitz von der Hoffnung, die ich einst hatte, und ersetzt sie durch hässliches Schwarz. Sie rollen ihn aus dem

Haus, und ich breche zusammen. Angie kommt herbeigeeilt, nimmt mich in die Arme und hält mich fest.

»Es tut mir so leid, Pres.«

»Mir tut es auch leid.« Ich lasse sie los und weiß, was ich zu tun habe. »Ich muss die Jungen holen.«

»Oh Gott«, keucht sie und schlägt sich eine Hand vor den Mund. »Was wissen sie?«

»Sie wissen, dass etwas passiert ist und dass es um ihren Vater geht. Ich muss sie holen. Sie haben wahrscheinlich schreckliche Angst.«

Ich schaffe es, mich aufzurappeln. Der letzte verbliebene Polizeibeamte steht noch an der Tür und kommt auf mich zu, als ich mir die Arme um den Leib schlinge. »Hier ist meine Karte, Mrs Benson. Wenn Sie irgendetwas brauchen, rufen Sie mich bitte an.«

Ich nicke und schließe die Augen. Was ich brauche, ist eine andere Realität, aber die kann er nicht heraufbeschwören. »Danke.«

Angies Hand liegt auf meinem Rücken. »Soll ich bleiben?«

»Bitte«, sage ich, und sie geht zum Sofa. Ich höre sie vor Kummer aufstöhnen, während ich den Beamten hinausbegleite.

»Ich kann hierbleiben, wenn es hilft«, bietet er an.

»Das weiß ich zu schätzen. Aber ich denke nicht, dass irgendetwas helfen wird.« Ich umklammere die Karte in meiner Hand wie einen Rettungsanker. »Was sage ich ihnen?«, frage ich diesen Mann, einen Fremden. Ich brauche jemanden, der mir sagt, was ich tun soll.

»Ich wünschte, ich wüsste das, Mrs Benson. Ich kann Ihnen nicht sagen, ob es da überhaupt einen richtigen Weg gibt.« Er stößt einen Seufzer aus. »Ich habe zu viele schlechte Nachrichten überbracht, und es ist niemals leicht. Seien Sie einfach ehrlich, und seien Sie für sie da.«

»Danke, Officer …?« Mir wird klar, dass ich seinen Namen nicht kenne. Dieser Mann hat mich während der letzten Stunde getröstet, und ich kenne nicht einmal seinen Namen.

»Walker. Michael Walker.«

»Danke für Ihre Hilfe, Officer Walker. Ich weiß nicht, wie ich das allein schaffen soll. Ich war noch nie allein.« Als mir das Wort über die Lippen kommt, trifft es mich wie ein Schlag. Allein. Ja, ich habe die Jungen, aber mein Mann ist tot.

»Wir werden es ihnen zusammen erzählen«, sagt Angie hinter mir.

Der Beamte nickt und steigt in seinen Wagen, und wir gehen hinüber zu meiner Nachbarin, um das Letzte auf der Welt zu tun, das ich tun will – es den Jungen zu sagen. Ich sehe Angie an, deren Gesicht vom Weinen mit schwarzer Maskara verschmiert ist. Sie hat ihren Bruder so sehr geliebt. Er war umgeben von so viel Liebe und Unterstützung. Von so vielen Menschen, mit denen er reden konnte, und er hat sich für diesen Weg entschieden? Ich kann es nicht begreifen.

Ich wische mir übers Gesicht und klopfe dann an. Mrs Malgieri öffnet die Tür. Sie schlägt sich die Hand vor den Mund, als ich abermals die Augen schließe. »Oh, Presley.« Sie nimmt mich in die Arme. »Bitte, sagen Sie mir, dass es ihm gut geht. Wir haben die Blaulichter gesehen, und die Jungs haben gesagt, dass irgendetwas nicht stimmt.«

Ich löse mich aus ihrer Umarmung und blicke auf. Wenn es mir schon so schwerfällt, es ihr zu sagen, wird es bei den Jungen die reinste Qual werden. Meine Miene erschlafft, und ich schließe die Augen erneut. »Sind die Jungs hier? I-ich …«

»Es tut mir so furchtbar leid, Schätzchen.«

Die erste von zahlreichen Beileidsbekundungen, die noch folgen werden. »Danke. Ich muss mit ihnen reden.«

»Sie sehen fern, aber sie sind sehr still und verängstigt.« Ihr Blick ruht sorgenvoll auf mir.

Ich halte den Atem an und versuche, stark zu bleiben. »Danke, dass Sie auf sie aufgepasst haben.«

Logan muss meine Stimme gehört haben, denn im nächsten Moment kommt er weinend auf mich zugerannt. »Mom, ich habe die Blaulichter gesehen. Wo ist Dad?«

Ich hocke mich hin, umfasse seine Hand und sehe Cayden reglos hinter ihm stehen. »Cay, komm her.« Ich strecke meine andere Hand aus.

Er schüttelt den Kopf, während ich gegen all die Gefühle ankämpfe, die in mir toben. Ich muss stark sein für die beiden. »Cayden«, erklingt Angies Stimme hinter mir. Auch sie kann die unaufhörlich fließenden Tränen nicht stoppen. »Komm her, Kumpel.«

Er wirft sich in die Arme seiner Tante. Die beiden haben schon immer eine besondere Verbindung zueinander, und ich bin dankbar, dass sie für ihn da ist. Als ich meine Söhne ansehe, beschließe ich, dass ich ihnen nicht alles erzählen kann. Ich will sie nicht belügen, aber ich muss ihre Herzen beschützen. Wenn sie erfahren, welche Wahl ihr Vater getroffen hat, weiß ich nicht, ob sie sich jemals davon erholen werden. Wie konnte er nur zu dem Schluss kommen, sie seien es nicht wert, für sie zu leben? Ich werde nicht zulassen, dass sie dieses Gefühl haben.

»Jungs.« Es fällt mir schwer, zu sprechen. »Euer Daddy … sein Herz … es hat aufgehört zu schlagen. Die Sanitäter haben alles getan, aber sie konnten nicht …« Ich atme langsam und tief ein und versuche, mich zu sammeln, bevor ich ihre Welt vollkommen zerschmettere. »Es tut mir so leid, meine Kleinen. Es tut mir so leid, aber Daddy ist jetzt im Himmel.«

Logan schlingt mir die Arme um den Hals und schluchzt.

Ich streichle ihm über den Rücken und versuche, ihn zu beruhigen. Aber ich kann meinen Schmerz nicht länger zurückhalten und schluchze ebenfalls. Wir halten einander fest, und seine Tränen durchnässen meine Bluse. Ich schaue zu Cayden hinüber, der von Angie getröstet wird. Er weint und schüttelt heftig den Kopf.

Logan weicht zurück und ballt die Fäuste. »Er war oben! Es muss ihm gut gehen, Mom!« Er schüttelt den Kopf. »Er … er ist … er ist stark. Die Ärzte müssen sich mehr Mühe geben!«

»Sie haben sich Mühe gegeben.« Ich versuche, ihn in die Arme zu ziehen, aber er weicht zurück, sodass ich ihn nicht zu fassen bekomme. »S-sie haben es versucht … so viele Male.« Ich breche fast zusammen, während ich beobachte, wie mein Sohn mit der Wahrheit ringt.

»Versucht es noch einmal!«, schreit Logan und rennt zur Tür und durch den Garten. »Er braucht Hilfe!«

Cayden sagt nichts. Angie legt den Kopf schräg und signalisiert mir, dass es in Ordnung ist, wenn ich Logan folge.

»Dad!«, ruft Logan, als er unsere Haustür erreicht. »Dad!« Tränen strömen ihm übers Gesicht. »Daddy! Nein … nein, Daddy!« Er läuft Richtung Treppe, aber ich halte ihn fest, bevor er sie erreicht.

Mein Herz zerspringt in eine Million Teile. Ich ziehe ihn an mich, während er darum kämpft, sich zu befreien. Ich lasse nicht los, und er gibt den Versuch nicht auf, dort hinzugelangen, wo sich sein Vater zuletzt befand. Er weint und ruft nach Todd, kämpft mit seiner Trauer. Mit jedem seiner Schreie weine ich heftiger. Nach einigen Minuten verebbt sein Wehklagen, und er erschlafft an meiner Brust. Ich halte ihn fest und murmele beruhigende Worte, die mir in diesem Moment jedoch vollkommen sinnlos erscheinen.

»E-er kann nicht tot sein, Mom. Er … er sollte mir bei

meinem Projekt helfen. Er hat es versprochen. Er würde niemals ein Versprechen brechen.«

Ich küsse ihn auf den Kopf und wiege ihn hin und her, um uns beide zu trösten. »Ich weiß, Liebling. Es tut mir leid.« Ich sitze auf dem Holzboden, starre zur Decke empor und wünschte, er würde zurückkommen. Wenn das alles doch bloß ein schlechter Scherz wäre, dann könnte ich meine Jungen wieder aufrichten. Könnte ich das hier wieder in Ordnung bringen. Es bricht mir das Herz, sie weinen zu sehen.

»Mach, dass er zurückkommt. Bitte, bitte, mach einfach, dass er zurückkommt.« Seine Stimme bricht, als er mich darum anfleht.

Wenn ich das nur könnte. Gott, wenn ich das nur könnte.

Cayden und Angie kommen zur Tür herein. Sie legen beide die Arme um Logan und mich, während wir noch immer auf dem Boden im Flur sitzen. So halten wir einander fest umschlungen, und jeder von uns versucht, ein wenig Trost zu finden. Die Zeit verstreicht, und die Dunkelheit senkt sich über uns herab, aber wir bleiben so zusammengekauert und weinen abwechselnd.

Schließlich gehen wir ins Wohnzimmer. Ich telefoniere mit meinen Eltern und bitte sie, so schnell wie möglich herzukommen. Dann ruft Angie ihre Eltern und ihren Bruder in Florida an. Ich kann die Schreie meiner Schwiegermutter durchs Telefon hören.

Es wird ein Wunder nötig sein, um die nächsten Tage durchzustehen. Während die anderen auf dem Weg zu uns sind, kämpfen wir uns von einer Minute zur nächsten.

Cayden und Logan weichen mir nicht von der Seite. Wir haben uns auf dem Sofa zusammengerollt, die Jungs links und rechts von mir. Sie sprechen kaum. Der Fernseher läuft, aber niemand schaut hin. Wir alle ertrinken in unserer Trauer.

Angie kocht eine Suppe für uns, aber ich kann nichts essen.

»Was passiert jetzt?«, fragt Cayden.

»Wie meinst du das?«

Meine Tränen sind endlich getrocknet. Ich habe keine mehr. Ich fühle mich benommen und verloren.

Die Augen meines Sohnes sind voller Furcht. »Müssen wir umziehen? Werden wir Daddy noch einmal wiedersehen?«

»Nein, Schätzchen, wir müssen nicht umziehen. Ich werde einiges regeln müssen, und wir werden einen Gottesdienst für euren Dad veranstalten.« Ich weiß nicht, wie ich seine Frage beantworten soll, ob er seinen Vater wiedersehen wird. »Ich bin mir nicht sicher, ob du ihn wiedersehen wirst, Liebling.«

»Oh.« Er wendet mutlos den Blick ab. »Es tut mir leid, Mom.«

»Leid? Was sollte dir leidtun, Süßer?«

Cayden schließt seine grüne Augen, und eine Träne tropft herunter. »Ich hätte nach oben gehen sollen. Ich hätte …«

»Nein, Schatz. Das ist nichts, was du hättest verhindern können.«

Logan schnieft. »Ich habe auch hier gesessen und Videospiele gespielt. Dad hätte uns gebraucht.«

»Jungs.« Ich stehe auf und drehe mich zu ihnen um. »Ihr müsst mir zuhören.« Ich warte, bis ich ihre Aufmerksamkeit habe, bevor ich weiterspreche. »Ihr habt nichts falsch gemacht. Ihr hättet ihn nicht retten können. Versteht ihr mich?«

Keiner von ihnen sagt ein Wort – sie weinen nur. Und die Tränen, von denen ich dachte, sie seien getrocknet, verwandeln sich auf meinen Wangen in Flüsse. *Warum, Todd? Warum?*

Kapitel 3

»Mein Beileid«, sagt mir nach der Trauerfeier jemand, den ich nicht kenne. Alle sind nett, alle sind mitfühlend, aber das ist mir egal. Bestimmt tut es ihnen wirklich leid. Sie alle wünschen mir und den Jungen das Beste. Und doch sehe ich dieses Mitleid in ihren Augen.

Vielleicht ist es paranoid, aber ich höre, wie sie miteinander darüber tuscheln, warum es ein geschlossener Sarg war, obwohl es sich um einen Herzinfarkt gehandelt haben soll. Ich spüre, wie sie mich beobachten, während ich reglos am Grab stehe, außerstande, meine Rose dort niederzulegen.

Wenn sie es doch nur wüssten. Sie mussten ja nicht den Anruf vom Bestatter entgegennehmen, um zu hören, dass er die Prellungen und Strangulationsstriemen nicht würde abdecken können. Sie wissen nichts davon, dass sich mein Herz jedes Mal zusammenkrampft, wenn jemand fragt, woran er gestorben ist. Wissen nichts von der bitteren Lüge, die ich ihnen auftischen muss. Sie alle beten für uns, und ich bete, dass sie uns in Ruhe lassen. Ich schüttle ihnen die Hände und lasse ihre Umarmungen zu, aber in mir ist vollkommene Leere.

Immer mehr Leute brechen jetzt auf, während ich mich einzig und allein auf den Leichnam im Sarg konzentriere.

»Wie konntest du das tun?« Ich umklammere die Blume in meiner Hand. »Wie konntest du denken, das sei die Lösung?« Ein Dorn bohrt sich mir in die Haut. »Wir hatten ein Leben. Wir hatten eine Familie.« Eine Träne kullert über meine Wange. Ich schaue mich um und sehe Angie neben ihrem Wagen stehen und meine Mutter neben ihrem eigenen. Cayden und Logan sitzen mit meinem Daddy im Auto. Er ist der einzige Mensch, in dessen Nähe sie sein wollen. Cayden weigert sich immer noch, viel zu sagen, während Logan gar nicht aufhört zu reden. Sie werden kaum damit fertig.

Alle geben mir ein wenig Zeit, damit ich mich allein von meinem Ehemann verabschieden kann.

»Du bist wirklich von uns gegangen.« Ich streiche mit der Hand über den glatten Holzsarg. »Es gibt so vieles, was ich in diesem Moment fühle. Ich schätze, jetzt heißt es Abschied nehmen.« Meine Stimme bricht. »Ich schätze, jetzt ist es Zeit, dich und das Leben, das wir hatten, zu begraben.« Ich schnappe nach Luft. Dann richte ich die Rose in meiner Hand auf und lege sie auf den Sarg. Die einzelne Rose hebt sich von den übrigen Blumen ab, die sich dort türmen. »Auf Wiedersehen, Todd.«

Tränen strömen mir übers Gesicht, und meine Knie geben nach. Ich stütze mich auf dem Sarg ab und schluchze.

Minuten verstreichen, und die Tränen versiegen, aber ich kann mich trotzdem nicht bewegen. Wenn ich diesen Ort verlasse, wird das unser Ende sein. Er ist bereits seit einer Woche tot, aber mit diesem Schritt ist es endgültig vorbei.

»Bist du so weit, Liebes?«, fragt Mama, die neben mich getreten ist. Sie geht in die Hocke und nimmt meine Hand.

»Nein«, antworte ich und starre auf das Loch im Boden, in dem der Leichnam meines Mannes ruhen wird.

»Du schaffst das, Presley.« Sie sieht mich an und bekräftigt: »Ich weiß, es ist schwer, aber du bist eine starke Frau.«

Ich erwidere ihren Blick und flehe sie stumm an, mir etwas zu geben, das gegen den Schmerz hilft. »Mama?«

Sie schürzt die Lippen und streichelt mir über die Wange. »Ich kann dir das nicht abnehmen. Mein Gott, ich wünschte so sehr, ich könnte es.« In ihre Augen treten Tränen, und sie lässt die Hand sinken, um nun meine beiden Hände zu umschließen. »Aber du bist stark. Du warst schon immer die Stärkste von uns allen. Nicht viele haben den Mumm, genau das zu tun, was sie wirklich wollen. Sieh dir an, was du erreicht hast. Du bist deinen Weg gegangen, hast die Schule geschafft, hast etwas aus deinem Leben gemacht.«

»Sieh dir an, wohin es mich gebracht hat.«

»Hey.« Ihr strenger Südstaatentonfall duldet keinen Widerspruch. »Du hast deine Söhne. Du hast ein Zuhause und ein Geschäft, und du hast dich gut geschlagen. Alles Dinge, die du vielleicht nicht erreicht hättest, wenn du auf der Ranch geblieben wärest. Du konntest es kaum erwarten, von Bell Buckle wegzukommen, und obwohl es anders gelaufen ist als geplant, hat dein Weg dich zu Todd geführt. Dieser Mann hat euch alle mehr geliebt als irgendetwas sonst. Er hat weder diese Welt noch euch freiwillig verlassen.«

Ich kann das hysterische Lachen nicht aufhalten, das aus mir herausbricht. Meine Brust schnürt sich zusammen, während ich den ersten Stich des Zorns verspüre. Schnell richte ich mich auf, die Hände zu Fäusten geballt. »Mama, wenn das die Wahrheit wäre, würde ich …« Ich breche ab, weil ich begreife, dass ich ihr beinahe erzählt hätte, dass es gar kein Herzinfarkt war. »Lass uns einfach fahren.«

»Was verschweigst du mir?« Sie steht langsam auf, ohne mich für eine Sekunde aus den Augen zu lassen.

»Nichts, Mama.«

»Lüg mich nicht an, Presley Mae. Ich merke es, wenn du etwas verheimlichst.«

Sie mustert mich eindringlich. Meine Mutter ist die Art Frau, die einfach zu viel bemerkt. Schon früher hat sie es immer gewusst, wenn mein Bruder Cooper und ich gelogen haben. Das heißt, bis ich angefangen habe auszugehen – und mir eine vollkommen neue Welt erschloss. Ich wurde sehr geübt darin, zu Hause nur die halbe Wahrheit zu erzählen und jene Details auszulassen, die Mom nicht wissen musste.

»Nicht der Rede wert.« Ich lasse ihre Hand los und gehe zum Wagen. Das ist sicher nicht das letzte Wort in dieser Angelegenheit, aber jetzt bin ich noch nicht bereit, irgendjemandem davon zu erzählen.

Glücklicherweise sagt mein Vater keinen Ton, als ich einsteige. Unsere Beziehung hat darunter gelitten, dass ich die Ranch verlassen habe. Damals hatte er gehofft, dass Cooper und ich sie zusammen leiten würden. Aber sein Traum war nicht mein Traum. Es gab eine Menge Ärger, als ich beschloss, in einem anderen Bundesstaat aufs College zu gehen. Daddy weigerte sich, etwas zu den Schulgebühren beizutragen, und als ich sagte, ich würde nicht zurückkommen … da war er fuchsteufelswild. Aber Bell Buckle war für mich wie ein Staubsauger. Es hat das Leben aus mir herausgesaugt. Ich wollte mehr. Ich wollte alles.

»Mom?« Cayden legt seine kleine Hand auf meinen Arm.

»Ja, Schatz?«

»Warum hat Gott unseren Dad zu sich geholt?«

Ich hebe die Schultern und lasse sie wieder sinken. Dann schüttele ich ratlos den Kopf. Ich antworte ihm so ehrlich, wie ich kann – als hätte er gefragt, warum sein Vater sich das Leben genommen hat: »Ich weiß es nicht. Ich weiß es wirklich nicht. Manchmal ergibt das, was passiert, einfach keinen Sinn. Manchmal bekommen wir keine Antworten auf unsere Fragen.«

Logan schnieft. »Ich vermisse ihn.«

»Ich vermisse ihn auch, Liebling. Du hast keine Ahnung, wie sehr.«

Cayden lehnt den Kopf an meinen Arm, und ich drücke ihm einen Kuss aufs Haar. Dieses eine Ereignis wird meine Söhne für ihr Leben prägen.

»Manchmal, Jungs …« Die tiefe Stimme meines Vaters durchbricht das Schweigen, und er fährt fort: »Manchmal versteht man nicht, warum etwas passiert. Menschen verlassen euch, bevor ihr bereit seid, sie gehen zu lassen, und ihr müsst ohne sie weiterleben.« Diese Worte scheinen ebenso an mich gerichtet zu sein. Im Rückspiegel sieht er mich mit seinen grünen Augen an. »Aber das bedeutet nicht, dass ihr sie nicht vermissen werdet.«

»Daddy«, beginne ich, aber er schüttelt den Kopf und unterbricht mich.

»Und ihr werdet sie immer lieben, was auch geschieht.«

Ich presse die Hände zusammen und schließe die Augen. Mein Dad ist kein Mann der vielen Worte, aber wenn er spricht, hören die Leute zu. Trotz all seiner Fehler hat er mich innig geliebt. Die Entschlossenheit, für das zu kämpfen, woran man glaubt, habe ich von ihm gelernt. Er hat Cooper und mir immer beigebracht, mit ganzer Kraft für die Dinge einzustehen, die es wert sind. Aber er wünschte, ich hätte nicht, so schnell ich konnte, Tennessee den Rücken zugekehrt. Ich bin mir sicher, dass er mir immer noch nicht verziehen hat.

Als meine Mutter in den Wagen steigt, ist ihre Enttäuschung deutlich spürbar. So viel Ungesagtes steht zwischen uns allen. Jahre der Ernüchterung und des Grolls erfüllen die Atmosphäre. Doch im Moment interessiert mich das alles nicht. Ich habe genug mit meinem eigenen Schmerz zu tun.

Ich betrachte meine süßen Söhne und sehe, wie sehr sie leiden. Wie sehr wünschte ich, dass ich den Kummer von ihnen nehmen könnte. Aber das kann ich nicht. Ich kann ihnen nur zeigen, dass es so viele Menschen gibt, die sie lieben. Menschen, die für sie da sind. Auch wenn ihr Vater der Meinung war, wir seien es nicht wert, für uns zu leben. »Ich möchte, dass ihr etwas wisst. Wir alle haben euch beide lieb.

Nana und Opa, Grandma und Grandpa, Tante Angie und ich natürlich. Ihr habt lauter Menschen um euch, die alles für euch tun würden.« Ich blicke zu meinem Vater und hoffe, dass er meine Botschaft für ihn versteht. »Man hört nicht auf, jemanden zu lieben, nur weil man ihn nicht mehr sieht.«

Beide Jungen nicken und widmen sich dann wieder ihren Videospielen. Sosehr ich diese Dinger auch verabscheue, bin ich doch dankbar dafür, dass die Jungen sich jetzt für ein kleines Weilchen darin verlieren können.

Als wir zu Hause ankommen, gehe ich ins Schlafzimmer. Logan und Cayden haben meine Eltern überredet, mit ihnen essen zu gehen, daher bin ich zum ersten Mal allein, seit Todd … gestorben ist. Meine Mutter isst eigentlich niemals auswärts. Normalerweise bereitet sie alles frisch selbst zu. Kochen ist ihre wahre Liebe. Sie dazu zu bringen, dass jemand anderes ihre Mahlzeit anrichten darf, ist eine Meisterleistung. Diese Jungs wissen wirklich, wie sie bekommen, was sie wollen.

Ich werfe mich, immer noch in meinem schwarzen Kleid, aufs Bett. Schwarz. Genauso fühle ich mich auch – fern von jedem Licht und jeder Farbe.

Intuitiv starre ich zur Badezimmertür. Ich stehe auf, und meine Füße bewegen sich automatisch zu der Stelle, an der ich ihn zuletzt gesehen habe. Ich lasse meine Knie auf die kalten Fliesen sinken, dann meine Hände, bevor ich meinen ganzen Körper auf den Boden bette. Mir ist so kalt, aber ich rühre mich nicht vom Fleck. Ich habe das Bedürfnis, ihm nah zu sein, während mein Körper an dem Ort ruht, an dem er seinen letzten Atemzug tat. »Wir hatten noch so viel vor, Todd. Wir wollten unsere Kinder gemeinsam großziehen, in den Urlaub fahren und uns lieben. Unsere Zeit war noch nicht um. Du hast mir die Ewigkeit versprochen.« Ich ziehe die Beine an meine Brust. »Und die Ewigkeit war nicht vorüber. Ich bin immer noch hier! Was soll ich jetzt tun? Wie halte ich unsere Familie, unser Zuhause zusammen? Du hast jeden Teil unseres Lebens in Brand gesteckt. Du hast mir das Leben genommen, als du dir deines nahmst!«, rufe ich, von einem Weinkrampf geschüttelt. Meine Brust hebt und senkt sich schwer, und ich umklammere meine Beine. »Ich bin so wütend. So durcheinander. Kein Brief? Keine Erklärung? Zur Hölle mit dir! Ich habe dich gebraucht! Ich habe alles für dich aufgegeben, und dann tust du so etwas? Gerade hasse ich dich.« Ich schließe die Augen und lasse meinen Tränen freien Lauf, bevor ich in den Schlaf sinke.

»Presley.« Der Klang einer vertrauten Stimme lässt mich die Augen öffnen. »Presley, Schätzchen, wach auf.«

Ich ziehe mir die Bettdecke über den Kopf. »Geh weg. Ich will mit niemandem reden.«

Seit der Beerdigung ist eine gute Woche vergangen. Achtzehn Tage, seit Todd sich das Leben genommen hat. Ich bin abwechselnd wach und zornig und schlafe wieder. Zu mehr bin ich derzeit nicht in der Lage. Ich weiß, ich kümmere mich zu wenig um die Bedürfnisse der Kinder, aber ich finde einfach keinen Weg durch den Nebel. Da ist nichts, was mich leitet. Der Nebel ist zu dicht, und mein Herz ist zu schwer.

»Pech gehabt.« Angie reißt mir die Decke weg. »Du schläfst schon seit einer ganzen Weile. Meine Eltern sind unten. Sie würden dich gern sehen, bevor sie zum Flughafen fahren.«

Es ist sinnlos, mit ihr zu streiten. Brummend steige ich aus dem Bett, bücke mich und ziehe mein Oversize-Sweatshirt über.

Wir gehen die Treppe hinunter, und meine Schwiegereltern empfangen mich mit einem traurigen Lächeln. Die Augen meiner Schwiegermutter sind verquollen von all dem

Weinen. Sie will ihre Enkel und mich nicht verlassen – oder Todd. Jeden Morgen ist sie hinaus zum Friedhof gegangen.

»Wir können nicht länger bleiben. Ich wünschte, wir könnten es, Schätzchen«, sagt Pearl nun.

»Das verstehe ich.«

Mein Schwiegervater tritt vor. »Presley, es gibt da einige Dinge, um die du dich wirst kümmern müssen. Der Versicherungsagent, den ich Todd vermittelt habe, hat angerufen. Du musst dich morgen früh gleich als Erstes bei ihm melden. Wenn du Fragen wegen irgendwelcher Papiere hast, ruf mich an.«

Ich nicke.

»Danke, Martin. Das weiß ich zu schätzen.« Er und Angie sind die Einzigen, die die Wahrheit über Todds Tod kennen.

»Du und die Jungs, ihr kommt uns besuchen, okay?« Tränen treten in Pearls Augen, als sie mich in die Arme schließt. »Wir lieben euch alle sehr. Ich bin nur …«

Ich tröste sie einen Moment lang, bevor Martin sie sachte zu sich zieht und an mich gewandt sagt: »Wir sind immer für dich da. Du bist wie eine eigene Tochter für uns.«

»Danke.«

Cayden und Logan laufen zu ihnen und schlingen die Arme um ihre Großeltern. »Ich werde dich vermissen, Grandma«, rufen sie.

Nachdem sie sich verabschiedet haben, gehe ich ins Wohnzimmer und setze mich auf das Sofa. Angie kommt mit einem Kaffeebecher zu mir herüber. »Hier. Trink das.«

Ich nehme den Becher entgegen, bringe aber nicht die Kraft auf, einen Schluck zu trinken. »Jungs, könnt ihr für ein paar Minuten im Hof spielen?«

Ich betrachte ihre Gesichter, das schwache Lächeln, das ich in letzter Zeit kaum mehr gesehen habe, als sie zur Tür hinausgehen.

»Ich werde dir jetzt etwas sagen, und du musst zuhören.« Angie setzt sich neben mich. »Du weißt, wie sehr ich dich mag.«

Ich schaue ihr in die Augen. Ihre blaue Iris ist von einem dunklen Ring umgeben. Die Schatten unter ihren Augen sind dunkler, als ich sie in Erinnerung habe.

»Presley?«, fragt sie und durchbricht meine Benommenheit.

»Ja, ich höre.«

Sie stößt einen tiefen Seufzer aus. »Hörst du wirklich zu? Ich meine, tust du eigentlich irgendetwas?«

Wie bitte? »Wovon sprichst du?«

»Die Jungs brauchen dich. Deine Eltern reisen morgen ab, und ich muss wieder zur Arbeit. Du musst aufhören mit diesem … ich weiß nicht einmal, wie ich es nennen soll. Du siehst furchtbar aus. Du isst nicht, du schläfst nur, und das sieht dir gar nicht ähnlich.«

Ärger kocht in mir hoch. »Hast du vielleicht deinen Ehemann verloren? Hast du vielleicht deinen Mann gefunden, tot, im Badezimmer erhängt? Hast du ihn angeschrien, dass er aufwachen soll? Was ist?«, werfe ich ihr höhnisch vor, während ich mich in Rage rede. »Nein? Oh, stimmt … das war ich!«

»Ich weiß, dass du zornig bist. Also, sei zornig! Sei irgendetwas!«

»Das bin ich!«, brülle ich. Meine Hände zittern. »Ich bin so verdammt zornig! Wie konnte er das tun, Angie? Wie konnte er denken, dass das die gottverdammte Lösung ist?«

»Ich weiß es nicht, Liebes. Wirklich nicht. Ich bin genauso wütend. Ich hasse ihn dafür, dass er das getan hat. Mein eigener Bruder!« Sie ballt die Fäuste. »Es ergibt überhaupt keinen Sinn, aber du darfst nicht wie gelähmt hier liegen. Die Jungs brauchen dich.«

Angies Gefühle lassen mich nicht kalt. Das Ganze ist auch für sie schwer. Ich habe einen Bruder, und obwohl wir uns nicht nahestehen, wäre ich am Boden zerstört, wenn ich ihn verlöre. Aber ich werde diese Bilder niemals aus dem Kopf bekommen. Mein Leben wird nie wieder dasselbe sein. Sobald ich die Augen schließe, erinnere ich mich in lebhaften Details an die Ereignisse jenes Tages.

»Sag du mir nicht, was sie brauchen. Sag du mir nicht, was ich deiner Meinung nach tun sollte! Du bist nicht ich. Du bist anscheinend stärker als ich. Ich kann nicht aufhören, Fragen zu stellen. Ich begreife es einfach nicht. Warum sollte er mir so etwas antun?«

»Alles, was mir einfällt, ist, dass er sich völlig hoffnungslos fühlte.«

»Nun, dieses Gefühl kann ich im Moment nur zu gut nachvollziehen.«

Angie steht auf und fährt sich mit den Händen durchs Haar. »Du wirst jetzt unter die Dusche gehen. Du wirst dir etwas anderes als Jogginghosen anziehen, und du wirst nicht länger untätig rumliegen.«

Für wen hält sie sich? Wie kann sie es wagen, so mit mir zu reden? Ich bin todunglücklich. Jede Faser meines Körpers schmerzt. Mein Kopf, mein Herz, meine Seele. »Du hast keine Ahnung, wie ich mich fühle.«

»Dann sag es mir.«

Allein die Vorstellung, irgendetwas von alledem in Worte zu fassen, macht mich müde. »Durcheinander. Ich bin so durcheinander. Ich frage mich die ganze Zeit, warum? Warum, warum, warum? Ich schwanke zwischen Nichtwahrhabenwollen und Zorn hin und her. Die ganze Zeit über warte ich darauf, dass er die Tür öffnet oder mir eine SMS schickt. Ich kann nicht aufhören, seine Handynummer zu wählen.« Ich beginne erneut zu weinen. »Ich rufe an und lausche seiner Stimme auf der Mailbox. Ich spiele sie wieder und wieder ab, weil ich sie in Wirklichkeit nie wieder hören werde.«

»Scht.« Sie schlingt die Arme um mich. »Ist irgendetwas mit ihm oder zwischen euch beiden vorgefallen?«

Das ist die Millionen-Dollar-Frage. Ich habe alle seine Sachen durchgesehen und nach einer Antwort gesucht, aber da war nichts. Auch im Arbeitszimmer nicht. Alles, was er besessen hat, steht scheinbar unverändert an Ort und Stelle.

»Ich habe keine Ahnung.« Meine Stimme ist belegt. »Dieser Mann ist nicht der, den ich kannte. Mein Ehemann, dein Bruder, ihr Vater – würde so etwas nicht tun. Er hätte mit mir geredet oder ... ich weiß es nicht.«

Sie greift nach meiner Hand. »Wann wirst du den Jungs die Wahrheit sagen?«

Ich schließe die Augen und stoße einen langen Atemzug aus. »Ich kann ihnen nicht alles sagen. Ich weiß, sie sind keine Kleinkinder mehr, aber sie dürfen niemals alles erfahren.«

Ihre Augen weiten sich. »Pres.«

»Sie müssen nicht wissen, dass er uns freiwillig verlassen hat. Ich werde nicht lügen, aber ich werde sie schützen. Und du musst das Gleiche tun.«

»Pres«, wirft sie erneut ein, aber ich hebe abwehrend die Hand.

»Nein.« Mein Tonfall signalisiert unmissverständlich, dass ich keinen Widerspruch dulde. »Sie sind meine Kinder. Sie entschuldigen sich bereits dafür, ihn nicht gerettet zu haben, und ich danke Gott, dass sie nicht nach oben gegangen sind. Also, nein. Wir schützen die Kinder. Ich will, dass sie niemals erfahren, was er getan hat. Die Gefühle, mit denen ich zu kämpfen habe, der Zorn, die Enttäuschung, die Verwirrung – wenigstens sie sollten davon verschont bleiben. Und es darf auch sonst niemand davon erfahren. Nicht deine Mutter, nicht meine Eltern, niemand.«

Angie lehnt sich zurück, und ihre Missbilligung steht ihr ins Gesicht geschrieben. »Eines Tages werden sie es herausfinden, und was dann?«

»Dann werde ich das schon regeln.«

Wahrscheinlich sollte ich solche Entscheidungen nicht jetzt treffen, aber in diesem Punkt bin ich mir sicher. Die Kinder sind alles, was ich noch habe. Mir ist das Herz aus dem Leib gerissen worden, nicht nur, weil ich meinen Mann verloren habe, sondern auch weil er mich auf diese grausame Weise verlassen hat. Warum konnte er nicht mit mir reden? Warum hat er sich zu diesem Schritt entschlossen?

»Okay«, sagt sie enttäuscht. »Ich bin zwar nicht deiner Meinung, aber ich werde kein Wort sagen.«

Wir sitzen da, und zwischen uns herrscht betretenes Schweigen. Angie ist meine beste Freundin, seit ich Tennessee verlassen habe. Sie hat mir in so vieler Hinsicht geholfen, aber im Moment kann sie mir nicht helfen. Ich muss das aus eigener Kraft schaffen.

Ich nehme das Handy von meinem Nachttisch. »Hallo?« Meine Stimme klingt immer noch schlaftrunken, obwohl es nach zwei Uhr am Nachmittag ist.

»Mrs Benson, hier ist John Dowd. Ich war Todds Versicherungsagent.«

»Oh, ja.« Ich richte mich auf und reibe mir die Augen. »Danke, dass Sie mich zurückrufen.«

»Ich wollte einige Angaben mit Ihnen durchgehen. Passt es Ihnen jetzt?«

Die Jungs sind in der Schule, ich liege im Bett, und ich habe nicht die Absicht, es heute noch mal zu verlassen, daher ist es jetzt ebenso günstig wie zu jedem anderen Zeitpunkt. »Natürlich, Mister Dowd. Jetzt passt es mir gut.«

Er stößt einen tiefen Atemzug aus. »Ich rufe an, um Sie

über den Stand der Versicherungsauszahlung in Kenntnis zu setzen. Ihr Schwiegervater hat das Verfahren für Sie angestoßen. Vor ungefähr einem Jahr hat Todd mich gebeten, seine Lebensversicherung zu erhöhen. Er hat sie von fünfhunderttausend Dollar auf siebenhundertfünfzigtausend Dollar angehoben. Nachdem Sie Ihr Geschäft gegründet hatten, wollte er sicherstellen, dass Sie genug Einkünfte haben würden, sollte etwas passieren.«

»Oh. Das war wirklich nett von ihm.« Wie nett, dass er für die Zukunft vorgesorgt hat, möchte ich am liebsten spöttisch hinzufügen.

»Ja, also, das Problem ist, dass es eine Selbstmordklausel gibt. Martin hat mir die Umstände von Todds Tod geschildert. Die Sache ist die … wenn der Vertragsabschluss nicht mindestens zwei Jahre zurückliegt, wird die Versicherungspolice nicht ausgezahlt.«

Das zieht mir erneut den Boden unter den Füßen weg. »Aber er war der Hauptverdiener. Ich verstehe nicht ganz. Wir bekommen gar nichts?«

Er räuspert sich. »Ich fürchte, so ist es. Ich habe alles versucht, aber da die Police erst ein Jahr alt ist, weigert man sich, mehr auszuzahlen als das, was Todd eingezahlt hat. Wir haben die Prämie angepasst, aber ehrlich, Mrs Benson, es ist nicht viel.«

Oh mein Gott. »I-ich«, stottere ich und versuche, Worte zu finden. »Aber meine Kinder. Unser Haus. Wie sollen wir überleben? Wie bezahle ich die Hypothek und die Rechnungen?«

»Es tut mir wirklich leid. Ich würde an Ihrer Stelle die Bank anrufen und Ihren Fall schildern. Manchmal kooperieren sie. Ich werde mich auch mit Martin in Verbindung setzen und ihm die Situation erklären. Aber ich habe alle Möglichkeiten geprüft. Es gibt wirklich nichts, was die Versicherungsagentur Ihnen anbieten kann.«

»Ich weiß nicht, wie ich das schaffen soll.« Mir ist übel. »Sind Sie sich ganz sicher, dass da nichts zu machen ist? Wenn ich mir einen Anwalt nehmen würde?«

Mr Dowd seufzt. »Ich wünschte, es würde etwas bringen. Aber die Police ist eindeutig formuliert.«

»Also gut«, antworte ich mutlos.

»Wenn ich noch irgendetwas tun kann, werde ich es tun. Wirklich, es tut mir leid.«

»Vielen Dank.«

Nach diesem erneuten Tiefschlag lege ich auf. Es hört nicht auf.

Kapitel 4

Natürlich. Das ist alles, was ich denken kann. Natürlich musste das auch noch passieren. Wenn er den Vertrag nicht geändert hätte, könnten wir unsere Rechnungen noch bezahlen. Aber jetzt weiß ich nicht, wie wir uns die Hypothek leisten sollen. Unser Cupcake-Laden kommt kaum aus den roten Zahlen. Ganz zu schweigen davon, dass er genug für mich abwerfen würde, um zu überleben.

Ich verbringe die nächste Stunde damit, noch mal das Arbeitszimmer zu durchsuchen. Nirgendwo kann ich finanzielle Unterlagen entdecken. Ich finde keine Bankauszüge, keine Kreditkartenrechnungen, keine Gehaltsabrechnungen … überhaupt nichts. Vielleicht hat er die Belege in seinem Büro bei der Arbeit aufbewahrt. Ich wähle die Telefonnummern auf der Rückseite der Kreditkarten, in der Hoffnung, auf einen Hinweis zu stoßen.

»Wie meinen Sie das, wir haben eine offene Rechnung?«, frage ich die vierte Kreditkartengesellschaft.

»Es tut mir leid, Mrs Benson«, sagt die Frau am Telefon zum gefühlt zehnten Mal. »Hier steht, dass Ihr Ehemann einen Zahlungsplan vereinbart hat, aber außerstande war, ihn einzuhalten. Wenn Sie nicht bis zum Ende der Woche die Mindestrate bezahlen, werden wir den Inkassodienst informieren.«

Mir wird schwindelig. Es ist bei allen unseren Konten das Gleiche. Dutzende von Entschuldigungen. Hunderte von Tränen. Und keine einzige Antwort auf die Frage, wie wir das bewältigen sollen. Ich beschließe, im Büro anzurufen.

Vielleicht hat Jeff eine Ahnung, wo Todds Gehaltsschecks sind.

»Sterling, Dodd and March Investment«, erklingt Kylas liebliche Stimme an meinem Ohr.

»Hi, Kyla.« Ich stoße einen zittrigen Atemzug aus. »Hier ist Presley Benson. Ist Jeff zu sprechen?«

Ich hatte noch gar keine Zeit, darüber nachzudenken, aber ich erinnere mich nicht, ihn bei der Beerdigung gesehen zu haben. Jede Erinnerung daran verschwimmt wie in einem dichten Nebel, einem schrecklichen Albtraum.

»Oh, das mit Todd tut mir so leid«, flötet sie bekümmert durch die Leitung.

»Danke«, antworte ich automatisch. Ich höre diesen Satz mittlerweile so oft, dass er seine Bedeutung verloren hat. Was tut den Leuten leid? Tut es ihnen leid, dass ich mich quäle? Leid, dass die Jungs jetzt ohne Vater dastehen? Leid, dass man es nicht hat kommen sehen? Was genau tut allen verdammt noch mal so leid?

Sie räuspert sich. »Ich wollte Sie anrufen.«

»Ist schon gut«, beschwichtige ich sie. »Ist Jeff zu sprechen?«, wiederhole ich.

»Ähm, er ist … er ist nicht … nun«, stammelt sie. »Er ist gerade nicht im Büro.«

»In Ordnung«, erwidere ich verwirrt. »Ist irgendwer von Todds Vorgesetzten da? Ich benötige Informationen über seine Gehaltsschecks.«

Todd hat immer alle unsere Rechnungen bezahlt. Ich musste mich nie damit auseinandersetzen, weil er Anlageberater war. Da erschien es logisch, dass er sich um die Finanzen kümmert.

»Es tut mir leid, Mrs Benson.« Sie senkt die Stimme. »Todd hat schon seit einer Weile nicht mehr hier gearbeitet. Sein letztes Gehalt hat er bereits vor Monaten erhalten.«

»Was?«

»Ich … ich kann Sie zur Buchhaltung durchstellen, aber ich weiß nicht, was die Ihnen sagen werden.«

»Ich verstehe nicht. Er ist bis zum Tag seines Todes zur Arbeit gegangen.«

»Ich stelle Sie zu Jeffs Anrufbeantworter durch«, erwidert sie schnell.

Bevor ich etwas sagen kann, höre ich Jeffs Stimme und dann einen Piepton. »Jeff, ich bin es, Presley. Du musst mich anrufen. Ich bin … ruf mich einfach an.« Ich lege auf und sitze benommen da.

Er hat seinen Job verloren? Hat er die Firma gewechselt, und das ist der Grund, warum wir jetzt in Zahlungsverzug sind? Verdammt, was ist hier los? Ich halte das alles nicht mehr aus. Wir haben nicht eine Geldquelle, und ich muss Rechnungen bezahlen, von deren Existenz ich gar nichts wusste. Ich muss mir Sorgen darüber machen, was wir essen sollen und wie wir ein Dach über dem Kopf behalten können.

Oh mein Gott. Das Haus.

Ich schnappe mir das Telefon und rufe das Kreditinstitut an.

»Wie weit liegen wir mit der Hypothek in Verzug?«, frage ich. Angespannt schließe ich die Augen und bete, dass Todd zumindest die bezahlt hat.

»Das Haus soll diese Woche zwangsversteigert werden.«

Ich fasse mir an die Kehle, kriege kaum noch Luft. Wie konnte er uns das antun? Ein Schlag folgt auf den nächsten. Er hat die ganze Zeit über gelogen. Mich packt der Zorn, und meine Finger zittern. Dieser Mann sollte mein Fels in der Brandung sein, und dann tut er so etwas? Lebt monatelang ein Doppelleben? Ich stehe auf und gehe im Raum auf und ab.

»Aber …« Ich schließe die Augen und stoße den Atem aus. »Ich habe zwei kleine Kinder, mein Mann ist gestorben, und ich fürchte, ich habe keine Möglichkeit, die offenstehende Summe zu begleichen.« Ich sacke völlig in mich zusammen, als mir meine finanzielle Situation klar wird.

»Ich verstehe, Ma'am.« Die Stimme der Kreditbetreuerin ist voller Mitgefühl, das ich nicht will. »Ich kann Sie zu meiner Vorgesetzten durchstellen, aber wir können nicht viel machen, es sei denn, Sie können mindestens vier Monate nachzahlen.«

»Bitte«, flehe ich. »Ich darf dieses Haus nicht verlieren.«

Ich gehe mit der Vorgesetzten alles noch einmal durch. Sie kann mir einen weiteren Monat Aufschub geben, aber ich muss eine Menge Geld auftreiben.

Das ist unmöglich zu schaffen.

Selbst wenn ich das Glück hätte, einen Job zu finden, würde ich nicht so viel Geld verdienen. Ich kenne niemanden, der einer Mutter, die seit zwölf Jahren nicht mehr berufstätig ist und ein wenig Backerfahrung hat, ein großes Gehalt bezahlt.

Nach dem Ende des Telefongesprächs schicke ich Angie eine SMS und bitte sie, vorbeizukommen. Das hier ist eine Katastrophe.

Meine Welt bricht schon wieder zusammen.

Ich bin geliefert. Und allein.

Zehn Minuten später höre ich, wie die Tür geöffnet wird.

»Ich bin in der Küche«, rufe ich.

»Hey, was ist los?«, fragt Angie.

Ich erzähle ihr, was der Versicherungsagent gesagt hat. Ihr klappt der Unterkiefer herunter. Wieder habe ich das Gefühl, dass es mir den Boden unter den Füßen wegzieht, und meine Hoffnungen zerrinnen wie der Sand in einem Stundenglas. Die Zeit läuft mir davon, genau wie unser Geld.

»Hast du die Bank angerufen?«

»Ja«, antworte ich, und Zorn steigt in mir hoch. »Anscheinend hat Todd seit vier Monaten die Hypothek nicht bezahlt. Hast du gewusst, dass er nicht mehr für Sterling gearbeitet hat?«, frage ich und hoffe, dass sie es vielleicht gewusst hat und ich an Amnesie leide.

»Nein, er war letzte Woche noch dort. Er hat mich vom Büro aus angerufen, um zu fragen, ob wir zusammen zu Mittag essen wollen.«

»Was?«, frage ich vollkommen ratlos. »Ich versteh das nicht. Kyla hat gesagt, er würde schon seit einer ganzen Weile nicht mehr dort arbeiten. Was zur Hölle ist da los?« Ich beginne zu zittern.

»Ich weiß es nicht, Pres. Ich weiß nicht, was ich davon halten soll.«

Damit wären wir schon zu zweit. »Sämtliche Kreditkarten sind überzogen, und die Bank hat bereits eine Zwangsversteigerung angesetzt.«

»Oh mein Gott.«

»Er hat mich belogen. Er hat mir gesagt, es ginge uns bestens. Um Himmels willen, er ist jeden Tag zur Arbeit gefahren! Ich bin am Ende. Ich kann mir dieses Haus nicht mehr leisten. Ich kann nicht einmal die Nebenkosten bezahlen.«

Angie macht einen Schritt auf mich zu und umfasst meine Schultern. Ihr steht die Angst ins Gesicht geschrieben. »Ihr könnt bei mir wohnen. Du und die Jungs könnt bei mir einziehen.«

Ich schließe die Augen und halte ihre Arme fest. »Das können wir nicht.«

»Ich werde ein Darlehen aufnehmen. Ich werde irgendetwas tun.«

»Angie.« Ich seufze. »Du kannst nichts tun. Du wohnst in einem Einzimmerapartment im Stadtzentrum von Philly. Du hast genauso viele Schulden wie wir. Der Laden bringt uns kein Geld ein.«

Mit jedem Fünkchen Wahrheit, das mir über die Lippen kommt, dämmert mir, was geschehen wird. Nachdem ich so lange dafür gekämpft habe, diesem Leben zu entfliehen, wird es wieder meine Realität sein.

»Du kannst nicht wieder nach Tennessee zurück. Du kannst nicht von hier weggehen.«

»Glaub mir, ich würde mir eher den Arm abhacken, als nach Bell Buckle zurückzukehren. Ich habe noch ein, zwei Monate Zeit herauszufinden, wie ich uns aus diesem Schlamassel retten kann, bevor es gar keinen anderen Ausweg mehr gibt.«

Sie nickt. »Wir werden uns etwas überlegen. Ich werde nicht auch noch dich verlieren.«

Das hoffe ich mehr als alles andere, aber wenn ich nicht wie durch Zauberei eine große Summe Geld auftreiben kann, wird das Leben der letzten achtzehn Jahre bald nur noch eine vage Erinnerung sein.

»Es tut mir sehr leid, Mrs Benson. Zurzeit ist die Bank nicht in der Lage, Ihnen einen weiteren Aufschub zu gewähren«, erklärt mir die schlanke Frau noch einmal.

Ich habe alle Möglichkeiten ausgereizt. Zwar konnte ich mir etwas Geld borgen, um einen Monat zu verlängern, aber jetzt sind wir wieder genauso weit wie zuvor. Das Geld reicht nicht, um die nächste Rate zu zahlen. Und es ist keine Hilfe in Sicht.

»Also habe ich keine andere Wahl?«

»Ich fürchte, nein.«

Mein Verstand kann das alles nicht mehr verarbeiten. Ein Tiefschlag jagt den nächsten. In den letzten Wochen habe ich versucht, einen Weg zu finden, um über die Runden zu kommen. Ich habe sogar Fortschritte gemacht, habe eine Sache abbezahlt, nur um von einem halben Dutzend neuer

Kreditkarten zu erfahren, die Todd auf meinen Namen ausgestellt hat. Da es Onlinekonten waren, brauchte er dafür nur meine Sozialversicherungsnummer und mein Geburtsdatum. Juristisch gesehen bin ich für all das verantwortlich. Es ist ein endloser Albtraum, aus dem ich nicht aufwachen kann.

Ich stehe auf, greife nach meiner Handtasche und verlasse wortlos den Raum. Egal, was ich noch sagen würde, es könnte nichts ändern. Meine Kinder und ich werden obdachlos sein, wir sind pleite, und wir haben keine andere Wahl. Ohne Einkommen und ohne Kreditwürdigkeit erhalte ich niemals ein Darlehen. Und ich habe keine Zeit mehr, andere Möglichkeiten auszuloten.

Zu Hause angekommen, sehe ich mich um, hin- und hergerissen. Ich will nicht weg, aber ich will auch nicht hierbleiben. Die Jungs verstehen nicht, warum ich in den meisten Nächten auf dem Sofa schlafe. Aber wenn ich in diesem riesigen Doppelbett liege, denke ich nur daran, dass er mich verlassen hat.

Langsam gehe ich die Treppe zum Schlafzimmer hinauf. Ich nehme die Perlenohrringe ab, die Todd mir zu unserem Hochzeitstag geschenkt hat, umklammere sie und spüre das Piksen der Stecker, bevor ich sie durch den Raum schleudere. »Du Mistkerl!«, schreie ich und schnappe mir das Foto von uns, das auf meiner Kommode steht.

»Lügen! Du hast gelogen! Du hast mich zerbrochen!«, schreie ich den Mann auf dem Foto an. »Ich habe dich geliebt! Ich habe dir geglaubt, als du gesagt hast, du würdest mich niemals verletzen.« Meine Stimme bricht. »Du hast mich nicht verletzt! Du hast mich vernichtet. Du hast die Jungs vernichtet, weil du so egoistisch warst! Egoistisch!« Ich werfe das gerahmte Foto auf den Boden, und das Glas zersplittert in winzige Scherben. »Du!« Ich lasse meinen Tränen freien Lauf. »Du hast das getan. Du konntest nicht dazu stehen, also hast du es uns überlassen, damit fertigzuwerden. Ist es das?« Ich lege den Kopf in den Nacken und spreche zur Decke.

Ich habe mir solche Mühe gegeben, mich zusammenzureißen. Jeden Tag sammle ich meine Kräfte, um Cayden und Logan zur Schule zu bringen, bevor ich ins Bett zurückkrieche. Mein ganzes Leben lang hat sich immer jemand um mich gekümmert. Ich weiß gar nicht, wie ich *selbst* dieser Jemand sein kann. Mein Vater, *er* und dann Todd haben definiert, wer ich bin. Jetzt bin ich die Witwe.

Ich bin die Frau, deren Ehemann auf tragische Weise gestorben ist.

Wenn sie nur wüssten.

Ich schließe die Augen, während ich versuche, meine Gefühle unter Kontrolle zu bringen. Die Jungs werden in wenigen Stunden nach Hause kommen, und ich brauche einen Plan.

Es klingelt an der Tür, noch bevor ich zum Nachdenken komme.

»Jeff«, sage ich leise. »Ich habe nicht damit gerechnet, dich zu sehen.«

»Darf ich reinkommen, Presley?«

Ich öffne die Tür ein Stück weiter und bitte Todds ehemaligen Chef mit einer einladenden Geste herein. »Was kann ich für dich tun?«

Er betrachtet das Chaos, und zum ersten Mal sehe auch ich das alles. Schmutziges Geschirr stapelt sich, Kleiderhaufen liegen neben geöffneten Chipstüten herum. Ich winde mich innerlich. Chips sind das Einzige, was ich in den vergangenen zwei Wochen gegessen habe.

»Wie kommst du zurecht?«

Jeff und Todd haben sich extrem nah gestanden. Sie haben die Investmentfirma zu dem gemacht, was sie ist. Sie sind ungefähr zur gleichen Zeit befördert worden und haben die stärksten Umsätze erwirtschaftet. Für ihr Alter haben sie bemerkenswert viel Geld verdient.

»Was interessiert dich das?«, frage ich geringschätzig.

Er stößt einen tiefen Seufzer aus, bevor er sich in den Nacken fasst. »Es tut mir leid, dass ich nicht zur Beerdigung gekommen bin. Ich konnte nicht glauben, dass er … ich meine, ich hätte nie gedacht, dass er …«

Nur Angie und mein Schwiegervater wissen, dass es Selbstmord war. Aber seine Worte signalisieren, dass er es auch weiß.

Mir klappt der Unterkiefer herunter, und ich spüre einen stechenden Schmerz in der Brust. »Du hast gewusst, dass das passieren könnte?« Ich habe Mühe, Luft zu bekommen. »Du hast gewusst, dass er mit dem Gedanken gespielt hat?«

»Ich habe nicht gedacht, dass er es ernst meint, Presley. Nicht er. Nicht so.«

Jeder Atemzug fällt mir schwer. Ich trete zurück, und meine Kniekehlen prallen gegen das Sofa. Ich lasse mich in die Polster sinken. »Du hättest ihn aufhalten können.« Tränen trüben meine Sicht. »Du hättest mir oder irgendjemandem sonst davon erzählen können. Wenn du das getan hättest, wäre ich jetzt vielleicht nicht in dieser gottverdammten Situation.«

»Wenn ich auch nur eine Sekunde lang geglaubt hätte, dass er es *so* meint, hätte ich etwas gesagt«, erklärt er. Ich sehe ihn an, als er sich mit schmerzerfüllter Miene vor mich hinhockt. »Ich schwöre es.«

Ich zittere am ganzen Körper, es ist, als würde alles auf mich einstürzen. Als würde ich ihn wieder im Badezimmer hängen sehen. Ich kann nur fassungslos hier sitzen. Er ist zu Jeff gegangen und nicht zu mir. Aber Jeff hat es uns nicht gesagt. All das ist so verkorkst. Ich kämpfe gegen den Drang an, laut zu schreien. Warum konnte er mir nicht vertrauen?

Jeff ergreift meine Hand. »Er ist ins Büro gekommen und hat mich angefleht, ihn wieder einzustellen. Ich habe ihm erklärt, dass ich das nicht kann. Die Investoren wollten nicht mehr mit ihm zusammenarbeiten, nachdem er wegen eines dubiosen Tipps Geld verloren hatte. Kein Kunde hätte ihm mehr vertraut, aber er hat trotzdem gebettelt. Er hat mir gesagt, er sei verzweifelt und er habe dir nicht erzählt, dass er gefeuert worden ist.« Er hält inne und holt tief Luft. »Ich habe ihm erklärt, dass mir die Hände gebunden sind, aber wenn ich helfen könne – würde ich das tun.«

Ich sehe ihm an, dass er noch mehr sagen möchte. Tränen rinnen mir über die Wangen, und ich kneife die Augen zusammen. »Sprich weiter«, murmele ich.

»Er hat gesagt, dass er mich wahrscheinlich nicht wiedersehen wird, und er hat mir das Versprechen abgenommen, nach dir und den Jungs zu schauen. Ich hatte keine Ahnung, was er damit meint, also habe ich ihn gefragt, aber er sagte nur, er würde fortgehen.«

Ein Schluchzen entrinnt meiner Kehle, und ich sacke zusammen. Ich schlage mir die Hände vors Gesicht, und Jeff nimmt mich in die Arme. »Warum?« Immer und immer wieder dieselbe Frage und der Versuch, das alles zu begreifen.

»Ich dachte, er hat vor, die Stadt zu verlassen, aber dabei kam mir doch nicht *das* in den Sinn. Als ich es gehört habe, konnte ich dir nicht gegenübertreten.« Er reibt mir den Rücken. »Es tut mir so leid. Ich hätte nie für möglich gehalten, dass er es ernst meint. Ich hätte nie gedacht, dass er von so etwas gesprochen hat.«

In der nächsten Stunde sitzt Jeff neben mir, während ich das Gesagte verarbeite. Er kämpft mit seinen Schuldgefühlen, und ich kämpfe darum, jede weitere Minute zu überstehen. Wir reden darüber, wie schlecht ich finanziell dran bin, und Jeff bietet mir Hilfe an, aber als er die Zahlen hört, spricht sein Gesicht Bände. Diese Sache lässt sich unmöglich in Ordnung bringen. Es ist keine einfache kleine Wunde, es ist eine zerfetzte Arterie. Die Nebenkosten werden bald fällig, die Bank wird das Haus übernehmen, und ich habe keine Chance, das zu verhindern.

Nun gibt es kein Zurück mehr. Ab jetzt muss ich die unselbstständige Frau, die ich war, hinter mir lassen und auf eigenen Beinen stehen.

Kapitel 5

Drei Monate später

»Ich komme nicht mit.« Cayden steht mit vor der Brust verschränkten Armen in der Tür. »Ich will nicht umziehen. Ich hasse es.«

Da ist er nicht der Einzige. Mir geht es genauso. Nur Logan ist einigermaßen gut mit der Situation fertiggeworden. Seit man uns vor sechzig Tagen mitgeteilt hat, dass wir unser Haus räumen müssen, ist unser Leben aus den Fugen geraten. Ich schaffe es gerade so, uns irgendwie zusammenzuhalten.

»Ich weiß, dass du nicht mitkommen willst, aber wir können hier nicht mehr wohnen, Cay. Nana und Opa haben ein großes Haus, aber sobald wir genug Geld haben, werden wir uns etwas Eigenes suchen. Es ist nur vorübergehend.«

Zumindest rede ich mir das ein. Gestern Abend habe ich zwei Stunden lang geweint, als ich den Rest unserer Sachen zusammengepackt habe. Ich musste unsere Möbel verkaufen und alles andere, was nicht auf den kleinen Anhänger passte. Im Grunde nehmen wir nichts weiter mit als Kleidung und ein paar persönliche Gegenstände.

»Du zwingst uns wegzugehen! Hier haben wir mit Dad gelebt! Hier war er. Warum versuchst du, mir das Leben zu vermiesen?«

»Ja, Cayden. Das ist mein Ziel, dich unglücklich zu machen. Wir haben keine Wahl. Wir haben kein Haus mehr.«

Er grummelt leise etwas vor sich hin und setzt seinen

Kopfhörer wieder auf. Wie immer. Seit Todds Tod schaut Cayden nur noch Videos oder hört Musik. In ihm steckt so viel Zorn, während Logan niedergeschlagen ist und klammert. Ich wünschte, ich könnte mich so verhalten wie die beiden, aber ich habe keine Zeit, irgendetwas zu empfinden. Stundenlang habe ich nach einer Möglichkeit gesucht, nicht nach Tennessee zurückkehren zu müssen.

Aber es ist unvermeidbar. Ich muss wieder bei meinen Eltern einziehen, auf der Ranch arbeiten und jedem Menschen gegenübertreten, der mir gesagt hat, ich würde zurückkommen. Das einzig Gute ist, dass *er* nicht dort ist. Es wird schlimm genug werden, aber wenigstens werde ich nicht dem Typen begegnen, mit dem ich damals durchgebrannt bin.

Angie nimmt den letzten Karton, und Cayden und Logan steigen widerwillig in den Wagen. Ich stehe mit zwiespältigen Gefühlen in der Tür. Das hier ist das Zuhause, das wir den Zwillingen geschaffen haben. Hier haben sie ihre ersten Schritte gemacht, haben Fahrradfahren gelernt, hier sind so viele Erinnerungen, und hier habe ich unsere Zukunft gesehen – aber mit dem Haus ist auch so viel Schmerz verbunden. Ich habe das große Badezimmer nicht mehr benutzt, seit ich meinen Mann dort gefunden habe. Ich kann es nicht betreten. Ich sehe seinen Leichnam, obwohl ich weiß, dass er nicht dort ist. Mein Herz rast, wenn ich auch nur den Türknauf berühre. Stattdessen habe ich bis heute das Bad im Flur benutzt, wo mich keine Erinnerungen verfolgen.

Mit Tränen in den Augen schließe ich die Tür. Ganz gleich, wie die letzten Monate unser Leben verändert haben, das hier war unser Zuhause.

Angie lehnt an meiner Autotür und hat sich ihre Sonnenbrille aufgesetzt, obwohl der Himmel bewölkt ist. »Hey.« Sie versucht zu lächeln.

»Es ist nicht für immer.« Ich spreche die Worte mit solcher Überzeugung aus, dass ich beinahe selbst daran glaube. »Ich werde zurückkommen.«

Angie tritt vor. »Ich weiß.«

»Ich schwöre es. Ich will über den Laden auf dem Laufenden gehalten werden, auch wenn ich ihn nicht länger besitze.« Die Bäckerei war das Erste, was ich verkaufen musste. Da sie nicht wirklich lukrativ war, ließ sich dabei nicht viel herausschlagen, aber es hat mich bis jetzt über Wasser gehalten.

»Der Laden wird immer ein Teil von dir sein!«, ermahnt Angie mich.

»Sag Patty, sie soll den Extrazucker weglassen. Erinnere Beth daran, dass sie für die Bananen-Cupcakes kleinere Häufchen machen muss«, plappere ich in dem Versuch, unseren Abschied zu umgehen. »Oh, und schaff dir einen Hund oder irgendetwas an, damit du nicht zur Einsiedlerin wirst.«

Sie grinst und wischt ein paar Tränen hinter ihrer Brille fort. »Ich weiß noch, wie du aus dem bescheuerten Tennessee aufgetaucht bist. Du hattest deine Cowboystiefel und Röhrenjeans an, und dein Haar war … nun ja.« Wir lachen beide. »Dann das Jahr, über das wir nicht reden, und dann hast du Todd kennengelernt. Ich weiß noch, dass wir uns gewünscht haben, wir wären Schwestern. Ich hätte nie gedacht, dass es wahr werden würde. Es tut mir so leid, dass ich dir nicht helfen konnte. Ich würde alles darum geben, dich hierzubehalten. Du bist meine beste Freundin.«

Eine Träne kullert unter ihrer Brille hervor, und ich mache einen Schritt auf sie zu. »Du bist auch *meine* beste Freundin. Du bist meine *Schwester*. Und ich weiß, dass du uns hierbehalten möchtest. Ich will weiß Gott nicht dorthin zurückkehren. Aber ich bereue nichts. Selbst wenn ich gewusst hätte, dass es so kommen würde … ich hätte nichts anders gemacht.«

Sie schließt mich in die Arme, und wir lassen unserer Traurigkeit freien Lauf. Viel zu lange schon umhüllt uns der Mantel der Verzweiflung. »Versprich mir, dass du einmal die Woche anrufen wirst. Und dass ich zu Besuch kommen darf.«

»Ich verspreche es.« Eine Träne rinnt über meine Wange. »Und ich werde zurückkommen, sobald ich kann.«

»Bei mir wird immer genug Platz für dich sein, wenn du das Bedürfnis hast, hierherzukommen. Wer braucht schon ein Wohnzimmer?«

Wir beide kichern, bevor mir klar wird, dass ich sie vielleicht für lange Zeit nicht wiedersehen werde. Ich weiß nicht, wann ich mir die Reise leisten kann. Ich habe noch genug Geld, um nach Tennessee zu kommen, aber das ist so ziemlich alles. Es gibt so viel, was ich ihr sagen möchte. Dinge, die auszusprechen ich nie eine Gelegenheit hatte.

»Hör zu.« Ich warte, bis sie aufschaut, bevor ich fortfahre: »Du musst dein Herz öffnen. Ich weiß, dieser Mistkerl hat es gebrochen, aber lass es heilen. Arbeite nicht so hart. Nimm dir Zeit, das Leben zu genießen. Ach ja, die braune Haarfarbe hat dir besser gestanden. Bring das wieder in Ordnung.« Ich zwinkere ihr zu.

»Blöde Kuh.«

»Du hast mich gerettet, als meine Welt damals aus den Fugen geraten war. Und du tust es jetzt wieder, ob du es weißt oder nicht.«

»Ich denke, dasselbe gilt für dich, beste Freundin.«

Sie lächelt und nimmt mich noch einmal in die Arme. »Pass auf dich auf. Ich vermisse dich und die Jungs jetzt schon.«

Nun kann ich meine Tränen nicht länger zurückhalten. »Ich wünschte …«

»Ich auch.«

»So bald ich kann, rufe ich dich an.«

Wir umarmen einander ein letztes Mal, bevor ich in meinen Wagen steige, der Gott sei Dank im vorigen Jahr schon abgezahlt worden ist. Die Jungs winken, als wir die Vergangenheit hinter uns lassen, nur um meiner Kindheit gegenüberzutreten. Ich beobachte im Rückspiegel, wie das Haus, in dem ich – genauso, wie ich es mir vorgestellt hatte – eine Familie gegründet und ein Leben aufgebaut habe, langsam verschwindet.

»Sind wir endlich da?«, erkundigt sich Logan zum hundertsten Mal.

»Wenn du mich noch einmal fragst, werde ich dich aufs Dach binden«, brumme ich, als wir die Staatsgrenze von Tennessee überqueren.

»Frag noch einmal!«, neckt Cayden ihn. Dann beginnen sie sich zu zanken, was mich in den Wahnsinn treibt.

Es dauert Stunden, bis wir Belford County erreichen. Mit jedem verstreichenden Kilometer schnürt sich der Knoten in meinem Magen weiter zu. Als wir schließlich das Ortsschild passieren, muss ich anerkennen, wie wunderschön der Ort ist. Er ist malerisch, reizend und nimmt einen für sich ein. Er ist der Inbegriff einer Kleinstadt. Alles in mir verkrampft sich, als ich daran denke, warum ich fortgegangen bin. Ich umklammere das Lenkrad, und meine Rückenmuskeln verhärten sich. Hier zu sein wühlt Erinnerungen auf. Ich spüre, wie die Luft drückend wird. Ich sage mir immer wieder, dass wir keine Wahl hatten und dass es nur vorübergehend ist, bis wir wieder auf die Beine kommen.

Meine Mutter und mein Vater haben ohne zu zögern gefragt, ob wir bei ihnen wohnen wollen, als ich ihnen von unserer finanziellen Situation erzählt habe. Das Haus meiner Kindheit steht auf über einhundertsechzig Hektar Land und könnte praktisch alle Stadtbewohner beherbergen. Daddy hat es ohne einen Penny in der Tasche selbst gebaut. Seinen Eltern gehörte das Land, aber er hatte geschworen, Mama ein Heim zu schaffen, auf das sie stolz sein konnte. Als ich geboren wurde, waren sie mit der ersten Renovierungsrunde fertig. Wann immer mein Dad konnte, baute er weiter für sie an ihrem Haus.

Als ich durch die Stadt fahre, sehe ich, dass einige Ladenbesitzer an ihre Schaufenster treten. Ich versuche, nicht in meinem Sitz zu versinken. Wahrscheinlich haben sie von meiner Rückkehr gewusst, sobald Mama aufgelegt hatte. Sie gehört zwar nicht zu den größten Klatschtanten der Stadt, aber das hat sie zweifellos in höchsten Tönen jubeln lassen. Nichts hat sie sich sehnlicher gewünscht, als ihre Tochter und ihre Enkel bei sich zu haben.

»Jungs, wir sind da«, verkünde ich.

»Was ist denn das?« Beide drücken sich die Nase an der Fensterscheibe platt, als sie den Ort begutachten, in dem ich aufgewachsen bin. »Sieht ja aus wie ein alter Westernfilm!«

Ich lache. »Das ist das Stadtzentrum.«

Cayden stöhnt und setzt die Kopfhörer wieder auf. Logan sieht sich weiter um. Dreißig Sekunden später lassen wir das Stadtzentrum hinter uns. »Das war's?«

»Jawohl«, antworte ich sachlich. »Einmal blinzeln, und schon ist es vorbei.«

»Wo ist ein Supermarkt? Oder eine Mall?«

Ich seufze. »Ungefähr vier Städte weiter.« Das Leben, das sie kannten, existiert nicht mehr. Die Zeit der stundenlangen Videospiele ist vorbei, aber es besteht trotzdem keine Gefahr, dass man sich jemals langweilt. Wenn man auf einer Ranch lebt, gibt es immer etwas zu tun. Ich bin damit groß geworden, Vieh einzufangen, Eier zu sammeln und Kühe zu melken. Meine Söhne haben noch nie ein Pferd gesehen, geschweige denn auf einem gesessen.

»Vier Städte? Mom! Was ist, wenn wir etwas brauchen?«, fragt Logan mit schriller Stimme.

»Tja.« Ich kichere. »Dann wartet ihr, bis wir hinfahren können.«

Cayden murmelt vor sich hin, dass er das Leben hasse. Als ich ihm gesagt habe, dass wir umziehen müssen, hat er seinen besten Freund angerufen und gefragt, ob er und Logan dort wohnen könnten. Was natürlich nicht infrage kam, aber er hat trotzdem gebettelt. Keinem der beiden hat es gefallen, ihre Freunde und ihre Schule zu verlassen. Ich fühle mit ihnen – für mich ist es auch nicht einfach.

Als wir die Einfahrt erreichen, halte ich an. »Townsend Cattle Ranch«, liest Logan die Aufschrift auf dem großen weißen Schild über uns vor. »Werden wir jetzt Townsend heißen?«

»Nein«, antworte ich sofort. »Du bist ein Benson und wirst immer einer sein. Dein Daddy hat dir diesen Namen gegeben. Es ist ein Geschenk, das du niemals zurückgeben musst.« Ich lächle ihn im Rückspiegel an. Genau das hat Mama zu Cooper und mir gesagt, als wir klein waren.

Logan stößt einen Seufzer der Erleichterung aus. »Das wusste ich nicht.«

Cayden nimmt seinen Kopfhörer ab, und ich drehe mich in meinem Sitz zu ihm und seinem Bruder um. »Hört zu, ich weiß, dass ihr nicht glücklich darüber seid. Ihr habt in kurzer Zeit eine Menge Veränderungen erlebt. Aber hier gibt es viele lustige Dinge, die man tun kann.« Lüge. »Und die Schulen sind auch nicht schlecht.« Eine weitere Lüge. »Außerdem werdet ihr neue Freunde finden, die vielleicht sogar noch netter sind als die, die ihr zurückgelassen habt.« Gott, langsam werde ich wirklich gut darin. »Versprecht mir, dass ihr versuchen werdet, das Beste daraus zu machen.«

Beide Jungen nicken. Ob sie sich daran halten werden,

ist eine andere Geschichte. Ich lasse den Motor wieder an und fahre die gefühlt längste Strecke meines Lebens. Jeder Zentimeter kommt mir vor wie ein Kilometer. Die Autoreifen scheinen in Verbindung mit meiner Magengrube zu stehen, denn mit jeder Umdrehung zieht sich mein Magen mehr zusammen.

Mama und Daddy warten auf der Veranda und beobachten, wie wir näher kommen. »Da seid ihr ja!«, ruft meine Mutter, als wir aus dem Wagen steigen.

»Mama, Daddy.« Ich lächele, als ich mein Elternhaus betrachte. Ich war nur ein einziges Mal hier, seit ich vor siebzehn Jahren fortgegangen bin. Die Jungs waren noch nicht einmal ein Jahr alt, und unser Besuch dauerte genau zwei Tage. Die ganze Stadt hat Todd Geschichten darüber erzählt, wie sehr mein Ex und ich füreinander bestimmt gewesen seien. Es war äußerst unangenehm. Danach hat Todd meinen Eltern das Geld gegeben, damit sie uns zweimal im Jahr besuchen konnten. »Ihr habt gestrichen«, murmele ich.

»Es ist fast achtzehn Jahre her, Presley. Natürlich haben wir gestrichen.«

Ich finde es beeindruckend, wie meine Mutter mich gleichzeitig tadeln und auf die Wange küssen kann.

Die Jungen sehen sich staunend um. Sie wussten, dass ich auf dem Land groß geworden bin, aber ich glaube, ihre Vorstellung vom Land unterscheidet sich ein wenig von meiner Realität. Todd war der Meinung, dass wir in Pennsylvania in einer ländlichen Gegend gelebt haben. Und ich habe darüber gelacht und die Augen verdreht. Diese Jungs haben ja keine Ahnung.

Logan und Cayden bombardieren meinen Vater mit Fragen.

»Hast du viele Pferde, Opa?«

»Dürfen wir reiten?«

»Esst ihr die Kühe, die ihr hier haltet?«

»Ist das ein Streichelzoo?«

»Weckt euch der Hahn oder habt ihr Strom? Was ist mit WLAN?«

»Jungs, Jungs.« Ich lege ihnen meine Hände auf die Schultern. »Immer mit der Ruhe, ja, wir haben Strom. Ja, wir haben einige Pferde, und Opa tötet die Rinder hier nicht, er verkauft sie.« Dann werden sie getötet. Nebensächlich. »Lasst uns unsere Sachen reinbringen, dann kann ich euch herumführen, okay?«

»Presley!«, ruft Cooper, der gerade auf uns zuläuft. In den vergangenen Jahren habe ich nicht viel mit meinem Bruder geredet. Ich bete, dass es jetzt nicht zu peinlich wird.

»Cooper!« Ich lächle, als er näher kommt. Ich gehe ihm entgegen, und er reißt mich in die Arme. Mein Bruder ist ein Riese geworden! »Heiliger Strohsack, machst du Bankdrücken mit den Kühen? Du bist ja ein Bär.« So groß habe ich ihn gar nicht in Erinnerung. Ich bin auch nicht gerade klein, aber er ist weit über eins achtzig. Seine Brust ist breit, und seine Arme sind der Wahnsinn. Mein kleiner Bruder ist erwachsen.

»Das mit deinem Mann tut mir leid. Ich wäre gekommen, aber ich musste mich um die Ranch kümmern.«

Ich schaue zu Boden und wünschte, die Leute würden endlich aufhören, von ihm zu reden. Ich habe ihr Mitgefühl satt. Ich will nicht diese verzweifelte Witwe sein, die ganz verloren und traurig ist. Niemand kann auch nur ansatzweise den Zorn in mir verstehen, vor allem da ich die Wahrheit verbergen muss. Ich hasse ihn für das, was er uns dreien angetan hat. Er hat eine Bombe platzen lassen und mich mit den Folgen allein gelassen. »Das verstehe ich, Coop. Danke.«

Er kitzelt mich und wird wieder lebhaft. »Aber schau dich an, ganz das Stadtmädchen.«

»Schau dich an, ganz das Landei«, kichere ich.

Er lacht. »Wir hatten nicht alle die Gelegenheit, das Leben fernab der Ranch kennenzulernen. Irgendjemand musste sich ja um alles kümmern, nachdem du abgehauen bist, um mit deinem Freund zusammen zu sein.«

Nun, das ging ja noch schneller, als ich dachte. »Cooper.«

»Du bist weg, und ich bin geblieben. Das ist nur die Wahrheit.«

Ich verdrehe die Augen und beiße mir auf die Zunge. Mich beschleicht das Gefühl, dass ich das in der nächsten Zeit noch öfter tun werde. Cooper hat aus seiner Sicht den Kürzeren gezogen. Als ich fortging, war er gezwungen, die Ranch zu übernehmen. Er hatte auch davon geträumt, von hier zu verschwinden und in die Stadt zu ziehen. Clever genug war er, und er hätte es sicher auch geschafft, aber dann musste Daddy in Ruhestand gehen, und ich bin auf und davon. Das hat Cooper mir nie verziehen.

»So war es nicht«, versuche ich, mich zu verteidigen.

Er schüttelt den Kopf. »Du bist mit ihm abgehauen und nie mehr zurückgekommen. Genau so war es.« Cooper geht auf Mama zu, die mich aus traurigen Augen betrachtet.

Sieht so aus, als würden es lange Monate werden … oder mehr.

Kapitel 6

Ich kann nicht schlafen. Ich starre an die Decke meines Zimmers. Demselben Zimmer, in dem ich achtzehn Jahre lang gelebt habe. Ich dachte, sie hätten wenigstens meine Poster von der Wand genommen, aber nein. Der Raum ist wie eine Zeitkapsel. Nein, das ganze Haus ist eine. Die Jungs haben beinahe geweint, als sie ihr Zimmer gesehen haben. Überall Blumen, an den Wänden, auf den Laken, den Leisten … der Traum einer jeden Floristin.

Ich sehe auf die Uhr – fünf Uhr morgens. Dann kann ich genauso gut aufstehen.

Als ich nach unten gehe, steht Mama bereits in der Küche und bereitet das Frühstück zu. »Morgen, Mama.«

»Morgen, Schätzchen. Hast du gut geschlafen?«

»Ja. Was gibt es zum Frühstück?« Es ist eine Lüge, und ich werde langsam wirklich gut darin. Vielleicht weiß sie es, aber sie spart sich eine Bemerkung.

Mit flinken Bewegungen rührt sie in einer Schüssel, und mir knurrt der Magen. Der einzige Aspekt meiner Heimkehr, der nicht ätzend ist. »Nur das Übliche. Geh raus in den Hühnerstall und hol uns ein paar Eier.«

»In Ordnung.« Ich habe die Hühner immer gehasst. Es gab eine Henne, die bösartig war und immer versucht hat, mich anzugreifen. Wenn Mama früher mal wieder herzhaft lachen wollte, hat sie mich gezwungen, dort hineinzugehen.

Ich schnappe mir den Korb, der neben der Hintertür steht, seit ich denken kann, und gehe zu den Tieren, die nicht meine Freunde sind. Auch hier ist es so, als hätte die

Zeit stillgestanden. Alles ist unverändert und weckt in mir den Wunsch zu schreien.

Ich sammle ein halbes Dutzend Eier ein, ohne dass etwas passiert, und gehe zurück zum Haus.

»Presley?« Eine tiefe, vertraute Stimme lässt mich wie angewurzelt stehen bleiben.

Mein Herz hämmert, und das Blut gefriert mir in den Adern. Er kann es nicht sein. Langsam drehe ich mich um und bete, dass er es nicht ist. Er sollte nicht hier sein, nicht hier, nicht jetzt. Langsam hebe ich den Blick, und Erleichterung durchflutet mich. Vor mir sehe ich nicht, wie erwartet, blaue Augen und dunkelbraunes Haar. Stattdessen betrachte ich ein Paar honigfarbener Augen und hellbraunes Haar, die ich überall erkennen würde. Der einzige Mensch in dieser ganzen Stadt, den zu sehen mich wirklich glücklich macht. »Wyatt!« Ein Lächeln breitet sich automatisch auf meinem Gesicht aus.

»Verdammt! Dachte ich's mir doch, dass du es bist, aber ich wusste nicht, dass du zu Besuch kommen wolltest!« Er eilt herbei und hebt mich dann hoch in die Luft. Kopfschüttelnd lächelt er. »Ich kann es nicht glauben. Die leibhaftige Presley Townsend.«

»Jetzt Benson.« Ich lache, als er mich fest an sich presst. »Was machst du auf der Ranch?«, frage ich, und er setzt mich wieder auf dem Boden ab.

»Ich bin der neue Vorarbeiter.«

Ich schlage ihm überrascht auf die Brust. »Vorarbeiter? Hier?« Das ergibt keinen Sinn.

»Ich wollte nicht für meine Familie arbeiten, darum bin ich hergekommen, um für deinen Bruder zu arbeiten. Du weißt ja, wie so was ist, nicht wahr?«

Wyatt Hennington kenne ich, seit ich ein Baby war. Seine Mama und meine waren von klein auf die besten Freundinnen. Außerdem ist er der jüngere Bruder des Mannes, mit dem ich damals abgehauen bin. Des Mannes, der mir meinen ersten Verlobungsring geschenkt hat, der als Erster mein Herz brach und der Grund dafür ist, warum ich niemals in diese Stadt zurückkehren wollte.

»Das ist …« Ich bemühe mich, den richtigen Ausdruck zu finden. »Nachvollziehbar, schätze ich?«

Wyatt zuckt mit den Schultern und grinst immer noch sein unwiderstehliches Grinsen. »Ich finde es gut.«

Ich kämpfe gegen den Drang an, die nächste logische Frage zu stellen, aber ich will es gar nicht wissen. »Wie geht es deinen Eltern?«, frage ich stattdessen.

Er lacht, als wisse er, welchem Thema ich ausweiche. »Gut. Sie reisen viel, seit sie im Ruhestand sind.«

»Das ist gut. Und Trent?«

»Trent ist jetzt Sheriff.«

»Sheriff?«, frage ich ungläubig. »Sie haben ihn auf andere Menschen losgelassen?«

»Wer hätte das gedacht, was? Aber er ist immer noch ein Idiot.«

»Oh, das glaube ich sofort.« Wir kichern beide. »Trotzdem, einem Jungen, der in unserer Kindheit einen Streifenwagen gestohlen hat, eine Waffe und ein Abzeichen zu geben … das ist verrückt.«

Wyatt schüttelt den Kopf. »Ich nehme an, so zu tun, als sei er ein Cop, hat ihm so gut gefallen, dass er beschlossen hat, es wirklich zu werden.«

»Klingt ganz nach Trent.«

»Jep.« Er wippt auf den Fersen. »Und Zachary ist …«

»Schön, dass es allen gut geht«, falle ich ihm ins Wort. Im Moment kann ich es nicht ertragen, seinen Namen zu hören. Wenn ich an Zach denke, denke ich ans College. Wenn ich ans College denke, denke ich daran, wie Todd mich wieder aufgebaut hat, nachdem ich zerstört worden war. Und dann denke ich daran, wie Todd gestorben ist und er selbst mich zerstört hat. Es ist besser, gar nicht zu denken.

»Ja.« Er zieht das Wort in die Länge. »Du hast deinen Akzent verloren.«

»Nun, nach siebzehn Jahren im Norden kann das schon passieren.« Ich lächle. »Gott, es ist so schön, dich zu sehen.«

Wyatts Blick wandert von meinem Kopf zu meinen Zehen, und er lächelt. »Du siehst auch gut aus, Pres. Kommst du klar dort oben in der großen Stadt?«

Er weiß es nicht? »Ich bin … nun … ich bin sozusagen für ein Weilchen wieder hier.«

Es dürfte mich eigentlich nicht überraschen, dass er es nicht weiß. Wyatt hat den Kleinstadtklatsch schon immer ignoriert. Er ist der jüngste der Hennington-Brüder und hat immer in Schwierigkeiten gesteckt. Er und Trent haben im Ort ständig für Aufruhr gesorgt, während … der andere Bruder … auf dem Spielfeld war. Und ich habe auf der Tribüne gesessen.

»Kann es sein, dass mir da irgendwas entgangen ist?« Er mustert mich mit seinen honigfarbenen Augen, als versuche er, ein Rätsel zu lösen.

»Ich kann wirklich nicht glauben, dass es dir niemand erzählt hat.« Meine Mutter ist zwar nicht der Typ, der anderer Leute Angelegenheiten ausplaudert, aber dass sie und mein Vater für eine Woche die Ranch verlassen haben, muss einer Sensation gleichgekommen sein. Vor allem, da sie auf dem Weg in die Großstadt waren.

Er zieht die Stirn in Falten. »Was erzählt?«

Also übernehme ich das jetzt. »Vor vier Monaten ist mein Mann gestorben.«

Er tritt vor und legt mir die Hände auf die Schultern. »Das tut mir so leid, Pres.« Wyatts Stimme ist voller Mitgefühl. »Ich hatte so etwas gehört, aber du weißt ja, wie das hier ist. Ich dachte, es sei Unsinn.«

Ich wünschte, das wäre der Fall. Ich schüttele ihn ab und stoße einen tiefen Seufzer aus. »Es ist wahr. Er ist gestorben, und es hat sich herausgestellt, dass wir in finanziellen Schwierigkeiten stecken. Also bin ich jetzt hier. Wieder dort, wohin ich geschworen habe, nie mehr zurückzukehren.«

»Aber eigentlich liebst du es hier doch.« Sein Grinsen verrät mir, dass er weiß, dass ich lieber obdachlos wäre.

»Oh ja.« Ich verdrehe die Augen. »Es ist das Paradies.«

Er lacht und zieht die Augenbrauen hoch. »Nun, es hat etwas für sich. Du solltest dich lieber anziehen, bevor die Arbeiter hier auftauchen. So einen Anblick sind sie nicht gewohnt.«

»Hm?« Ich betrachte meine knappen Shorts und das Tanktop – ohne BH. Sofort lege ich mir die Hände über die Brust. »Das fängt ja gut an.«

»Man sieht sich, Presley Townsend. Homecoming Queen. Danke, dass du zurückgekehrt bist und uns mit deiner Schönheit beehrst.« Er greift sich ans Herz und lacht, während er davongeht.

»Blödmann!«

Mama steht mit ausdrucksloser Miene in der Tür. Es ist viel zu früh für so was. Ich spüre, wie sie mich mustert. »Wyatt hat sich gut gemacht.« Meine Mutter hat sich immer gewünscht, ich wäre in Wyatt verliebt gewesen. Unsere Eltern haben praktisch versucht, eine Ehe zu arrangieren.

»Mama«, warne ich sie. »Nicht.«

Sie lächelt und wedelt mit den Händen in der Luft. »Ich habe doch gar nichts gesagt.«

Es ist das, was sie nicht sagt, was mir Sorgen bereitet. Sie hält nichts von einer Frau ohne Mann. Meinen Daddy hat sie kennengelernt, als sie elf waren, und ihm erklärt, dass sie für immer zusammenbleiben würden. Er hat gelacht und ist weggegangen. Am nächsten Tag hat irgendein Junge einen Stein nach ihr geworfen, er hat ihn geboxt, und seither sind sie zusammen. Daddy erzählt die Geschichte anders, aber meine Mutter sagt, eine Frau wisse so etwas eben. Ich erinnere mich daran, mit zwölf genauso empfunden zu haben: *Ihn* zu sehen und zu wissen, dass wir eines Tages verheiratet sein würden. Dann hat er mich verlassen. Genau wie Todd. So etwas wird mir nie wieder passieren.

»Es ist alles noch viel zu frisch. Ich bin in keiner Hinsicht bereit für etwas Neues. Ich ringe immer noch um ein wenig Schlaf, und ich muss mich jeden Morgen mit Gewalt aus dem Bett zwingen.«

Ihre Hand liegt auf meinem Unterarm. »Ich sage ja nur, dass es gut wäre, einen Freund zu haben. Ich habe das Gefühl, dass du gegen einige Dämonen ankämpfst, Schätzchen. Du brauchst eine Schulter, an der du dich ausweinen kannst.«

Ich will keine Freunde hier. Ich will gar nicht hier *sein.* Diese Stadt wird mich langsam wieder erdrücken. Auf keinen Fall bleibe ich so lange, dass es sich überhaupt lohnen würde, zu irgendjemandem nett zu sein. Ich muss einen klaren Kopf bewahren. Etwas Geld verdienen, aus den ungeheuren Schulden herauskommen und mir mein Leben zurückholen.

»Ich bin nicht gerade die Beliebteste hier, Mama. Und ich brauche keine Freunde. Ich habe genug Freunde zu Hause.«

»Das hier ist dein Zuhause.« Die Verletztheit in ihrer Stimme ist unüberhörbar.

Ich seufze. »Ich habe nicht gemeint …«

»Presley, ich habe verstanden, dass du nicht glücklich darüber bist. Aber es wird besser sein, wenn du jetzt Frieden mit deinem Leben schließt. Ich bin auch nicht glücklich darüber, dass du nach Bell Buckle zurückgekehrt bist, weil Todd gestorben ist und du kein Geld hast. Aber ich würde lügen, würde ich sagen, dass ich mich nicht darüber freue, dich zurückzuhaben. Ich werde dir deine Geheimnisse lassen, weil jede Frau welche hat.« Sie wendet den Blick ab. »Du sollst einfach wissen, dass ich da bin.«

»So leicht ist das nicht.«

Meine Mutter schließt die Augen und stößt den Atem aus. »Ich wünschte, du würdest mit mir reden. Aber du gibst mir immer nur spärliche Antworten. Dein Vater und ich wollen dir helfen. Und Cooper auch.«

Ja, genau.

»Wie schon gesagt, Mama. Ich bin hier, um wieder auf die Beine zu kommen.«

»Es ist unvorstellbar, dass du alles verloren hast. Habt ihr denn überhaupt nichts gespart?«

»Mama, bitte.« Ich bin noch nicht so weit, es ihr zu erzählen. Ich bin noch nicht so weit, es vor irgendjemandem einzugestehen. Meine Eltern würden das niemals begreifen. Ich begreife es ja selbst nicht. »Ich will nicht über all das reden. Je eher wir von Bell Buckle wegkommen, umso besser.«

»Warum hasst du die Ranch so sehr?«, fragt Mama mit einem Anflug von Ärger. »Waren wir so schlechte Eltern?«

»Gott, nein!«, antworte ich schnell. »Ich wollte bloß niemals Viehzüchterin werden oder auf dem Land wohnen. Ich wollte in die Stadt ziehen, ein anderes Leben führen. Es lag nicht an dir oder Daddy.«

»Geht es um Zachary? Ist er der Grund, warum du all die Jahre weggeblieben bist?«

Mir stockt der Atem, als ich seinen Namen höre. Es ist siebzehn Jahre her, dass ich zum letzten Mal sein Gesicht gesehen habe, aber es tut immer noch weh. »Nein.« Das stimmt nicht ganz, aber ich werde sicher keinen Weg beschreiten, dessen Warnschild mir so deutlich ins Auge springt. Wenn ich meinem Herzen erlaube, dorthin zurückzukehren, erwarten mich nur die Scherben meines alten Lebens. Ich habe ihn so sehr geliebt.

Ihr Blick verrät mir, dass sie mir nicht glaubt. »Weißt du, er …«

»Ich will es nicht hören.« Ich muss gar nichts über ihn hören. Er ist nicht mehr Teil meines Lebens.

Mama schürzt die Lippen und schüttelt den Kopf. »Na schön. Du sollst nur wissen, dass ich dich lieb habe und immer mit einem offenen Ohr für dich da sein werde.«

»Danke, Mama.«

»Also«, sagt sie und wischt sich die Hände an ihrer Schürze ab. »Wie wär's, wenn du diese Eier verquirlen würdest, während ich den Speck brate?«

Dankbar dafür, dass sie das Thema fallen gelassen hat, lächle ich und mache mich an die Arbeit. Jetzt muss ich überlegen, wie ich verhindern kann, dass jeder, dem ich begegne, ihn zur Sprache bringt. Das ist das Problem an einer jungen Liebe in einer Kleinstadt – sie stirbt nie.

Der Rest des Tages verstreicht, während die Jungs mit Cooper unterwegs sind. Er hat ihnen einen Tag voller Abenteuer versprochen. Sie wollten die Ranch erkunden, und Cooper war überglücklich, mich nicht sehen zu müssen. Er hatte große Träume und ist der festen Überzeugung, ich hätte sie zerstört. Aber es ist Zeit, darüber hinwegzukommen. Wir müssen jetzt mit etwas anderem fertigwerden – und zwar schnell. Ich habe mir sämtliche Bücher angesehen, damit ich Coopers Abrechnungsmethode begreife, was schwierig ist, weil sich ein großer Teil seiner Buchführung auf Post-its befindet.

Ich wühle mich durch die Papiere, und Aktenordner fallen zu Boden. Wunderbar.

Während ich meine Unordnung aufräume, höre ich, wie die Fliegengittertür zufällt. »Eine Sekunde«, rufe ich von meinem Platz auf dem Boden aus.

»Brauchst du Hilfe, Kleines?«

Ich stehe auf, die Arme voller Akten, sodass ich sie beinahe wieder fallen lasse. »Es geht mir gut, Daddy.«

»Wirklich?«

Nein. »Ja, alles klar.«

»In Ordnung.« Er glaubt mir offensichtlich nicht. »Cooper kann mit diesem Teil des Geschäfts nicht viel anfangen. Ich weiß, ich bin in Rente, aber würdest du mir Bescheid sagen, falls er es wirklich schlimm vermasselt hat?«

Ich glaube nicht, dass er deshalb hier ist, aber es ist lieb von ihm. Mein Dad und ich haben uns immer nahegestanden, als ich noch klein war. Ich war seine einzige Tochter, und er hat mir die Sterne vom Himmel geholt. »Natürlich, Daddy. Ich werde hier bald den Durchblick haben.«

»Du warst schon immer diejenige mit Köpfchen«, schmunzelt er.

»Tja.« Ich halte inne. »Nur nicht in gewissen Angelegenheiten.«

Daddy nickt mit einem wissenden Grinsen. »Mit Jungs hattest du immer Pech, mein Schatz. Aber ich denke, mit meinen Enkelsöhnen hast du alles richtig gemacht.«

Ja, klar habe ich das. Sie sind großartig. »Ich hatte Glück mit den beiden.«

»Nein.« Er wedelt mit der Hand und geht zu einem Regal, in dem all meine Rodeobänder und Trophäen aufbewahrt werden. »Weißt du noch, wie wütend deine Mama geworden ist, wenn ich dich zum Training mitgenommen habe?«

»Allerdings. An diesen Tagen hast du nichts zu essen bekommen.«

Die Schwester meiner Mutter ist bei einem Reitunfall

ums Leben gekommen, als sie ein kleines Mädchen war. Deswegen war meine Mutter strikt dagegen, dass ich Rodeo reite, aber mein Vater hat mich heimlich mitgenommen. Es lag mir im Blut und war tief in meinem Herzen verankert. Ich denke, mein Vater hat das erkannt und gewusst, dass ich einen Weg finden würde, ganz gleich, was meine Mama wollte.

Es war unser Ding. Wir sind ganz früh aufgestanden und bis ans andere Ende des Anwesens geritten. Cooper und Daddy hatten ihre Jagd und den ganzen Quatsch, aber das Band zwischen mir und meinem Vater war etwas Besonderes. Zumindest dachte ich das.

Mein Vater sieht mich durchdringend an. »Ich habe gern gehungert, wenn ich nur dein Lächeln beim Reiten sehen durfte.«

»Daddy«, murmele ich.

»Schluss damit.« Er wendet den Blick ab.

Ich gehe um den Schreibtisch herum, lege ihm eine Hand auf die Schulter und drücke ihn. »Vielleicht könnten wir einen Ausritt machen?«

Seine Augen leuchten vor Freude, als er mich ansieht.

Nach einigen Sekunden antwortet er schließlich: »Das lässt sich arrangieren.«

»Gut.« Ich lächle. »Gib mir Bescheid.«

»Wie wäre es mit morgen?«, fragt er mit hoffnungsvoller Stimme.

»Perfekt.«

Er nimmt mich in die Arme. »Ich habe dich vermisst, Liebling. Ich habe dich so sehr vermisst.«

Ich halte mich an ihm fest, drücke ihn an mich und kämpfe gegen die Tränen an. Es tut gut, diese Versöhnlichkeit zwischen mir und meinen Eltern zu spüren. Mir war nicht klar, wie sehr ich das gebraucht habe. Sie lieben mich, und sie lieben die Jungen. Dass ich auf Abstand ging, hatte ja niemals nur mit ihnen zu tun. Sondern mit dieser Kleinstadt, dem Gefühl des Versagens und mit Zach. Es gibt hier keinen Ort, der mich nicht an ihn erinnert, was wiederum bedeutet, dass meine Eltern, Cooper und diese Stadt mit ihm verbunden sind. Aber mit seiner Entscheidung, mich zu verlassen, hat er deutlich gezeigt, dass er nicht mit mir verbunden sein will. Jetzt brauche ich ein neues Seil, an dem ich mich festhalten kann.

Kapitel 7

»Warum hast du das getan, Todd? Warum hast du uns allein gelassen?«

»Ich dachte, ich würde euch helfen.« Seine traurige Stimme umhüllt mich.

Ich schaue ihn an, nur dass ich ihn jetzt anders wahrnehme. Diesmal bemerke ich die Traurigkeit um seine Augen herum. Die Tatsache, dass er mich nicht wirklich ansieht, sondern eher durch mich hindurch sieht. Meine Tränen fließen, als ich seinen Schmerz erkenne, der sich auf mich überträgt.

»Es tut so weh. Ich bin so wütend auf dich«, sage ich zu ihm, während wir auf dem Boden knien.

Todd neben mir weint ebenfalls. »Ich bin wütend auf mich selbst, ich wünschte, ich hätte dir ein besserer Ehemann sein können. Ich habe mir solche Mühe gegeben, alles wieder in Ordnung zu bringen, aber ich konnte nicht mehr, Pres. Ich konnte nicht weitermachen.«

»Nicht einmal für mich? Oder für Logan und Cayden?«, frage ich schluchzend.

»Ich vermisse sie. Ich wusste, dass ich sie vermissen würde, aber ich hätte sie noch viel mehr enttäuscht, wenn ich geblieben wäre.«

»Nein!« Ich schüttele protestierend den Kopf. »Du hast uns zerstört! Ich weiß nicht, wie ich das schaffen soll. Ich habe mich noch nie so allein, so verängstigt gefühlt.«

Er hebt die Hand, als wolle er mir über die Wange streichen, lässt sie dann aber wieder sinken. »Du wirst das schon schaffen, mein Liebling. Du warst immer so stark. So schön. Ich bin mit der Gewissheit gegangen, dass du zurechtkommen würdest.«

»Du hast uns mit nichts zurückgelassen!« Meine Gefühle spielen verrückt, während ich versuche, Antworten zu finden. »Ich musste unser Zuhause verlassen, unser Leben ist völlig auf den Kopf gestellt worden. Weißt du eigentlich, was das für die Jungs bedeutet? Es war so egoistisch von dir zu glauben, das sei die Lösung. Du hattest Alternativen!«

Todds Tränen fließen, während er sich meine Vorwürfe anhört. »Ich wusste, dass du mich hassen würdest. Aber ich wusste auch, dass du weitermachen würdest. Dass du zurechtkommen würdest, Presley.«

»Denkst du, es geht mir gut? Es geht mir nicht gut, Todd! Warum hast du nicht einfach mit mir geredet?«

Er schürzt die Lippen. »Hättest du denn zugehört?«

Diese Träume bringen mich noch um. Jede Nacht aufs Neue. Vor einer Woche sind wir auf der Ranch angekommen, und ich habe kein einziges Mal friedlich geschlafen. Ich sitze im Bett, und mir rinnen die Tränen übers Gesicht – Tränen des Zorns.

Des Zorns darüber, dass er das getan hat.

Dass er mir so viel gegeben und dann wieder genommen hat. Ich habe ihn so lange geliebt, aber jetzt habe ich das Gefühl, als hätte ich ihn nie gekannt. Es wäre natürlich nicht leicht für ihn geworden, sich dem Schlamassel zu stellen, in den er uns hineingeritten hat, aber diese beiden Jungs, die im Zimmer nebenan schlafen, wären Grund genug dafür gewesen.

Sie haben das hier nicht verdient. Und den Schmerz, den er ihnen zugefügt hat … ich werde ihm das niemals verzeihen.

Ich sehe auf meinem Handy nach, wie spät es ist. *Oh, drei Uhr morgens.* Und ich werde sicher nicht mehr einschlafen können. Also stehe ich auf, schnappe mir mein Smartphone und verlasse das Zimmer, um die Angst, die sich in mir aufbaut, bei einem Spaziergang loszuwerden.

Meine Gedanken überschlagen sich. *Hätte ich zugehört?* Was soll das bloß? Ich weiß, dass ich geträumt habe und der Dialog meiner Fantasie entsprungen ist, aber dieser letzte Satz ist mir auf den Magen geschlagen.

Mit jedem meiner Schritte beruhigen sich meine Gedanken langsam. Mein Ärger verebbt, und mir bleibt die Gewissheit, dass alles nur ein Traum war. Ein sehr lebendiger Traum, aber eben nicht real.

Ich finde mich vor der Box meines wunderschönen Pferdes wieder. »Hi, Casino.« Ich lächle, als er zur Tür kommt. »Tut mir leid, dass ich nicht da war, um dich zu besuchen.« Er hebt den Kopf über die Öffnung, und ich reibe ihm die Nase. »Ah, ich hab dich auch vermisst. Du siehst müde aus, Junge. Kümmern sie sich auch gut um dich, hm?«

Er ist jetzt so viel älter, genau wie ich, und ich fange an, in Erinnerungen zu schwelgen. Ich habe ihn in jenem Jahr bekommen, bevor ich zum College fort bin. Vermutlich haben meine Eltern gehofft, ich würde seinetwegen nicht so weit von zu Hause weggehen. Zwischen Zachs Turnieren habe ich stundenlang mit ihm trainiert.

Das Leben war damals einfach. Schule, Pferde, Zach. Und so schnell wie möglich von hier wegkommen. Ich habe hart gearbeitet, um an das College zu gehen, an dem Zach ein Vollstipendium hatte. Ich habe ihm versprochen, ihm nach zwei Jahren Fernbeziehung zu folgen, damit wir einige Jahre zusammen verbringen können, bevor er einen Vertrag unterschreibt. Ich habe meinen Teil des Deals eingehalten. Habe es durchgezogen. Er hat mir ewige Liebe geschworen und das alles mit einer einzigen Entscheidung zunichtegemacht. Schon komisch, wie das manchmal läuft.

Ich streichle Casinos Hals und besänftige sowohl ihn als auch mich.

»Na, warum sattelst du ihn nicht?«, erklingt eine vertraute Stimme hinter mir.

»Du bist der Vorarbeiter.« Ich lächle, als ich mich umdrehe und Wyatt erblicke. »Ist das nicht dein Job?«

Seine dunkelblauen Jeans und sein weißes Hemd schmiegen sich an seinen Körper, und der Stetson auf seinem Kopf verleiht ihm etwas Abenteuerliches. »Du bist heute Morgen ziemlich draufgängerisch, was? Wieso bist du so früh schon wach?«

»Das Gleiche könnte ich dich fragen.«

»Könntest du. Aber du hast wahrscheinlich erraten, dass ich gerade von einem heißen Date nach Hause komme.«

Wyatt war schon früher ein Playboy. Er war jung, sexy und ein Hennington, was ihm so ziemlich alle Türen öffnete. Dasselbe konnte man auch darüber sagen, eine Townsend zu sein.

»Allzu heiß kann es nicht gewesen sein, wenn du jetzt hier stehst und mit mir redest«, provoziere ich ihn.

Plötzlich erinnere ich mich an unsere letzte Begegnung. Mit einem schnellen Blick überprüfe ich mein Outfit und ertappe Wyatt dabei, dass er das Gleiche tut. »Ich bin nicht der Typ Mann, der nach dem Sex noch gern kuschelt.«

»Das dachte ich mir.«

Trent und Wyatt waren berüchtigte Herzensbrecher. Jedes naive Mädchen schwor, dass sie diejenige sein würde, die sie zähmte. Aber ich war der Glückspilz. Zach ist drei Jahre älter als Wyatt und ich. Er war immer der Sensible, Loyale und Verantwortungsbewusste der Brüder.

»Lass uns eine Runde reiten, Presley Mae.«

Ich verabscheue meinen furchtbaren Namen. »Du meinst zu Pferd, richtig?«

Man kann ja nie wissen.

Er stößt ein langes, donnerndes Lachen aus. »Als würde ich auch nur im Traum daran denken. Mein Bruder würde mir den Schwanz abschneiden.«

»Dein Bruder hat keinen Anspruch auf mich.«

»Ich hab nie behauptet, dass er den hätte. Hab ich nie behauptet.« Wyatt schlägt mir auf den Hintern, als er an mir vorbeigeht, um die Pferde zu satteln.

»Lass das, Blödmann.«

Sobald er fertig ist, reicht er mir die Zügel eines Pferds, auf dem ich noch nie geritten bin. »Steigst du auf oder willst du nur dastehen und es ansehen?«, fragt er vom Rücken unseres größten Pferds herunter.

»Ich bin schon seit langer Zeit nicht mehr geritten«, gestehe ich ängstlich.

»Das verlernt man nicht. Spring rauf«, ermutigt Wyatt mich.

Er hat wahrscheinlich recht. Ich stelle einen Fuß in den Steigbügel und schwinge mich in den Sattel. »Wie heißt er?«

»Shortstop.«

Ich stöhne innerlich. »Natürlich.« Wyatt kichert, wohl wissend, dass ich dieses Pferd jetzt schon hasse. »Es überrascht mich, dass du mir nicht gleich eines namens Zach gegeben hast.«

Zach war ein Shortstop. Mein fantastischer, talentierter, attraktiver, Baseball spielender Freund, dem alle Türen offen standen. Von Scouts eines jeden Colleges belagert, mit dem Versprechen, ihm die Welt zu Füßen zu legen. Ich verabscheue Baseball. Es hat mir alles genommen.

»Ich hab schon dran gedacht, war dann aber der Meinung, dass du ihn zu sehr treten würdest.«

»Ich werde dich gleich treten.«

»Das könnte mir gefallen.« Er zwinkert mir zu, dann reitet er aus der Scheune.

Ich reibe den Hals des Pferdes und mache mich mit ihm vertraut. »In Ordnung, Shortstop. Ich bin Presley. Ich bin seit einer ganzen Weile nicht mehr geritten, also, sei lieb, okay?«

Shortstop hebt den Kopf, und ich lächle. Wir verlassen die Scheune, und ich hoffe, dass ich draußen wieder ruhig atmen kann.

Während wir nebeneinander im Mondlicht über die Felder reiten, sagt Wyatt kein Wort. Er sitzt schweigend auf seinem Pferd und lässt mir Zeit, in Ruhe meinen Gedanken nachzuhängen. Er weiß immer, wann es besser ist, sich zurückzunehmen, und wann er einem einen kleinen Schubs geben muss. Diese Eigenschaft liebe ich am meisten an ihm.

Wir reiten für eine Weile über unser Land, während allmählich die Sonne über den Horizont späht. Es fällt kein Wort, bis wir ein mir wohlbekanntes Feld erreichen. »Was sagst du?« Ich höre die Herausforderung in seiner Stimme.

Ich beiße mir auf dic Unterlippe und denke darüber nach. Wenn wir den Pferden hier freien Lauf lassen, wird das im Galopp enden, und ich bin seit siebzehn Jahren nicht mehr galoppiert. Entweder ich erstarre vor Angst oder ich stürze mich Kopf über hinein. »Na dann, los.«

Kaum haben wir die Lichtung erreicht, nickt Wyatt. Meine Nerven flattern, als mein Pferd losprescht. Es ist so lange her. Aber ich erinnere mich an das Gefühl, als sei es gestern gewesen. Ich schließe die Augen und hole tief Luft, bevor wir die Bäume endgültig hinter uns lassen. Als ich ausatme, fliegt Shortstop bereits.

Ich lächle, während ich die Zügel in den Händen halte und mich vorbeuge. Meine Beine bewegen sich mit seinem Galopp, und ich fühlc mich lebendig. Mein Herz kann den Schmerz nicht länger festhalten, während ich dahinfliege. Plötzlich bin ich an einem Ort, an dem es keine Traurigkeit mehr gibt. Der Tod verfolgt nicht länger meine Gedanken, da ist nichts als Luft. Das Ringen um Atem hört auf. Ich bin frei, einfach nur frei. Freiheit sprengt die Ketten, die mich gefesselt haben. Ketten, die mich verkrüppelt haben.

Wir reiten kilometerweit durch die Landschaft von Tennessee. Ich schaue zu Wyatt hinüber und sehe, dass er meinen Blick erwidert. Er lächelt, als könne er meine Gedanken lesen. Dann strafft er die Zügel und verlangsamt sein Pferd zum Trab, und ich folge seinem Beispiel.

»Da ist sie ja«, sagt er unschuldig. Ich kenne Wyatt, er sagt nicht einfach etwas so dahin. Was er ausspricht, meint er auch so.

»Du siehst zu viel.«

»Ich kenne dich. Ich kenne dich von klein auf. Also ja, ich sehe dich. Erzählst du mir, was wirklich los ist?«

Ich nehme die Zügel kürzer, und die Leichtigkeit, die ich Sekunden zuvor noch verspürt habe, verfliegt. »Ich versuche nur, Fuß zu fassen.«

Wyatt erwidert nichts, aber ich merke, wie die Luft sich wieder verdichtet. Dann sagt er: »Ich habe noch nie erlebt, dass du aufgibst.« Ich schaue schnell zu ihm hinüber. Sein Blick ruht auf mir. »Fang jetzt nicht damit an. Wenn du kämpfst, gibt es nichts, was du nicht schaffst.«

So viele Gedanken gehen mir durch den Kopf, aber ich bringe sie beim besten Willen nicht heraus. Ich will weinen, schreien, alles gestehen und dann rennen, so schnell ich kann. Ich will nichts mehr fühlen. Warum muss ich überhaupt etwas fühlen? Gibt es denn gar keine Möglichkeit, dieses Gefühl der Schwerelosigkeit festzuhalten? Denn ich brauche es so dringend. Ich habe es mir verdient.

»Nicht heute. Gib mir diesen Tag«, sage ich und treibe mein Pferd an.

Aber auf dem Rückweg zur Ranch finde ich keinen Frieden mehr. Das Hoch, dem ich hinterhergejagt bin, ist verschwunden. Das Gefühl von Freiheit war so berauschend, dass ich darin ertrinken möchte. Aber ich bin nicht frei. Ich bin dazu verdammt, wieder in Bell Buckle zu leben.

Wyatt folgt mir in die Scheune und hält die Pferde fest, während ich absteige. »Danke für diesen Ausritt«, sage ich und berühre ihn am Arm.

Er lächelt und neigt den Kopf. »Jederzeit, Cowgirl.«

»Weißt du, es gibt wenig, was ich vermisst habe, aber du gehörst dazu.«

Er lacht. »Ich hab immer gewusst, dass du mich am liebsten magst.«

»So weit würde ich nicht gehen.«

»Ich bin froh, dass du wieder da bist. Ich weiß, dass du dich nicht freust, und ich kann verstehen, warum du dich ferngehalten hast.« Er hält für eine Sekunde inne. »Aber ich bin froh, dass du in Bell Buckle bist, wo du hingehörst. Als Nächstes arbeiten wir daran, dass du wieder mehr lächelst.«

»Gewöhn dich nicht zu sehr an meine Anwesenheit. Ich werde nicht ewig bleiben.« Ich drehe mich um und gehe.

»Presley?« Wyatts Stimme lässt mich innehalten.

»Ja?«

»Jeder hat irgendeine Leiche im Keller, aber je länger du sie versteckt hältst, umso schlimmer wird es.«

Meine Augen füllen sich mit Tränen, und ich kämpfe gegen die Worte an. Ich will damit herausplatzen. Ihm oder *allen* die Wahrheit sagen. Niemand weiß von den Bildern, die ich nicht mehr aus dem Kopf kriege. Seine Augen. Seine Reglosigkeit. Der schwarze Sack, in dem er das Haus verlassen hat. Es ist alles da, die ganze Zeit über. Ich will, dass sie verschwinden, aber das tun sie nicht.

»Ich will …«, beginne ich. »Ich kann noch nicht. Ich will es, aber ich kann nicht.«

Er nickt. »Nun, wann immer du meinen Hengst reiten willst … lass es mich wissen.«

»Oh mein Gott.« Ich lache. Es ist typisch Wyatt, die Stimmung aufzuhellen.

»Ja, so nennt man mich.«

»Die Damenwelt kann sich wirklich glücklich schätzen.« Ich schnaube entrüstet.

»Hey«, sagt er, als sei ihm gerade etwas eingefallen. »Was machst du morgen?«

Ich tue so, als müsste ich nachdenken. »Nichts, rein gar nichts.«

»Dann halt dich um sieben Uhr bereit. Ich brauche jemanden, der mit mir rausfährt.«

Das hat mir gerade noch gefehlt: in dieser Stadt dabei gesehen zu werden, wie ich mit einem weiteren Hennington-Bruder durch die Gegend fahre. Nein, danke. »Wenn ich es recht bedenke, bin ich doch beschäftigt.«

»Dann verschieb es.«

»Geht nicht. Ich habe die Jungs.«

Coopers Stimme unterbricht unsere kleine Diskussion. »Ich kümmere mich um die Jungs. Du musst mal raus hier, bevor die Leute sagen, wir würden dich als Geisel halten.«

Ich schaue meinen Bruder an und würde ihm am liebsten den Hals umdrehen. Was ist bloß mit den Männern in meinem Leben los? Sie alle glauben zu wissen, was das Beste für mich ist. Elende Nervensägen.

»Ich will aber nicht.«

»Gut«, erwidert Wyatt und klatscht in die Hände. »Wir sehen uns später.«

»Ich habe Nein gesagt.«

»Das akzeptiere ich nicht.«

»Ich komme nicht mit«, erkläre ich mit vor der Brust verschränkten Armen.

Wyatt geht einen Schritt auf mich zu. »Ich habe deinen kleinen Hintern schon einmal durchs Schlafzimmerfenster bugsiert. Ich werde es wieder tun. Halt dich bereit, oder du kommst mit, ganz gleich, was du gerade anhast.« Er tippt mir auf die Nase und schlendert davon, während ich ihm stirnrunzelnd nachschaue.

Ich habe nicht den leisesten Zweifel daran, dass er seine Worte in die Tat umsetzen wird. Ohne einen einzigen Menschen im Haus, der ihn aufhalten würde. Wehe ihm.

Kapitel 8

»Presley! Wyatt ist da!«, ruft Mama.

»Also, ist das ein Date?«, fragt Cayden.

»Nein. Ganz und gar nicht«, versichere ich ihm. Ein Date steht für mich nicht zur Debatte. Und schon gar nicht mit jemandem von hier. Diesen Fehler mache ich nicht noch einmal. Außerdem ist Wyatt wie ein Bruder für mich. »Wyatt ist ein Freund, mit dem ich zur Schule gegangen bin. Er braucht einfach jemanden, mit dem er einige Besorgungen erledigen kann.«

Logan kommt herüber und schlingt seine Arme um mich. »Ich vermisse Daddy.«

Ich umfasse sein Gesicht und küsse ihn auf die Nase. »Ich weiß, Liebling. Ich vermisse ihn auch.«

So wütend ich auch bin … ich vermisse ihn trotzdem. Sicher, während all der Jahre hatten wir unsere Höhen und Tiefen wie jedes andere Paar auch, aber ich habe ihn geliebt. Todd hat mich verstanden. Mit ihm war es zwar nicht die Art Liebe, bei der die Luft brennt, aber es war eine verlässliche Liebe. Es gab keinen Moment, in dem ich das Gefühl hatte, er würde mich im Stich lassen. Bis er mich im Stich ließ.

»Ich will keinen neuen Dad.« Cayden tritt stirnrunzelnd beiseite. »Du darfst das nicht tun.«

»Cayden.« Ich gehe zu ihm. »Niemand hat gesagt, dass du einen neuen Dad bekommst. Wyatt ist nur ein Freund. Und ich brauche deine Erlaubnis nicht.«

Es ist nicht leicht für sie. Sie haben eine Menge durchgemacht, so vieles hat sich verändert, worum sie nicht gebeten haben. Gleichzeitig habe ich das Gefühl, als befänden wir uns alle im Fegefeuer. Keiner von uns *lebt* mehr. Und wenn ich nicht den ersten Schritt hinaus mache, werden sie niemals folgen. Bevor Wyatt mich aus meinem Zimmer rausträgt, gehe ich lieber selbst.

Cayden schüttelt den Kopf und zieht einen Schmollmund. »Ich hasse es hier!«

»Das weiß ich. Aber zusammen mit Onkel Cooper habt ihr doch Spaß. Er hat gesagt, ihr zwei wärt eine große Hilfe auf der Ranch gewesen.« Ich beuge mich vor, sodass ich auf Augenhöhe mit ihnen bin. »Ich weiß, wie schwer es ist, an einem Ort zu leben, an dem man nicht sein will. Ich weiß es aus eigener Erfahrung. Es ist ganz anders als euer Zuhause. Aber ich verspreche euch, Bell Buckle ist ein wunderbarer Ort zum Leben.« Zum ersten Mal seit meiner Rückkehr habe ich das Gefühl, dass das hier vielleicht doch nicht das Schlimmste ist, was uns hätte passieren können. Meine Eltern, mein Bruder, Wyatt und diese Ranch könnten uns alle retten.

»Wir haben noch nicht mal die Ranch verlassen! Man kann hier nichts machen! Ich hasse es!« Cayden ist der deutlich Wütendere von beiden. Der Zorn steht ihm ins Gesicht geschrieben. Daddy hat gesagt, ich solle ihm seinen Zorn lassen. Ein Junge brauche das manchmal. Ich weiß nicht, was ich davon halten soll. »Ich will wieder zurück. Ich kann bei Tante Angie wohnen.«

»Das wird nicht passieren, Kumpel. So wie es ist, wird es fürs Erste bleiben.«

Eine Träne kullert aus seinem Augenwinkel. Ich will ihm diese Sache leichter machen. Ich würde am liebsten den ganzen Schmerz der beiden nehmen und selbst tragen, aber ich kann nicht. Ich muss stark bleiben und hoffen, dass sie meinem Beispiel folgen werden, wenn sie sehen, dass ich wieder lebe. Bis zu diesem Moment haben sie mich nur Trübsal blasen sehen, wütend auf die ganze Welt. Ich werde mich für sie bessern. »Wir müssen das Beste daraus machen. Ist es optimal?« Ich halte inne. »Nein. Aber wir werden in nächster Zeit hier leben müssen. Also haben wir genau zwei Alternativen: Wir machen das Beste daraus, oder wir leiden die ganze Zeit. Entscheidet euch.«

»Meinetwegen.« Cayden verschränkt die Arme vor der Brust und schüttelt den Kopf.

»Ich habe euch beide sehr lieb, und glaubt mir, ich will auch wieder zurück nach Hause.«

»Wir vermissen unsere Freunde«, sagt Logan. »Cayden ist langweilig.«

»Ich verspreche euch, dass ihr neue Freunde finden werdet, sobald die Schule anfängt.« Logan schaut mutlos weg. »Würdest du dir bitte ein klein wenig mehr Mühe geben?« Sein Rücken strafft sich leicht, und er nickt. »Was ist mit dir, Cay?« Logan versetzt Cayden einen kleinen Schubs, aber er sieht mich nicht an. »Cayden?« Er starrt auf die Wand und weigert sich, meinen Blick zu erwidern. »Okay, du darfst ruhig wütend sein. Ich werde dich jetzt nicht weiter bedrängen, aber ich dulde keine Respektlosigkeit mir gegenüber. Ich lasse es jetzt fürs Erste gut sein, aber wir reden noch mal darüber.«

Cayden verharrt in seiner schweigenden Verachtung. Ich küsse beide Jungs auf den Kopf und versuche, meine Tränen zu unterdrücken. All das war so unnötig. Das ist alles, was ich denken kann. Wir sollten wirklich anders mit unserem neuen Leben umgehen.

Ich flechte mein dunkelbraunes Haar zu einem seitlichen Zopf, ziehe meine Stiefel an und gehe nach unten. Wyatt sitzt mit meinen Eltern am Tisch. »Mist, ich hatte schon darauf gehofft, dich rausschleppen zu müssen.«

Ich verdrehe die Augen. »Tut mir so leid, dich zu enttäuschen.«

»Es gibt immer ein nächstes Mal.«

»Arschloch.«

»Presley!«, stößt meine Mutter hervor. »So habe ich dich nicht erzogen.«

Wenn sie wüsste, welche Ausdrücke wir alle als Kinder benutzt haben, würde sie umfallen. »Tut mir leid.«

»Das sollte es auch.« Wyatt grinst mich an. »Ich bin so enttäuscht, wie sehr die Großstadt meine süße Freundin verdorben hat.«

Jetzt möchte ich ihn erwürgen. »Lass uns gehen, bevor ich meine Meinung ändere.«

Er lacht und legt mir den Arm über die Schultern. »Du kannst zu mir nicht Nein sagen. Ich kenne all deine Spielchen.«

Nachdem wir einige Kilometer gefahren sind, merke ich, dass ich keine Ahnung habe, wohin es eigentlich geht. Wyatt sagt es mir auch nicht, was typisch ist. Damit konnte ich noch nie gut umgehen, und das weiß er. Ich schwöre, diese Jungs lieben es, mich zu quälen – so war es immer schon. Zach und Trent sind regelrecht aufgeblüht, wenn sie mir einen Riesenschreck einjagen konnten. Wyatt hat das nie getan. Stattdessen hat er den Schweigenden gemimt, wenn ich etwas wissen wollte, was ebenso frustrierend war.

Er biegt auf einen Parkplatz ein, und alles in mir erstarrt. »Auf keinen Fall!«, rufe ich. »Nein. Ich gehe da nicht rein. Das weißt du genau. Du weißt, dass die Bar der letzte Ort in dieser verdammten Stadt ist, an dem ich sein möchte.«

»Spring endlich ins kalte Wasser und stell dich dem Ganzen.«

»Das wagst du nicht!« Ich funkle ihn an.

Er zuckt mit den Schultern. »Willst du es jetzt hinter dich

bringen, damit sie alle endlich mit ihren elenden Spekulationen aufhören, oder willst du warten, bis es noch schlimmer wird?«

Als wäre es mir nicht vollkommen egal, was sie alle denken. Ich balle die Hände zu Fäusten und ignoriere ihn.

»Wir können auch hier sitzen bleiben und die Leute reden lassen. Mir macht es nichts aus, wenn die Scheiben beschlagen. Ich habe einen Ruf zu wahren.« Wyatt lehnt sich im Sitz zurück und stülpt sich seinen Hut übers Gesicht.

Wenn ich nicht ich wäre und er nicht er, hätte ich auch nichts dagegen. Mich nur für einen Moment in den Armen eines anderen zu verlieren. Mich nicht so vollkommen allein zu fühlen. Wyatt war immer schon heiß, und wenn er dieses Lächeln aufblitzen lässt, scharen sich die Mädels um ihn. Aber mein Herz hat immer Zach gehört. Wir hatten alles, oder jedenfalls dachte ich das. Zach betrat einen Raum, und alles in mir war hellwach. Er war alles für mich, und ich war alles für ihn. Unsere Seelen haben sich berührt, wenn wir zusammen waren. Ich hatte nur Augen für ihn, was jede Chance, die Wyatt vielleicht gehabt hätte, zunichtegemacht hat.

»Na schön«, sage ich schließlich, als die Fenster tatsächlich langsam beschlagen. »Lass uns gehen.«

Er nimmt meine Hand. »Ich bin die ganze Zeit bei dir. Aber ich denke, du schaffst das schon.«

»Wer ist alles da?«

»Ich habe nur einige Freunde eingeladen.« Er zwinkert mir zu und öffnet die Tür.

Die ganze Stadt ist da. Als ich die Bar betrete, erklingt überall Gejohle und Gebrüll. Ich lächle und ziehe den Kopf ein, weil mir die Aufmerksamkeit unangenehm ist. Aber so ist das in dieser kleinen Stadt, jeder kennt jeden. Böse funkle ich Wyatt an. Er ist ein toter Mann.

Die Leute kommen mit offenen Armen auf mich zu, um mich willkommen zu heißen. Ich kann nicht mehr aufhören zu lächeln, als mich der Erste erreicht. »Wenn das nicht die Unruhestifterin der Stadt ist!« Trent Hennington reißt mich in seine Arme und wirbelt mich herum.

Ich lache. »Ich kann es immer noch nicht glauben, dass man dir eine Waffe gegeben hat.«

Er setzt mich ab und umfasst mit beiden Händen mein Gesicht. »Du solltest dich fürchten.«

»Oh, das tue ich.«

Wir grinsen beide. Trent ist zwei Jahre älter als Zach, der nervige große Bruder, der mich und Zach früher immer geärgert hat. Er fand es lustig, mich in Verlegenheit zu bringen, und es ist ihm oft genug geglückt.

»Ich werde dich jetzt nicht für mich allein beanspruchen. Komm lieber diese Woche vorbei, um meine Handschellen auszuprobieren.«

Ich schnaube. »Du bist immer noch ein Spinner.«

»Aber ein liebenswerter Spinner.«

»Ihr verdammten Henningtons müsst endlich mal Bescheidenheit lernen«, entgegne ich. Trent und Wyatt sind so von sich selbst überzeugt. Es ist ein Wunder, dass überhaupt jemand mit ihnen redet. »Verheiratet?«

»Um Himmels willen, nein. Die Mädels sind total scharf auf mein Abzeichen.«

Ich will gerade antworten, als meine beste Freundin aus Highschool-Zeiten losquietscht und aussieht, als würde sie in Tränen ausbrechen. Bei dem Geräusch weicht Trent zurück. »Du hast nicht angerufen!«, ruft Grace, als sie auf mich zueilt. »Ich habe erst von Cooper erfahren, dass du zurück bist.« Sie zieht mich an sich. »Ich habe dich so sehr vermisst. Es war, als wärst du in der Versenkung verschwunden.«

Ich lehne mich zurück und lächle. »Das war ich auch. Ich

musste weg. Aber es tut mir leid. Ich hätte mich melden sollen.«

»Süße, wenn ich die Möglichkeit gehabt hätte, wäre ich auch gegangen. Aber du weißt, wie es für die meisten von uns läuft.« Und ob ich das weiß. Es bedeutet Sicherheit hierzubleiben, und manchmal können die Menschen das Band, das sie hält, nicht kappen. »Erzähl mir, warum du zurückgekommen bist.«

Bevor ich antworten kann, wandert mein Blick zur Theke. Alles in mir erstarrt. Mein Herz. Mein Atem. Meine ganze Welt steht still. Dort steht Zachary Hennington und starrt mich an. Er bewegt sich nicht, ich bewege mich nicht. Ein Tsunami von Erinnerungen flutet den Raum. Unser erster Kuss, das erste Mal, dass wir uns geliebt haben, die Versprechen, der Antrag, die Liebe, die unser Leben erfüllte, und der Schmerz, als er mich verließ. Reglos sieht er mich an. So viele Fragen, die wir stumm austauschen.

Bist du es wirklich?

Wie geht es dir?

Warum bist du hier?

Warum hast du nicht angerufen?

Warum hast du mich verlassen?

Warum bist du nicht mit mir gekommen?

Wo bist du gewesen?

Fühlst du das?

Was hat das zu bedeuten?

Grace rüttelt an meinem Arm, und ich will schreien. Sie muss die Panik in meinen Augen gesehen und verstanden haben. »Hast du es gewusst?«, fragt sie.

»Was gewusst?«

»Dass er hier lebt?«

Mein Kopf ist benommen, als ich versuche, ihre Worte zu verstehen. »Wie meinst du das?«

Sie dreht sich so zu mir um, dass ich ihn nicht mehr sehen kann, und hakt mich unter. »Er ist jetzt schon seit einer ganzen Weile wieder hier. Seit ungefähr acht Jahren oder so. Er hat das Geschäft seiner Familie übernommen.«

»Ich habe nicht …« Ich schaue wieder hinüber, und diesmal ist er nicht allein. Eine Frau mit langem schwarzen Haar hängt an seinem Arm. Sie streicht ihm mit einem Finger über die Wange und sieht mich dann direkt an. Mir bleibt fast die Luft weg, als mir klar wird, wer sie ist – Felicia Hayes. Sie bedenkt mich mit einem selbstzufriedenen Lächeln, bevor sie ihre Aufmerksamkeit wieder Zach widmet.

Grace schnaubt abfällig. »Sie hat ihn sich ziemlich schnell gekrallt.«

»Sind sie zusammen?«, frage ich und kenne die Antwort bereits. Von allen Menschen auf der Welt musste es ausgerechnet sie sein. Es geht mich eigentlich nichts an. Aber sie ist kein guter Mensch, und irgendwo in meinem Herzen gehört er immer noch zu mir.

»Seit ungefähr fünf Jahren. Aber sie sind nicht verheiratet, was natürlich immer für Gesprächsstoff sorgt. Kein Wunder, nach so langer Zeit, oder? Ich glaube, es gibt da eine andere, die er nicht vergessen kann.«

Als ich wieder hinsehe, ist er nicht mehr da. Mein Herz schlägt heftig, als ich nach ihm Ausschau halte. Aber ich entdecke nur Felicia, die auf uns zukommt.

»Mist. Da kommt die Hexe«, sagt Grace, als Felicia sich uns nähert.

Ich drehe mich um und betrachte die Frau, die ich nie wiedersehen wollte. Sie ist deutlich älter geworden, aber immer noch hübsch. Für einen Moment mustern wir einander. Das fast pechschwarze Haar fällt ihr bis über die Schultern. Ponyfransen umrahmen ihre smaragdgrünen Augen, und sie hat definitiv Implantate.

»Hallo, Presley.« Ihre süße Südstaatenstimme klingt unaufrichtig.

»Hallo, Felicia.« Ihr Lächeln ist ebenso falsch wie meins.

Sie sieht Grace mit einem Stirnrunzeln an. »Grace.«

»Miststück«, antwortet Grace ohne jedes Zögern.

Das ist ein weiterer Grund, warum ich geschworen habe, niemals zurückzukehren. Felicia Hayes ist der Teufel. Ich schwöre, die Frau hat Hörner. Ihre Lebensaufgabe besteht darin, Menschen unglücklich zu machen. Sobald jemand glücklich ist, hat sie es auf ihn abgesehen. Ich kann mir kaum vorstellen, wie es ist, mit einem solch schwarzen Herzen zu leben.

Sie tritt mit einem selbstgefälligen Grinsen vor. »Ich habe gehört, dass du wieder hier bist, und ich konnte es nicht glauben. Bell Buckle war ohne dich nicht mehr dasselbe.«

»Ich wäre ja gerne hin und wieder zu Besuch gekommen. Aber das Leben in der Großstadt … du weißt schon. Es kam immer was dazwischen.« Ich zucke mit den Schultern. Sie hat immer davon geredet, dass sie auch fortwollte. Sie hatte vor, zu heiraten und von hier wegzuziehen, vorzugsweise mit meinem damaligen Verlobten. Ich habe ihren Konkurrenzkampf, wenn es um Zach ging, nie verstanden.

»Dein Leben war doch bestimmt perfekt. Was mich zu der Frage zurückbringt, warum du jetzt hier bist. Ist es doch nicht so gut gelaufen?«

Es kostet mich meine ganze Selbstbeherrschung, sie nicht zu ohrfeigen. Sie war schon immer so arrogant. Schon als wir Kinder waren, hat sie stets versucht, andere niederzumachen. Ich habe nie verstanden, warum sie so hasserfüllt war. Wie es scheint, hat sich dieser Charakterzug im Laufe der Zeit noch verstärkt. »So könnte man es nennen.«

Sie legt den Kopf schräg und zuckt mit den Schultern. »Wie traurig.«

Ich könnte ihr sagen, dass mein Ehemann gestorben

ist, aber das wäre ihr egal. Ihr geheucheltes Mitleid ist das Letzte, was ich will oder brauche. Ich werde ihr keine Munition geben, die sie später gegen mich einsetzen kann.

»Nun, Grace und ich haben uns einiges zu erzählen«, erkläre ich abweisend.

»Oh.« Sie schaut zum anderen Ende der Bar, wo Zach steht. »Davon bin ich überzeugt. Zach und ich haben erst vor wenigen Wochen darüber gesprochen, wie sehr wir dich vermisst haben.«

»Wie reizend von euch.« Ich greife mir an die Brust. »Es ist mir eine solche Ehre, dass ihr an mich gedacht habt«, erwidere ich mit vor Sarkasmus triefender Stimme.

»Darauf möchte ich wetten.« Felicia dreht sich um und geht davon.

Manche Leute ändern sich wohl nie, aber von ihr habe ich auch nicht viel erwartet. In dieser Stadt ist es einfach so: Versucht man, jemandem aus dem Weg zu gehen, ist es, als wollte man dem Regen ausweichen – unmöglich.

Grace und ich plaudern ein wenig, und viele Leute kommen vorbei, um Hallo zu sagen. Langsam entspanne ich mich. Trent überredet mich dazu, mit ihm zu einem langsamen Song zu tanzen, aber ich verbringe die halbe Zeit damit, über seine Schulter zu Zach hinüberzuschauen. Ich kann nicht glauben, dass er in der Stadt ist. Wenn ich das gewusst hätte, wäre ich niemals zurückgekommen, was wahrscheinlich der Grund dafür ist, warum mir niemand davon erzählt hat.

Ich gehe zurück an den Tisch, wo Grace sitzt. Wyatt flirtet schon wieder, mit einer mir unbekannten Frau – typisch.

»Also, warum bist du nicht verheiratet?«, frage ich Grace, weil mir aufgefallen ist, dass sie keinen Ring trägt.

Sie zuckt mit den Schultern und hebt die linke Hand. »Ich bin wählerisch.«

Wir lachen, und sie erzählt mir alles über den Typ, mit dem

sie eben geredet hat. Einen Moment lang ist es beinah so, als sei mein Leben nicht der reinste Schlamassel. Die Stimmung in der Bar lässt mich alles für ein Weilchen vergessen.

»Stammt er von hier?«, frage ich.

»Pres.« Graces Augen springen ihr fast aus dem Kopf.

»Was?« Ihr Blick ist starr auf etwas hinter mir gerichtet, und ich kann es in ihren Augen sehen. Er ist hier.

»Presley.« Seidenweich klingt mein Name, als er ihn mit seiner tiefen Stimme ausspricht. Mein Körper will darauf reagieren, aber ich kämpfe dagegen an. Zach darf nicht diese Macht über mich haben. Ich werde es nicht zulassen.

»Zachary.« Ich drehe mich um und versuche, mich zusammenzureißen.

Er ist immer noch derselbe Junge, in den ich mich mit zwölf verliebt habe. Sein Blick ist intensiv, wenn er mich ansieht. Meine Finger kribbeln, während Zach vor mir steht. Und mich mit seinem Blick lähmt. Sein dunkelbraunes Haar ist eine Spur kürzer, sein Bartschatten lässt ihn noch wilder erscheinen, und sein Körper ist viel massiver. Das Alter hat ihm gutgetan.

Grace räuspert sich. »Ich werde euch zwei dann mal allein lassen, damit ihr miteinander reden könnt.«

Ich versuche, sie am Arm festzuhalten, aber sie ist zu schnell.

»Du siehst toll aus, Pres.« Er lächelt, und ich unterdrücke den Wunsch, ihm ins Gesicht zu schlagen. Ich sehe nicht toll aus. Ich fühle mich nicht toll. Ich bin ein Wrack, das sich jeden Morgen aufs Neue aus dem Bett quälen muss. Aber das werde ich ihm nicht sagen. Und der Zach, den ich kannte, hätte das bereits gesehen. »Wie geht es dir?«, fragt er.

Ich kriege kaum einen Ton heraus. »Ganz okay«, murmele ich. *Reiß dich zusammen, Presley. Du bist eine erwachsene Frau, die es nicht nötig hat, sich je wieder so verletzen zu las-*

sen. »Und dir?« Toll. Vier Worte sind alles, was ich herausbringe.

»Mir geht's gut. Wyatt hat gesagt, dass du wieder in der Stadt bist, aber ich hab ihm nicht geglaubt. Du hast dich ziemlich klar ausgedrückt, als du gesagt hast, dass du nie mehr zurückkommen würdest.«

Wyatt. Dieser Mistkerl. Er wusste genau, dass das hier passieren würde. »Das habe ich. Und jetzt fragst du dich, warum ich doch wieder hier bin?«

»Genau.« Irgendetwas hat ihn aus dem Gleichgewicht gebracht. Wahrscheinlich meine Feindseligkeit. Aber er setzt unser ziemlich unangenehmes Gespräch fort. »Ich habe schon mit dem Gedanken gespielt, auf der Ranch vorbeizukommen. Aber ich dachte, dass du mich nicht sehen willst.«

Ich stoße einen tiefen Atemzug aus. »Ich hatte keine Ahnung, dass du hier bist, Zach. Wyatt hat versäumt, das zu erwähnen, genau wie alle anderen. Wenn ich es gewusst hätte ...« Ich halte inne, während ich meine Fassung ein wenig zurückgewinne. »Keine Ahnung. Momentan bin ich einfach sehr überrascht. Ich habe nicht erwartet, dich zu sehen.«

Ich wollte ihn auch nicht sehen. Ich wollte nie wieder einen Blick auf ihn werfen. Weil mir klar war, dass er diese Wirkung auf mich haben würde. So ist es bei mir immer schon gewesen. Wenn es um Zach geht, war ich noch nie in der Lage, meine Gefühle zu kontrollieren. Er hat eine ganz besondere Wirkung auf mich.

»Wir sollten reden.«

Es gibt nichts zu bereden.

»Warum bist du in Bell Buckle?«, frage ich mit einem scharfen Unterton.

»Ich hab mir die Schulter ausgekugelt«, antwortet er, und ich möchte lachen. Ich möchte ihm buchstäblich ins Gesicht lachen. Er hat mir das Herz gebrochen. Er hat mich in Maine sitzen lassen, um Profibaseballer zu werden, und dann landet er wieder hier in diesem Kaff. »Ich bin zurückgekommen, um die Verletzung auszukurieren, aber am Ende bin ich geblieben, als mein Dad einen Schlaganfall hatte.«

Felicia schmiegt sich hinter ihn, während sie mich nicht aus den Augen lässt. »Da bist du ja, Schatz.« Ihre Finger gleiten langsam an seinem Arm empor bis zur Schulter. »Ich hatte gehofft, dass wir Gelegenheit bekommen würden, mit dir zu reden, Presley. Ich habe gerade zu Zach gesagt, wie lange unser letztes Treffen her ist. Natürlich hat sich die Lage jetzt ein wenig verändert.«

Ich stoße ein kurzes Lachen aus. »Oh ja. Das hat sie.«

Zachs Blick verweilt weiter auf mir. Er nimmt sie nicht einmal zur Kenntnis. »Es gibt eine Menge Dinge, die sich geändert haben.«

Felicia bettet den Kopf auf seinem Arm. Jetzt sieht er sie an, dann wieder mich. Sie merkt sofort auf. »Wollen wir nicht irgendwann mal zusammen Mittagessen gehen oder so? Wäre das nicht nett, Presley? Ich würde gerne hören, wie es dir ergangen ist, und ich kann dir erzählen, wie es bei Zach und mir so läuft.«

»Ach, weißt du.« Ich stoße einen dramatischen Seufzer aus. »Ich bin im Moment wirklich sehr beschäftigt.«

»Das glaube ich dir gern.«

Ich balle die Fäuste, bereit, der angestauten Feindschaft Luft zu machen, aber Zach schaltet sich ein. »Felicia.«

Es gefällt ihr natürlich nicht, dass er mich verteidigt. »Also wirklich, Zachary.« Sie reißt ihre Hand weg und fährt sich mit den Fingern durchs Haar.

Wyatt tritt neben mich, legt mir den Arm um die Schultern und zieht mich an seine Seite. »Da bist du ja, Cowgirl. Ich muss dir wohl einen dieser Peilsender verpassen.«

Felicia prustet. »Wie einer Kuh.«

Ich will ihr die Augen auskratzen. Wyatt muss es spüren, denn seine Hand schließt sich um meine Schulter. »Ich wollte dich etwas fragen, Felicia«, beginnt er gelassen. »Hast du zu eurem Jahrestag bekommen, was du wolltest? Du weißt schon, an dem Tag, nachdem Presley wieder in die Stadt gekommen ist?«

»Warum holst du uns nicht ein paar Bier?«, drängt Zach Felicia.

Sie wirft ihm einen wütenden Blick zu. Ich habe das Gefühl, dass mir irgendetwas entgeht. »Was?«, faucht sie. »Nimmst du mich auf den Arm?«

Wyatt zieht mich fester an sich. »Hol uns auch eins, ja?«

»Zum Teufel mit euch«, giftet sie, bevor sie sich wieder an Zach wendet. »Schatz, lass uns zurück zur Theke gehen.«

Ich sehe Zach an, dessen Blick starr auf die Hand seines Bruders gerichtet ist. Wyatt reibt meine Schulter, und ich lehne mich ein wenig enger an ihn. Ich benehme mich kindisch, das ist mir vollkommen klar. Ich bedeute Zach nichts, und er bedeutet mir nichts. Wir waren mal zusammen und begegnen uns jetzt wieder. Die Geschichte zwischen uns könnte ganze Bücher füllen, aber er ist seinen Weg gegangen. Und ich meinen. Ich habe zwei Söhne und ein Leben, zu dem ich zurückkehren will. Doch ich wünschte, er wäre nicht hier, und mehr als alles andere wünschte ich, ich würde nicht diese Leere in meinem Bauch fühlen.

Wyatt hüstelt und wedelt mit der Hand vor dem Gesicht seines Bruders herum. »Erde an Zach.«

»Was?«

Felicia zieht die Mundwinkel nach unten, und ich unterdrücke ein Lächeln. Sie ist sauer. »Ich habe gesagt, lass uns gehen. Aber du starrst nur ins Leere.«

Zach sieht sie an und dann wieder Wyatt und mich.

»Geh schon, Zach.« Wyatt lächelt und küsst mich auf die

Wange. »Presley ist mein Date, und ich will jetzt tanzen, bevor jemand anderes versucht, sie mir wegzuschnappen.«

Meine Augen weiten sich, als er »Date« sagt. Zach bemerkt das ebenfalls. »Date?«, fragt er.

»Nun, ja. Sie ist ledig. Ich bin ledig. Das stört dich doch nicht, oder, Bruder?«, provoziert Wyatt ihn.

Er mustert mich und schüttelt den Kopf. »Natürlich nicht. Ich habe mir nie etwas anderes gewünscht, als dass sie glücklich ist.«

Wenn ich Zach nicht mein Leben lang gekannt hätte, hätte ich vielleicht den Blödsinn geglaubt, den er gerade von sich gegeben hat. Diese Situation gefällt ihm ganz und gar nicht. Dass ich hier bin, dass sein Bruder mich berührt, dass er mich ansehen muss – das alles nagt an ihm, und ich freue mich darüber. Ich hoffe, dass es ihm wehtut, denn auch die Narben, die er bei mir hinterlassen hat, als er mir das Herz brach, beginnen zu schmerzen.

»Zach!« Felicia brüllt regelrecht. »Sofort!«

Ich sehe in seinen Augen, wie er mit sich ringt. Er betrachtet mich, bevor er einen Seufzer ausstößt. »Ich wünsche euch noch einen schönen Abend.«

»Dir auch«, erwidert Wyatt.

Und dann geht Zach, so wie ich es von ihm kenne.

Ich würde Wyatt am liebsten den Hals umdrehen. Er hat genau gewusst, dass dies passieren würde. Es war schon schlimm genug, Zach zu sehen, aber ihn zusammen mit Felicia zu sehen – das ist die reinste Folter.

»Tanz mit mir.« Ich löse mich aus seiner Umarmung.

»Du wirst es mir heimzahlen, nicht wahr?«

»Und ob.« Ohne ein weiteres Wort drehe ich mich um.

Wir gehen zur Tanzfläche, und ein Teil von mir zerbricht aufs Neue. Wyatt nimmt meine Hand und zieht mich an sich. »Bitte ramm mir kein Knie in die Eier oder so was.«

Er führt, während wir uns zur Musik bewegen. Er kann von Glück sagen, dass ich ihm nicht auf die Füße trete. »Warum hast du mich so auflaufen lassen?« Meine Stimme bebt vor Ärger. »Wie konntest du mir das verschweigen?«

Er wirbelt mich herum. »Wärst du denn sonst mitgekommen?«

»Nein!« Ich stoße seine Hand weg, und er lacht.

»Hör mal, diese Stadt ist so klein, dass du ihm sowieso irgendwann über den Weg gelaufen wärst. So waren wenigstens Trent und ich hier.«

»Ich bin so sauer auf dich, du hast ja keine Ahnung, wie sehr. Du hättest mich warnen sollen. Du hättest mir sagen sollen, dass er hier ist. Wenn du ein echter Freund wärst«, ich halte inne, »hättest du mich nicht so überrumpelt.«

Er schüttelt den Kopf. Natürlich ist er anderer Meinung. »Ich war immer ein echter Freund. Und ich werde immer dein Freund sein. Aber du hast einen Dickschädel, und manchmal musst du mir einfach vertrauen.« Wyatt schaut zur Theke hinüber und grinst. »In diesem Moment würde mein Bruder mir am liebsten die Arme ausreißen und mich damit füttern.« Ich schaue zu Zach rüber, der Wyatt zornig anfunkelt, während wir tanzen. Wyatts Hände wandern tiefer in Richtung meines Hinterns, als er mich erneut herumwirbelt und mir den Blick auf Zach versperrt. »Rache ist süß.«

»Ist es das? Rache?«

Wyatts honigfarbene Augen blicken mich eindringlich an. »Ich würde dich niemals für irgendeine Form von Rache ausnutzen. Niemals. So sehe ich dich nicht. Ich sehe dich viel eher als Belohnung.« Mir stockt der Atem, und ich versuche zu begreifen, was er meint. Will er damit etwa sagen, dass er mehr in mir sieht? Dass er Gefühle für mich hat? Nein. Unmöglich. Er muss meine Panik spüren, denn er fährt fort:

»Ich sage nur, dass dies kein Spiel ist. Deine Freundschaft ist nichts, was ich nur zum Spaß zerstören würde.«

»Das weiß ich.«

»Gut.«

Als die Musik aufhört, verbeugt er sich theatralisch vor mir. »Ich bin immer noch sauer.«

Er kichert. »Du kommst schon drüber weg. Genauso wie du über ihn hinweg bist.« Er hebt das Kinn in Richtung der Theke. Natürlich ist es dumm, dass ich hinübersehe, aber wenn es um Zach geht, hat mein Verstand schon früher regelmäßig ausgesetzt. Er lehnt an der Theke und starrt mich an, während Felicia um seine Aufmerksamkeit buhlt. Als unsere Blicke sich treffen, verschwindet alles um mich herum.

Es gibt sonst niemanden mehr in diesem Raum, in dieser Stadt oder auf dieser Welt.

Das mit Zach und mir mag vorbei sein, aber mein Herz kümmert das nicht. Ich mache mir nur selbst etwas vor, wenn ich etwas anderes behaupte.

Aber so weit lasse ich es nie wieder kommen.

Ich rufe mir ins Gedächtnis, warum ich hier bin. Den Grund, warum mein Leben gerade so verläuft. Zach hat mich verlassen, ich habe Todd kennengelernt, und dass ich jetzt hier stehe, ist die Folge davon.

Kapitel 9

Am nächsten Morgen erwache ich mit furchtbaren Kopfschmerzen. Zach den ganzen Abend aus dem Weg zu gehen hatte sich als so anstrengend herausgestellt, dass ich mich ziemlich schnell verdrückt habe. Glücklicherweise hat Grace angeboten, mich nach Hause zu bringen.

Um mich nicht weiter in meinen widerstreitenden Gefühlen zu suhlen, beschließe ich, in die Stadt zu fahren und Büroutensilien einzukaufen. Noch sind die meisten Leute in der Kirche, sodass ich alles unbemerkt erledigen werden kann.

Dachte ich zumindest.

»Oh mein Gott! Presley?«, kreischt eine Frau, als ich aus dem Wagen steige. »Bist du das?«

Ich drehe mich um und erkenne eine Highschool-Freundin. »Emily Underwood!« Ich umarme sie. »Du siehst toll aus!« Das blonde Haar fällt ihr fast bis zum Po, und sie ist gertenschlank. Sie war schon immer hübsch, aber jetzt ist sie atemberaubend.

»Danke.« Sie richtet ihre Bluse. »Ich habe in Nashville gesungen, und gutes Aussehen hilft dabei, einen Auftritt zu bekommen.«

»Das ist ja großartig. Ich weiß noch, dass du bereits schrecklich gern gesungen hast, als wir noch klein waren.«

Seit ich denken kann, hat sie bei jeder Theateraufführung, in jedem Chor und in der Kirche gesungen. Ihre Mutter und meine sind eng befreundet. Nun ja, in dieser Stadt sind alle, die im selben Alter sind, eng befreundet.

Emily zuckt mit den Schultern. »Irgendwie kann ich es nicht lassen. Es ist meine Leidenschaft.«

Wir spazieren den Gehweg entlang. »Das ist wirklich toll, Em. Es freut mich, dass du genau das tust, was du liebst.«

»Danke.« Sie lächelt. »Was ist mit dir? Was führt dich wieder zurück nach Bell Buckle?«

Oh, ich versuche nur, nicht den Verstand zu verlieren. »Es ist einiges geschehen, ich brauchte eine Veränderung.« Weiter will ich es nicht erklären.

»Schön für dich. Oh mein Gott!« Ihre Stimme wird theatralisch. »Hast du Zach schon gesehen?« Ihre Augen leuchten vor Bewunderung. »Er ist *so* attraktiv. Okay, er ist mit *dem* Miststück der Stadt zusammen, aber …« Sie seufzt. »Jetzt, da du zurück bist …«

Jetzt, da ich zurück bin, was? Er hat seine Freundin. Ich habe mein trauriges Leben. Ende der Geschichte.

»Weißt du, dass ich zwei Söhne habe, die jetzt fast elf sind?«, bemühe ich mich, sie von dem Thema abzubringen.

Sie bleibt stehen und baut sich vor mir auf. »Oh, netter Versuch, Presley Townsend. Aber komm mir nicht mit dieser Frage-Gegenfrage-Taktik. Du weißt, dass du mit diesem Quatsch hier unten nicht durchkommst.«

Ich seufze und beschließe, ihr ein Fitzelchen Information zu geben. »Ich habe ihn gesehen. Er war mit Felicia zusammen. Wir haben Hallo gesagt, ich habe Auf Wiedersehen gesagt.«

Ich muss mich selbst ermahnen, nur auf ihre Frage zu antworten. Es ist mir schleierhaft, wie man in dieser kleinen Stadt überhaupt je Geheimnisse haben kann. Meine Mutter ist so geschickt darin, andere auszufragen, dass sie hätte Detektivin werden können. Man wiegt sich in dem Glauben, sie würden nur eine einfache Frage stellen, aber dann haken sie nach, und du bist geliefert.

Emily feixt. »Und, war der Funke noch da?«

»Können wir bitte das Thema sein lassen?«, flehe ich sie an. »Es tut mir leid, aber es war gestern ein langer Tag, und mir ist der Kaffee ausgegangen.« Ich will nicht an ihn denken. Schlimm genug, dass er letzte Nacht die Hauptrolle in meinem Traum gespielt hat – das muss er nicht auch noch in Wirklichkeit tun.

»Oh, dann lass uns doch ins Café gehen«, schlägt sie vor, »und du bringst mich auf den neuesten Stand.«

Ganz bestimmt nicht.

»Klingt gut.«

Dank des Kaffees fühle ich mich bald wenigstens wieder wie ein Mensch. Aber als wir den Laden betraten, richteten sich alle Blicke auf mich, und Getuschel wurde laut. Gott, ich vermisse Philly. Dort konnte ich zumindest in einen Starbucks gehen, ohne Aufsehen zu erregen.

»Du solltest mal nach Nashville kommen. Ich habe bald ein paar Gigs.« Emily nippt an ihrem Kaffee.

»Sehr gern.«

»Ich schätze, das hier bedeutet für dich eine harte Umstellung im Vergleich zum Leben in der Stadt.«

Ich lache. »Das ist eine Untertreibung.«

»Obwohl du hier groß geworden bist?«

»Es ist völlig anders als in meiner Erinnerung. Ich habe mich so sehr daran gewöhnt, alles in der Nähe zu haben. Die Jungs haben einen echten Kulturschock erlitten.«

»Darauf möchte ich wetten.«

Wir plaudern weiter, während mich die Leute anstarren, als sei ich eine Erscheinung. Meine Mutter muss es doch ihren Freundinnen erzählt haben, dass ich wieder zurück bin. Deshalb erstaunt es mich, dass überhaupt noch jemand überrascht ist. Andererseits habe ich selbst so getan, als sei es nicht real, indem ich mich auf der Ranch versteckt habe.

»Ich muss mich auf den Weg machen.« Emily schaut auf ihre Armbanduhr. »Ich hoffe, du und Zach bekommt eine Chance zu reden.«

»Ähm, es ist vorbei. Es ist seit fast zwei Jahrzehnten vorbei.« Ich wünschte, mein Herz würde das akzeptieren. Das Wiedersehen mit ihm, das Wissen, dass er in der Nähe ist, hat alles in mir aufgewühlt.

Es ist, als sei ich wieder vierzehn und er würde mich zu unserem ersten Ausritt einladen. Sein selbstsicheres Grinsen, die engen Jeans, die seinen Hintern betonten, und die Art, wie seine Augen alles ausdrückten, was er nicht aussprechen wollte. Wir waren so jung, so verliebt und so idealistisch.

»Natürlich ist es das. Aber in dieser Stadt glaubt es keiner. Wir alle haben es damals doch miterlebt. Ich kann mich gar nicht erinnern, euch beide mal nicht zusammen gesehen zu haben. Eure Liebe ist von der Art, über die man Lieder schreibt.«

Toll, mein Leben ist ein Countrysong. Ich bin Witwe, lebe auf einer Ranch und fahre einen Truck, und habe die längst verlorene »Liebe meines Lebens« wiedergetroffen. Alles, was ich noch brauche, ist ein Hund.

»Ich denke, die Erinnerung trügt. Und wir sind nicht mehr verliebt. Außerdem, wenn unsere Liebe etwas so Besonderes gewesen wäre, wären wir immer noch zusammen.«

Emily ergreift meine Hand. »Ich meine es ernst, Pres. Du wirst schon sehen. Ihr zwei seid Seelengefährten.«

Ich drücke ihre Hand und schüttele den Kopf. »So etwas gibt es nicht.«

Sie steht auf und grinst. »Ich werde so tun, als hätte ich das nicht gehört.«

Ich erhebe mich ebenfalls von meinem Stuhl und umarme sie zum Abschied. »Ich finde, es ist an der Zeit, dass ihr alle es endlich auf sich beruhen lasst.«

»Wie auch immer. Liebe lässt nichts auf sich beruhen, sie wird stärker. Sehen wir uns bald wieder?« Sie beugt sich vor, um mir einen Kuss auf die Wange zu drücken.

»Unbedingt.«

Als ich die Tür öffne, entdecke ich Zachs Truck. Schnell ziehe ich mir die Kapuze meines Hoodies über den Kopf und renne zu meinem Wagen. Je länger ich ihm aus dem Weg gehen kann, desto sicherer wird mein Herz vor ihm sein.

Ein Klopfen an der Tür des Arbeitszimmers lässt mich innehalten. »Zach?« Ich schiebe mir die Brille auf der Nase nach oben und stehe auf. Eigentlich war mein Plan, ihm aus dem Weg zu gehen, von vornherein zum Scheitern verurteilt, wenn er hier auftauchen kann, wann er möchte. Es war nur eine Frage der Zeit.

»Entschuldige, dass ich vorbeikomme, ohne vorher anzurufen, aber neulich Abend konnten wir nicht wirklich reden.« Er nimmt seinen Hut ab und wirft ihn auf den Stuhl. »Ich habe dich gestern in der Stadt gesehen, als du offensichtlich nicht erkannt werden wolltest. Ich finde, wir sollten versuchen, anständig miteinander umzugehen.«

Anständig? Er kann nicht einfach auftauchen, wann es ihm passt. Er hat hier nichts zu suchen. Ich will ihn überhaupt nicht sehen, aber erst recht nicht bei mir zu Hause, meinem einzigen Rückzugsort. Offenbar hat er den deutlichen Wink mit dem Zaunpfahl nicht verstanden.

»Deine Mutter hat mir gesagt, wo ich dich finde. Und da sie keine Gegenstände nach mir geworfen hat, habe ich das als gutes Zeichen gedeutet.«

»Was machst du hier?« Ich schlage mit der Hand auf den Schreibtisch. »Meine Mutter hat nichts nach dir geworfen, weil sie eine anständige Südstaaten-Lady ist, aber ich bin das nicht mehr. Ich habe genug Zeit im Norden verbracht, um dir, ohne mit der Wimper zu zucken, eins mit dem Tacker überzuziehen!« Ich schnappe mir das Ding vom Schreibtisch und richte mich auf.

»Hey! Hey!«, sagt er mit erhobenen Händen. »Ich bin nicht hier, um Streit anzufangen. Ich will nur wissen, wie es dir geht. Ich habe dich vermisst.«

»Arschloch!« Ich werfe den Tacker nach ihm. »Du hast kein Recht, mich zu vermissen!«

Er weicht aus, und der Tacker prallt mit einem lauten Knall gegen die Wand. Zachs Augen weiten sich, und er zieht die Mundwinkel hoch. »Anscheinend hast du in all den Jahren, in denen du mir beim Baseball zugeschaut hast, das Werfen gelernt.«

»Du warst anscheinend ein miserabler Lehrer!«

»Felicia und ich wollten dich zum Abendessen einladen.«

Er hat komplett den Verstand verloren.

Zach stößt einen Seufzer aus und kommt näher. »Ich weiß, es könnte heikel werden, aber ich dachte, dass …«

»Dass was? Dass eine Chance besteht, dass wir Freunde sein könnten? Dass wir sogar was zusammen unternehmen? Du musst dir den Kopf untersuchen lassen, wenn du das glaubst.« Er kann doch wohl kaum vergessen haben, wie unsere Beziehung zu Ende ging.

»Pres«, mahnt er mich.

»Komm mir nicht mit ›Pres‹! Du hast echt Nerven, hier aufzutauchen.«

»Es ist lange her.«

Ich will ihm am liebsten ins Gesicht schlagen. »Geh«, fordere ich ihn auf.

Zach kommt näher und verschränkt die Arme vor der Brust. »Ich gehe nicht, bevor wir das geklärt haben. Ich will die Sache aus der Welt schaffen.«

»Na schön.« Ich schnappe mir die Dose mit den Büroklammern und werfe. Und verfehle ihn erneut. »So, es ist aus der Welt geschafft.« Ich suche nach etwas anderem, das ich nach ihm werfen kann.

»Hör auf damit!« Er tritt näher und hebt zum Zeichen seiner Kapitulation die Hände.

Ich funkle ihn an. »Erzähl mir nicht, was ich zu tun habe. Wir haben einander nichts zu sagen.«

Zach lacht schwach und packt meine Arme. »Ich finde, es gibt eine Menge zu sagen, Pres. Es ist so viel Zeit vergangen.« Er lässt meine Arme los, aber sein Blick ist warnend.

»Ich habe dir nichts zu sagen.«

»Da wir jetzt beide hier leben, finde ich, sind wir es einander schuldig, die Vergangenheit zu klären.«

Ich unterdrücke Hunderte sarkastischer Bemerkungen, die mir auf der Zunge liegen. »Klar. Einfach so. Besprechen wir also die Tatsache, dass du mir schneller das Herz gebrochen hast, als ich blinzeln konnte. Was habe ich mir nur gedacht?« Ich greife mir spöttisch an die Brust. »Bitte, tu dir keinen Zwang an, setz dich.« Ich deute auf den Stuhl vor ihm. »Lass uns die beschissene Vergangenheit klären.«

Er sieht mich mit einem arroganten Grinsen an. »Deinen Sarkasmus hast du jedenfalls nicht verloren.« Zach geht zu dem Stuhl vor meinem Schreibtisch und nimmt langsam Platz, ohne mich aus den Augen zu lassen. Immerhin habe ich ihm Angst gemacht. Das Nächste, das fliegen wird, ist mein Stiefel.

»Ebenso wenig wie meine Wut.«

»Okay«, beginnt er, beugt sich vor und stützt die Ellbogen auf die Knie. »Es tut mir wirklich leid. Ich wollte dich nie verletzen. Ich habe dich so sehr geliebt, und dich an jenem Tag zu verlassen war das Schlimmste, was ich je getan habe. Ich habe diese Entscheidung mein Leben lang bereut.«

Ich lasse mich auf meinen Stuhl fallen und atme hörbar

aus. »Das ist also dein Einstieg? Um Himmels willen, Zach, lass uns bloß keine Zeit verschwenden und zu den schwierigen Themen kommen.«

»Ich weiß nicht, ob du mir noch mal die Chance dazu gegeben hättest, wenn ich es nicht gleich gesagt hätte.« Er fährt sich mit den Fingern durchs Haar, was bedeutet, dass er nervös ist. Also bin ich nicht die Einzige. »Ich habe mir nie verziehen, dass ich dir wehgetan habe.«

Ich verdrehe die Augen. »Du hast mir nicht wehgetan. Du hast mich umgebracht. Aber das gehört alles der Vergangenheit an. Ich bin drüber weg, und ich bin über dich hinweg.«

»Dann war es also der Tacker, der geworfen werden wollte?«

»Willst du damit sagen, ich sei nicht über dich hinweg? Denkst du, ich hätte mich in all dieser Zeit nach dir verzehrt?«, frage ich mit vor der Brust verschränkten Armen. Idiot.

»Ich wollte nicht …« Er bricht ab. »Nein, das denke ich nicht.«

Jahrelang habe ich mir gewünscht, eine Erklärung von ihm zu hören. Ich wollte wissen, warum es so einfach für ihn gewesen ist, sich für Baseball und gegen mich zu entscheiden. Ich war seine Verlobte. Er hat mir ein Versprechen gegeben. Ich habe niemals wieder jemanden so geliebt wie Zach. Aber die erste Liebe ist naiv. Ich war offen und vertrauensvoll. Ich habe mich mit meiner Liebe nicht zurückgehalten, und er hat sie genommen, bis auf den letzten Rest. Er hat alle Ecken und Winkel vereinnahmt. Es gibt Orte in meinem Inneren, in die Todd niemals vordringen konnte, weil sie Zach gehört haben. Dafür hasse ich ihn. Ich hasse es, dass ich Todd manchmal angesehen und mir gewünscht habe, er würde wie Zach sein. Es ist unfair, aber es ist die Wahrheit.

»Jetzt bist du also mit Felicia zusammen, hm?«

»Sie hat sich geändert«, erwidert er.

»Natürlich.« *Natürlich nicht.*

Zach reibt sich mit den Händen über die Oberschenkel. Es ist eine unbehagliche Situation für uns beide. »Können wir vielleicht nicht über sie reden?«, bittet er. »Ich bin nicht hergekommen, um zu streiten.«

»Worüber willst du reden?«

Es passt mir nicht, dieses Gespräch überhaupt zu führen, aber es scheint unvermeidbar zu sein. »Das war früher nicht so schwer«, murmelt er und fasst sich in den Nacken. »Früher haben wir über alles geredet.«

»Zach«, seufze ich. »Ich weiß nicht, was du hier willst. Es sind fast achtzehn Jahre vergangen, seit wir uns das letzte Mal gesehen haben. Und bei unserem Lebewohl lief es nicht gerade gut. Es gibt eine ganze Tonne ungeklärter Dinge zwischen uns. Wenn du hier bist, um mich um Verzeihung zu bitten – bitte schön. Wenn du hier bist, um mich um meine Freundschaft zu bitten – nein danke.«

Er lehnt sich zurück und reagiert nicht. Ich warte darauf, dass er nach meiner Tirade etwas erwidert, aber es kommt nichts.

Als ich weiter schweige, räuspert er sich. »Ich bin nicht hergekommen, weil ich mir irgendetwas erhoffe. Wyatt sagte, du hättest nicht vor, wieder fortzugehen. Ich dachte, du wärst auf der Durchreise, daher habe ich mich ferngehalten. Mir war klar, dass du mich nicht sehen willst. Und wenn ich ehrlich bin, wusste ich selbst nicht, ob ich dich sehen wollte.«

»Hui, vielen Dank.«

»Lass mich ausreden.« Er stöhnt. »Ich wollte das alles vergessen, und du wühlst es wieder auf.«

»Oh, entschuldige, wenn du dich wegen mir schlecht fühlst.«

»Verdammt noch mal, Presley.« Seine Stimme klingt jetzt aufgebracht. »Ich versuche nur, nett zu sein.«

Es ist mir vollkommen egal, was er versucht. »Siebzehn

Jahre! Fast achtzehn! Nett? Du denkst, indem du nett bist, machst du alles ungeschehen? Und ich freue mich, dich zu sehen? Warum bin ich wohl all die Jahre nie zurückgekommen? Weil es zu sehr wehtut.«

Ich atme tief durch die Nase aus. »Ich liebe dich nicht. Ich muss nichts klären. Alle reden ständig über dich, aber ich will das nicht! Alles hier erinnert mich an dich. Selbst dieser blöde Schreibtisch!«

Sein Blick wandert zu dem Tisch, und ein Grinsen erscheint auf seinem Gesicht. Mistkerl. »Ich lebe ebenfalls mit den Erinnerungen. Du bist nicht die Einzige, die etwas verloren hat. Ich wollte eine Zukunft, aber du hast diese Tür zugeschlagen, als ich gegangen bin.«

»Sag das noch mal.«

»Ich habe dich nicht verlassen, weil ich dich nicht geliebt habe. Ich wollte mir ein Leben mit dir aufbauen! Es hätte nicht vorbei sein müssen!«

Mein Herz setzt einen Schlag aus. Sosehr ich versuche, gegen diese Anziehung anzukämpfen – sie ist da. Es ist immer noch da, dieses Band zwischen mir und Zach. Wenn er daran zieht, werde ich ins Wanken geraten. Ich bete darum, genug Widerstand leisten zu können. Die letzten Monate waren schmerzvoll genug.

»Doch«, sage ich leise. »Es war vorbei.« Es gibt so vieles, das er nicht weiß. Was ich durchgemacht habe, nachdem er gegangen war. Der Kummer, den ich ausgehalten habe … er hat nicht die leiseste Ahnung, wie ich gelitten habe.

»Ich weiß, dass ich dir wehgetan habe. Und ich finde es furchtbar, dass ich dir das Herz gebrochen habe. Aber ich weiß auch, dass du verheiratet bist.«

Ich schaue auf meine Hand. Er hat Wyatt sagen hören, ich sei ledig. Er fischt im Trüben, aber die Wahrheit ist bereits auf dem Tisch. »Mein Mann ist gestorben, aber ich schätze, auch das weißt du.« Ich sehe ihn herausfordernd an. »Ich bezweifle stark, dass deine Mutter es nicht erwähnt hat.«

»Es tut mir leid. Wirklich«, sagt er und beugt sich vor. »Ich wusste nur, dass er der Grund ist, warum du wieder da bist, aber ich wollte es von dir hören.«

So viele Jahre. So viele Erinnerungen zwischen uns. Wenn ich ihn ansehe, sind sie sofort wieder da. Zach erinnert mich an eine Zeit, als das Leben leicht war. Wir haben gelebt, als könne uns nichts etwas anhaben. Wir waren voller Leidenschaft, Vertrauen, Liebe und Hoffnung auf die Zukunft, die wir uns erträumt haben. Noch immer sehe ich den Jungen vor mir, dem die Welt zu Füßen lag. Er steckt tief in diesem Mann, den ich nicht länger kenne.

»Ich muss wirklich weiterarbeiten.«

»Mom!« Logan stürzt herein. »Cayden hat mir mein iPad weggenommen und alle Fotos gelöscht.« Sein Gesicht ist rot, entweder vom Rennen oder vom Weinen.

»Ich bin mir sicher, dass wir sie wiederherstellen können«, beruhige ich ihn.

Logan ringt nach Luft. »Es waren meine ganzen Fotos von Dad.«

Ich stehe auf, gehe um den Schreibtisch herum, und er hält mir das Tablet hin. »Ich habe Fotos von deinem Daddy. Mach dir keine Sorgen.«

Der Stuhl knarrt, als Zach sich erhebt. Logan und ich schauen zu ihm herüber. Meine Brust schnürt sich zusammen, als mir bewusst wird, dass mein Sohn vor dem Mann steht, der mein Ehemann hätte sein können. Mein Blick wandert zwischen ihnen hin und her.

Zach tritt mit einem Lächeln vor. »Hallo du. Ich bin Zach Hennington.« Er streckt die Hand aus. »Du kennst meinen Bruder Wyatt.«

»Oh! Ich bin Logan«, ruft Logan und legt seine Hand in

die von Zach. »Wyatt ist witzig. Er hat uns heute Morgen zu einem Ausritt mitgenommen. Er und Onkel Cooper werden uns heute beibringen, wie man mit einem Gewehr schießt!«

»Das werden sie ganz bestimmt *nicht* tun!«, entrüste ich mich. Diese verdammten Männer in meinem Leben.

»Sei doch nicht kindisch, Mom.«

Zach grinst. »Wyatt hört es wirklich gern, wenn man ihm sagt, wie schlecht er trifft.«

Logan lächelt, als hätten sie ein geheimes Abkommen. »Danke, Mann.«

»Immer gern.«

Logan läuft davon und hat das iPad-Problem vollkommen vergessen. Zachs ganze Haltung ändert sich schlagartig. In seinen Augen sehe ich ein Gefühl, das ich nicht einordnen kann. »Logan?«

»Ja. Und sein Zwillingsbruder heißt Cayden.« Ich habe keinen Schimmer, worauf er hinauswill.

»Du hast deinen Sohn Logan genannt?« Er geht im Raum umher, bleibt stehen, setzt sich wieder in Bewegung.

»Zach?«

Er macht zwei weitere Schritte, und sein Körper berührt beinahe meinen. Mein Atem stockt, weil er mir so nah ist, und diese Benommenheit kehrt zurück. Er hebt die Hand, lässt sie aber wieder sinken, bevor er mich berührt. »Ich gehe jetzt.«

Ich nehme alle Kraft zusammen, die ich habe. »Wie immer.«

Schmerz blitzt in seinen Augen auf, aber er ist genauso schnell wieder verschwunden. »Ich bin nicht mehr derselbe Mann, der ich damals war. Ich war noch nicht einmal ein Mann. Ich war zweiundzwanzig Jahre alt und hatte eine Menge Träume.« Zach tritt zurück, und ich kann wieder atmen.

Natürlich, wir waren jung. Tief im Inneren weiß ich, dass ich ungerecht bin. Man hatte Zach die Chance seines Lebens angeboten. Er hat sie ergriffen. Aber diese Entscheidung bedeutete auch, dass ich allein zurückblieb, um die Scherben aufzulesen. Allein in einer Stadt ohne meine Familie, mit einem gebrochenen Versprechen und jeder Menge Liebeskummer. Indem er seinem Traum gefolgt ist, hat er meinen Traum von einem gemeinsamen Leben zunichtegemacht.

»Ich weiß, und hättest du dich damals nicht so entschieden, wäre mein Leben anders verlaufen.«

Während ich die Worte ausspreche, bin ich mir nicht sicher, ob ich darüber glücklich bin oder voller Zorn. Schon seltsam, dass ein einziger Satz so viele Bedeutungen haben kann.

»Es tut mir leid, dass du deinen Mann verloren hast. Wirklich.«

»Und ich freue mich für dich, dass du Felicia gefunden hast«, antworte ich. Und wieder einmal verheimliche ich die Wahrheit. Von allen Menschen auf der Welt ist sie der schlimmste. Im Moment will ich einfach nur, dass er mich endlich allein lässt.

Ich halte nur noch mit Mühe durch. Ihm so nah zu sein … tut weh. Ich vermisse ihn. Ich habe ihn so lange vermisst. Ja, ich habe meinen Mann sehr geliebt. Ja, mein Leben war gut, auch ohne Zach. Aber Zach hat mich verstanden, ohne dass ich ein Wort sagen musste.

Er musste nie fragen, was los ist. Er wusste es einfach. Wie sehr ich diese Art von Verbindung vermisse. Selbst nach einem Jahrzehnt hatten Todd und ich so etwas nicht. Es war anders.

Zach kommt auf mich zu, und ich weiche zurück. Seine Nähe ist nicht gut. »Ich werde dir nicht mehr wehtun, Presley.«

Aber wie damals sagen mir auch heute seine blauen Augen, dass er nicht weiß, ob er dieses Versprechen halten kann. Er stellt mich auf die Probe. Stellt sich selbst auf die Probe. Wir spüren beide die Spannung zwischen uns. Es ist lange her, aber sie ist offenbar kein bisschen verebbt. Er bewegt sich geschmeidig auf mich zu. Mein Herz rast, und ich bin mir sicher, dass er sehen kann, wie meine Atmung sich beschleunigt. »Zach«, flehe ich.

»Ich will es endlich hinter mich bringen«, erklärt er.

Langsam streckt er die Hände nach meinen Armen aus. Sobald seine Haut meine berührt, kullert mir eine Träne über die Wange. Ich unterdrücke ein Wimmern, als er die Finger um meine Schultern legt. Es ist eine unschuldige Berührung, und doch hat sie diese ungeheure Wirkung auf mich. Aber Zach hört nicht auf. Er zieht mich an sich. Zerbricht mich. Setzt mich wieder zusammen. Er ist mein Gift und Gegengift. Meine Arme legen sich ohne jedes Zögern um seinen Körper. So verharren wir, wer weiß wie lange, und zum ersten Mal seit Todds Selbstmord fühle ich mich sicher.

Und genau das sollte ich in Zachs Armen besser nicht fühlen.

Kapitel 10

»Ich weiß«, sage ich zu Angie, während ich versuche, ein wenig Ordnung in das Zimmer der Jungs zu bringen. »Ich vermisse dich auch.«

Es ist schwer für mich, sie nicht mehr täglich zu sehen. Sie hat keine Ahnung, wie gut es tut, ihre Stimme zu hören. Und doch würde ich mich jetzt am liebsten zusammenrollen und weinen.

»Unglaublich, dass wir jetzt erst telefonieren. Mir war klar, dass du viel zu tun hast, aber ich dachte schon, dass du wenigstens ab und zu mal anrufst.« Ihr verletzter Ton sagt mir alles.

Ich setze mich auf die Bettkante und sinke in mich zusammen. »Es tut mir leid.« Ich werde ihr nicht irgendeine miese Ausrede auftischen.

»Ich versteh dich ja, Pres, aber du wirst hier vermisst.« Ihre Stimme bricht. Ich bin nicht die Einzige, deren Leben auf den Kopf gestellt wurde. Angie hat erst ihren Bruder verloren und dann mich und die Kinder. »Was denkst du, wann du wieder nach Hause kommen wirst?«

Ich glaube nicht, dass sie wirklich versteht. Die Kreditkartenrechnungen, die Hypothek, und alles auch in meinem Namen: Entweder ich melde Konkurs an – was ich um jeden Preis vermeiden will – oder ich lebe hier und zahle die Tilgungsraten, die mir gewährt wurden.

Eine Träne rollt mir über die Wange. »Ich weiß es nicht. Wenn ich nicht im Lotto gewinne, wird es eine Weile dauern.«

»Das ist so ein Mist, dass du jetzt alles ausbaden musst.«

Sie hält inne, bevor sie weiterschimpft. »Warum sollst du für etwas büßen, das er angerichtet hat? Er allein ist dafür verantwortlich. Er hat neue Kreditkartenkonten eingerichtet. Nicht du. Das ist unfair. Aber du musstest mit den Kindern umziehen und deinen Anteil an der Bäckerei verkaufen, und jetzt arbeitest du für deine Eltern? Du hast das nicht verschuldet, warum also musst du es zurückzahlen?«

Mein Ärger wächst, während ich zuhöre. Ich umklammere das T-Shirt in meiner Hand, als mich der Zorn übermannt. »Weil er ein verdammter Feigling war! Er hat uns das angetan! Du willst die Antwort? Sie liegt bei Todd begraben.«

Angie keucht auf. »Ich … ich …« Sie hat Mühe zu sprechen.

Jetzt habe ich sie verletzt, aber genau das ist der Grund, warum ich sie bisher nicht angerufen habe. Mein Ärger verwandelt sich in Traurigkeit, als ich beschließe, mich ihr anzuvertrauen. Sie hat mir nichts getan und verdient meine Feindseligkeit nicht. »Entschuldige. Er war dein Bruder, deshalb ist es so schwer für mich, mit dir zu reden. Ich bin wirklich wütend, Ang. Voller Wut tief in meiner Seele.« Eine weitere Träne bahnt sich ihren Weg. »Ich bin nicht mehr traurig und sehne mich nicht länger nach ihm. Aber zugleich fühle ich mich schuldig, weil ich so empfinde«, gestehe ich ihr.

»Das tut mir leid. Aber es ist dein gutes Recht, so zu fühlen«, antwortet sie.

»Ja, das hat sich jetzt also geändert. Aber wenn ich mit dir rede, erinnere ich mich an das Leben, das ich hatte. Den Job, den ich immer wollte, das Haus, das ich geliebt habe, die Freunde und Bekannten, die ich zurücklassen musste.« Sie sagt kein Wort, aber ich kann ihr Schluchzen durch die Leitung hören. »Du erinnerst mich an ihn. Du erinnerst mich an das Glück, das ich einst hatte. Deshalb tut es weh, mit dir zu reden. Allein das Wissen darum tut weh.«

»Ich bin auch wütend, Presley. Ich habe auch alles verloren.« Sie schluchzt wieder. »Er hat auch in mein Leben ein Loch gerissen. Ich kämpfe mit den gleichen Gefühlen. Ich will dich einfach wieder hierhaben. Ich will meine beste Freundin und meine Schwester zurückhaben.«

Die Qual in ihrer Stimme trifft mich hart. Sie soll nicht leiden wegen mir. »Ich wünschte, es wäre anders.«

»Ich wünsche mir eine Menge Dinge.«

Daraufhin schweigen wir beide und beruhigen uns langsam wieder.

Angie räuspert sich. »Wie ist es in Bell Buckle? Schlägst du dich wacker?«

»Es ist … unverändert.«

»Wie gefällt es den Jungs?«

Ich lächle. »Überraschend gut, nachdem der erste Schock sich gelegt hat. Sie finden Cooper und Wyatt ganz toll. Cayden hat die Pferde richtig ins Herz geschlossen. Und du kennst Logan, mit ihm ist sowieso alles ganz einfach.« Dafür sollte ich wirklich dankbar sein: Sie mögen ihren Vater verloren haben, aber sie haben zwei männliche Vorbilder gewonnen.

»Wyatt ist auf eurer Ranch?«

Ups. »Ja, er ist der Vorarbeiter.«

Ich kann förmlich hören, wie sich die Rädchen in ihrem Kopf drehen. Ich gebe ihr fünf Sekunden, bevor die nächste Frage kommt.

Fünf.

Vier.

»Was ist mit Zach? Ist der Blödmann immer noch in Los Angeles oder wo auch immer er hingegangen ist, nachdem er dich verlassen hat?«

Angie ist kein Fan von Zach. Sie hätte ihn damals am liebsten kastriert. Anders als er hat sie miterlebt, wie schlecht es mir nach der Trennung ging. Sie war diejenige, die mich vom Boden aufgelesen und gezwungen hat, wieder zu leben. »Zach ist hier.«

»Nun, ich hoffe, du hast ihm in die Eier getreten, ihn geohrfeigt oder ihm irgendeinen anderen körperlichen Schmerz zugefügt. Es muss großartig gewesen sein, alles an ihm auszulassen.«

»Oh ja.«

Ich kann ihr nicht erzählen, was ich wirklich empfinde. Es ist, als bestünde mein Leben nur noch aus Lügen. Das Netz ist so verworren – ich weiß nicht mehr, wo der Anfang ist. Die Lügen darüber, wie Todd gestorben ist. Die Lügen darüber, was ich empfinde, wenn ich Zach sehe. Die Lügen darüber, wie hoch verschuldet ich bin. Das alles erstickt mich.

»Ich muss Schluss machen, Ang. Ich werde dich bald wieder anrufen. Versprochen.«

»Okay«, antwortet sie enttäuscht. »Ich hab dich lieb.«

»Ich dich auch.«

Ich lege auf und wische mir übers Gesicht. Ich hatte noch nie Geheimnisse vor ihr. Ich habe sie noch nie belogen, aber dies ist etwas, das ich mit niemandem teilen kann. Ich weiß ja nicht einmal selbst, was genau es ist. In mir erwachen die alten Gefühle. Aber das ist normal. Zach war schließlich meine erste Liebe. Er war so lange meine Welt, da ist es nur natürlich, dass ich nostalgisch werde, wenn ich ihn wiedersehe. Mehr ist da nicht dran.

Natürlich bittet meine Mutter mich, in die Stadt zu fahren, um ihr einige Dinge zu besorgen, die sie fürs Abendessen braucht. Anscheinend verfolgen sie und Wyatt den gleichen Plan: Ich soll mich der Tatsache stellen, dass ich jetzt tatsächlich hier lebe. Aber ich bin eigentlich ganz gut damit gefahren, so zu tun, als sei es nicht so.

Der Gemischtwarenladen ist nicht größer als ein 7-Eleven, bietet aber trotzdem mehr Produkte an als so manch größerer Supermarkt. Erstaunt über die Auswahl suche ich alles, was ich brauche, zusammen und gehe zur Kasse. »Nun«, sagt Mrs Rooney und schaut lächelnd auf. »Ich habe mich schon gefragt, wann du mir einen Besuch abstatten würdest.« Sie geht um die Kasse herum und nimmt mich in die Arme. »Komm her und lass dich anschauen.«

Sie hat sich kaum verändert: keine eins fünfzig groß, lange Haare fast bis zum Po, nur dass jetzt mehr Grau darin zu sehen ist. Aber es sind ihre Augen, an die ich mich am besten erinnere. Sie hat die gütigsten Augen, die ich je gesehen habe. Ein einziger Blick von ihr genügt, und ich fühle mich sofort besser.

»Es tut mir leid, dass ich nicht früher gekommen bin«, antworte ich und erwidere ihre Umarmung.

Mrs Rooney war die Einzige in dieser Stadt, die nicht versucht hat, mich aufzuhalten, was ich ihr hoch angerechnet habe. Als Kind kam ich immer gerne her, um ihr, auf einem Hocker sitzend, von meinem Tag zu berichten. Sie war die Art von Freundin, der man seine Seele offenlegen konnte, ohne dass sie einen dafür verurteilt hat. Plötzlich habe ich ein schlechtes Gewissen, dass ich sie nicht eher besucht habe.

Sie löst sich mit einem Lächeln von mir. »Ich kann verstehen, warum du dich versteckt hast, Liebes.«

»Ich verstecke mich nicht«, verteidige ich mich.

»Nein? Wie nennst du es dann, dass du schon einen Monat hier lebst und dein Haus kaum verlassen hast?«

»Eingewöhnung.«

Mrs Rooney lacht und schüttelt den Kopf. »Du bist mir eine. Deine Mama redet ständig von den beiden kleinen Jungs. Wie alt sind sie jetzt?«

Ich berichte ihr von den Jungs, von Philadelphia und meiner Bäckerei – von den guten Dingen –, und sie erzählt mir von dem schlimmen Sturz ihres Mannes, bei dem er sich ein Bein brach, und dass sie Überstunden machen musste, um den Verdienstausfall auszugleichen.

Und doch nähert und nähert sich das Unvermeidliche mit jeder verstreichenden Minute.

»Presley«, sagt sie sanft. »Es tut mir wirklich leid, dass dein Mann gestorben ist.«

Ich presse die Lippen aufeinander. So ist es jedes Mal, wenn jemand die Sprache darauf bringt. Ich werde immer wieder dorthin zurückgezwungen. Trauer ist ein nimmer endender Kampf, der den Menschen kaputtmacht, der man vorher war. Ich werde nie wieder dieselbe sein wie vor fünf Monaten. Nun muss ich stark sein, mich frontal dem Leben stellen und mich selbst um jeden Preis schützen.

»Danke, Mrs Rooney.«

»Was ist passiert, Schätzchen? Du bist zu jung, um einen so großen Verlust zu erleiden.«

Ich ringe mir ein Lachen ab, um der Frage auszuweichen. »So jung fühle ich mich gar nicht. Ich weiß noch, dass alle gesagt haben, die Zeit zwischen dreißig und vierzig sei die beste im Leben. Ich bin fünfunddreißig, fühle mich aber wie siebzig.« Hoffentlich bemerkt sie den Themenwechsel nicht. Sie ist einer der wenigen Menschen, denen ich keine Halbwahrheiten erzählen möchte.

»Warte, bis du sechzig bist!« Sie grinst. »Hast du schon mitbekommen, dass Zach ebenfalls zurück ist? Komisch, als hätte das Schicksal euch wieder zusammengeführt. Oh, er ist mit dieser Felicia zusammen, die immer noch die gleiche Intrigantin wie früher ist.« Sie stößt einen theatralischen Seufzer aus. »Hast du ihn eigentlich schon getroffen?«

Das Klingeln des Telefons liefert mir den perfekten Vorwand, ihr nicht zu antworten. Sie springt auf und nimmt mich noch einmal in die Arme, bevor sie einen Schritt zurücktritt, um mich anzusehen. »Du warst schon immer ein hübsches Mädchen, aber jetzt bist du eine wunderschöne Frau. Ganz gleich, wie alt du dich fühlst, du bist nach wie vor bezaubernd.«

Sie geht nach hinten, um den Anruf entgegenzunehmen, und ich lege einen Zwanziger auf die Theke. Der Laden ist so anders als die in der Großstadt. Viel entspannter. Keiner macht sich Sorgen um die Bezahlung, denn jeder weiß, dass man sich über kurz oder lang ohnehin wieder über den Weg läuft.

»Du weißt, dass sie recht hat«, erklingt die Stimme, die ich überall erkennen würde, hinter mir.

Ich drehe mich um und schnappe mir die Tüte mit den Lebensmitteln. »Recht womit?«

Ein tiefes Glucksen kommt ihm über die Lippen. Ich klammere mich an den Ärger, den ich vor wenigen Sekunden verspürt habe. Zuerst sehen wir einander wochenlang nicht, und jetzt ist er plötzlich überall. Ich bevorzuge Ersteres. »Dass du immer noch bezaubernd bist.«

»Wirklich, Zachary?«, entgegne ich herablassend. »Wo ist deine Freundin?« Ich schaue um ihn herum und tue so, als würde ich nach ihr suchen. »Hast du sie beim Schönheitschirurgen gelassen? Beim Psychiater? Beides wäre passend.«

Ich beleidige Felicia aus vielen Gründen, aber vor allem, weil ich sehen will, wie er reagiert. Verteidigt er sie? Ignoriert er mich erneut? Mir scheint, es gefällt ihm nicht, über sie zu reden, und ich wüsste gern, warum. Wyatt hasst sie ganz offensichtlich, wie die meisten Menschen, die ihre Anwesenheit ertragen mussten.

»Felicia ist bei der Arbeit. Ich bin mir sicher, sie würde sich sehr freuen, wenn du vorbeikommen würdest.« Er zieht die Augenbrauen hoch.

»Lieber würde ich mir den Arm abhacken. Außerdem war sie nicht gerade begeistert, als du und ich uns unterhalten haben.«

Er grinst, dann beugt er sich vor. Mein Herz rast, als er mir näher kommt. Er legt einen Fünf-Dollar-Schein auf den Schein, den ich auf den Tresen gelegt habe. »Dafür gibt es einen guten Grund.« Er ist mir jetzt so nah, dass ich nicht verhindern kann, seinen Duft einzuatmen. Alles, was ich spüren kann, ist er. Sonne, Gras, Erde, einfach Zach. Er riecht nach zu Hause.

Die Tüte in meinen Armen droht mir langsam zu entgleiten.

»Brauchst du Hilfe mit deinen Einkäufen?«, fragt er.

Ich habe mich so in ihm verloren, dass ich die Einkäufe völlig vergessen habe. Mist. Schnell hänge ich mir die Tüte über die Schulter und versuche zu lächeln. »Ich komme klar.«

»Ja, Pres. Daran habe ich keine Zweifel.« Ich könnte schwören, dass er mich gerade angräbt.

»Versuchst du etwa, das alles noch schlimmer zu machen, als es ohnehin schon ist?«

Er mustert mich. »Weil ich sage, dass du schön bist, oder weil ich finde, dass du dich tapfer schlägst? Ich sehe nicht ganz, inwiefern ich irgendetwas schlimmer mache.«

Vielleicht verhalte ich mich wirklich albern. »Entschuldige.«

Ich muss weg von ihm, also gehe ich zur Tür, aber Zach folgt mir. Er drückt die Tür auf, sodass ich mich an ihm vorbeiquetschen muss. Hoffentlich ist Wyatt noch da und rettet mich.

Pech gehabt.

»Wie bist du hergekommen?«, fragt Zach, als er bemerkt, dass nur sein Auto auf dem Parkplatz steht.

Wyatt, der mich gefahren hat, musste zwar noch weiter,

um etwas für Cooper zu besorgen, hat aber angeboten, mich auf dem Rückweg abzuholen. Da die Wege auf dem Lande lang sind, würde das sicher Stunden dauern, in denen ich hier festsitzen würde, daher hatte ich mich dafür entschieden, den Rückweg zu Fuß anzutreten. Es sind nur wenige Kilometer, und auf dem Spaziergang hätte ich ein wenig Zeit zum Nachdenken. Insgeheim habe ich jedoch gehofft, Wyatt würde warten.

»Mit Wyatt. Der aber ganz offensichtlich weg ist.«

»Ich hab ihn noch getroffen. Er hat gesagt, da ich jetzt hier sei, könne er fahren. Ich wusste nicht, dass er auf dich gewartet hat.«

Dieser elende Wyatt. Ich wette, er hat das geplant. Er ist ein toter Mann. »Wie nett von ihm.«

»Ich kann dich zurück zur Ranch fahren«, bietet Zach an. »Deine Entscheidung.«

Eigentlich ist mir die Lust auf einen Spaziergang vergangen, aber auf keinen Fall werde ich in diesen Truck einsteigen. Dieser Truck ist immer noch *der* Truck. In dem wir so viele Nächte verbracht und Dinge getan haben, die wir nicht hätten tun sollen. Wie oft haben wir uns auf diesem Vordersitz geliebt. Ich denke nicht, dass ich dort neben ihm sitzen kann.

Zach folgt meinem Blick, und seine Schultern erschlaffen. Es ist, als hätten wir beide die gleiche Erkenntnis gehabt.

»Ich kann zu Fuß gehen.« Mein Leben ist ohnehin schon schmerzhaft und kompliziert. Ich werde es mir nicht noch schwerer machen. Seine bloße Nähe ist schlimm genug, weil ich immer weiter in die Vergangenheit abdrifte. Ich weiß, dass wir keine Chance haben. Ich will nicht mal eine, aber er ist mir so vertraut. Und ich bin allein. Er ist meine Erinnerung an Geborgenheit.

Zach schaut mich mit einem Anflug von Enttäuschung an. »Bist du dir sicher?«

Ich lächle und nicke. »Danke für das Angebot.«

Er wirft seine Schlüssel hoch und fängt sie wieder auf, während er davongeht. Ich mache zwei Schritte, und der Himmel tut sich auf. Ein Wolkenbruch durchnässt mein Haar und meine Kleidung.

Schnell eile ich unter die Markise, aber Zach springt wieder aus seinem Truck und nimmt mir die Einkaufstüte ab. »Komm mit. Bei diesem Regen wirst du nicht zu Fuß gehen.«

Ich gebe mich geschlagen. Und er gewinnt erneut.

Kapitel 11

»Ist dir kalt?«, fragt Zach, als ich einsteige. Ich zittere, aber das hat nichts mit Kälte zu tun. Ich presse mich gegen die Tür und versuche, so viel Abstand wie möglich zwischen uns einzuhalten.

»Mir geht es hervorragend.«

Die Fahrt ist nicht lang, aber jede Sekunde fühlt sich wie eine Stunde an. Ich sehe mich um und lächle. »Das kann nicht wahr sein.« Ich lache, als ich den Sticker am Armaturenbrett berühre. Als Zach zu einem Spiel nach Nashville musste, wollte ich ihm etwas mitgeben, das ihn an mich erinnern würde. Es waren nur zwei Nächte, aber ich war jung und naiv. Es gab damals einen Sticker mit der Aufschrift: *Love Your Cowgirl*. Ich hatte ihn ans Armaturenbrett geklebt und gehofft, dass er nicht sauer sein würde.

Bevor er wegfuhr, kam er zu mir nach Hause, nahm mich in die Arme und küsste mich, bis ich keine Luft mehr bekam. Ohne ein einziges Wort zu sagen. Dann stieg er wieder ins Auto, zwinkerte mir zu und fuhr davon. So etwas tat er ständig. Er sagte mir oft, er müsse etwas Reales spüren.

»Zuerst wollte ich ihn nicht entfernen«, antwortet er voller Wärme in der Stimme. »Und dann war er so lange dran, dass er nicht mehr abging.«

»Tut mir leid, dass ich deinen Truck auf ewig verschandelt habe. Ich hätte nicht gedacht, dass der noch fährt.«

Der Motor vibriert brüllend, während wir schweigen. Ich weiß noch, dass er damals schon beunruhigend laut war, aber es ist tatsächlich noch schlimmer geworden. Zach räuspert sich. »Ich glaube nicht, dass er jemals aufgeben wird. Er ist höllisch zäh.«

Er legt einen anderen Gang ein und biegt in die kleine Straße ein, die zum Haus meiner Eltern führt. »Sieht wirklich übel aus«, bemerke ich und kneife die Augen zusammen.

Zach fährt sehr langsam, während der Regen jetzt noch stärker auf den Truck einprasselt als zuvor. Ich kann durch die Windschutzscheibe kaum etwas erkennen. Schließlich fährt er an den Straßenrand. »Ich kann nichts mehr sehen. Ich warte, bis der Regen ein wenig nachlässt.«

Mutter Natur kann ziemlich hartherzig sein. Weiß sie denn nicht, wie sehr ich mir wünsche, aus diesem Truck herauszukommen? Konnte sie mir nicht eine einzige Atempause gönnen? Natürlich nicht. Es soll so peinlich und unbehaglich sein wie nur möglich. Hinter uns kracht der Donner und lässt mich zusammenzucken. Wunderbar. Jetzt kommt auch noch ein Gewitter auf uns zu.

»Also?«, sage ich nach einer Minute des Schweigens.

»Du konntest Stille noch nie gut ertragen.« Zach grinst, während ich mich zusammenreiße, um ihm keinen Schlag gegen sein Bein zu verpassen.

»Doch, konnte ich!«

»Nein. Du hast entweder Musik gebraucht oder Gespräche. Schön zu sehen, dass manche Dinge sich nicht geändert haben.«

»Ich habe mich in vieler Hinsicht verändert.«

So viel ist anders geworden, seit er mich verlassen hat. Nicht nur mein Leben, sondern auch ich selbst. Jemanden so zu lieben, wie ich ihn geliebt habe, hat mich tief im Inneren geprägt. Aber der Verlust meines Ehemannes hat einen Teil meines Herzens irreparabel beschädigt.

»Wir haben uns beide verändert, Pres.« Er hat recht. Er ist nicht mehr der Junge aus meinen Erinnerungen. »Und da wir jetzt hier festsitzen, erzähl mir doch, inwiefern du dich verändert hast.«

»Wir müssen nicht reden.« Ich verschränke die Arme vor der Brust und schaue aus dem Fenster.

Er lacht leise. »Nein. Aber wer weiß, wie lange das Unwetter dauert.«

Ich will in seiner Nähe nicht unachtsam werden. Es wäre so einfach, loszulassen. Also starre ich weiter auf die Straße und versuche, eine Lücke im Regenguss zu finden.

»Wie du willst«, sagt Zach und reißt einen Schokoriegel auf.

»Willst du das etwa vor meinen Augen essen?« Ich kenne kein Halten mehr, wenn es um Schokolade und Erdnussbutter geht.

»Willst du was abhaben?« Er hält mir die süße Leckerei vor die Nase und zieht sie dann zurück. »Im Gegenzug will ich nur eins.«

»Nämlich?«, frage ich und schnappe ihm den Riegel aus der Hand.

»Versuch nicht, mich zu ignorieren, während wir hier festsitzen.«

Ich breche ein Stück ab, stecke es mir in den Mund und grinse. »Schön. Erzähl mir, inwiefern du jetzt anders bist.«

»Nun, zunächst einmal würde ich nie wieder bei einer Mutprobe auf der gedeckten Brücke mitmachen. Ich würde niemals wieder versuchen, einen Bullen beim Rodeo zu reiten. Und vor allem würde ich nie wieder Mrs Rooney einen Schokoladenriegel stehlen.«

Die Erinnerung an uns beide als Jugendliche entlockt mir ein Lächeln. »Meine Güte, haben wir einen Blödsinn gemacht.«

»Und ob.«

»Weißt du noch, wie wir uns einmal um ein Uhr morgens rausgeschlichen haben, um in den Wald zu reiten? Wir haben uns derart verirrt, dass wir erst drei Städte weiter wieder den richtigen Weg gefunden haben. An diesem Tag hätten Mama und Daddy dich fast umgebracht.«

Zach nickt. »Ich hatte *wirklich* Angst vor deinem Dad. Er stand mit einer Schrotflinte auf der Veranda und hat damit auf mich gezielt. Aber das war nichts gegen meinen Dad, als ich nach Hause kam. Er war stinksauer.«

»Du hattest eine Woche Hausarrest.«

»Aber ich hab mich trotzdem rausgeschlichen, um dich zu sehen.«

Ich lächle. »Ich weiß. Ich erinnere mich.«

»Erinnerst du dich auch noch daran, wie wir versucht haben, ein Lagerfeuer zu entzünden, und am Ende die Feuerwehr rufen mussten?«

Damals haben wir nie einen Gedanken an die Konsequenzen verloren. »Wie oft hätten wir uns verletzen können oder hätte noch Schlimmeres passieren können. Seit ich Logan und Cayden habe, male ich mir all den Blödsinn aus, den sie machen werden. Und es jagt mir eine Heidenangst ein.«

»Nun, immerhin gibt es keinen Trent, der sie auf dumme Ideen bringt.«

Lächelnd verdrehe ich die Augen. »Noch nicht.«

Als Zach das Fenster freiwischt, erschüttert eine weitere Erinnerung mein Herz. *Es ist, als wären wir wieder sechzehn.*

»Hm?«

»Was?«

»Du hast gerade was darüber gesagt, wieder sechzehn zu sein.« Er sieht mir in die Augen.

»Es war nicht meine Absicht, das laut auszusprechen.«

Er lächelt und rutscht näher an mich heran. »Woran hast du gedacht?«

»An gar nichts. Ich hab mich nur daran erinnert, wie wir als Jugendliche waren.«

Zach lässt mich keine Sekunde aus den Augen. Mir ist, als läse er meine Gedanken. Sein Blick wird noch eindringlicher, und wieder reise ich in der Zeit zurück.

»Zach«, stöhne ich, während meine Hände nach etwas suchen, an dem sie sich festhalten können. »Bitte, hör diesmal nicht auf.«

Wir drücken uns jetzt seit Monaten darum herum. Ich liebe ihn. Ich will den Rest meines Lebens mit ihm verbringen. Und ich will auch das hier mit ihm teilen, aber er sagt immer wieder Nein.

Seine Zunge bewegt sich nach oben, und meine Hüften reagieren. »Ich liebe dich, Presley.«

Ich halte seinen Kopf mit beiden Händen umfangen und drehe sein Gesicht zu mir. »Ich liebe dich auch, Zachary. Bitte, liebe mich. Ich will mein erstes Mal mit dir erleben.«

Zach lehnt auf einen Arm gestützt über mir und wischt mit seinem anderen Unterarm das Fenster frei. Im Wageninneren steht die Hitze, und ich habe nur den einen Wunsch, noch mehr davon zu produzieren. »Wir werden uns lieben, Pres. Wir werden uns öfter lieben, als wir zählen können. Aber ganz bestimmt nicht in diesem Truck, während mein Bruder in dem Auto neben uns sitzt.«

Ich bedecke mich und richte mich auf. »Trent ist hier?«

Er lacht, dann küsst er mich. »Wir stehen nicht umsonst am Knutsch-See. Natürlich ist Trent hier, und so wie es aussieht … auch die Hälfte unserer Abschlussklasse.«

»Ich hasse diese Stadt. Ich kann es gar nicht erwarten, dass wir beide hier wegkommen.« Ich stöhne und ziehe mir mein Shirt über den Kopf, während Zach den Reißverschluss seiner Hose schließt.

Als wir beide wieder angezogen sind, nimmt er meine Hand. »Wir werden bald genug hier wegkommen, Schatz.

Ich gehe aufs College, und du kommst nach. Wir werden beide unseren Abschluss machen. Ich verpflichte mich bei einem Profiteam, und wir werden alles haben. Du und ich, Presley. Du und ich. Ich werde dir die Welt zu Füßen legen.«

Zach wedelt mit den Händen vor meinem Gesicht. »Erde an Presley.«

Ich blinzle.

»Woran denkst du?«, fragt er.

Als würde ich ihm das erzählen. Nicht in diesem Leben. »An die Jungs«, lüge ich.

»An die Jungs?«

»Ja, ich habe zwei davon, schon vergessen?« Vielleicht gelingt es mir, ihn von dem Thema abzubringen, indem ich die Unnahbare spiele. Zumindest sollte ich es schaffen, meinen Herzschlag wieder zu normalisieren. Wenn seine Nähe *diese* Erinnerungen in mir auslöst, sollte ich mich wirklich sehr, sehr fern von ihm halten. Zach ruft einfach zu vieles in mir wach, was ich schon vor langer Zeit begraben hatte.

Er mustert mich, lässt mir die Lüge aber durchgehen. »Ich hab daran gedacht, was wir alles in diesem Truck getan haben.«

Ich drehe den Kopf zu ihm. Bringt er das jetzt wirklich zur Sprache? »Oh?«

»Ja.« In Zachs Stimme schwingen seine widerstreitenden Gefühle mit. »Hier, auf diesen Sitzen. Deine Gegenwart macht es schwer, das zu vergessen.«

Jetzt drehe ich mich ganz zu ihm um. Der Donner grollt um uns herum, die Blitze zucken und erleuchten den Himmel. Ganz so wie der Sturm, der in mir tobt. »Mich zu vergessen, ist dir nicht schwergefallen.«

Er rutscht weit nach vorn, bis unsere Knie sich berühren.

Einmal mehr knistert eine elektrische Spannung zwischen uns. »Du denkst, ich hätte dich vergessen?« Der Ton seiner Stimme verrät mir, dass er aufrichtig verwirrt ist.

»Was sollte ich sonst denken?« Ich zucke mit den Schultern. »Ich habe dich angefleht zu bleiben. Du bist gegangen. Und nie mehr zurückgekommen.«

Er schüttelt den Kopf. »Wie können zwei Menschen dieselbe Sache so unterschiedlich im Gedächtnis behalten? Ich hab dich nie vergessen. Ich hab angerufen, immer wieder, aber du wolltest nicht rangehen.«

»Ich war wütend. Und verletzt und durcheinander.«

Der Raum zwischen uns wird enger, während wir voneinander angezogen werden. Der Zorn, der Frust der letzten siebzehn Jahre türmen sich zwischen uns auf. »Glaubst du, ich war das nicht?«

»Bitte, klär mich auf, worüber du hättest sauer sein können.«

Zachs Gesicht kommt meinem zentimeterweise näher. Die Luft im Wagen erhitzt sich, während unser Gespräch immer intensiver wird. Seine Augen sagen mir alles. In ihm tobt ein Kampf, dessen erstes Opfer ich sein werde.

»Ich war wütend auf mich selbst.« Obwohl seine Stimme gedämpft ist, klingen seine Worte scharf. »Ich habe dich fortfahren sehen, und mit jedem Kilometer zwischen uns habe ich mich mehr gehasst. Ich bin nie darüber hinweggekommen. Jeden einzelnen Tag habe ich zurückgeblickt und mich gefragt, warum.« Unsere Atemzüge vermischen sich, während ich das höre, wonach ich mich so lange gesehnt habe. »Ich wollte zu dir zurück. Deshalb habe ich dir Briefe geschrieben, nachdem du meine Anrufe nicht entgegennehmen wolltest. Deshalb bin ich zu Cooper und Wyatt gegangen, zu irgendjemandem, der mit dir reden würde. Aber du …« Er bricht ab. Mir stockt der Atem, während ich darauf warte, dass er weiterspricht. »Dir war das egal. Du hast dich mit anderen Männern getroffen und dich verlobt, als wäre das zwischen uns nie wichtig gewesen.«

»Was hast du denn erwartet? Dass ich warte, bis du zu dem Schluss kommen würdest, dass ich es doch wert bin?« Ich rutsche ein Stück von ihm fort, aber er rutscht hinterher.

»Ich dachte ...« Er fährt sich mit den Händen durchs Haar. »Ich dachte, du würdest mir noch eine Chance geben. Ich hätte nicht geglaubt, dass du so verdammt schnell einen Neuen finden würdest!«

Zum ersten Mal sehe ich den Zorn in ihm. »Ich habe dich nicht betrogen, Zach. Ich habe nichts und niemanden dir vorgezogen.«

»Nein?« Er lacht. »Du hast *ihn* mir vorgezogen. Du hast geheiratet und uns niemals eine zweite Chance gegeben.«

Mir klappt der Unterkiefer herunter. Er hat keine Ahnung. »Wage es ja nicht, mich zu verurteilen. Ich war allein an einem College, das du für *uns* ausgesucht hast. Ich bin dir überallhin gefolgt, Zach! Für dich habe ich das College meiner Träume aufgegeben. Dann bekommst du binnen der ersten zwei Monate, die ich dort war, ein Angebot, und keine vierundzwanzig Stunden später fährst du weg. Ich habe dich so sehr geliebt, dass ich dachte, mein Herz steht still, als du fortgegangen bist! Ich habe dich gebraucht.«

»Und ich habe dich gebraucht!« Er umfasst meine Wangen, und ich halte seine Arme fest. »Ich habe dich gebraucht, Presley. Ich habe dich immer gebraucht. Ich werde dich immer brauchen.«

Bevor ich reagieren kann, presst er den Mund auf meinen. Ohne Vorwarnung. Ich kann nicht mehr klar denken, bin wie umnebelt, und mein Herz schlägt unkontrollierbar. Wie kann das passieren? Ich bin verwirrt, weil ich nicht weiß, ob ich es will oder nicht. Er lässt kein klares Urteil mehr zu. Seine Berührung verzehrt alles. Ich habe keine Ahnung, wann mein Gehirn sich von meinem Körper abgekoppelt hat, aber ich erwidere seinen Kuss. Er ist sanft und rau, langsam und schnell zugleich. Meine Lippen kribbeln, während er mich festhält.

Als seine Zunge gegen meine Lippen drückt, beende ich den Kuss. Nein! Nein, ich werde das nicht tun. Ich werde ihn nie wieder an mich heranlassen. Ich kann es nicht ertragen, noch jemanden zu verlieren. Er hatte seine Chance, und er hat mich weggestoßen.

Ich drücke gegen seine Brust, woraufhin er mir fest in die Augen sieht. Ich bin voller Zorn auf ihn, aber mein Zorn auf mich selbst ist noch größer. Wie konnte ich zulassen, dass er mich küsst? Mehr als das: Wie konnte ich seinen Kuss erwidern? Zur Hölle mit ihm, dass er mir das angetan hat! Ich bin Witwe. Ich habe meinen Ehemann verloren, mein Zuhause, mein Leben. Ich werde die Lage nicht *noch* schlimmer machen.

Ich hebe die Hand und schlage ihm ins Gesicht. »Tu das nie wieder. Du hast kein Recht, mich zu küssen.«

»Ich …« Beschämt wendet er den Blick ab. »Das hätte ich nicht tun dürfen.«

»Nein«, sage ich mit zittrigem Atem. »Das hättest du nicht.«

»Entschuldige.«

»Bring mich nach Hause, Zach.«

»Bitte«, fleht er. »Verzeih mir.«

»Jetzt.« Ich drehe mich in meinem Sitz um und schließe die Augen. Nur noch ein paar Minuten lang zusammenreißen, später darf ich dann die Fassung verlieren.

»Warum vermassele ich immer alles mit dir? Ich vergesse zu leicht, wie sehr du mich hasst.«

Ich drücke die Finger gegen meine Lippen, und Schuldgefühle überkommen mich. Als er mich berührt hat, konnte ich nur daran denken, wie sehr ich dieses Gefühl vermisst habe. Die Lippen eines Mannes auf meinen zu spüren. Ich war einsam, und Hass ist absolut das Letzte, was ich für ihn empfinde. Ich habe ihn nie gehasst – nicht einmal, als ich mir mit jeder Faser meines Herzens gewünscht habe, ich könnte ihn hassen. Ich habe ihn mein ganzes Leben lang geliebt, und ein Teil von mir weiß, dass das niemals aufhören wird. »Ich will einfach nach Hause.«

Er legt den Gang ein und sagt kein Wort mehr. Ich starre stur geradeaus, als wir vor meinem Elternhaus anhalten. »Presley, es tut mir leid.«

Es gibt nichts zu sagen, daher schweige ich. Denn wenn ich sprechen würde, würde meine Stimme mich verraten. Aber ich will ihm nicht zeigen, wie sehr er mich durcheinandergebracht hat.

Genau das hat er getan. Er hat mich bis ins Mark erschüttert. Dieser Kuss hat mich wieder daran erinnert, wie sehr ich ihn wirklich liebe. Wie sehr unsere Welten übereinstimmen und wie viel Macht Zachary Hennington über mich hat.

Ich springe aus dem Wagen, und es ist mir egal, ob ich nass werde. Tatsächlich freue ich mich über den Regen. Er ist wenigstens real. Anders als alles, was Zach und ich jemals haben könnten. Er hat mich schon einmal verlassen. Das wiederkehrende Thema meines Lebens, wie es scheint. Ich darf jetzt nicht verletzlich sein, aber das ist genau das, was Zach mit mir macht.

Kapitel 12

Zachary

Dieser eine Kuss hat es bestätigt: Ich habe nie aufgehört, sie zu lieben. Ich habe es immer gewusst, aber jetzt kann ich es unmöglich länger leugnen.

In vielerlei Hinsicht habe ich mich verändert, aber was Presley angeht … sie ist immer noch alles für mich.

Selbst wenn sie Sachen nach mir wirft und mich ohrfeigt und zornig ist wie jetzt, kümmert es mich nicht, denn sie ist hier. Sie ist der Grund, warum ich unter mein altes Leben keinen Schlussstrich ziehen konnte. Ich habe versucht zu leben und wieder zu lieben, aber nichts hat dem Vergleich mit ihr standgehalten.

Verdammt, sie hat mich ruiniert.

Nun sitze ich immer noch in meinem Truck draußen vor ihrem Haus, den Kopf in den Nacken gelegt. Was mache ich jetzt bloß? Sie empfindet ganz offensichtlich nicht genauso. Nein, Presley hasst mich immer noch.

»Scheiße!« Meine Hand schlägt aufs Lenkrad. »Verdammt, Zach, du kannst da jetzt nicht reingehen. Du darfst nicht mal mehr an diese Frau denken, denn du hast keine Chance. Du hast es vermasselt.« Das muss ich mir ab jetzt immer wieder ins Gedächtnis rufen. »Ich bin so was von erledigt.«

»Ja, und wie.«

Die Stimme meines Bruders lässt mich zusammenzucken. Er steht draußen vor dem Fenster. »Wie viel hast du mitbekommen?«, frage ich.

»Alles. Scheint dir Spaß zu machen, Selbstgespräche zu führen.« Wyatt öffnet die Beifahrertür und steigt ein. »Versuch es das nächste Mal mit Worten der Ermutigung. Soviel ich weiß, macht das klüger.«

»Unbedingt«, brumme ich. »Und verzieh dich. Du bist derjenige, der diese Situationen immer wieder einfädelt.«

»Alter, was hast du denn gedacht? Genau deshalb habe ich dir erzählt, dass sie hier ist. Und genau deshalb sage ich dir immer wieder, dass du diese Sache in Ordnung bringen musst. Denn die Sache mit Presley hast du in deinem Leben am meisten bereut.«

Ich schüttele den Kopf und wünschte, er würde sich irren. »Ich bereue es, sie verlassen zu haben, nicht, sie geliebt zu haben.«

»Bruder«, sagt er und fährt sich mit einer Hand übers Gesicht, »ich hab dich schon vor Jahren gewarnt, dass du mit diesem Mist aufhören musst. Du hoffst darauf, dass sie eines Tages zurückkommen und dich wieder lieben wird. Aber diese Chance hast du vor langer Zeit verspielt.«

»Ich weiß.«

»Weißt du das wirklich?« Er hält inne, und ich könnte ihm in sein selbstgefälliges Gesicht schlagen. »Sie war verheiratet und hat Zwillinge. Hast du das gewusst?«

»Ja. Ich habe ihn gesehen.«

»Wen?«, fragt er verwirrt.

»Logan, ihren Sohn.«

Dieser Name. Von allen verflixten Namen, die sie auswählen konnte, hat sie ausgerechnet diesen genommen. Und dass sie sich dann nicht mal daran erinnert … damit hat sie mir das Herz herausgerissen. Und sie weiß es nicht einmal.

»Es sind gute Jungs. Sie sind durch die Hölle gegangen«, bemerkt er vielsagend. »Sie haben ihren Vater und alles verloren, was ihnen lieb war, daher darfst du jetzt nicht mit dem Herzen ihrer Mutter spielen.«

Wyatt hält sich im Allgemeinen ziemlich raus, wenn es um die Angelegenheiten anderer geht, aber er hat kein Problem, sich einzumischen, wenn es um meine geht. Er liebt Presley. Das hat er immer schon, aber er besitzt ihr gegenüber auch einen ausgeprägten Beschützerinstinkt. Sie gehört für uns alle zur Familie. Dabei wollte ich, dass sie und ich zu einer eigenen Familie werden.

»Sie hat mich geohrfeigt!«, brülle ich.

»Nun, ihrem Gesichtsausdruck nach zu urteilen, hast du es verdient.«

In diesem Moment hasse ich meinen Bruder. »Ich habe sie geküsst.«

Er lacht und verdreht die Augen. »Natürlich hast du das. Sie ist Presley, und du kannst einfach nicht anders. Du willst mit ihr zusammen sein.«

»Ich bin mit Felicia zusammen«, rufe ich ihm ins Gedächtnis.

»Klar, und wie.«

»Was soll das heißen?«

Er schüttelt den Kopf und seufzt. »Willst du mir erzählen, dass du sie liebst? So wie du Presley liebst?« Er hält inne, und ich sage kein Wort. »Dachte ich's mir doch.« Als ich den Mund öffne, um zu widersprechen, setzt er unverzüglich seinen Monolog fort. »Du hast nie die Hoffnung aufgegeben, dass sie zurückkommt. Dass sie dir eine zweite Chance gibt. Aber ich verspreche dir, Zach: Wenn du ihr wehtust, bekommst du es mit mir zu tun. Es ist mir egal, ob wir Brüder sind. Ich werde dich windelweich prügeln.«

»So weit wird es nicht kommen«, verkünde ich. Man kann vieles wieder wettmachen, aber nicht siebzehn Jahre des Zorns. Das erfordert eine Menge Vergebung. Und es gibt durchaus Dinge, wegen derer auch ich Grund habe, wütend zu sein.

»Richtig.«

»Steig aus«, fordere ich ihn auf. »Warum bist du nicht dort drin und erzählst ihr all diesen Mist?«

Wyatt legt die Füße aufs Armaturenbrett. »Was bringt dich denn auf die Idee, dass ich das noch nicht getan habe?«

»Ich muss nach Hause.« Ich hab diese Unterhaltung satt. »Verschwinde.«

»Ich rate dir, vorsichtig zu sein, Zach. Nicht nur ihretwegen, sondern auch, weil du damals selbst todunglücklich warst. Ich wette, sie ist der Grund für deine zahlreichen Verletzungen. Und der Grund, warum du wieder nach Hause gekommen bist.«

»Was?« Er liegt völlig daneben. Ich bin wegen meiner Eltern nach Hause gekommen. Und ich habe mich verletzt, weil das beim Baseball nun einmal passieren kann.

»Du hast mich schon verstanden.«

»Ich schwöre bei Gott, wenn du nicht augenblicklich aus diesem Truck steigst …« Den Rest überlasse ich seiner Fantasie.

»Grüß Felicia von mir.« Er klettert aus dem Wagen. Mein Bruder und Felicia können sich nicht ausstehen. Sie hasst ihn ebenso sehr, wie er sie verachtet. Darum ist er hier Vorarbeiter und nicht auf unserer eigenen Ranch.

Ich zeige ihm den Mittelfinger und mache, dass ich vom Grundstück der Townsends runterkomme. Ich beschließe, noch nicht nach Hause zu fahren, weil ich zu durcheinander bin. Felicia ist nicht dumm. Sie beobachtet mich seit Presleys Rückkehr. Was für ein Timing, wer hätte das planen können? An dem Tag, an dem ich Felicia einen Antrag machen will, kehrt Presley nach Bell Buckle zurück.

Ich liebe Felicia, aber ich bin ihr gegenüber nicht fair.

Nicht, wenn ich sie ansehe und mir wünsche, sie wäre Presley. Ich muss erst einmal herausfinden, was ich jetzt tun will. Also fahre ich zu dem Ort, an dem ich mich immer zu Hause fühle – dem Spielfeld.

Der Duft von frisch gemähtem Gras beruhigt mich sofort. Außer mir ist niemand hier. Ich gehe zu meiner Position und weiche einer Pfütze aus. »Genau hier habe ich einen Großteil meines Lebens verbracht«, richte ich das Wort an die Baseballgötter. In meinem Kopf sind sie real. »Ich habe euch gebeten, mich in Spitzenteams spielen zu lassen, aber zu welchem Preis? Musste ich sie verlieren? Konntet ihr mir nicht beides lassen?« Ich gehe im Kreis. »Ihr habt mich gezwungen zu wählen, und jetzt seht euch an, wie ich dastehe. Ohne Baseball. Ohne Presley. Und ohne Antworten.«

Erinnerungen schießen durch meinen Kopf. Aber eine, die ich so lange unterdrückt habe, trifft mich wie ein Ball mitten ins Gesicht.

Heilige Scheiße. Heilige verdammte Scheiße! Ich werde in der Spitzenliga spielen. Ich kann es nicht fassen. All die Jahre zahlen sich endlich aus. Das Geld, die Reisen, das Leben, das ich ihr bieten kann, sind zum Greifen nah. Presley. Ich muss es ihr erzählen.

»Unterschreiben Sie einfach diese Papiere, und alles ist geregelt.« Der Teammanager schiebt den Vertrag über den Tisch.

»Ich muss erst noch mit meiner Verlobten sprechen.« Ich zögere kurz.

Er seufzt. »Tut mir leid, Junge. Sie müssen das jetzt unterschreiben oder der Deal ist vom Tisch. Wenn wir wiederkommen«, er hält inne, »kann ich Ihnen nicht mehr so viel bieten.«

Das lasse ich mir nicht entgehen. Ich werde in der Spitzenliga spielen. Dies ist alles, was ich jemals wollte, und es liegt hier vor mir. Presley würde mich ohrfeigen, wenn ich einfach auf so viel Geld verzichte. Ich greife nach dem Stift. »Ich unterschreibe.«

»Nun, Zach.« Der Teammanager steht auf und lächelt. »Wir freuen uns, Sie im Team der Dodgers begrüßen zu können. Sie müssen sich bis zum Ende der Woche in L.A. melden.«

»Bis zum Ende der Woche?«, frage ich.

»Ja, die Saison ist bereits in vollem Gang. Der Trainer will Sie sobald wie möglich dort haben.«

Sobald ich alles unterschrieben habe, eile ich davon, um Presley zu treffen. Ich kann es kaum erwarten, ihr Gesicht zu sehen, wenn ich ihr sage, dass all unsere Träume wahr werden.

»Pres!«, rufe ich, als sie aus ihrem Kurs kommt.

»Hey.« Mit einem strahlenden Lächeln läuft sie mir entgegen, und ich bin hin und weg. Wie immer. Man könnte meinen, nach all der Zeit wäre es nicht mehr so, doch das stimmt nicht. Die anderen Mädchen, die vorbeigehen, bemerke ich nicht mal. Keine von ihnen reicht an sie heran. »Geht es dir gut? Du hast mich noch nie nach dem Unterricht abgeholt.« Ihre grünen Augen blicken mich besorgt an.

»Schätzchen.« Ich bleibe direkt vor ihr stehen. »Es ist passiert.«

Ihre Augen weiten sich. »Was ist passiert?«

»Man hat mir einen Vertrag angeboten!«

»Zach! Das ist ja wunderbar!« Sie springt in meine Arme, und ich lasse mich mit einem Lachen ein wenig zurückfallen. »Wo? Welches Team?«, fragt sie aufgeregt. »Oh mein Gott! Was bieten sie dir? Moment mal, wer hat dir das Angebot gemacht?« Die Fragen kommen wie aus der Pistole geschossen.

Sie tritt zurück und ergreift meine Hand. Ich kann nicht glauben, dass das hier wirklich passiert. »L.A. für die Dodgers.«

»Kalifornien?«, sagt sie leise. »Das ist auf der anderen Seite des Landes. Ich …« Ihr stockt der Atem. »Bis wann musst du dich entscheiden?«

Und da begreife ich – ich werde sie wieder verlassen. Nachdem wir die vergangenen zwei Jahre getrennt waren.

»Ich habe den Vertrag schon unterzeichnet.«

Presley tritt zurück und hält sich den Bauch, als hätte ich sie gerade geboxt. »Du hast schon unterzeichnet? Wir wollten doch warten. Ich hätte nicht gedacht, dass du zusagen würdest, schon gar nicht, ohne mit mir zu reden.«

»So schlimm wird es schon nicht.« Ich versuche, es ihr zu erklären. »Ich fahre vor und suche ein tolles Haus für uns. Du kommst nach, sobald das Semester um ist. Ich verspreche dir, es wird alles gut.« Vielleicht kann ich sie davon überzeugen, dass es gar nicht so schwer wird, wie sie denkt.

Sie sagt kein Wort. Ihre Augen füllen sich mit Tränen, und meine Freude ist verflogen. »Ich kann jetzt nicht mit dir gehen. Ich verlasse das College nicht, Zach. Du …«, beginnt sie, aber dann wendet sie sich ab. »Ich fasse es nicht, dass du nicht mit mir geredet hast.«

»Pres.« Ich versuche, sie dazu zu bringen, mich anzusehen. »Ich weiß, das ist jetzt nicht leicht, aber wir kriegen es hin.«

»Ich bin im ersten Semester. Ich kann nicht aufhören. Ich freue mich für dich, aber … ich weiß nicht.« Sie kaut kurz auf ihrer Unterlippe, dann sagt sie: »Ich bin verletzt.«

Ich greife nach ihrer Hand. »Er hat mir gesagt, dass ich den Vertrag verlieren könnte, wenn ich nicht sofort unterschreibe.«

»Wir sind doch eigentlich Partner. Wie konntest du nicht mit mir reden?«

»Ich wollte es. Aber ich dachte, du hättest nichts dagegen, das College zu wechseln und umzuziehen.«

Offensichtlich habe ich mich geirrt.

»Und dann? Was ist, wenn du verkauft wirst? Was, wenn du in drei Wochen woanders verpflichtet wirst? Wir waren so lange voneinander getrennt. Ich schaffe das nicht noch einmal.« Ihre Stimme überschlägt sich.

»Doch, schaffst du. Wir werden einander nach wie vor sehen, und du hast nur noch drei Jahre auf dem College vor dir. Du kannst danach zu mir ziehen oder nach Kalifornien wechseln, wann immer du willst.«

Wir werden es schaffen, sie muss sich nur beruhigen. Presley ist meine Verlobte. Sie ist meine Welt, und wir werden dieses Problem lösen.

»Du willst, dass ich *drei Jahre* warte? Du willst, dass ich hier sitze, während du kreuz und quer durchs Land reist, wo überall Mädels nur auf ihre Chance warten, mit einem Baseballspieler zu schlafen? Nein. Auf keinen Fall. Du kannst das unmöglich für fair halten. Ich habe bereits zwei Jahre gewartet, nur um hierherzukommen.« In ihren Worten liegt kein Zorn, nur Traurigkeit.

»Dann begleite mich.«

Sie klemmt sich ihre Bücher unter den anderen Arm und starrt mich an. »Damit ich allein in Kalifornien sitze, während du durchs Land reist? Wie soll das funktionieren?«

»Wir werden dafür sorgen, dass es funktioniert.«

»Zach.« Sie seufzt und wischt sich übers Gesicht. »Du kapierst es nicht. Ich bin deinetwegen an dieses College gegangen. Ich habe mein Stipendium aufgegeben und bin umgezogen, ich musste weitere Darlehen aufnehmen, damit wir zusammen sein konnten. Ich verstehe, dass das dein Traum ist.« Ihre Augen werden wieder feucht. »Aber zählen meine Träume denn gar nicht? Ich habe so hart gearbeitet, um hier angenommen zu werden. Die Kochkurse hier gehören zu den besten des Landes. Ich kann dir nicht überallhin folgen. Das ist nicht fair. Und ich schaffe es nicht, schon wieder eine Fernbeziehung zu führen. Die letzten zwei Jahre waren unerträglich. Wenn du gehst, wirst du dich auf das Baseballtraining konzentrieren, du wirst keine Zeit für uns haben. Wir wissen beide, dass du den größten Teil des Jahres unterwegs sein wirst. Ganz zu schweigen von all den Mädels, die um dich herum sein werden. Es tut mir leid, aber ich bin nicht bereit, das durchzustehen.«

Natürlich hatten wir Pläne, aber das bedeutet doch nicht, dass diese Pläne sich nicht ändern können. Wir haben die letzten zwei Jahre überstanden, in denen sie noch in der Highschool war. Das hier wird viel einfacher. Ich kann es mir jetzt leisten, ihr ein Flugticket zu bezahlen, damit sie mich besucht.

Ich bin mir nicht sicher, was sie erwartet, aber Baseball ist eben *auch* mein Leben. Das hier ist *die* Chance, und ich werde sie nicht verstreichen lassen. Wir werden einen Weg finden, damit es funktioniert.

»Ja, aber das hier ist mein Traum, Presley. Jetzt kann ich mir meinen Lebensunterhalt mit Baseball verdienen. Das kann ich doch nicht einfach aufgeben. Das werde ich nicht aufgeben. Ich fliege morgen.«

»Morgen?« Sie schreit beinahe. »Du nimmst mich auf den Arm! Morgen, Zach?«

Ich nicke.

»Dann sind wir wohl fertig miteinander.« Sie stößt die Worte mit erstickter Stimme hervor.

»Fertig?«, schreie nun auch ich. »Wir werden uns deswegen doch nicht trennen. Wir sind verlobt!«

Die Tränen, gegen die sie angekämpft hat, strömen ihr jetzt übers Gesicht. Es ist furchtbar, sie meinetwegen weinen zu sehen. Ich gehe einen Schritt auf sie zu, aber sie hebt die Hand.

»Nein, Zach. Ich kann nicht schon wieder von dir getrennt sein, nicht so. Ich bin daheim in Tennessee beinahe verrückt geworden, aber da waren wenigstens noch Wyatt, Grace und Emily. Und wer ist hier? Angie ist meine einzige Freundin. Ich bin hier, weil du mir versprochen hast, dass wir zusammen sein würden.« Ihre Stimme bricht. »Wir wollten heiraten, eine Familie gründen, und du hast nicht einmal mit mir gesprochen, bevor du diesen Vertrag unterzeichnet hast!« Presley redet sich mit jedem Wort mehr in Rage. »Es freut mich, dass du diese Chance bekommen hast, aber es geht hier nicht nur um dein Leben. Ich bin schließlich ein Teil davon!«

»Wir haben noch jede Menge Zeit, eine Familie zu gründen. Das können wir doch immer noch tun, nur nicht jetzt. Nicht, wenn meine Karriere gerade in Gang kommt.«

»Also sind all die Pläne, die wir hatten, einfach so null und nichtig?«

»Pläne ändern sich, Presley.« Ich will sie in die Arme nehmen, aber sobald ich vortrete, weicht sie zurück. »Nicht«, flehe ich. »Du siehst nicht das große Ganze!«

»Das große Ganze sah vor, dass wir die nächsten zwei Jahre hier verbringen, dass du das College abschließt, dass wir heiraten und zusammenleben, und dann wolltest du das Team wechseln. Stattdessen hast du jetzt hinter meinem Rücken genau das Gegenteil getan.«

»Aber die Situation ist plötzlich eine ganz andere. Ich kann schon jetzt ausschließlich Baseball spielen«, erkläre ich. Sie versteht nicht, dass das hier meine Chance ist. »Und was ist, wenn ich mich dieses Jahr verletze, wenn ich hier spiele? Dann werde ich diese Chance vielleicht nicht noch einmal bekommen.«

»Das verstehe ich. Ich kenne die Risiken, und du hast recht, es *ist* deine Chance. Du hast den Vertrag bereits unterzeichnet, und du wirst gehen, aber ich kann das nicht. Ich kann nicht wieder hier sitzen und auf dich warten. Aber ich werde jetzt auch nicht nach Kalifornien umziehen. Du wirst trainieren oder Spiele haben, was bedeutet, dass du sowieso nie da sein wirst. Das ist mir gegenüber nicht fair.«

»Ich werde dich nicht aufgeben, Presley. Ich musste die beiden letzten Jahre schon ohne dich leben.«

»Ich weiß. Ich habe meinen Schulball verpasst und dich nur in den Ferien gesehen, und selbst dann hast du trainiert. Ich war diejenige, die die betrunkenen Anrufe bekam und sich alles über die Mädels anhören musste, die sich dir an den Hals geworfen haben, während ich Tausende von Kilometern entfernt war.«

»Ich habe nie …«

»Nicht. Ich bin noch nicht fertig, Zachary.« Ich lasse sie weitersprechen und suche gleichzeitig nach einer Möglichkeit, alles wieder in Ordnung zu bringen. »Ich habe zwei Jahre des Wartens ausgehalten. Alles, weil ich dich so sehr liebe – und zum Schluss dachte ich, dass wir jetzt endlich zusammen sein würden. Und dann tust du so etwas? Soll ich nun etwa jedes Mal alles hinwerfen und umziehen, wenn du eine Entscheidung triffst?«

Ich versuche, mir einzureden, dass sie unter Schock steht. Sie meint es nicht so. Wenn sich der erste Schreck einmal gelegt hat, wird sie es einsehen. »Aber es ist mein Traum. Der Profisport. Es ist alles, wofür ich gearbeitet habe. Auf keinen Fall kann ich dieses Angebot sausen lassen. Du hast doch immer gewusst, dass das mein Ziel ist.«

Ihre Brust hebt und senkt sich, und sie sieht mir in die Augen. »Dann geh.« Sie ringt um Luft.

»Ich habe das Gefühl, du zwingst mich dazu, mich zwischen dir und Baseball zu entscheiden. Aber das kann ich nicht. Siehst du denn nicht ein, dass das nicht geht?« Meinen Traum oder sie aufzugeben … ich kann nicht. Ich kenne Presley, sie regt sich gerade auf, doch sie liebt mich.

»Nein, Zach.« Sie schnieft, und ein Sturm von Gefühlen spiegelt sich auf ihrem Gesicht wider. »Du entscheidest dich für genau das, was du willst. Und das ist in Ordnung. Ich entscheide mich für das, was das Beste für mich ist. Ich werde das College nicht wechseln. Und ich werde nicht die nächsten dreieinhalb Jahre unglücklich sein, während du durchs Land tourst. Ich freue mich für dich, dass sie dich genommen haben.« In mir keimt Hoffnung. »Ich bin wirklich stolz auf dich. Ich liebe dich so sehr, dass es wehtut.« Das ist die Presley, die ich mein Leben lang geliebt habe. »Aber das bedeutet nicht, dass ich mit dir zusammen sein kann, während du das tust, was dir am wichtigsten ist. Ich will, dass du glücklich bist, aber ich muss auch dafür sorgen, dass ich am Ende keine falsche Entscheidung treffe und dumm dastehe. Ich bin jetzt achtzehn, also ist es vielleicht das Beste so.«

Ja, wir hatten einen anderen Plan, aber dies ist die Chance meines Lebens. Es stehen tausend Leute hinter mir in der Schlange, die für diesen Vertrag töten würden. Ich trete näher an sie heran, und diesmal weicht sie nicht zurück. »Ich liebe dich.«

»Ich liebe dich auch.«

»Dann sag mir, dass es nicht vorbei ist. Dass wir einen Weg finden können.«

Sie stellt sich vor mich hin, küsst mich und macht dann einen riesigen Schritt zurück. »Ich wünschte, das wäre möglich. Aber ich weiß, was eine Fernbeziehung bedeutet. Und ich mache das nicht noch einmal mit.«

»Na schön, dann legen wir eben eine Beziehungspause ein, bis du das College beendet hast.«

»Eine Beziehungspause?« Sie schließt die Augen. »Und was dann? Wir treffen uns mit anderen?«

»Ich weiß es nicht. Wir werden sehen, wie es sich entwickelt.« Tief im Innern weiß ich, dass das nicht funktionieren wird. Nicht, weil wir einander nicht lieben, sondern weil mein Leben ab jetzt eine vollkommen andere Welt ist. Ich habe mit Spielern geredet, die in die Spitzenliga gewechselt sind, und keine Beziehung hat das überstanden. »Ich bin bereit, es zu versuchen.«

Sie wischt sich die Tränen weg, die ihr übers Gesicht rinnen. »Ich will ein Leben mit dir, Zach. Nicht die nächsten Jahre getrennt von dir sein und wieder herumsitzen und auf Telefonanrufe warten.« Presley drückt mir den Verlobungsring in die Hand. »Ich werde dich immer lieben. Leb wohl, Zach.«

Bevor ich irgendetwas sagen kann, läuft sie davon. Ich könnte hinter ihr herrennen. Ich will hinter ihr herrennen. Aber meine Füße bewegen sich nicht. Ich sehe zu, wie die Liebe meines Lebens mich verlässt, und ich unternehme rein gar nichts.

Kapitel 13

Presley

»Kannst du heute zur Hennington Ranch fahren?«

Ich sehe Cooper an, als sei er von allen guten Geistern verlassen. Er weiß genau, dass das der letzte Ort ist, an dem ich sein will. »Warum kann Wyatt die Pferde nicht holen? Es ist seine Familie.«

»Hör mal, hier geht es ums Geschäft. Wir haben noch zwei Pferde von den Henningtons gekauft. Ich brauche Wyatt draußen auf der Weide. Die anderen Männer sind beschäftigt, und du arbeitest für mich.« Cooper gibt sich solche Mühe, streng zu sein.

Ich kichere. »Das war beinahe überzeugend.«

»Das ist kein Witz. Du musst vor fünf Uhr dort sein.«

Seit meiner letzten Begegnung mit Zach sind zwei Wochen vergangen. Zwei Wochen ohne einen Piep. Ein Schritt nach vorn und zwei Schritte zurück, so läuft das bei uns. Im Truck dachte ich schon, wir wären ein Stück weitergekommen, und dann hat er mit einem Kuss alles ruiniert. Die wenigen Momente der Klarheit werden immer wieder von der Vergangenheit überschattet.

»Coop, ich kann nicht.« Ich gehe im Geiste alle möglichen Ausreden durch. Ihm ist klar, dass ich lüge, aber dorthin bringen mich keine zehn Pferde. Keine Chance.

»Das ist keine Bitte.«

»Ich fahre trotzdem nicht.«

»Es dreht sich nicht alles um dich und dein Liebesleben,

Presley. Manche von uns hatten keine Wahl. Manche mussten ihre Träume aufgeben, um sich der Realität zu stellen. Jetzt wird es Zeit, dass du erwachsen wirst und dich deiner stellst.«

Was weiß er schon über Realität? Ich bin durch die Hölle gegangen. Und wann immer ich meine, es ginge mir besser, nur ein kleines bisschen, geschieht etwas anderes, das mich zurückwirft. »Wow, es muss Spaß machen, im Elfenbeinturm zu sitzen und über mich zu urteilen. Du denkst wirklich, ich musste nicht erwachsen werden? Kein richtiges Leben leben? Du denkst, ich hätte keine geplatzten Träume?? Verdammt noch mal, wach auf.«

Cooper verdreht die Augen. »Was ist schon dabei, dass du nach Hause zurückkommen musstest?«

»Ich bin nicht nach Hause zurückgekommen, Cooper. Ich habe *alles* verloren. *Alles*. Meinen Ehemann, meinen Cupcake-Laden, mein Zuhause, meine Freunde, die Schule der Kinder, was auch immer … es ist weg. Also sag mir, welcher Realität ich mich deiner Meinung nach nicht stelle, *lieber* Bruder.«

Cooper und ich haben uns als Kinder nahgestanden. Da wir nur zwei Jahre auseinander sind, haben wir viel Zeit miteinander verbracht. Er ist mit meinen Freundinnen ausgegangen und hat sich mit den Hennington-Jungs zusammengetan, um mich zu ärgern. Außerdem mussten wir auf der Ranch helfen. Aber dieser Mann, dieser zornige Mann, ist nicht der Cooper, den ich kenne.

»Ich werde nicht mit dir streiten.«

»Doch«, verlange ich, »wirst du. Ich will meinen Bruder zurückhaben.«

»Na schön.« Er hebt die Hände und lässt sie dann wieder sinken. »Du hast uns alle verlassen, Presley. Du bist nicht einfach aufs College gegangen. Du bist weggezogen und nicht einmal zurückgekehrt, um uns zu besuchen oder nach deiner Familie zu sehen. Ich habe deinen Mann vor eurer Heirat nicht mal zu Gesicht bekommen. Geschweige denn, dass ich jemals meine Neffen kennenlernen konnte. Wie alt sind sie gleich noch? Das hier ist das erste Mal überhaupt, dass ich Zeit mit ihnen verbringe.«

Ich kann mir vorstellen, dass es ihn verletzt hat. Aber ich wusste nicht, wie sehr. Ich habe immer angenommen, Cooper sei bloß sauer gewesen, weil er nicht von hier weggehen konnte. »Du warst bei mir zu Hause jederzeit willkommen.«

»Ich wollte nicht dorthin. Ich wollte, dass du nach Hause kommst. Dies hier ist dein Zuhause. Hier bist du groß geworden, auch wenn du das offenbar vergessen hast.« So zornig er auch zu sein scheint, kann ich den darunter verborgenen Kummer in seiner Stimme hören.

Seine Worte treffen mich, und meine Augen füllen sich mit Tränen. Ich wollte meinem Bruder oder meiner Familie nie wehtun. Aber ich konnte nicht zurück. Ich wollte nicht den Menschen gegenübertreten, die behauptet haben, Zach und ich seien verrückt und zu jung. Mir war klar, dass ich es nicht würde ertragen können, ihr Mitleid zu sehen und ihr Getuschel zu hören.

»So war es nicht. Ich wollte mir die Gerüchte ersparen, deshalb bin ich nie zurückgekehrt.«

»Wen schert es schon, was die Leute denken? Wenn du irgendjemandem eine Chance gegeben hättest, hättest du gewusst, dass alle mit dir gefühlt haben. Aber du hast niemals jemandem eine verdammte Chance gegeben, dir das zu zeigen. Du hast dich versteckt und dir ein neues Leben aufgebaut, in dem keiner von uns willkommen war.«

Cooper hat recht. Ich habe alle in dieser Stadt aus meinem Leben verbannt. Meine Eltern, meinen Bruder und jeden, der irgendeine Verbindung zu Zachary hatte. Ich wollte nicht an ihn denken. Allein seinen Namen zu hören, fühlte sich an, als reiße mir jemand das Herz aus der Brust.

Nachdem ich monatelang Entschuldigungen gehört habe, bringe ich jetzt selbst ständig welche über die Lippen. »Es tut mir leid, Coop. Wirklich. Du bedeutest mir so viel.« Ich trete vor und greife nach seinem Arm. »Aber es war einfacher, allem aus dem Weg zu gehen.«

Ich sehe, wie alle Streitlust in Coopers Augen erlischt. »Für dich mag das so gewesen sein. Aber es war schlimm für mich, meine Schwester zu verlieren. Sehr schlimm.«

Ich wünsche mir nichts sehnlicher, als mich wieder normal zu fühlen. Ich will keinen Ärger mit Cooper oder irgendwem sonst. Mein Bruder ist immer für die Jungs da, seit wir hier sind. Ich wünsche mir, dass es wieder so zwischen uns wird wie früher. »Es tut mir leid, dass ich dich verletzt habe.« Jedes Wort meine ich aufrichtig. »Können wir das hinter uns lassen? Können wir einen Weg finden, uns wieder nahzustehen?«

»Ja«, antwortet er mit einem Lächeln. »Du kannst im nächsten Monat die Ställe ausmisten, dann überlege ich es mir.«

Ich lache auf. »Vergiss es.«

Cooper zieht mich in die Arme. »Ich wäre für dich da gewesen. Ich bin immer da. Hör auf, so stur zu sein, und lass dir von uns helfen.«

Ich sinke in die Arme meines Bruders. »Ich bin so zornig. Und so traurig.«

Er hält mich fest umfangen. »Ich weiß, Pres. Aber es wird alles gut werden.«

Ich lasse mich von ihm trösten, weil ich es leid bin, mich noch länger zu verstellen. Und bei Cooper muss ich das auch nicht.

Kapitel 14

»Hast du wirklich gedacht, du könntest dich ewig verstecken?«, fragt Wyatt, der gegen einen Pfosten lehnt. »Das ist das Beste an Kleinstädten – sie sind klein.«

Bisher ist es mir eigentlich ganz gut gelungen, ihm aus dem Weg zu gehen und die wenigen Gespräche kurz und geschäftsmäßig zu halten. »Ich verstecke mich nicht.«

Er lässt ein schnelles Grinsen aufblitzen. »Du versteckst viel mehr, als du zugeben willst.«

»Nun, wenn ich es dir erzählen würde, würde das den Zweck verfehlen.«

Es ist halb sechs am Morgen, und ich dachte, hier draußen wäre ich sicher. Seit diesem Kuss wurden meine Träume immer schlimmer. Jetzt erscheint sogar schon Todd darin und beschuldigt mich, Zach die ganze Zeit über geliebt zu haben. Ich weiß, es ist nur mein Unterbewusstsein, das mir Streiche spielt, aber ich wache jeden Morgen schweißgebadet auf. Mittlerweile kämpfe ich sogar dagegen an, einzuschlafen. Kein Schlaf ist immer noch besser als diese grauenhaften Albträume. Aber wenn ich an Todd denke, werde ich sehr traurig. Unsere gemeinsame Vergangenheit ist vergiftet durch die Fassade, die er vor mir aufgebaut hat. Ich denke daran, wie er sich für die Arbeit fertig gemacht und mir zum Abschied einen Kuss gegeben hat, während er die ganze Zeit über wusste, dass es eine Lüge war. Ich frage mich, wie viele Lügen er mir noch aufgetischt hat. Und dann verwandelt sich meine Traurigkeit wieder in Zorn. Es ist so anstrengend.

»Wir alle verstecken irgendetwas, oder?«

»Und was versteckst du?«, frage ich, als Wyatt vortritt.

Er mustert mich, als könne er mein Geheimnis entlarven. »Wir reden hier nicht von mir. Ich kenne dich, Pres. Du musst es irgendjemandem erzählen, Süße. Es frisst dich auf.«

»Du weißt nicht, wovon du redest.«

Er lacht. »Du bist wütend, richtig wütend. Das sehe ich dir an. Und deswegen bist du noch nicht wirklich angekommen.«

Ich schüttele verärgert den Kopf. Warum muss er mich bedrängen? Alle haben mich auf meine eigene Weise trauern lassen, nur nicht Wyatt. »Du kannst mir nicht vorschreiben, wie ich mein Leben lebe. Ja, ich bin wütend. Finde mal jemanden, der in meiner Situation nicht wütend wäre.«

»Du bist nicht der erste Mensch, der mit dem Tod fertigwerden muss.« Seine Stimme ist voller Mitgefühl, auch wenn seine Worte es nicht sind. »Du trauerst nicht, Pres. Du lebst kaum noch. Deine Jungs …« Er zeigt zu ihrem Schlafzimmerfenster hinauf. »Sie leben. Sie helfen auf der Farm, lachen und lernen ihre Familie kennen, die sie bis jetzt nicht gekannt haben. Sie leben tatsächlich, aber du?« Er hält inne, und meine Brust schmerzt. Wyatt steht mir direkt gegenüber. Seine hellbraunen Augen betrachten mich offen und ehrlich. »Du tust nur so als ob.«

Wyatt streicht mir mit den Händen über die Arme.

»Ich weiß nicht, wie ich irgendetwas anderes als Wut empfinden kann.«

Er nickt. »Mit Wut kenne ich mich aus.«

»Ich will, dass es aufhört.«

»Komm mit, wir machen einen Spaziergang«, drängt Wyatt. »Es gibt da einen Ort, den ich dir gern zeigen möchte.«

Die Wahl fällt mir nicht schwer – entweder ich gehe wieder ins Bett und er kommt mir später erneut damit, oder ich gebe jetzt gleich nach. Nun, falls Wyatt mich überhaupt vom Haken lässt. Er ist verdammt gut darin, seinen Willen durchzusetzen. Und in Wahrheit will ich auch gar nicht allein sein. »Na schön, aber nur unter Protest.«

»Wann hättest du jemals etwas freiwillig getan?« Er lacht über seinen eigenen Scherz und lockert damit die Stimmung zwischen uns wieder.

Ich zucke mit den Schultern. »Vielleicht früher mal.«

Wir gehen über das Anwesen zu dem kleinen Fluss, gerade als die Sonne über den Horizont späht. Als Kinder war dies hier unser Platz. Auf dem großen Felsen mitten im Wasser haben Wyatt und ich immer gesessen und über all die Dinge geredet, die wir später tun wollten, wie wir als Nachbarn leben und unsere Kinder unzertrennlich sein würden. Die Träume bester Kleinstadtfreunde.

»Weißt du was?«, sagt er, als wir nah genug sind, um das Wasser zu hören. »Ich warte die ganze Zeit darauf, dass du nach Hause kommst.«

Verwirrt sehe ich ihn an. »Ähm«, sage ich. »Ich bin zu Hause.«

»Nein«, stellt er fest. »Die Hälfte deines Herzens ist immer noch dort, Cowgirl.« Er legt den Kopf in den Nacken und schaut zum Himmel empor. »Fragst du dich eigentlich jemals, was es sonst noch da draußen gibt? Das Universum ist so groß, und wir alle suchen nach etwas anderem.« Er sieht mir in die Augen. »Erzähl mir, was wünschst du dir?«

Mir sinkt der Mut, als mich die Erkenntnis durchflutet, dass meine Wünsche niemals in Erfüllung gehen werden. »Es spielt keine Rolle, was ich mir wünsche, denn nichts davon wird jemals wahr werden.«

»Da bin ich mir nicht so sicher. Man kann sich immer etwas wünschen, unabhängig davon, ob die Wünsche erhört werden. Manchmal muss man sich auch darüber klar werden, ob das, was man sich wünscht, wirklich das ist, was man will.«

»Okay, Yoda.«

Als wir am Flussufer ankommen, bleiben wir stehen. Ich schaue nach oben und frage mich, wo Todd ist. Ob er mich hier sehen und hören kann. Ich überlege, ob er weiß, was in meinem Herzen und in den Herzen der Jungs vor sich geht. Ich rufe mir die Entscheidungen ins Gedächtnis, die ich bisher getroffen habe, und ihre Konsequenzen. Die Wahl zu haben ist etwas, das wir für selbstverständlich halten, bis wir keine Alternativen mehr haben, und dann wollen wir die Zeit zurückdrehen.

»Spring rauf«, fordert Wyatt mich auf und hockt sich vor mich hin.

Ich lache spöttisch. »Ich steige nicht auf deinen Rücken.«

»Dass du aber auch nie tust, was man dir sagt. Das war schon immer so.« Damit packt er meine Knie. Bevor ich reagieren kann, liege ich über seiner Schulter. »Wyatt Hennington! Lass mich sofort runter!«

Er watet in den Bach. »Bist du dir da sicher?«

»Nein«, ächze ich. »Ich warte auf den Tag, an dem du mir zum ersten Mal meinen Willen lassen wirst.«

»Ich bezweifle, dass der kommen wird. Du entscheidest dich für gewöhnlich für das Falsche. Ich schätze, ich erspare uns beiden Kopfschmerzen, indem ich einfach so weitermache.«

»Du wolltest reden.«

Einige Schritte später sind wir bei dem Felsen. Er setzt mich ab, und ich ziehe die Beine an, damit er ebenfalls Platz hat. »Dann lass uns reden. Du bleibst hier sitzen, bis du dir alles von der Seele geredet hast.«

Natürlich könnte ich selbst zurückgehen, das Wasser ist knapp sechzig Zentimeter hoch. Aber darum geht es hier ja nicht. »Was willst du von mir hören?«

Er rückt näher heran und stupst mich mit dem Arm an. »Fangen wir damit an, warum du wieder hier bist.«

»Mein Mann.« Ich zögere und muss ein paarmal durchatmen, bevor ich weitersprechen kann. »Er hat uns in eine wirklich üble Situation gebracht.«

»Inwiefern?«

Oh, insofern, dass es niemals endet. Mit diesem Teil der Geschichte kämpfe ich jedes Mal aufs Neue. Wie viel kann ich tatsächlich preisgeben? Warum verschweige ich all seine Vergehen? Todd war es offensichtlich vollkommen egal, warum also ist es mir nicht egal? Zum Teil ist es Stolz, das weiß ich. Die Leute sollen nicht erfahren, wie ahnungslos ich war. Denn nur eine Närrin hätte nicht bemerkt, wie ihr Leben in Stücke zerbricht. »Ich habe einfach nichts gemerkt. Dass Todd seinen Job verloren hatte, dass wir Schulden haben. Als er starb, hatte ich plötzlich einen Haufen Probleme am Hals.«

Wyatt streicht mir über den Rücken. »Also bist du zurückgekommen, um wieder Halt zu finden?«

»Ich war obdachlos. Wir haben alles verloren. Buchstäblich. Ich war so dumm, Wyatt.«

»Du warst nicht dumm. Wenn dein Mann es dir nicht erzählt hat, woher hättest du es wissen sollen?«

Ich stoße ein halbherziges Lachen aus. »Nur jemand, der komplett egoistisch und mit sich selbst beschäftigt ist, würde nicht bemerken, dass der eigene Mann arbeitslos geworden ist. Ich hatte keine Ahnung, wie schlimm die Lage war. Ich hätte ihm helfen können, aber Todd hat weitergemacht, als sei alles bestens. Doch das war es nicht. Es war – ist – sehr schlimm.«

»Ich weiß nicht, ob du wirklich egoistisch warst oder es einfach nicht wissen *wolltest*.«

Es ist wahr, ich wollte nichts wissen. Ich habe ihn alles Finanzielle regeln lassen, weil es schließlich sein Beruf war. Er kümmerte sich um die Rechnungen, ich mich um den Haushalt, so war es eben. Rückblickend war es dumm von mir. Ich hätte nachfragen, mich interessieren müssen. Aber wenn ich ganz ehrlich bin, war die Wahrheit offensichtlich, ich habe bloß die Augen vor ihr verschlossen.

»Findest du mich jämmerlich?«

»Natürlich nicht!«

»Ich bin eine fünfunddreißig Jahre alte Witwe mit zwei Söhnen und wohne bei meiner Mutter und meinem Vater.«

Er seufzt. »Na schön, vielleicht ein wenig.«

Er lacht, als ich ihm den Ellbogen in die Rippen stoße. »Blödmann.«

»Hör mal, das Leben ist ein Glücksspiel. Du hast gespielt und verloren. Aber das macht dich nicht zum ewigen Verlierer. Es bedeutet nur, dass die Karten neu gemischt werden.«

Ich schüttele den Kopf und grinse ihn an. »Du hast zu oft *Hangover* gesehen. Du bist nie in Vegas gewesen.«

»Ich muss auch nicht nach Vegas fahren, um etwas über das Glücksspiel zu wissen.«

»Na ja, wahrscheinlich immer noch besser, als Songtexte von Kenny Rogers zu zitieren.«

»Ich meine es ernst. Du bist nicht dumm, weil du jemanden geliebt oder ihm vertraut hast. Manchmal erwidert die andere Person deine Liebe, manchmal liebt sie deinen Bruder.«

»Wyatt«, sage ich leise.

»Weißt du, ich liebe dich, seit ich denken kann. Ich weiß, dass das mit uns niemals etwas werden wird. Das hab ich schon vor langer Zeit akzeptiert, aber ich werde dir die Wahrheit sagen, wann immer es nötig ist, auch wenn du sie nicht hören willst. Eines Tages werdet ihr beide den Kopf aus dem Sand ziehen und diesen Schlamassel beheben, den ihr beide angerichtet habt.«

Wyatt gestand mir seine Gefühle, als Zach ans College ging. Nicht, weil er wollte, dass ich seinen Bruder für ihn verlasse. Er sagte, er müsse es tun, um über mich hinwegzukommen. Ich weiß noch, dass ich geweint habe, weil ich ihn wohl liebte, aber eben nicht auf diese Weise. Er hat es auch Zach erzählt, was allerdings nicht so gut angekommen ist.

Meine Hände finden seine, er drückt meine Finger. »Es wäre einfacher gewesen, wenn du derjenige gewesen wärst«, gebe ich zu.

»Es wäre einfacher gewesen, wenn du nicht diejenige gewesen wärst.«

Wir verstummen beide, während das Wasser um uns herum rauscht. Ich gähne, und Wyatt zieht mich an sich. Mit geschlossenen Augen bette ich den Kopf an seine Schulter. Alles wäre völlig anders gekommen, wenn ich ihn gewählt hätte. Wyatt hätte mich geerdet. Er hatte niemals die Absicht, von hier fortzugehen. Er wollte die Pferderanch seiner Familie leiten, sich niederlassen und Kinder haben. Irgendwie sind wir beide so weit von unserem Weg abgekommen, dass wir jetzt genau das Gegenteil von dem haben, was wir eigentlich wollten.

Wyatt räuspert sich und weckt mich aus dem halb benommenen Zustand, in den ich gedriftet bin. »Die Sonne geht auf. Zeit zurückzukehren.«

Ich stöhne. »Noch fünf Minuten.«

Kaltes Wasser trifft mich, ich kreische auf. »Stopp!«

Als er weitermacht, springe ich auf. »Guten Morgen, Cowgirl. Ich habe schon befürchtet, dass du hier ewig schlafen willst.«

»Kein Wunder, dass dich noch keine geheiratet hat«, necke ich ihn.

»Soll ich dich wieder über die Schulter werfen, oder wirst du ein braves Mädchen sein?«

Ich klettere auf seinen Rücken, und wir gehen in Richtung Ufer. Er bewegt sich mit solcher Mühelosigkeit, dass ich den Kopf erneut auf seine Schulter lege. Aber als wir das

Ufer erreichen, setzt Wyatt mich nicht wie erwartet ab, sondern geht weiter. »Danke dafür«, murmele ich, als wir uns dem Haus nähern.

»Wenn ich mal nicht derjenige sein kann, der mit dir redet, such dir jemand anderen. Es gibt hier keinen Mangel an Menschen, die dich lieben. Selbst einer meiner schwachsinnigen Brüder käme da infrage.«

Wir erreichen das Haus, und ich klettere von seinem Rücken. »Ich denke nicht, dass Zach und ich in absehbarer Zeit miteinander reden werden.«

Er schaut auf und lächelt. »Sei dir da nicht so sicher.«

Ich drehe mich um und sehe Zach auf der Treppe sitzen. Sein Hut bedeckt sein Gesicht, und es ist klar, dass er schläft. »Warum?«, frage ich gen Himmel. »Warum quälst du mich?«

Wyatt küsst mich auf die Wange, bevor er mich zu ihm hinüberschiebt. »Entweder weckst du ihn, oder ich tue es.«

»Ich gehe hinein. Lass ihn wissen, dass ich ihm nichts zu sagen habe.«

Ich will ihm nicht begegnen. Seit dem Kuss herrscht Funkstille zwischen uns. Und es gibt keine Gerüchte darüber, dass er und die böse Hexe sich trennen wollen. Also ist klar, dass Zach sich wieder einmal anders entschieden hat. Das sollte mich nicht überraschen. Oder kränken. Ich bedeute ihm nichts. In diesem Fall wäre sogar ich diejenige, die eine Partnerschaft zerstört. Also, gesetzt den Fall, dass …

Was auch immer, es spielt keine Rolle. Ich will nicht mit ihm reden, und ich muss es auch nicht.

»Nicht zu fassen«, murmelt Wyatt, als ich zur Haustür gehe. Es ist mir egal, ob er mich kindisch findet. Ich frage mich, ob Wyatt weiß, was sein Bruder während der Fahrt, die er selbst eingefädelt hatte, getan hat. Falls ja, wäre ich liebend gern Zeuge gewesen, wie er Zach in den Hintern tritt.

Ich fahre im Bett hoch und schnappe nach Luft. Die Uhr zeigt zwölf Uhr mittags. Ich kann mich nicht einmal daran erinnern, eingeschlafen zu sein.

Schnell ziehe ich mich an und gehe nach unten. »Hallo du«, sagt Mama, die gerade Kartoffeln schält. »Ich habe mich schon gefragt, wann du dich zu uns gesellen würdest.«

»Entschuldige, Mama. Ich muss wieder eingeschlafen sein.«

Sie lächelt und wendet sich wieder den Kartoffeln zu. »Du hast in letzter Zeit kaum geschlafen. Ich dachte, du könntest Ruhe gebrauchen.«

Erstaunt werfe ich ihr einen schnellen Blick zu. Ich dachte, ich hätte mir nichts anmerken lassen. Anscheinend habe ich mich geirrt. »In meinem Kopf rattert es unentwegt.«

Sie legt das Messer aufs Brett, wischt sich die Hände ab und kommt um die Küchentheke herum. »Du könntest den heutigen Tag nutzen und in die Stadt fahren. Dir vielleicht die Haare machen lassen?«

Ich unterdrücke ein Stöhnen. Ein Besuch im hiesigen Friseursalon ist so, als würde man in die Achtziger zurückreisen. Und nicht nur, weil sie seitdem nicht renoviert haben, die Frisuren scheinen ebenfalls in der Vergangenheit hängen geblieben zu sein. Allerdings kann ich mich nicht ewig verstecken. »Vielleicht fahre ich nach Nashville«, erwidere ich beiläufig.

Sie lacht spöttisch. »Ich denke, hier bekommst du einen viel besseren Service. Ich rufe an und frage, ob Victoria freie Termine hat.«

Ohne auf meine Antwort zu warten, geht Mama zum Telefon. Währenddessen kommt mein Vater herein. »Morgen.«

Meine Mutter redet in den Hörer, und Daddy grinst. »Rette mich, Daddy.«

Er lacht und küsst mich auf die Wangen. »Oh, Kleines, es

ist unmöglich, dich zu retten, wenn sie sich etwas in den Kopf gesetzt hat. Die Jungs wollen Cooper später dabei helfen, Heuballen zu machen. Falls du also dazustoßen willst …«

»Die Arbeit, die ich am meisten hasse.«

»Es scheint ihnen hier zu gefallen.« Er wirft seinen Hut auf den Tisch.

Ich setze mich und schnappe mir einen Muffin.

Sosehr ich mir unterbewusst wohl gewünscht habe, dass es ihnen hier nicht gefallen würde, bin ich doch froh, dass sie sich gut einleben. Sie haben genauso viel durchgemacht wie ich. Ich bin dankbar, dass meine Familie ihnen eine solche Stütze ist.

»Sie geben sich Mühe. Für Großstadtkinder ist das Landleben nicht einfach.«

»Es war toll, sie mit den Pferden zu beobachten. Richtige Naturtalente. Sie haben Zachary ohne zu zögern geholfen.«

Mein Muffin fällt zu Boden. »Was?«, schreie ich beinahe. »Helfen? Was meinst du damit?«

Ich stehe auf und versuche, mich zu beruhigen, aber jeder Muskel in meinem Körper ist angespannt.

»Zach hat die Pferde hergebracht, die du nicht holen wolltest. Wenn du nicht so verdammt stur wärst, hätte er nicht die weite Fahrt machen müssen.«

Ich lache ironisch. »Die weite Fahrt?« Bitte. Es sind weniger als anderthalb Kilometer, und die ist er früher jeden Tag zu Fuß gegangen. »Wann ist er wieder gefahren?«

Daddy steht auf, setzt seinen Hut auf und stößt einen langen Atemzug aus. »Er ist jetzt bei den Jungs.«

Ohne ein weiteres Wort eile ich zur Tür hinaus. Er darf nicht in die Nähe meiner Kinder. Ich will ihn nirgendwo haben, wo wir sind. Wenn sie jemals die Wahrheit über Zach und mich herausfinden, würde das viel zu viele Fragen nach sich ziehen. Außerdem will ich nicht, dass sie ihn mögen.

Ich laufe zum Paddock, wo die Jungs auf dem Zaun sitzen. Ihre Füße baumeln herab, und sie beugen sich beide vor. Zach steht mit zwei Pferden vor ihnen, ich höre ihr Gelächter. Ich bleibe wie angewurzelt stehen. Dieses Lachen habe ich so sehr vermisst. Eine Träne rinnt mir über die Wange, und ich greife mir an die Brust. Es ist so lange her, dass auch nur einer von uns glücklich war. So viele Monate, in denen wir nichts mehr gespürt haben.

Zach hebt den Blick und sieht mir in die Augen.

Mein Zorn von vorhin ist verflogen. Cayden und Logan waren genauso traurig und ausgebrannt wie ich, und jetzt scheinen sie wieder ganz die Alten zu sein.

»Er ist nicht immer ein Volltrottel.« Wyatt stupst mich an, als er meinen Blick bemerkt.

»Darüber lässt sich streiten.«

Zach und die Jungs lachen von Neuem. Er gibt ihnen die Zügel, und ich beobachte, wie sie mit einem breiten Lächeln umhergehen.

»Und wann wirst *du* aufwachen, Pres?«

Ich schaue voller Frust zu Wyatt. Ich bin es so leid, dass er mich bedrängt. »Hör damit auf.«

Er hebt zum Zeichen der Kapitulation die Hände. »Ich sage ja nichts.« Doch er hört nur für eine Sekunde auf zu reden, bevor er den Mund wieder öffnet. »Nur das eine …«

»Du kannst es einfach nicht lassen.«

»Ich finde, diese Jungs müssen ihre Mama lachen sehen. Sie müssen sehen, dass es okay ist, glücklich zu sein.«

Wyatt legt mir den Arm um die Taille. Als er mich an sich drückt, begegne ich wieder Zachs Blick. »Sie lieben dich, Presley. Aber sie sehen dich und beobachten, wie schwer das alles für dich ist. Es ist hart für Kinder, ihre Mutter so zu sehen. Also, geh und zeig ihnen, dass du glücklich darüber bist, dass sie glücklich sind.«

Wahrscheinlich hat er recht. Sie sollen nicht denken, es sei falsch, wieder zu leben. Ich wünsche mir, dass sie glücklich sind. Und mir wünsche ich das ebenfalls. Ich will nicht länger jenen verhängnisvollen Tag vor mir sehen. Es bringt mich um. Ich habe dunkle Ringe unter den Augen, meine Kleider sitzen locker, und ich bin so furchtbar müde.

Also gehe ich langsam auf den Paddock zu und reiße mich zusammen. »Jungs«, begrüße ich sie mit einem Lächeln.

»Mom!« Logan kommt herbeigeeilt. »Sieh nur! Das ist mein neues Pferd, und das ist Caydens!«

»Hey!« Ich stutze. »Ich wusste gar nicht, dass ihr eure eigenen Pferde habt.«

»Ist das nicht toll?«

»Und ob es das ist! Habt ihr ihnen Namen gegeben?«

»Nein! Cay!«, brüllt Logan seinem Bruder zu. »Wir müssen ihnen Namen geben!«

Die Jungs laufen los und lassen die Pferde im Kreis traben. Ich lächle. Wann immer die Pferde etwas Neues tun, sind meine Jungs ganz aufgeregt. Es erinnert mich an das Weihnachtsfest, an dem Todd und ich den beiden Fahrräder geschenkt haben. Wir mussten die Kinder in fünf Schichten warmer Kleidung einpacken, damit sie sie auf der Stelle in der eisigen Kälte Probe fahren konnten.

»Können Cooper und mein Daddy sich das überhaupt leisten?«, frage ich leise.

Zach lächelt. »Nun, dein Dad hat zwei neue Pferde gekauft, aber ich dachte, dass die Jungs vielleicht gern selbst welche hätten.«

»Du hast das getan?«, frage ich. »Du hast ihnen zwei Pferde geschenkt?«

»Sie können doch nicht ohne Pferd auf einer Ranch leben.«

»Zach«, flüstere ich, »das ist zu viel.«

Mein Herz ist erfüllt von Dankbarkeit. Pferde sind nicht

gerade billig. Und die Pferdefarm der Henningtons war immer äußerst lukrativ. Sie züchten Pferde, trainieren sie, pflegen sie und verkaufen mit die hochkarätigsten Tiere im ganzen Staat. Doch diese großherzige Geste habe ich nicht verdient. Als wir uns das letzte Mal gesehen haben, habe ich ihn geohrfeigt. Und er schenkt jedem meiner Kinder ein Pferd. Auf einmal sehe ich in ihm den Jungen, in den ich mich verliebt habe.

»Ich weiß noch, wie ich als Kind war. Es ist bestimmt nicht einfach für sie, aber ein Pferd kann bei der Bewältigung von all dem eine große Hilfe sein. Denk an die vielen Nächte, in denen wir ausgeritten sind, einfach um den Kopf freizubekommen. Ich dachte, es würde ihnen guttun, wegen ihres Dads und des neuen Zuhauses, wo sie niemanden kennen …«

Ich fühle mich beschissen. Er reißt sich ein Bein für meine Kinder aus, und ich wollte herkommen und ihm eine scheuern. Ich schaue zu den Jungs hinüber, die ihre Pferde streicheln. »Danke, Zach. Ich weiß wirklich nicht, was ich sagen soll. Das haut mich um.«

»Sag einfach: ›Danke, Zachary.‹« Er grinst. »›Du bist der freundlichste, attraktivste Mann, den ich je kennengelernt habe.‹«

Ich lache. »Du lebst immer noch in einer Welt voller Wahnvorstellungen.«

Dann stehen wir einfach beisammen und beobachten meine Söhne. Wyatt springt zu ihnen in den Paddock und gibt ihnen einige Tipps.

»Aber bist du dir da wirklich sicher? Es ist eine Menge Geld. Wenn es ein Problem ist, können wir irgendeine Lösung finden.«

»Absolut nicht.«

»Du hättest das wirklich nicht tun müssen.«

»Doch. Ich *wollte* das für sie tun. Und für dich.«

Dabei kennt er sie nicht einmal. Aber er hatte schon immer ein großes Herz für Kinder.

»Ich wünschte, ich könnte dir das Geld geben.«

Zachs Hand schließt sich um meinen Oberarm. »Ich würde es nicht annehmen.«

Ich schaue auf die Stelle, wo seine Haut meine berührt, und wir treten beide zurück. »Hör mal, was vor zwei Wochen passiert ist …«

»Lass uns nicht darüber sprechen«, unterbreche ich ihn schnell. Auf keinen Fall will ich über diese Autofahrt reden. Das würde nur unerwünschte Gefühle an die Oberfläche bringen.

Seufzend schaut er weg. »Je mehr wir uns verstellen, umso schlimmer wird es. Ich hätte dich nicht küssen sollen.«

»Nein. Hättest du nicht.«

»Ich weiß, dass du nicht bereit bist.«

»Nicht bereit?« Ich lache. »Nicht bereit wofür? Für die Tatsache, dass du eine feste Freundin hast? Nicht bereit, weil mein Mann noch keine sechs Monate tot ist? Oder vielleicht, weil wir uns seit, oh …« Ich halte inne und rechne im Kopf nach. »Seit siebzehn Jahren nicht gesehen haben?«

»Ich sage ja nicht, dass ich mit dir zusammen sein will, Presley. Du bist nicht bereit, mir zu verzeihen, obwohl du weißt, dass meine Entscheidung damals richtig war. Oder zumindest die Entscheidung, die jeder getroffen hätte.«

Ich seufze und schließe die Augen. Wir drehen uns im Kreis.

»Richtig für dich, Zach. Es war die richtige Entscheidung *für dich*. Das immer wiederkehrende Thema meines Lebens.« In diesem Moment begreife ich. Ich liebe stets Männer, die sich selbst wichtiger sind, als ich es ihnen bin.

»Was soll das heißen?«

»Das soll heißen, dass es nicht die beste Entscheidung für *uns* war. Es war nicht das, was ich wollte. Es war das, was du wolltest. Wenn du mich nicht dort hingeschleppt und dann zurückgelassen hättest, wäre es vielleicht anders gekommen. Ich bin nicht wütend darüber, dass du die Chance genutzt hast, ich bin wütend darüber, dass du über unser Leben entschieden hast, ohne auch nur mit mir zu reden.«

Er schüttelt den Kopf und stößt hörbar die Luft aus. »Da irrst du dich gewaltig. Du denkst wirklich, diese Entscheidung hätte ich nicht für uns beide getroffen? Ich hätte dir alles bieten können. Das Geld, das ich verdient hätte, hätte uns das Leben verschafft, von dem wir geträumt haben.«

Er leidet tatsächlich unter Wahnvorstellungen. Zachary hätte nicht in der Spitzenliga angefangen. Offensichtlich dachte er, ihm hätte sofort das Geld eines Spitzenspielers zur Verfügung gestanden, vergaß aber, dass Spieler der Triple-A-Liga nicht einmal genug für den Lebensunterhalt verdienten. Außerdem war ich nicht bereit, dieses Leben zu führen. Wir hatten abgemacht, dass er nach seinem letzten Collegejahr einen Vertrag unterzeichnet, nicht zu Beginn seines vorletzten Jahres. Wir hätten fast drei Jahre zusammen gehabt, in denen sich alles hätte einspielen können. Zu erfahren, dass er den Vertrag unterschrieben hat, ohne es mit mir zu besprechen, hat mich furchtbar verletzt.

Ich wollte einfach nur mitentscheiden, wie unser Leben verlaufen würde.

Ich schweige und fühle, wie meine Brust bebt. Ich bin es so leid, mich im Kreis zu drehen. Ich will da endlich raus. Immer wieder holen wir die Vergangenheit in die Gegenwart zurück. »Können wir damit aufhören? Bitte? Es gibt eine Menge Dinge, die ich heute anders machen würde. Aber ich will nicht länger wütend sein.«

Er tritt vor. »Ich habe dabei an dich gedacht.« Seine

Stimme ist gedämpft. »Ich wollte endlich der Mann sein, den du in mir gesehen hast.«

»Ich will das nicht.«

»Ich war bereit, dir alles zu geben. Ich *konnte* dir alles geben.«

»Jetzt kannst du es Felicia geben.«

Zach prallt zurück. »Ich habe ihr alles erzählt.«

Mein Herz rast. »Sie hat dir verziehen?«

Er mustert mich. »Sie versteht, dass diese Situation schwierig für uns beide ist. Felicia ist nicht mehr das Mädchen von früher.«

»Vielleicht nicht. Ich weiß nicht … mir kommt sie unverändert vor.«

»Jetzt kapiere ich es.« Zachs tiefe Stimme wirkt erheitert.

»Was kapierst du?«

»Du willst mich nicht. Das hast du eindeutig klargestellt, aber du willst auch nicht, dass eine andere mich hat. Hast du gedacht, ich würde allein leben und mich nach dir verzehren, Presley?«

Wieder gehen wir einen Schritt vorwärts und zwei Schritte zurück. Natürlich habe ich das nicht gedacht. Ich habe es mir gewünscht, aber ich habe nicht gedacht, dass es wirklich eintreten würde. Stattdessen habe ich sehr angestrengt versucht, gar nicht an Zach zu denken. Denn meine Liebe zu ihm hätte mich fast zerrissen. Selbst nach all diesen Jahren sehnt sich mein Herz nach ihm, sobald ich an ihn denke. Zach ist der verlorene Teil meiner Seele. Aber er gehört nicht länger mir.

»Danke für die Pferde. Vielleicht werden wir eines Tages in der Lage sein, ganz normal mit dieser Sache umzugehen.« Ich ziehe die Augenbrauen hoch und tätschle seine Brust.

Zach tritt näher. »Ich weiß, du willst das wahrscheinlich nicht hören, aber ich werde immer für dich da sein. Du warst ein Teil meines Lebens, seit ich denken kann. Ich habe dich so sehr vermisst.« Sein Blick ruht weiter auf mir. »Ich weiß nicht, ob je ein Tag vergangen ist, an dem ich nicht an dich gedacht habe. Aber wenn du willst, dass ich der Böse in diesem Spiel bin … na schön. Dann bin ich das, weil ich denke, dass du jemanden brauchst, den du hassen kannst.«

Ich schnappe nach Luft und schüttle den Kopf. »Ich wollte dich niemals hassen.«

»Aber du tust es, und ich verkrafte das schon. Ich habe mich schließlich jahrelang selbst gehasst. Denk einfach daran, was ich gesagt habe.«

Es gibt keinen Weg zurück. Ich bin nicht mehr das Mädchen, das ich einst war. Ich weiß seine Geste zu schätzen, ganz gleich, ob sie aufrichtig ist oder seinen Schuldgefühlen entspringt. Aber wenn es um mich geht, gibt es eine Grenze, die er nicht überschreiten darf. Ich weiß nicht, ob ich mit jemandem befreundet sein kann, den ich so sehr geliebt habe – so sehr liebe.

Kapitel 15

Auf dem Schreibtisch im Arbeitszimmer wartet ein großer Stapel Papiere auf mich. Cooper sitzt in einem Sessel, den Hut auf dem Gesicht. Ich schleiche mich an, springe und lande mit einem lauten *Bang*. Erschrocken fährt er hoch, bereit zum Angriff, und ich breche in Gelächter aus.

Er bedenkt mich mit einem bösen Blick. »Überhaupt nicht witzig.«

»Oh, da bin ich anderer Meinung.«

Er klopft sich den Schmutz von der Hose und setzt sich wieder hin. »Ich bin der Meister der Rache.«

Das weiß ich nur zu gut. Cooper und ich hatten während unserer Kindheit und Jugend ausgewachsene Kämpfe. Mama hat uns immer gedroht, dass sie uns den Hintern versohlen würde. Einmal habe ich Coops sämtliche Kleidung genommen, sie in eine Mülltüte gestopft und vergraben. Er hat vier Tage lang dieselbe abscheuliche Hose mitsamt Hemd getragen, dann hat Daddy gedroht, mein Pferd zu verkaufen, wenn ich ihm nicht verraten würde, wo die Mülltüte ist.

»Ich weiß auch, wie man sich rächt, lieber Bruder.«

»Ha! Du wirst mich niemals besiegen.«

»Wie auch immer«, tue ich seine Mätzchen ab. »Was führt dich hierher?«

Cooper und Wyatt haben tagsüber nie Zeit für Büroarbeit. Inzwischen ist es mir gelungen, ihr nicht existentes Ablagesystem zu verstehen. Meine Mutter hat stets so gut wie möglich mitgeholfen, aber als mein Vater in den Ruhestand ging, hat sie sich ebenfalls von ihren Aufgaben in der Buchhaltung verabschiedet. Und statt eine Hilfskraft fürs Büro zu suchen, hat Cooper so getan, als gäbe es kein Problem.

»Hier nörgelt niemand an mir herum.«

»Ahh.« Ich feixe. »Mama und Daddy lassen nicht locker?«

Unsere Eltern wollen mehr Enkelkinder und dass mein Bruder heiratet. Und sie nutzen jede Gelegenheit, ihn damit zu bedrängen.

»Sie versucht, mich mit einem Mädchen einige Städte entfernt von hier zu verkuppeln.«

»Ist sie hübsch?« Sein Gesicht spricht Bände. »Okay, na dann.«

»Wie dem auch sei, ich bin hier, weil die Jungs campen und die Gegend erkunden wollen. Ich dachte, ich nehme sie zu einem Dreitagesritt mit. Bist du damit einverstanden?«

Ich habe diese Ausritte früher selbst mitgemacht. Sie sind nicht ganz einfach. »Warum fangt ihr nicht mit einem eintägigen Campingausflug an?«

»Weil sie Männer werden. Hör auf, sie zu verhätscheln.«

»Ich verhätschle sie nicht.«

»Nein, natürlich nicht.« Der Ärger in seiner Stimme ist deutlich zu hören. »Sieh mal, wir werden sie fragen. Wenn sie mitkommen wollen, wovon ich ausgehe, weil es unglaublich viel Spaß mit mir macht, dann erlaubst du es.«

Alle möglichen Gefahren schießen mir durch den Kopf. Ich habe Hunderte solcher Ausflüge unternommen, aber ich habe gewusst, wie man einen Kojoten erschießt. Mir war klar, worauf ich achten musste. Logan und Cayden waren noch nie campen. Todd hielt sich nie gern draußen in der Wildnis auf, und ich habe ihn nie dazu gedrängt. Mir haben unsere Großstadt-Hotelurlaube gefallen. Todds Vorstellung vom einfachen Leben war ein Hotel ohne Zimmerservice.

»Ich weiß nicht …«

»Nur zu, Pres. Zieh einen Haufen Weicheier groß. Sie werden super klarkommen, wenn in einem Monat die Schule anfängt. Willst du sie in die Schule schicken, ohne dass sie wissen, wie man einen Haken mit einem Köder versieht?«

Da hat er nicht ganz unrecht. »Na schön. Wir werden sie fragen.« Wyatt erscheint in der Tür und räuspert sich. »Lass mich raten … du hältst das für eine gute Idee?«

»Cowgirl, es war *meine* Idee.«

Ich hätte es wissen sollen.

Wie Cooper prophezeit hat, waren die Jungen begeistert. Sie liefen in ihre Zimmer und warfen alles Mögliche in ihre Taschen, bevor ich auch nur Ja gesagt hatte. Mein Einverständnis konnte ich jedoch erst geben, nachdem ich Cooper einige Versprechen abgenommen hatte. Erstens: Sie nehmen erfahrene Pferde. Meine Söhne sind noch nicht geritten, und wir kennen den Charakter ihrer neuen Pferde nicht. Zweitens: Entweder mein Vater oder Wyatt begleiten sie.

Mein Dad hatte zwar nichts dagegen mitzureiten, aber um dort draußen mit den Jungs zu übernachten, dafür sei er zu alt. Wyatt sagte, er selbst habe schon was vor, aber Trent habe dieses Wochenende frei und würde gern mitkommen. Als ich das ablehnte, haben sie darauf hingewiesen, dass er der Sheriff sei. Und mein Einwand war vom Tisch. Es ist, als hätten sie alle die Geschichten über Trent vergessen.

Vor ungefähr einer Stunde sind sie aufgebrochen, und Mama ist ebenfalls weggefahren, um mit Mrs Hennington und Mrs Rooney Karten zu spielen. Daddy erzählt sie stets, sie ginge zur Probe des Kirchenchors. Dabei haben diese drei Frauen schon seit dreißig Jahren nicht mehr im Chor gesungen.

Ich habe den ungebetenen Rat meiner Mutter, nun ja, den ungebetenen Rat aller beherzigt und Grace zu einem Mädelsabend eingeladen.

Nachdem ich in meine schwarzen Shorts und ein schulterfreies Top geschlüpft bin, gehe ich zum Spiegel und betrachte mich. Ich lächle und stoße einen tiefen Atemzug aus. Ich fühle mich schön. Mehr als das, ich fühle mich wie eine Frau. Meine Kurven sind geschmeidig, mein Haar fällt in weichen Locken, und das Make-up bringt meine grünen Augen zum Leuchten. Außerdem sieht mein Hintern fantastisch aus. Ich schlüpfe in meine Cowboystiefel und mache mich auf den Weg zur Veranda.

»Hast du ein heißes Date oder so was?«, ruft Grace mir aus dem Fenster ihres Wagens zu.

»Weißt du doch.« Ich lache und steige ein.

Sie hat darauf bestanden zu fahren, damit ich mich für ein Weilchen entspannen kann. Das ist mein Plan für heute Abend … loslassen und lächeln.

Grace legt den Gang ein und hüpft freudig in ihrem Sitz auf und ab. »Ich bin so froh, dass du angerufen hast. Ich musste unbedingt mal raus. Seit ich die Sache mit Trent beendet habe, bin ich nicht mehr ausgegangen.«

Bei diesem Thema werde ich hellhörig. »Was ist passiert?«

Sie schnaubt. »Über Beziehungen mit einem Hennington weißt du besser als jede andere Bescheid.«

»Das tut mir leid, Gracie.«

Sie greift nach meiner Hand. »Bitte, ich bin darüber hinweg. Er ist heiß und alles, aber ich werde keinen Mann anflehen, mich zu lieben.«

Grace hatte bereits ein Auge auf ihn geworfen, als wir Kinder waren. Er war mit Abstand der heißeste der drei, und das wusste er auch. Wenn ich ihn mir jetzt ansehe, ist er definitiv nicht mehr der attraktivste von ihnen. Zumindest nicht für mich. Er ist immer noch gut gebaut und in Topform, aber irgendetwas fehlt. Warum können sie nicht hässlich sein? Stattdessen sind sie alle auf ihre Weise perfekt. Wyatts Humor macht ihn noch attraktiver, außerdem hält sein Job ihn fit. Zach sieht mit den Jahren nur noch besser aus, und er hat immer noch ein großes Herz. Und Trents Autorität ist geradezu sündhaft. Diese verflixten Hennington-Jungs.

Wir parken vor der hiesigen Bar, und ich lasse den Kopf in den Nacken fallen. »Nicht hierhin, Grace.«

»Zach wird nicht da sein. Und falls wir beide zu viel trinken, haben wir kein großes Problem.«

Woher sie weiß, dass Zach nicht in der Bar sein wird, erschließt sich mir nicht. Aber ich sehe mich auf dem Parkplatz um und kann seinen Truck nirgends entdecken. »Lass mich raten.« Ich grinse, als ich ihr auf die Schliche komme. »Es geht um einen anderen Typ?«

»Trent ist bei deinen Jungs, nicht wahr?«, fragt sie.

»Ich habe nicht gesagt, dass ich Trent meine.«

Sie stöhnt. »Hör mal, es gibt da jemanden, der mir gefällt, aber er redet nicht mit mir, wenn Trent in der Nähe ist. Der Blödmann hat so getan, als würde ich ihm gehören. Also, du könntest mich moralisch unterstützen.«

Es ist wirklich lange her, seit ich so was getan habe. Aber wenn es irgendjemanden gibt, mit dem ich immer noch befreundet sein will, dann ist es Grace. Sie hat kein einziges Mal neugierige Fragen gestellt oder mir ein unbehagliches Gefühl bereitet. Sie war für mich da, ohne mich zu bedrängen, was in dieser Stadt ein ziemlich großes Geschenk ist.

»Na schön, angeln wir uns ein paar Jungs vom Land.«

Wir steigen aus dem Wagen, und ich versuche, meine Shorts zurechtzuziehen. »Sieht das billig aus?«, frage ich sie unsicher.

Grace stößt ein Kichern aus, bevor sie sich eine Hand vor den Mund hält. »Noch kürzer und man könnte dieses Ding als Unterwäsche bezeichnen.«

»Oh mein Gott.« Ich mache Anstalten, zum Wagen zurückzugehen, aber sie hält mich am Arm fest.

»Du siehst umwerfend aus, Presley. Ich habe nur einen Witz gemacht«, versucht sie, mich zu beruhigen. »Ehrlich, ich wünschte, ich hätte deinen Körper … dabei habe ich nicht mal ein Kind bekommen.«

»Ach, hör auf.«

»Nein, echt. Bitte«, fleht sie, »wenn er nicht hier ist, können wir in eine andere Stadt fahren.«

Graces Schmollmund erinnert mich an die Jungs. Warum nur werde ich immer wieder weich? Das muss sich ändern. »Na schön.«

So kommt es, dass ich mich tatsächlich zur Bar fahren lasse, in der sich die ganze Stadt trifft. Grace nimmt mich an der Hand und führt mich durch die Menge. Glücklicherweise sind nicht viele Leute da, die ich kenne. Wir finden einen Platz an der Theke und bestellen Bier. Es ist komisch, dass ich mich seit Todds Tod wieder an die Dinge erinnere, die ich früher einmal mochte. Als er noch lebte, habe ich Wein oder Wodka getrunken, jetzt wähle ich Bier und Whiskey. Und ich trage seit Urzeiten wieder Stiefel und etwas Enges, obwohl ich beides überhaupt nicht mehr mochte. Ich weiß nicht, ob ich mich für ihn geändert habe, oder ob ich einfach nicht länger das Mädchen vom Land sein wollte.

Offenbar zeigt sich jetzt trotzdem wieder, wer ich wirklich bin.

»Na, sieh mal einer an, wen wir da haben.« Ich höre Felicias unangenehme Stimme hinter mir.

Mit finsterer Miene drehe ich mich um. »Hi, Felicia.«

Grace wirft mir einen Seitenblick zu.

»Freut mich, dich zu sehen«, sagt Felicia.

»Ich dachte, du und Zach wärt in Nashville«, bemerkt Grace.

»Da waren wir auch, aber Wyatt hat angerufen und gesagt, es gebe einen Notfall auf unserer Farm. Du weißt ja, wie das ist.«

Unserer Farm? Grace packt mich am Arm, bevor ich etwas erwidern kann. »Wir gönnen uns einen Mädelsabend, also dann, bis später.« Sie führt mich weg.

»Was sollte das?«

»Sie ist größenwahnsinnig, mach dir mal keine Gedanken über den Mist, der aus ihrem Mund quillt.«

Ich stelle es mir bildlich vor und muss lachen. »Siehst du den Cowboy, den du im Visier hast?« Wenn nicht, habe ich vor, auf der Stelle von hier zu verschwinden.

»Ja, dort hinten!« Grace hüpft auf und ab. »Wie sehe ich aus?«

Ich mustere sie prüfend, richte ihr Haar und zupfe den Ärmel an ihrer Schulter zurecht. Sie ist wunderschön wie immer. Ihr Haar ist zu einem Seitenzopf geflochten, und dunkler Eyeliner betont ihre tiefblauen Augen. »Perfekt.«

»Trent …« Sie will etwas sagen, unterbricht sich dann aber und schüttelt den Kopf. »Nein, ich denke nicht an diesen Mann. Er hatte seine Chance. Ich bin über ihn hinweg.«

Die Hennington-Männer allerdings scheinen sich alle in dem Glauben zu wiegen, ihre Zeit liefe niemals ab.

Ich lasse meinen Blick schweifen und versuche, den Cowboy auszumachen, auf den sie ein Auge geworfen hat. Stattdessen entdecke ich Zach.

»Grace, er ist hier.«

Ihr stockt der Atem. »Wer? Trent?«

»Nein, Zach.«

»Na und? Du bist nicht mit ihm zusammen. Du magst ihn nicht mal.«

Ich kenne Grace, und sie kennt mich. Vielleicht mag ich ihn nicht. Vielleicht will ich nicht mal eine Sekunde in seiner

Nähe verbringen, aber wie wir einander immer noch ansehen, spricht Bände. Wir versuchen beide, gegen dieses Band zwischen uns anzukämpfen, aber es ist zu fest geknüpft.

»Stimmt. Kein Problem.« Ich versuche, es herunterzuspielen, aber das leichte Zucken ihrer Lippen verrät mir, dass sie es mir nicht abkauft. »Sei bloß still.«

Sie hebt die Hände. »Ich habe kein Wort gesagt.«

Dann dreht sie den Kopf und stößt einen tiefen Seufzer aus. »Was ist los?«, frage ich.

»Ich brauche was zu trinken. Ich bin ein feiges Huhn.«

Ich schüttele den Kopf. Sie war schon immer schüchtern. Eine von uns musste sie immer aus ihrer Komfortzone schubsen. Schön zu sehen, dass manche Dinge sich nicht geändert haben. »Okay, also Drinks.«

Es geht doch nichts darüber, sich Mut anzutrinken.

Brett, der Barkeeper, mixt Grace einen Buttery Nipple und mir einen Jameson on the Rocks. Er hat zusammen mit uns seinen Highschool-Abschluss gemacht und war immer derjenige, der die Partys geschmissen hat. Lustig, dass er diesen Beruf gewählt hat. Mit einem Lächeln reicht er uns die Drinks und lässt seinen Blick etwas auf uns verweilen.

»Eigentlich gilt es nicht, dass nur ich Schnaps trinke!«, beschwert sich Grace.

»Wollen wir tauschen?«, biete ich ihr an, aber sie schüttelt den Kopf.

»Ich weiß gar nicht, wie du dieses Zeug runterbekommst.«

»Prost!« Ich hebe mein Glas.

Wir stoßen an, und sie kippt ihren Likör-Schnaps herunter. Ich nippe an meinem Whiskey, schaue mich um und genieße die Musik. Grace blickt verloren zur Tanzfläche hinüber. Sie tut mir leid, daher leere auch ich schnell mein Glas und bestelle eine weitere Runde. Während wir trinken, hellt sich Graces Stimmung auf.

Nach zwei weiteren Drinks bringt sie mich irgendwie dazu, auch ein paar der scheußlich süßen Schnäpse zu kippen. Ich fühle mich leicht und frei. Es ist wie Schweben … wenn auch mit Zementblöcken an meinen Füßen.

Zach und Felicia tanzen zu einem langsamen Song, und es kostet mich jede Menge Überwindung, ruhig zu bleiben. Das wohlige Gefühl, das mich eben noch erfüllte, löst sich in Luft auf. Auf einmal überkommt mich Groll. Auf sie. Selbstgerechtes Miststück. Auf ihn. Rücksichtsloser Kerl. Ich hasse Männer, weil sie einem das Herz brechen und einen dann dazu zwingen, ein Leben zu leben, das man nicht will.

Ich kippe den Rest meines Jameson herunter und danke Gott dafür, dass es etwas gibt, das zuverlässig alles ein bisschen besser macht.

Dann schaue ich zu Zach hinüber. Er lächelt. *Zum Teufel mit dir und deinem blöden Lächeln. Ich hasse dich.* Ich schenke ihm meinerseits ein falsches Lächeln und drehe mich dann mit einer Grimasse zu Grace um.

»Warum ziehst du dieses Gesicht?«, fragt Grace.

Ich schließe die Augen, damit ich die beiden nicht sehen muss. »Ich hasse sie. Ich hasse sie wirklich. Und sie ist hässlich.«

Grace schaut zu ihr hinüber und lacht. »Innerlich und äußerlich.«

»Stimmt.« Ich kichere. »Egal, ich will ihn sowieso nicht. Er kann seine blöde Freundin mit ihrem blöden Haar und ihren blöden Lippen behalten. Ich mag ihn nicht einmal.«

»Klaaar«, nuschelt Grace und fällt vom Stuhl. »Mist!«

Wir brechen in lautes Gelächter aus. Oh je, ich bin vollkommen blau. »Wie viel haben wir getrunken?«

»Nicht genug! Barkeepeeeer!« Grace schlägt mit der Hand auf die Theke. »Bring meiner Freundin und mir noch eine Runde.«

Wir kippen noch eine Runde Schnaps, die ein sehr netter Mann am anderen Ende der Theke bezahlt. Mittlerweile sind wir vollkommen hinüber. »Lass uns tanzen!«, brüllt Grace, oder zumindest glaube ich, dass sie das tut.

Wir hüpfen auf die Tanzfläche und halten uns aneinander fest, während wir, wie ich annehme, die richtigen Schritte machen. Ich habe das mein ganzes Leben lang getan. Ich funktioniere nur noch nach meinem motorischen Gedächtnis.

Am Ende des Songs packt mich ein gut aussehender Cowboy. »Willst du tanzen?«

»Warum eigentlich nicht?« Ich lächle.

Er drückt mich fest an sich und führt mich über die Tanzfläche. Ich kichere und bette den Kopf an seine Brust, damit mir nicht übel wird. Seine Hände sind stark und fest. Typisch für so einen Mann. Grob und kräftig, mit unwiderstehlichen Muskeln. Aber dieser Cowboy weiß nichts von dem Päckchen, das ich zu tragen habe, daher lasse ich ihn seine Grenzen austesten. Außerdem … kümmert es mich im Moment nicht.

»Du bist Presley Townsend, richtig?«

»Benson, aber ja.«

»Nun, du bist immer noch so hübsch, wie ich es in Erinnerung habe.«

Das lässt mich für eine Sekunde innehalten. »Kennen wir uns?«

Er lacht und legt die Hand direkt über meine Pobacke. »Schätzchen, ich kenne dich schon mein ganzes Leben lang. Aber du warst immer unerreichbar.«

Ich hebe den Kopf und sehe, dass Zach mich und meinen Tanzpartner anfunkelt. Rasch erwidere ich seinen Blick, bevor ich wieder dem Mann vor mir meine Aufmerksamkeit schenke. »Tja, jetzt bin ich nicht mehr unerreichbar.« Ich lasse meine Hand langsam an seiner Brust hinaufwandern. Seine Lippen kommen näher und streifen meine Wange. »Das sehe ich.«

Ich drehe den Kopf, damit ich wieder den Mann ansehen kann, der genau diese Rolle so lange innegehabt hatte. Er schaut auf Felicia hinab, dann schlingt sie ihm die Arme um den Hals und küsst ihn. Ich beginne zu zittern und lasse die Hände sinken. »Ich fühle mich nicht gut. Ich bin gleich wieder da«, erkläre ich und eile zur Toilette. Mir ist übel, aber das liegt nicht am Alkohol.

Ich brauche einige Minuten, um mich zu fassen. Er hat sie geküsst, aber sie ist seine Freundin. Es ist unvernünftig und völlig verrückt, dass mir das etwas ausmacht. Ich war verheiratet. Ich habe zwei Kinder und hatte eindeutig ein Leben nach ihm. Aber ich habe nie in Erwägung gezogen, dass das Gleiche für ihn gelten könnte. Ich klammere mich ans Waschbecken und versuche, mich in den Griff zu kriegen.

Mir kommt wieder der Blick in den Sinn, mit dem er mich angestarrt hat. Die Art, wie er mich geküsst hat. Zach ist so tief in meiner Seele verwurzelt, dass ich nicht weiß, wie ich ihn daraus verbannen soll. Ich will ihn dort nicht haben, denn er gehört nicht länger mir.

Ich verspreche mir selbst, keinem dieser Gefühle Raum zu gewähren. Es sind nur mein Verlust und mein Schmerz, die die Vergangenheit heraufbeschwören. Unsere Zeit ist längst abgelaufen. Jetzt ist es an mir, mein neues Glück zu finden.

Ich schließe die Augen und trete einen Schritt zurück, bereit, mich in dieses neue, trunkene Leben zu stürzen.

»Pass auf«, höre ich eine Stimme hinter mir.

»Bin ich dir auf den Fuß getreten? Armes Ding.« Ich will mich entschuldigen, aber es ist Felicia, daher lasse ich es. Im Moment könnte es mir nicht gleichgültiger sein, ob ich ihr wehtue. Außerdem bin ich mir nicht wirklich sicher, ob ich in zusammenhängenden Sätzen spreche.

Grace öffnet die Tür. »Pres! Da bist du ja!«

Felicia wirft ihr einen Blick zu, bevor sie sich wieder zu mir umdreht. »Zach wird mich massieren. Er massiert all meine Schmerzen weg.« Sie zuckt mit den Schultern. »Ich wette, du erinnerst dich daran, wie sich das anfühlt. Oder vielleicht erinnerst du dich auch nicht.«

In null Komma nichts wechselt meine Stimmung von verärgert zu feindselig. »Zum Teufel mit dir.« Mit geballten Fäusten trete ich auf sie zu. »Ich bin mir ziemlich sicher, dass er viel lieber mich massieren würde als dich.«

Oh mein Gott. Das habe ich wirklich gesagt.

Nach Graces Aufkeuchen zu urteilen, habe ich es tatsächlich gesagt. Sie kommt zu mir und versucht, mich wegzuziehen.

»Das ist also der Grund, warum er mit *mir* hier ist?«

»Das ist also der Grund, warum er mich geküsst hat?« *Weiter so, Presley. Du hast einen Lauf.*

Ich könnte mich selbst schlagen. Das hätte ich nicht sagen dürfen. Ich hätte nicht zulassen dürfen, dass sie mich provoziert. Ich muss hier weg und ausnüchtern. Aber für diese eine Sekunde fühlt es sich trotzdem unglaublich gut an. Ich fresse nichts in mich hinein oder denke über irgendetwas nach. Ich lasse alles raus.

Grace zerrt mich jetzt nachdrücklicher in Richtung Tür. »Pres, lass uns tanzen gehen.«

»Das hat er mir bereits erzählt.« Felicia verschränkt die Arme vor der Brust. »Er hat mir erzählt, dass er dabei nichts empfunden hat. Es hat nur bestätigt, dass du Vergangenheit bist.«

Ihre Worte verletzen mich tief in meiner Seele, wo ich all meine Gefühle verborgen habe. Es war ein dummer Fehler, der nichts bedeutet hat. Vielleicht war es nur um der alten Zeiten willen. Vielleicht war es etwas anderes, aber ein kleiner Teil von mir liebt ihn immer noch. Und dass sie das gesagt hat … verletzt mich zutiefst.

»Du bist ein Miststück«, sagt Grace über ihre Schulter und zieht mich aus der Toilette.

»Ich will noch einen Drink«, erkläre ich Grace. Sie nickt und tätschelt mir den Rücken.

Zach steht direkt vor der Tür, als wir herauskommen. Sein Blick begegnet meinem, und ich bin mir sicher, dass er es sieht. »Presley. Ist alles okay mit dir?« Der Klang seiner Stimme besänftigt mich, obwohl ich das nicht will. Ich sehe ihn an und erinnere mich an die guten Dinge. Das Gefühl des Beschütztseins, das Zach mir vermittelt hat. Sein Herz, das er auf der Zunge getragen hat. Sein Herz, das mir gehört hat. Ich erinnere mich an die Nächte, in denen er mich in den Armen gehalten und mir versprochen hat, dass wir immer zusammen sein würden. Die Art, wie seine Lippen sich auf meinen angefühlt haben, und dass ich das niemals verlieren wollte.

Ich schließe die Augen, und eine Träne rinnt mir über die Wange. Doch er soll es nicht sehen. »Nein«, sage ich, während wir weggehen.

Und das ist ehrlich.

Auch wenn es wehtut.

Aber es ist das erste wahre Wort ihm gegenüber.

Grace zieht mich enger an sich, und wir gehen weiter. Meine Tränen versiegen nicht. Der Alkohol hat alles entfesselt, was ich verborgen gehalten habe. Ich lasse mich auf einen Stuhl plumpsen und stütze den Kopf in die Hände. »Ich bin so dumm«, sage ich, während Grace mir über die Arme reibt.

»Geh und hol ihr ein Glas Wasser, Grace. Ich werde sie nach draußen bringen, damit sie frische Luft schnappen kann.« Zachs tiefes Timbre erklingt dicht an meinem Ohr.

Ich schaue auf, und meine Sicht ist getrübt, aber ich weiß, dass er es ist. Ich würde ihn immer erkennen, selbst wenn ich blind wäre.

»Lass uns nach draußen gehen. Es muss dich ja keiner so sehen.« Er streckt die Hand aus, und ich zögere nicht. Als seine Haut meine berührt, schmerzt meine Brust. Ich will nichts mehr fühlen. Warum kann ich mich nicht einfach verpuppen? Verwirrung flutet durch meinen Kopf, fesselt mich und lässt mich mit ihm verschmelzen. Zachs Berührung löst einen Ansturm von Empfindungen aus.

Draußen entziehe ich ihm meine Hand. »Warum bist du hier? Warum musst du hier sein? Warum kannst du mich nicht in Ruhe lassen?«

»Warum bist du so versessen darauf, mich wegzustoßen?«

»Weil du mich durcheinanderbringst!« Meine Tränen fließen, während ich in diese blauen Augen schaue, die ich so sehr vermisst habe. »Warum kümmerst du dich um mich? Warum bist du hier draußen bei mir und nicht bei ihr?«

»Weil du leidest«, antwortet er, als ergäbe das irgendeinen Sinn.

»Du hast ja keine Ahnung, Zach. Du kannst dir nicht mal ansatzweise vorstellen, wie sehr ich leide.«

»Erzähl es mir. Ich bin immer noch dein Freund. Rede einfach mit mir. Lass es raus, Presley. Was quält dich so sehr, dass du nicht einmal sehen kannst, was du hier hast?«

Ich spüre Zorn in mir aufsteigen, gefolgt von Hass, Bedauern, Furcht und Verzweiflung. All das dringt an die Oberfläche. Ich sehe ihn an und will, dass er versteht. Er ist schuld. Todd ist schuld. »Deinetwegen und seinetwegen! Ihr seid beide gleich. Ihr geht fort. Ihr nehmt und nehmt, und dann lasst ihr mich einfach fallen, als sei ich nichts.« Meine ganze Qual dringt jetzt aus jeder meiner Fasern. »Bin ich so schlecht? Bin ich nichts wert? Verstehst du das nicht,

Zach?«, stoße ich mit erstickter Stimme hervor. »Du hast mich allein und verstört zurückgelassen. Und dann hat Todd mich wieder aufgebaut, nur um sich zu erhängen, weil ich es ihm nicht wert war, darüber zu reden. Er hat mich und die Jungs verlassen, als würden wir gar nichts bedeuten. Gott!« Ich greife mir an den Kopf, während alles aus mir herausbricht. Ich kann nicht aufhören zu weinen oder zu fühlen. Meine Worte sind wie ein Vulkanausbruch. »Egoistisch! Ihr seid beide so egoistisch!«

»Presley.« Er tritt vor, aber als er mich berührt, zucke ich zurück. »So war es nicht bei mir.«

Seine Worte versetzen mich nur noch mehr in Rage. »Genauso war es! Meine Wunden verheilen nicht, weil ihr alle mich so tief verletzt habt, dass es kein Heilmittel mehr gibt. Ich habe dich gebraucht! Ich habe dich so sehr geliebt, dass ein Teil von mir gestorben ist, als du mich verlassen hast. Ich war so am Boden zerstört, wie ich es nie für möglich gehalten hätte! Doch ich habe mich erholt. Ich habe mich aufgerappelt und eine zweite Chance bekommen. Ich habe ihn gebraucht! Ich habe dich gebraucht!« Ich trete zurück, als sich ein Schluchzen Bahn bricht. »Warum konntest du nicht bleiben?«

Genau das ist es: Niemand bleibt jemals bei mir.

Zach umarmt mich, bevor ich ein weiteres Wort sagen kann. Ich klammere mich an ihn, als sei er mein Retter. Ich brauche ihn in diesem Moment so sehr. Ich weiß nicht, warum. Ich nehme nichts weiter wahr als den Schmerz, den ich empfinde, und den Trost, den er mir schenkt. In diesem Moment gibt er mir Sicherheit. Er hält mich fest, während ich weine.

»Es tut mir leid«, murmelt er und zieht mich enger an sich. »Es tut mir so leid, dass ich dich verletzt habe, Presley. Ich habe dich mehr geliebt, als du ahnst.« Er lockert seinen Griff nicht, während er weiterspricht. »Ich wollte dich nicht verlassen. Ich wollte eine Lösung finden.«

Er hält mich eng an sich gedrückt, und ich kann weder sprechen noch denken. Ich erlaube ihm, mich so zu halten. Ich will nicht, dass er mich loslässt, weil ich Angst habe, zu zerbrechen.

Zach zieht sich zurück und umfasst mein Gesicht mit beiden Händen. Mit den Daumen wischt er die Tränen von meinen Wangen. »Aber dein Mann muss verzweifelt gewesen sein. Niemand würde dich jemals verlassen, es sei denn, er hätte keine andere Wahl.«

»Nicht.« Ich wehre ihn ab. »Ich hätte niemals etwas sagen dürfen.« Während der letzten Monate habe ich es nie laut ausgesprochen. Die Lüge seines Todes war eine Last, die ich alleine tragen musste, und sie hat mich erdrückt.

»Du hast das die ganze Zeit für dich behalten?« Meine Lippen zittern, als ich den Schmerz in seinen Augen sehe. Obwohl er Todd nicht gekannt hat, spürt er, welche Qualen ich leide. »Pres, wer weiß sonst noch davon?«

Ich zittere, als mir bewusst wird, was ich preisgegeben habe. Ich habe der letzten Person, der ich mich jemals anvertrauen wollte, mein Geheimnis verraten. Ich rudere zurück. »So habe ich das nicht gemeint.«

Seine Augen weiten sich. »Was genau?«

»Nichts. Ich bin betrunken und habe alles, was ich gesagt habe, nicht so gemeint.«

Zach tritt einen Schritt zurück, und die Tür fliegt auf. »Da bist du ja!« Felicias Augen werden schmal, als sie Zachs Hände auf meinen sieht. »Schatz?« Sie kommt zu uns geschlendert. »Ich habe dich gesucht.«

Schnell ziehe ich meine Hände zurück und wische mir übers Gesicht, damit sie nichts merkt.

»Hey«, sagt er mit einem Zittern in der Stimme. »Presley war durcheinander. Ich habe nach ihr gesehen.«

Sie verdreht die Augen und legt die Arme um seinen Körper. »Jetzt scheint es ihr ja ganz gut zu gehen.« Ich höre, wie er seufzt, als sie noch einmal Öl ins Feuer gießt. »Lass uns nach Hause fahren.«

Mir steigt die Galle hoch, und ich möchte mich übergeben. »Noch ein paar Minuten«, bittet Zach und sieht mich an, während er ihre Arme wegschiebt. »Ich komme gleich rein.«

Sie lässt die Arme sinken. Offensichtlich ist sie sauer. Aber ein Bruchstück meines zerschmetterten Herzens gehört gerade wieder Zachary Hennington. Ein einziger Blick, eine einzige Entscheidung, ein einziger Moment waren alles, was es brauchte, um jeden Grund, warum ich ihn einst geliebt habe, noch einmal zu bestätigen. Er hat sie abgewiesen – meinetwegen.

»Zach«, murmele ich, während Felicia die Arme vor der Brust verschränkt. »Es geht mir gut.« Was weit von der Wahrheit entfernt liegt, aber ich will nicht länger reden. Ich möchte sein Mitleid nicht, weil er jetzt mein Geheimnis kennt.

Grace kommt durch die Tür gestolpert, eine Hand an die Brust gepresst. »Gütiger Himmel! Wo bist du nur gewesen?«

»Tut mir leid.« Ich setze ein Lächeln auf.

Felicia nutzt diese Ablenkung, um sich an Zach zu hängen. Sein Unbehagen ist nicht zu übersehen.

»Ich dachte, du wärst gegangen.«

Ich gehe auf sie zu und hoffe, sie beruhigen zu können. »Alles ist gut. Wir wollten gerade wieder reinkommen.«

Sie hakt sich bei mir unter, dann gehen wir gemeinsam Richtung Tür. Doch bevor wir die Bar wieder betreten, halte ich kurz inne, schaue noch einmal zu Zach zurück und forme mit den Lippen das Wort: »Danke.«

Er antwortet mit einem Nicken. Ich kann nur hoffen, dass er mein Geheimnis gut hüten wird. Die Leute reden schon genug, wenn sie *davon* erführen … ich wüsste nicht, was ich täte.

Kapitel 16

Grace zieht mich auf die Tanzfläche, aber ich denke immer noch daran, wie leicht es mir gefallen ist, ihm alles zu erzählen. Und wie gut es sich angefühlt hat, in seinen Armen zu liegen. Unfassbar. Es bereitet mir Angst. Er ist derjenige, der mir die Liebe gezeigt hat. Er ist derjenige, mit dem ich hätte alt werden können, mit dem ich Kinder wollte, und doch hat er mich zerbrochen.

»Amüsierst du dich?«, fragt Grace leicht atemlos.

»Wahnsinnig.« Ich lächle sie an. Die Wahrheit ist … viel lieber würde ich mich jetzt ins Bett verkriechen und weinen. Sosehr ich bereue, es Zach erzählt zu haben, viel schlimmer ist, dass ich es überhaupt ausgesprochen habe.

»Lügnerin.«

»Vielleicht ein klein wenig.«

Sie bettet den Kopf an meine Schulter. »Wir können gehen.«

»Nein, ist schon in Ordnung. Lass uns noch ein Weilchen bleiben. Außerdem kommt dein Typ auf uns zu.«

Der Mann, den Grace den ganzen Abend über beäugt hat, fordert sie zum Tanzen auf. Sie ist witzig. Ich weiß, dass sie ihn nicht wirklich mag, aber ich weiß auch, wie es ist, über einen Hennington hinwegzukommen. Gott steh ihr bei.

Ich schaue zur Tanzfläche, wo Zach Felicia in den Armen hält. Ich schließe die Augen und stelle mir vor, dass ich es wäre. Stelle mir vor, wie sein Körper sich anfühlt, die Wölbung seiner Brust, die Stärke seiner Arme, und wie er mich allen Schmerz vergessen lässt. Als wir jung waren, konnte er mir stets alle meine Sorgen nehmen. Ich hatte niemals Angst. Das habe ich so sehr an ihm geliebt. Es war schlimm für mich, dieses Gefühl der Sicherheit zu verlieren. Und nun versetzt es mir einen Stich zu sehen, dass Felicia genau das mit ihm teilt. Weiß sie, was für ein Mensch er ist? Weiß sie, dass er so viel besser ist als sie?

Ich öffne die Augen und bemerke, dass er mich beobachtet. Mir stockt der Atem bei diesem einvernehmlichen Blick. Alles, was ich fühle, ist sein Bedauern, und alles, was ich ihm zurückgebe, ist meine Vergebung. Ich wende mich ab und hoffe, die Verbindung zu unterbrechen, aber es fühlt sich an, als sei mein Herz nicht länger in meiner Brust.

Ich kann das schaffen.

Ich verliebe mich nicht noch einmal in ihn. Nein. Ich bin einfach betrunken und kann nicht mehr klar denken.

Aber ich kann es nicht lassen und schaue wieder zu ihm hinüber. Er schenkt mir ein Lächeln, dann sieht er Felicia an, als sie sich umdreht und mich anfunkelt. Ich stehe auf und gehe zur Theke. Ich muss nicht Zeugin ihres Zwistes sein.

»Sieht nach Ärger im Paradies aus.« Der Barkeeper feixt, als er mir meinen Drink reicht.

»Keine Ahnung.« Ich weigere mich hinzuschauen, aber ich bin mir sicher, dass er von Zach und Felicia spricht.

Er lacht. »Ich könnte dir einen detaillierten Kommentar liefern. Er wirkt nicht glücklich darüber, dass wir uns unterhalten.« Brent nimmt meine Hand und beugt sich vor. »Ich werd ihm noch ein wenig einheizen.« Seine Hand streicht über meine Lippen, und ich befürchte, dass er mich küssen wird. »Spiel einfach mit«, murmelt er.

Ich schließe die Augen und drehe leicht den Kopf, damit er mich nicht wirklich küsst. Als ich die Augen wieder öffne, flüstert Brent: »Er hat Felicia gerade weggestoßen.«

»I-ich will nicht.« Ich kann nicht in Worte fassen, was ich empfinde. So viele Dinge gehen mir durch den Kopf. Verstohlen werfe ich einen Blick zu ihnen hinüber. Felicia ist offenkundig sauer.

Hastig wende ich mich ab. Brent grinst. »Der geht aufs Haus.«

Minuten verstreichen, und ich zwinge mich, nicht mehr hinzusehen. Er ist nicht herübergekommen, also hat Brent offensichtlich keine Ahnung. Und warum will ich überhaupt, dass er kommt?

»Pres.« Eine Hand streift meine Schulter, und mein Magen krampft sich zusammen. Als ich mich umdrehe, steht Zach vor mir. Ich weiß nicht, was ich sagen soll.

»Presley, es gibt ein Problem. Wir müssen gehen.«

Nun bin ich restlos verwirrt. »Wovon sprichst du?«

»Ich habe einen Anruf von Wyatt bekommen.«

»Geht es ihm gut?« Ich springe auf, als mich Panik ergreift. »Was ist passiert?«

Zach wendet den Blick ab. »Mit Wyatt ist alles in Ordnung«, sagt er schnell. »Aber es ist etwas geschehen, wir müssen nach Hause.«

»Ich verstehe nicht.«

Er stößt einen tiefen Atemzug aus. »Es geht um Cayden.«

Vor Schreck wird mein ganzer Körper taub. »Was?«, frage ich atemlos. »Cayden? Was ist mit Cayden?« Ich schreie förmlich.

Dass meinen Söhnen irgendetwas zustößt, ist ein unerträglicher Gedanke. Einen weiteren Verlust ertrage ich nicht. Ich werde mit ihnen sterben. Ich werde mich niemals davon erholen. Ich bin ohnehin kurz davor, den Verstand zu verlieren.

»Trent und Cooper waren damit beschäftigt, ihr Zeltlager aufzuschlagen, und die Jungs sind auf den Pferden davongeritten. Die beiden sind ihnen gefolgt, aber sie können Cayden nicht finden. Sie haben überall gesucht, doch ohne Erfolg.«

»Oh mein Gott! Wir müssen los! Sofort!« Ich schnappe mir meine Handtasche. Während eins meiner Kinder im Wald umherirrt, war ich in dieser Bar und habe mich betrunken. Sofort bin ich stocknüchtern. Ich kann nur noch daran denken, meinen Sohn zu finden. Panik und Zorn wirbeln wild in mir durcheinander. Das kann nicht wahr sein.

»Brent, trommle einen Haufen Männer zusammen. Wir brauchen so viel Hilfe, wie wir kriegen können«, weist Zach den Barkeeper an.

Es ist einer jener Momente, in denen es sich anfühlt, als stünde alles still. Ich bin gelähmt vor Angst. Meine Füße scheinen am Boden festgewachsen zu sein. Ich stehe reglos da, während sich um mich herum die Leute bewegen. Zach berührt mich an der Schulter, und ich zucke zusammen. »Ich gehe jetzt«, sage ich und durchbreche meine Trance.

»Dann los. Ich komme mit dir«, antwortet er und folgt mir, als ich aus der Tür eile.

»Zach!«, ruft Felicia. »Was machst du da?«

Ich bleibe nicht stehen. Dafür habe ich keine Zeit. Ich will zu meinem Wagen stürmen, bis ich begreife, dass mein Auto nicht da ist. »So ein Mist!«

Ich mache auf dem Absatz kehrt, um Grace zu holen, da sehe ich, wie Zach Felicia von sich fortschiebt und ihre Arme abschüttelt. Sie brüllt ihn an, während er versucht, mir zu folgen. »Verdammt noch mal, Felicia!«, ruft er. »Ich gehe ihn suchen. Niemand kennt diesen Wald so gut wie ich. Such dir eine Mitfahrgelegenheit oder geh zu Fuß. Wir reden später weiter.« Er kommt auf mich zugelaufen und zeigt auf seinen Truck. »Steig ein.«

Ich zögere keine Sekunde. Wir springen beide in den Wagen, und Zach legt den Rückwärtsgang ein. Ich bringe kein

Wort über die Lippen, während wir über die Schotterstraßen heizen. Ich kann nur daran denken, welche Ängste Cayden ausstehen muss. Er ist allein in der Dunkelheit, draußen im Wald. Es gibt so viele Dinge, die schiefgehen können. Er war noch nie campen und weiß nicht, was zu tun ist, wenn man von den anderen getrennt wird. Es gibt so viel, was ich ihnen hätte sagen sollen, bevor ich diesem Ausflug zugestimmt habe.

»Ich kann nicht …« Meine Atmung geht in schnellen Stößen, mein Herz hämmert. »Er wird sich so allein fühlen.«

»Es wird alles gut gehen«, versucht Zach mich zu beruhigen. »Wir werden ihn finden.«

»Das kannst du nicht wissen.«

»Wir werden ihn finden, Presley.«

Ich schüttle den Kopf, denn er kann nichts garantieren. Ich weiß, er will helfen, aber bei meinem Glück … »Mach mir keine Versprechungen, Zachary. Du hast sie schon einmal gebrochen.«

»Dieses Versprechen werde ich nicht brechen.«

Wir erreichen mein Elternhaus schneller, als ich es für möglich gehalten hätte, aber vielleicht fühlt es sich auch nur so an. Ich springe aus dem Truck, und Zach folgt mir. Mein Vater wartet an der Scheune.

»Daddy!« Ich laufe auf ihn zu.

»Es wird alles gut werden, mein Schatz.« Seine starken Arme umfangen mich.

»Was ist mit Logan?« Ich sehe mich um, während ich noch unregelmäßiger atme.

Daddy hält mich an der Schulter fest und berührt mit der anderen Hand meine Wange. »Er ist oben bei deiner Mama. Es geht ihm gut, aber er macht sich Sorgen um seinen Bruder.«

Ich schaue auf und sehe Mama am Fenster stehen. Ich

will hineingehen, aber sie schüttelt den Kopf und legt einen Finger an die Lippen.

»Lass ihn schlafen«, sagt Daddy leise. »Wir werden ihn finden, Presley. Cooper, Trent, Wyatt und all meine Rancharbeiter sind jetzt draußen und suchen nach ihm.« Mein Vater war immer so selbstsicher, aber jetzt wirkt auch er ein wenig erschüttert.

Ich kann nicht länger hier stehen. Wenn Logan in Sicherheit ist, dann muss ich mich darauf konzentrieren, Cayden zu finden. Ich muss ihn suchen. »Wir gehen ebenfalls raus.«

»Das dachte ich mir. Ich habe die Pferde satteln und die Ausrüstung einpacken lassen, die ihr braucht. In zwanzig Minuten wird eine weitere Gruppe von uns aufbrechen und eine andere Route nehmen.«

Ich laufe auf die Scheune zu. Zach folgt mir dicht auf den Fersen, weil wir beide wissen, dass wir keine Zeit verlieren dürfen. »Ist es okay für dich zu reiten?«, fragt er.

Ich steige auf das Pferd und funkle ihn an. »Los.«

»In Ordnung.«

Wir machen uns auf den Weg zu der Stelle, an der sie zuletzt waren. Was uns ungefähr eine halbe Stunde kosten wird. Meine Nerven flattern, als ich an die verstreichende Zeit denke. Aber es ist viel einfacher, dieses Gebiet zu Pferd zu durchqueren als in einem Wagen. Ich rede kein Wort mit Zach. Ein Teil von mir bemerkt nicht einmal, dass er bei mir ist. Alles in mir konzentriert sich darauf, meinen Sohn zu finden. Schließlich kommen wir in die Nähe der Wasserfälle, wo wir schon so oft gecampt haben. »Presley!«, ruft Zach von hinten und reitet an meine Seite.

»Was?«, frage ich, während das Adrenalin durch meine Adern strömt. »Wir haben keine Zeit. Wir müssen ihn finden.« Meine Worte klingen hart und ruppig, und ich treibe mein Pferd vorwärts, aber er greift nach den Zügeln.

»Stopp.«

»Lass los«, stoße ich mit zusammengebissenen Zähnen hervor. »Es geht um meinen Sohn!« Nichts anderes interessiert mich. Hier zu stehen und zu reden ist Zeitverschwendung. Ich will Cayden finden. Es war so dumm von mir, diesen Ausflug zu erlauben. Ich hätte wissen müssen, dass Cooper und Trent mit den beiden nicht fertigwerden würden.

»Du musst anhalten. Wir brauchen einen Plan. Denk eine Sekunde lang nach.«

Ein Teil von mir will ihm einen Fußtritt verpassen, aber er hat recht. Wenn wir durch den Wald irren, werden wir ihn niemals finden. »Ich weiß nicht, was ich tun soll«, sage ich und fühle mich hilfloser denn je.

»Wohin würde er gehen? Was mag er?«

Ich versuche, mich auf seine Frage zu konzentrieren, und überlege, was die Jungs während des Tages gesehen haben könnten. Ich bin mir nicht sicher, ob sie irgendwelchen Pfaden gefolgt sind, aber die werden Cooper und Trent wahrscheinlich als Erstes abgesucht haben. Was gibt es sonst noch hier draußen? Logan würde einem Tier folgen, aber Cayden hat immer das Wasser geliebt. »Die Wasserfälle!«

Zach reitet voraus, duckt und dreht sich um, weicht den Bäumen und Ästen aus. Mein Pferd folgt ihm, und ich konzentriere mich darauf, ihn nicht zu verlieren. Mein Vater hat Reflektoren hinten an den Sätteln angebracht, sodass ich den Leuchtpunkt vor mir sehen kann. »Cayden!«, rufe ich, während ich reite. Und hoffe, dass er mich hört.

Ich vernehme schwach, dass Zach auch nach ihm ruft.

Wir reiten eine Weile, die sich wie eine Ewigkeit anfühlt, bis ich das Wasserrauschen höre. Ich verlangsame mein Tempo, leuchte mit der Taschenlampe und rufe: »Cayden!«

»Du reitest rechts lang, ich werde auf der linken Seite nachsehen«, weist Zach mich an.

Ich suche den ganzen Bereich um die Wasserfälle herum ab. Der strahlende Vollmond hilft, den dunklen Wald zu erhellen.

»Bitte, Cayden!« Irgendwann verwandeln meine Schreie sich in Schluchzen. Ich bin müde, schwach und emotional am Ende. Doch ich werde nicht aufgeben, nicht, wenn mein Kind mich braucht. Aber während ich nach meinem Sohn suche, brechen sich meine Tränen Bahn. »Cay!« Ich brauche ihn so sehr. Es kümmert mich nicht, dass er zornig oder trotzig war, ich will ihn nur noch in meine Arme schließen. »Cayden, bitte, Cayden.«

Zach kommt herbeigetrabt und springt von seinem Pferd. Er fasst mich um die Taille und hilft mir herunter. »Sieh mich an«, befiehlt er. »Ich werde ihn finden.«

»Er muss solche Angst haben.« Ich halte mich zitternd an seinen Armen fest. »Es ist meine Schuld! Ich hätte ihn nicht gehen lassen dürfen.«

»Es ist nicht deine Schuld.« Er umfasst mein Gesicht, und ich packe seine Handgelenke. »Du musst stark sein. Ich weiß, dass du Angst hast, aber vertrau mir, Presley. Ich gehe nicht nach Hause, ehe er in Sicherheit ist, okay?«

Ich glaube ihm. Er spricht mit solcher Autorität, dass ich weiß, er meint es ernst. Er presst seine Lippen auf meine Stirn, bevor er mich loslässt. »Ich darf ihn nicht verlieren, Zach.«

»Das wirst du auch nicht.«

Mit aller Kraft, die mir noch geblieben ist, reiße ich mich zusammen. Wohin sonst könnte er gegangen sein? Es gibt so viele Pfade. Zach und ich trinken beide etwas Wasser, dann ruft er Wyatt an. Sie reden über die Gebiete, die sie bereits abgesucht haben. Unser Suchtrupp besteht mittlerweile aus ganz Bell Buckle. Alle sind auf ihren Pferden draußen, mit ihren SUVs und Trucks, um nach meinem Sohn zu suchen.

Zach beendet das Telefonat. »Lass uns den Bach entlanggehen. Wenn er das Wasser mag, wäre es denkbar, dass er sich in der Nähe aufhält.«

Ich bin inzwischen nicht mehr in der Lage, Entscheidungen zu treffen, daher nicke ich nur und bete, dass Zach mein Kind finden wird.

Kapitel 17

Wir reiten in gleichmäßigem Tempo, während wir Caydens Namen rufen und nach Hinweisen Ausschau halten. Zach setzt sich immer wieder mit den anderen in Verbindung, doch es gibt nichts Neues. Wir müssen seit mindestens zwei Stunden an diesem Bach entlanggeritten sein. Meine Hoffnung schwindet mit jeder verstreichenden Minute.

Meine Sorge schnürt mir die Kehle zu, erstickt mich nahezu. Ich atme nur noch stoßweise.

Ich frage mich, ob er schläft, friert, verängstigt oder verletzt ist. Erinnerungen stürzen auf mich ein. Wie er direkt nach seiner Geburt in meinen Armen gelegen hat. Seine winzig kleine Hand auf meinem Finger. Wie er sich angehört hat, als er zum ersten Mal »Ma« gesagt hat. Ich erinnere mich daran, wie er mich ansieht, wenn er etwas falsch gemacht hat. Cayden war immer das Schlitzohr von beiden, aber so süß, dass ich nie lange sauer sein konnte.

Als ich klein war, hat meine Mutter immer gesagt: »Gott gibt dir nur das, womit du fertigwerden kannst.« Nun, ich habe jetzt meine Grenze erreicht.

Zach verlangsamt sein Tempo und wartet auf mich. »Alles klar mit dir?«

»Nicht im Geringsten.«

»Willst du dich kurz ausruhen?«, fragt er.

Ich sehe ihn mit leerem Blick an. Eine Pause kommt gar nicht infrage. Es gibt nichts, was mich von der Suche abhalten könnte. »Jede Minute, die wir verlieren, könnte die Minute sein, die er vielleicht braucht.«

»Iss wenigstens etwas.« Er reicht mir einen Energieriegel. »Du hast viel getrunken und brauchst Kraft, wenn du weiterreiten willst.«

Er hat recht. Ich greife nach dem Riegel und nehme ein paar Bissen. »Danke«, sage ich leise. »Ich rechne es dir hoch an, dass du das tust.«

»Ich würde alles für dich tun«, erwidert er und trabt weiter.

Abrupt nehme ich die Zügel auf, halte mein Pferd an und warte darauf, dass Zach sich umdreht. »Sag so was nicht zu mir«, verlange ich. »Bring mich nicht so durcheinander. Siehst du denn nicht, dass ich völlig am Ende bin?«

Zach verkürzt den Abstand zwischen uns. »Du bist nicht völlig am Ende. Du leidest.«

»Was tust du nur?« Ich schüttele den Kopf. »Du hast doch jetzt sie. Warum sagst du solche Sachen zu mir?«

Zach springt aus dem Sattel, greift nach meinen Zügeln. »Weißt du, dass ich an dem Tag, an dem du nach Bell Buckle zurückgekehrt bist, vorhatte, ihr einen Antrag zu machen? Weißt du, warum Felicia keinen Ring am Finger trägt?«

Ich will das nicht hören. »Hör auf. Nicht jetzt.« Mir kommen die Tränen. Heute Abend ist so viel geschehen. Zu viel.

Er schaut zum Himmel empor und seufzt schwer. »Du hast recht. Jetzt ist nicht der richtige Zeitpunkt. Wenn du bereit bist, nachdem wir Cayden gefunden haben, die Wahrheit zu hören, bin ich da.«

Zach lässt das Pferd los und geht zum Wasser. Der Schmerz in meiner Brust hat so viele Ursachen. Einerseits will ich wissen, was er empfindet, und andererseits will ich es nicht. Ich beobachte, wie er sich hinhockt und sich Wasser ins Gesicht spritzt. Wir sind alle erschöpft und verängstigt und hoffen auf ein Wunder.

Ich weiß nicht warum, aber ich steige ab. Meine Füße

bewegen sich von allein, bis ich neben Zach stehe. Ich muss ihm nah sein. Ich muss einen Hoffnungsschimmer spüren, wieder fühlen, dass alles gut werden wird. Als er mir den Arm um den Rücken legt, drehe ich mich zu ihm um. »Halt mich einfach fest«, bitte ich.

Und er tut es.

Er hält mich fest. Er hält mich sicher. Er hält mich so, wie ich lange nicht mehr gehalten worden bin.

Ich schließe die Augen und ruhe mich in seiner Geborgenheit aus. Ich versuche, meine Mitte zu finden, die Welt um mich herum zu spüren und loszulassen. Ich bin so verloren, drifte schwerelos umher und hoffe auf etwas, das mir Halt gibt. Jetzt gerade, in diesem Moment, fühle ich mich aufgefangen und bin vielleicht in der Lage, auf eigenen Füßen zu stehen. In seinen Armen kann ich kämpfen.

Ich kralle die Finger in sein Hemd und hebe langsam den Kopf, bis sich unsere Blicke treffen. Ich halte mich an ihm fest, mit allem, was ich habe. Ich will nicht loslassen. Ich will nicht länger umherdriften. »Zach«, flüstere ich. »Lass mich nicht los.«

Er tut es nicht und drückt seine Stirn an meine. So stehen wir da, eng umschlungen, während ich für meinen Sohn zu Gott bete.

Bitte, ich brauche ihn. Ich habe schon zu viel verloren.

Plötzlich hebt Zach den Kopf. Ich öffne die Augen und sehe ihn an, aber er lässt seinen Blick suchend umherschweifen.

»Presley.« Er löst die Arme von mir. Und ebenso wie seine Umarmung löst sich auch die Ruhe, die ich eben noch verspürt habe, in Nichts auf. »Schau, dort drüben!«

Mein Blick wandert zu der Stelle, auf die er zeigt. Da ist ein Pferd an einen Ast gebunden. »Cayden«, murmele ich. »Cayden!«, schreie ich und renne los, so schnell meine Beine mich tragen können.

»Cayden!«, ruft Zach und schaut sich um. »Wo bist du, Kumpel?«

Wir rufen wieder und wieder, während ich zu dem Baum eile. »Das ist das Pferd meines Dads. Es ist Shortstop!«, sage ich zu Zach, während wir die Umgebung absuchen. »Er war hier.« Wir laufen beide in unterschiedliche Richtungen und halten Ausschau, wo er sein könnte.

»Mom!« Caydens Stimme dringt zu mir herüber.

Ich sehe mich um und versuche herauszufinden, woher sie kommt.

»Ich habe ihn gefunden!«, brüllt Zach und eilt den Hügel hinunter. »Wir sind hier, Cayden.«

Mein Herz hämmert gegen meine Rippen, als ich zu ihnen laufe. Tränen rinnen mir über die Wangen, während ich auf den nassen Blättern ausrutsche. Ich renne, so schnell ich kann, und sobald ich ihn sehe, kann ich wieder atmen. »Cayden!« Erleichterung durchflutet mich. Es geht ihm gut.

Zach legt seine Jacke um Cayden, und meine Arme fliegen um seinen Hals. Ich ziehe meinen Sohn an mich und schluchze. »Dir ist nichts passiert. Oh, Gott sei Dank geht es dir gut.« Ich berühre sein Gesicht und streiche ihm das Haar zurück, um mich davon zu überzeugen, dass er nicht blutet.

»Bist du verletzt?«, fragt Zach.

Cayden weint in meinen Armen und nickt. »Ich bin hingefallen. Ich habe Shortstop an den Baum gebunden, und dann konnte ich nicht wieder aufstehen. Es tut mir leid, Mom.«

»Scht«, mache ich und versuche, ihn zu beruhigen. »Das Einzige, was zählt, ist, dass es dir gut geht.« Ich küsse ihn auf den Kopf und sehe Zach an, der lächelt und einen Seufzer ausstößt.

»Ich kann nicht mehr laufen«, sagt Cayden.

Ohne zu zögern, hebt Zach ihn hoch und steigt den Hügel hinauf. »Halt dich einfach fest, Kumpel.«

Mein Sohn schlingt Zach die Arme um den Hals. Oben angekommen hockt Zach sich hin, und Cayden springt praktisch in meine Arme. »Hab ich dich wieder, mein Schatz«, sage ich, und es fühlt sich an wie ein Traum. Ich war mir wirklich nicht sicher, ob wir ihn finden würden. Ich habe mir alles Mögliche vorgestellt, außer ihn am Ende in meinen Armen zu halten.

Zach reibt mir den Rücken, und das Lächeln weicht nicht aus seinen Zügen. »Wir haben uns Sorgen gemacht, Mann.«

Cayden schließt die Augen, und eine Träne kullert ihm über die Wange. »Ich wusste nicht, wo ich war. Ich erinnere mich, dass Onkel Cooper gesagt hat, wir sollen am Wasser bleiben, aber ich wusste nicht, in welche Richtung ich gehen muss.«

»Du hast genau das Richtige getan«, versichert Zach ihm. »Ich werde die anderen anrufen.« Er zerzaust Cayden das Haar, bevor er sich abwendet.

»Zach.« Er dreht sich zu mir um. »Danke, dass du dein Versprechen gehalten hast. Danke für alles.« Ich denke, dass er nicht einmal ansatzweise nachvollziehen kann, was das für mich bedeutet. Er ist alles, was ich heute Nacht gebraucht habe. Beschützer, Retter und Freund.

Er nickt knapp und geht mit dem Telefon am Ohr davon. Aus der Ferne höre ich, wie er allen Bescheid gibt, dass wir ihn gefunden haben. Um uns herum ertönen die Jubelschreie und das freudige Gebrüll von Leuten im Wald. *Alle* haben sich auf die Suche gemacht, und wir gehen alle mit einem Lächeln nach Hause.

Erschöpfung überkommt Cayden, und er schläft in meinen Armen ein. Nach den emotionalen und physischen Strapazen, die er durchgemacht hat, ist er fix und fertig. Zach kehrt zurück und streicht dem schlafenden Cayden über die Wange.

»Er sieht aus wie du«, sinniert er.

»Ja, und Logan ebenfalls.« Ich lache und blicke auf meinen friedlich schlummernden Sohn, den Sinn meines Lebens. Dann sehe ich wieder Zach an, der seine Hand wegzieht.

Schnell wendet er den Kopf ab. »Alle beide sehen aus wie du.«

»Zach?«

Ich weiß nicht, warum er sich immer wieder zurückzieht. Ich sende zwar nicht direkt eindeutige Signale, aber er tut es auch nicht. Er ist mit Felicia zusammen, küsst mich, lässt sie in der Bar zurück, aber sie lebt bei ihm. Natürlich bin ich auf der Hut. Jetzt, da er die Wahrheit kennt, denke ich, wird er das besser verstehen.

»Wir sollten zurückkehren. Ich werde ihn zu mir in den Sattel nehmen, wenn du Shortstop führen kannst.«

»Natürlich.«

Es ist alles andere als einfach, Cayden zu Zach auf das Pferd zu hieven. Er ist schwer und weigert sich aufzuwachen. Nach einigen Minuten haben wir es geschafft. Ich reite neben ihnen her, während Zach sich in der Umgebung zurechtfindet, als sei dies sein Land. Es ist verrückt, wie gut er die Gegend kennt. Meine Dankbarkeit wächst, während wir weiterreiten. Keiner von uns sagt ein Wort, aber wir schauen einander immer wieder an.

Ich frage mich, ob ich jemals wieder vertrauen kann. Hat Todd mir das wirklich genommen? Ich bin verletzt, zornig und verwirrt, aber irgendwo tief im Inneren will ich glücklich sein. Und ich frage mich, ob es einen Grund dafür gibt, dass Zach wieder in mein Leben getreten ist.

Als wir uns der Scheune nähern, brandet Jubel und Applaus auf. Offenbar ist die ganze Stadt gekommen. Ich schaue zu Zach hinüber, und er grinst. So ist das Leben auf dem Land. Hätte sich meine private Tragödie von Pennsylvania hier ereignet, wäre es ein vollkommen anderes Szenario gewesen. Mein Zuhause wäre rappelvoll gewesen, es hätte Essen im Überfluss gegeben, und ich hätte gar keine Zeit gehabt, allein zu sein.

Mein Dad nimmt den inzwischen erwachten Cayden von Zach entgegen und drückt ihn an sich. Schuldgefühle und Bedauern erfüllen mich. Ich habe meinem Vater und meiner Mutter so viel Zeit mit den Kindern vorenthalten. Sie hatten keine Gelegenheit, sie heranwachsen zu sehen, und das tut mir leid.

»Mom!« Logan stürzt aus dem Haus, als er den Aufruhr hört. »Cayden!« Er wirbelt herum und läuft auf seinen Bruder zu, und sie kullern zu Boden.

Ich schlage mir die Hand vor den Mund und weine. Sein Bruder bedeutet Logan alles. Die beiden verbindet etwas Einzigartiges. Schließlich lässt Logan Cayden endlich los und bahnt sich einen Weg hinüber zu Zach.

Jemand legt mir seine Hand auf die Schulter, und als ich mich umdrehe, steht mein Bruder vor mir, voller Erde und Schweiß.

»Pres.« Scham schwingt in seiner Stimme mit.

»Es war nicht deine Schuld.«

»Ich hätte besser auf sie aufpassen müssen.«

Ich lege meine Hand auf seine. »Ich weiß, dass du niemals zulassen würdest, dass ihnen etwas passiert.«

Er nimmt mich in die Arme, küsst mich auf die Wange und verbirgt dann seinen Kopf an meinem Hals. Mein Bruder weint nicht, aber er zittert, als er mich fest umfangen hält. Ich kann mir vorstellen, welche Angst auch er hatte, wohl wissend, dass meine Söhne in seiner Obhut waren, dass ich alles verloren habe und dass es uns alle vernichtet hätte, wenn wir auch Cayden verloren hätten.

»Ist schon gut, Coop.«

Er schüttelt den Kopf und stößt einen Seufzer der Erleichterung aus. »Ich werde die Pferde für morgen bereit machen.«

Seine Art zu sagen, dass er immer noch aufgewühlt ist.

»Das solltest du tun.«

Menschen umarmen uns, lernen meine Söhne kennen und beschweren sich, dass ich sie nicht besucht habe. Es war eine lange Nacht, und endlich, nachdem wir Cayden verarztet haben, gehen die Jungs ins Bett. Mama und Daddy verschwinden nicht allzu lange nach ihnen. So erschöpft ich selbst auch bin, ich kann mir nicht vorstellen zu schlafen.

Also setze ich mich auf die Veranda, um die Sonne aufgehen zu sehen. Heute ist ein neuer Tag, das muss ich mir ins Gedächtnis rufen.

Jeder Sonnenaufgang ist eine neue Gelegenheit zu entscheiden, ob ich in der Dunkelheit verweilen will oder nicht, und bisher habe ich die falsche Entscheidung getroffen. Was Todd getan hat, bedeutet nicht, dass es in meinem Leben kein neues Licht geben kann.

Eingehüllt in eine Decke sitze ich auf der Hollywoodschaukel und spüre endlich die Hoffnung, dass wir wieder genesen können. Ich weiß, es wird nicht leicht werden. Es gibt eine Menge, womit ich mich aussöhnen muss, aber die letzte Nacht hat mir vor Augen geführt, dass es immer noch Menschen gibt, um derentwillen ich es versuchen sollte. Die Zwillinge, meine Eltern, meinen Bruder, Grace, Zach …

Ich denke an ihn. Welche Gefühle er in mir weckt. Welche Gefühle er schon immer in mir geweckt hat.

»Hey.« Zach reißt mich aus meinen Gedanken. »Ich dachte, du würdest schlafen.« Langsam kommt er die Verandastufen herauf, während ich aufstehe.

»Ich dachte, du wärst schon gefahren.« Ich gehe auf ihn zu und frage mich, warum er noch hier ist.

»Ich war kurz weg, aber ich wollte nach dir sehen.«

»Oh.«

Er grinst. »Ich konnte nicht schlafen.«

»Ich auch nicht.« Nun stehen wir uns so nah gegenüber, dass mir sein Eau de Cologne in die Nase steigt. Selbst am Ende einer langen Nacht im Wald riecht er für mich nach Heimat.

Ich tue noch einen Schritt vorwärts.

Dann noch einen.

Bis ich den Kopf in den Nacken legen muss, um in seine Augen zu sehen.

Ich atme ihn ein, spüre seine Wärme und kann mich nicht länger beherrschen. Ich will ihn. Ich *brauche* ihn. Ohne einen Moment länger zu zögern, umfasse ich seinen Hals und ziehe seinen Mund auf meinen herab. Ich küsse ihn. Ich küsse ihn und gebe all meinen Gefühlen nach. Er verschwendet keine Sekunde. Seine Arme schließen sich um mich, und er drückt mich an sich. Meine Finger umklammern seinen Hals, um ihn genau dort zu halten, wo ich ihn brauche. Dieser Kuss ist stürmisch, aber Gott, er fühlt sich gut an.

Seine Zunge drückt gegen meine Lippen, die ich bereitwillig öffne. Als sich unsere Zungenspitzen berühren, ist es um mich geschehen. Ich richte mich in seinen Armen auf, und er umfasst meinen Po. So hält er mich fest, während wir wie Teenager knutschen. Wir unterbrechen den Kuss nur, als Zach mich mit dem Rücken gegen den Pfosten drückt, doch gleich darauf presst er wieder seine Lippen auf meine.

Ich brauche diesen Kuss. Ich brauche *ihn*, damit er mich an die Frau erinnert, die ich bin. Ich habe ihn mein Leben lang geliebt, und in diesem Moment will ich zurückgeliebt werden. Als er aufstöhnt, spüre ich es bis ins Mark. Ich will mich in ihm verlieren. Wir küssen einander, klammern uns aneinander. Ich habe jegliches Gefühl für Raum und Zeit verloren, nehme nur noch Zach wahr.

Nach Gott weiß wie langer Zeit umfasst er mein Gesicht mit beiden Händen und zieht sich zurück.

Meine Brust hebt und senkt sich, während wir uns in die Augen sehen.

»Ich …« Ich weiß nicht, was ich sagen soll. Ich habe ihn geradezu überfallen, und das, obwohl ich ihn – als er mich das letzte Mal geküsst hat – geohrfeigt habe. Und jetzt springe ich ihm in die Arme? Mist. Was mache ich da? »Es tut mir leid«, sage ich schnell und wende den Kopf ab. »Ich weiß nicht, was das war. Ich kann nicht glauben …«

Er seufzt und sieht sich um. »Ich könnte nicht … ich meine …« Er fährt sich mit den Händen übers Gesicht. »Ich kann nicht.« Eine weitere Pause. »Ich kann das nicht.«

»Ich weiß. Ich habe keine Ahnung, was ich mir dabei gedacht habe«, versuche ich zu erklären. »Die heutige Nacht war einfach zu heftig, und ich bin offensichtlich immer noch durcheinander.«

Er tritt einen Schritt zurück und hebt die Hand, um mich zu stoppen. »*Das* ist es nicht, was ich nicht kann.«

Ich bin verwirrt. »Was denn dann?«

»Ich kann mich nicht verstellen. Bei dir nicht. Du weißt, warum.«

»Was weiß ich?«

»Frag mich noch einmal, Presley«, verlangt er. »Frag mich, warum sie nicht meine Frau ist. Frag mich, warum ich ihr keinen Antrag gemacht habe!«

Mein Herz rast, und mein Mund wird trocken. Er tritt ganz dicht an mich heran. Seine dunkelblauen Augen, sein dunkelbraunes Haar und sein Dreitagebart rauben mir den Atem. Zachary Hennington war schon immer der Mann, der meine Knie weich werden lässt. »Warum?« Das Wort kommt mir über die Lippen, bevor ich es aufhalten kann.

Der Wind wirbelt mein Haar auf, und die kühle Brise verursacht mir eine Gänsehaut. »Weil ich es wusste. Ich wusste, dass ich niemals eine andere Frau so ansehen könnte wie dich. Seit du zurückgekommen bist, sehe ich nur dich, wann immer ich die Augen schließe. Ich habe immer nur dich gesehen, Presley.«

»Aber du bist nach wie vor mit ihr zusammen.«

»Nein«, antwortet er. »Nicht mehr. Es ist ihr gegenüber nicht fair, selbst wenn du mir sagst, dass du nicht genauso empfindest. Selbst wenn ich heute Nacht weggehe und weiß, es besteht nicht die geringste Chance, dass aus uns jemals wieder etwas wird … Ich werde auf dich warten.«

Ich öffne den Mund, und mein Magen krampft sich zusammen. »Aber …« Ich habe Mühe, das Gesagte zu verdauen. »Du und sie …«

Er streicht mir mit einer Hand über die Wange. »Es ist vorbei. Ich werde Schluss machen, sobald die Nacht vorüber ist. Sie ist nicht die Frau, die ich will.«

»Zach«, sage ich zögerlich. »Du kennst mich nicht mehr. Ich bin durch die Hölle gegangen, und ich bin nicht mehr ansatzweise das Mädchen, das du gekannt hast. Ich meine, wenn du nicht mit ihr zusammen sein willst, weil sie, nun ja, *sie* ist – in Ordnung. Aber nicht, weil ich wieder da bin.«

»Du brauchst nichts darauf zu erwidern. Du sollst nur wissen, dass ich es ernst meine.« Er lässt die Hand sinken, beugt sich vor und küsst mich auf die Stirn. »Es ist nicht, weil du wieder da bist, Presley. Sondern weil du immer schon die Einzige warst.«

Er dreht sich um und geht davon. Und lässt mich noch zerrissener zurück als beim letzten Mal, als er mich verließ. Jetzt ist es meine Entscheidung. Und ich habe nicht die geringste Idee, was ich tun soll.

Kapitel 18

»Mom.« Cayden steht in der Tür zu meinem Zimmer.

»Was ist los?«

»Darf ich mich zu dir legen?«

Es ist die zweite Nacht in dieser Woche, in der er sich zu mir flüchtet. »Natürlich.« Ich hebe die Decke an, er klettert drunter.

Cayden macht es sich gemütlich, und ich streiche ihm das Haar aus dem Gesicht. Früher, als er oft Albträume hatte, konnte man ihn nur zum Schlafen bringen, indem man sich zu ihm ins Bett legte, bis er endlich weggedämmert war. Weil Todd nicht gut darin war, ihn zu beruhigen, war das Los immer auf mich gefallen. Als meine Söhne klein waren, habe ich mir gewünscht, die Zeit möge schneller vergehen, damit sie reden, laufen, allein essen konnten. Jetzt würde ich alles darum geben, diese kostbaren Augenblicke zurückzubekommen.

Seine Atmung wird gleichmäßig. »Ich vermisse ihn«, sagt er mit gedämpfter Stimme.

»Wen?«, frage ich, obwohl mir völlig klar ist, von wem er spricht.

»Dad.«

»Ich weiß.«

Ich gebe mir solche Mühe, nicht mehr wütend zu sein. Aber das Gefühl der Sinnlosigkeit macht es mir fast unmöglich, loszulassen. Immer wieder überlege ich, ob ich es hätte verhindern können. Es ist so schwer, mich damit abzufinden. Dabei gab es keinerlei Warnzeichen, dass Todd über einen solchen Schritt nachdachte oder auch nur in Erwägung zog. Trotzdem mache ich mir Vorwürfe, wenn ich an seine Arbeitslosigkeit zurückdenke. Weil ich so ahnungslos war. Ich hätte es wissen müssen. Als seine Ehefrau, seine Partnerin … ich ringe jeden Tag mit meinen Schuldgefühlen.

»War er krank?«

Genau das sind die Fragen, die ich fürchte.

»Nein, soviel ich weiß nicht.« Ich eiere mit Halbwahrheiten herum. Eigentlich musste Todd in gewisser Weise tatsächlich krank gewesen sein. Aber das ist es nicht, wonach Cayden mich fragt.

Er dreht sich zu mir um. Seine großen grünen Augen sind voller Unschuld – einer Unschuld, die ich so verzweifelt retten möchte. Die Welt ist voller hässlicher Wahrheiten; Kinder sollten nicht damit belastet werden.

»Ich will wieder nach Hause«, murmelt er mit Tränen in den Augen. »Ich vermisse meine Freunde und mein Zimmer. Ich vermisse Tante Angie.«

»Ich wünschte, wir könnten zurückkehren. Wirklich.« Ich küsse ihn auf den Kopf. »Ich vermisse sie auch. Aber das hier ist jetzt unser Zuhause. Konzentriere dich auf die guten Dinge in Bell Buckle.« Damit renne ich offene Türen ein.

»Ich mag mein Pferd.«

»Siehst du?« Ich lächle.

»Ich mag Onkel Cooper und Wyatt. Er ist wirklich witzig.«

»Er ist ein echt toller Kerl.« Wir lachen beide. »Ich war schon als Kind mit ihm befreundet. Hast du das gewusst?«

Caydens Augen weiten sich. »Er hat dich gekannt, als du noch jung warst?«

»Hey«, protestiere ich. »Ich bin immer noch jung.«

»Wenn du meinst, Mom.«

Ich kitzle ihn, und er kichert ausgelassen. Wie habe ich dieses Geräusch vermisst! Wenn die beiden jetzt lachen, klingt es meist, als müssten sie sich anstrengen. »Ich bin neunundzwanzig. Sag es«, fordere ich.

»Nein, bist du nicht.«

»Sag es oder die Kitzelqualen gehen weiter.«

Cayden windet sich und lacht und weigert sich weiterhin, es zu sagen. Schließlich gibt er doch nach. »Na schön! Du bist neunundzwanzig.«

Ich lege mich auf den Rücken, als sei ich erschöpft, und stoße ein Schnauben aus. »Danke schön, wie lieb von dir. Das darfst du mir ruhig öfter sagen.«

»Träum weiter, Mom.«

»Kröte.«

Wir lachen beide.

Dieser Moment fühlt sich normal an. Es ist, als hätte ich mein Leben zurück. Albern sein, lachen und im Hier und Jetzt leben. Wir brauchen mehr von diesen Momenten. *Ich* brauche mehr davon. Auch wenn ich niemals wieder die sein werde, die ich war, darf ich doch glücklich sein. Und diese Jungen sind mein Glück.

»Mom?«, fragt Cayden nach einer Weile des Schweigens.

»Hmm?«

Er zögert, bevor er antwortet. »Darf ich heute reiten?«

Ich stütze mich auf die Seite. »Du willst reiten?«

»Ja, meinst du, wir könnten zusammen ausreiten?«

Es ist das erste Mal, dass er mich darum bittet. Normalerweise fragt er Cooper, Daddy oder Wyatt. Ich dachte, er würde männliche Verbündete suchen, denn sie sind alle »echte Cowboys«.

»Schrecklich gern.«

»Wyatt hat gesagt, du wärst früher eine wirklich gute Reiterin gewesen.«

»Früher?«

»Er hat gesagt, jetzt wärst du scheiße.«

Ich muss es mir verkneifen, ihn zu tadeln, denn das hier ist wahrscheinlich das längste Gespräch, das mein Sohn in den letzten Monaten mit mir geführt hat. Er war so distanziert, so verschlossen, dass ich nicht will, dass er nun wieder dichtmacht.

»Ich habe eine Menge Rodeos gewonnen.«

Er schnappt nach Luft. »Du bist auf einem Bullen geritten?«

»Nein«, ich schmunzle, »auf einem Pferd. Ich habe Barrel Race gemacht. Dabei geht es darum, so schnell und eng wie möglich um Tonnen herumzureiten.«

Dann schildere ich ihm, wie es hier in meiner Kindheit war. Ich erzähle ihm von dem Bach und womit ich mir am liebsten die Zeit vertrieben habe. Wir reden über Wyatt, Zach und Trent. Er stellt eine Menge Fragen, und es macht mir Spaß, sie zu beantworten. Ich stehe meinen beiden Jungs sehr nah, aber Cayden war immer eine harte Nuss, die es zu knacken galt. Ich bete, dass das hier ein Wendepunkt für ihn ist – und für mich.

»Presley«, ruft meine Mutter aus der Küche. »Könntest du bitte schnell in die Stadt fahren und ein paar Sachen holen, die ich brauche?«

Ich gehorche, obwohl sich alles in mir dagegen sträubt. »Natürlich.«

Ich schnappe mir ihre Liste und meine Schlüssel. Die Jungs sind mit Wyatt und Cooper unterwegs, Zäune flicken oder so. Es freut mich jedes Mal aufs Neue, dass die Männer meine Söhne unter ihre Fittiche nehmen. Trent hat sie neulich im Streifenwagen mitfahren lassen, und jetzt höre ich von Logan nichts anderes mehr, als dass er einmal Sheriff werden wolle.

Als ich mein erstes Ziel erreiche, werde ich begeistert von

Mrs Rooney begrüßt. »Presley!« Sie kommt auf mich zugeeilt. »Deine Mama hat gesagt, dass du kommen würdest, und ich freue mich so, dich zu sehen.«

»Wir haben uns doch erst neulich gesehen.«

»Ja.« Sie verzieht die Lippen zu einem Lächeln. »Aber seitdem hat sich eine Menge geändert.«

Ich habe keine Ahnung, was sich innerhalb von zwei Tagen geändert haben soll, aber das ist eben Bell Buckle. Mir bleiben genau zwei Möglichkeiten: Entweder ich steuere etwas zum Kleinstadttratsch bei oder ich sammle schnell alles Nötige zusammen und fahre wieder. Ich entscheide mich für Option Nummer zwei. »Ich brauche Mehl und Schokolade.«

»Willst du einen Kuchen backen?«

»Ich nicht, aber meine Mutter anscheinend.« Ich werfe eine Blick auf den Rest der Liste und bemerke jetzt erst, dass die seltsamsten Dinge darauf stehen.

»Wie ich höre, war Zach ein echter Held«, sagt Mrs Rooney beiläufig.

Und los geht's. Ich seufze.

Seit ich Zach vor zwei Tagen das letzte Mal gesehen habe, habe ich kein Wort mehr von ihm gehört. Nicht, dass ich etwas erwartet hätte, aber er klang so sicher. Vielleicht verbindet ihn und Felicia doch mehr, als er behauptet hat. So oder so, ich will nicht, dass die ganze Stadt denkt, wir würden wieder zusammenkommen. »Das stimmt, er hat Cayden gefunden, aber das wissen Sie ja bereits.« Ich lächle, als sie nickt. »Haben Sie die Schokolade im Regal?« Ich sehe mich um, aber da sind so viele Dinge, dass ich nichts finden kann.

»Sie ist gleich hier, Liebes.« Sie kommt auf mich zu und greift nach meiner Tasche. »Hattest du schon Gelegenheit, dich bei Zach zu bedanken?«

Würde ich diese Frau nicht mein ganzes Leben lang kennen, hätte ich ihr vielleicht gesagt, sie solle sich um ihre eigenen Angelegenheiten kümmern. Doch meine Mutter würde mir gehörig das Fell versohlen, wenn ich das jemals täte – fünfunddreißig hin oder her. »Ich muss leider zusehen, dass ich weiterkomme.«

»Natürlich.« Sie lächelt vielsagend und lässt sich Zeit an der Kasse, redet über ihre Kinder und die neuen Artikel, die sie im Laden vorrätig hat. Ich höre zu und bete, dass ich hier rauskomme, bevor die Sonne untergeht.

Nach einigen Minuten und einer Menge Fragen habe ich endlich alles abgehakt. »Danke, Mrs Rooney. Bis bald.«

»Auf jeden Fall. Und ruf unbedingt Zach an. Wie ich höre, würde er Cayden sehr gern sehen. Fahr vorsichtig.«

Ich schnaube leise. »Das werde ich.« Sie kann diese Antwort deuten, wie immer sie mag.

Ich besorge in den beiden anderen Läden, was Mama noch braucht, und steige wieder in meinen Wagen und genieße die Stille. Endlich! Alle, denen ich begegnet bin, haben die gleichen Fragen gestellt. »Wie geht es Zach? Es ist so schön, euch zwei wieder zusammen zu sehen. Überlegt ihr, wieder ein Paar zu werden? Ihr wart schon immer füreinander bestimmt.« Fragen, die anfangen, mir zuzusetzen.

Nach einem Moment lege ich den Rückwärtsgang ein, bremse aber, als ich einen gewissen Truck auf der anderen Straßenseite parken sehe.

Okay, ich werde den Kopf jetzt nicht einziehen. Er wird mein Auto ohnehin erkennen. Ich setze weiter zurück und sehe im Rückspiegel, dass er mich beobachtet. Mein Herz stolpert, als ich den Blick erwidere, doch statt der Nervosität nachzugeben, winke ich ihm zu und fahre los. Ich verstehe nicht, wie er erst so mit mir reden konnte, um mich jetzt links liegen zu lassen. Es ergibt keinen Sinn. Andererseits habe ich mich ihm buchstäblich an den Hals geworfen. Mein Magen krampft sich zusammen, als ich an die Dinge denke, die er in jener Nacht gesagt hat. Tief in meinem Herzen will ich, dass das alles wahr wird. Aber ich bin nicht diejenige, die Versprechungen gemacht hat. Jetzt ist es an Zach zu entscheiden, ob er bereit ist, sich um mich zu bemühen.

Die Arbeit auf der Ranch ist nicht gerade mein Traumjob. Viel lieber würde ich in der Stadt einen Cupcake-Laden eröffnen, aber der könnte sich gerade mal einen Tag halten, bevor mir zwanzig Frauen ihre selbst gemachten Backwaren zum Verkauf bringen würden. Immerhin darf ich heute das Büro zur Abwechslung mal verlassen.

»Ihre Kutsche wartet, Ms Townsend.« Wyatt macht eine theatralische Verbeugung.

»Ich bin immer noch nicht ganz dahintergekommen, warum ich mit dir rede.«

»Sieh den Tatsachen ins Auge, Pres. Ich bin das Yin zu deinem Yang.«

»Du bist der Dreck an meinen Schuhen.«

»Ich bin das Brot auf deiner Butter«, kontert er.

»Du bist eine Nervensäge.«

Er schlägt mir auf den Hintern. »Das hast du nun davon.«

Ich schnippe ihm den Hut vom Kopf und steige aufs Pferd. »Komm mir nicht blöd, Cowboy.«

In seinem Gesicht regt sich etwas, bevor es wieder ausdruckslos wird. »Weißt du, zu welchem Feld wir reiten?«, fragt er und kommt zur Sache.

»Ja.« Ich tätschle Shortstops Hals. Mit diesem Pferd verbindet mich etwas Tiefes, denn ich glaube daran, dass es Cayden in dieser Nacht beschützt hat. Das Pferd hätte ihn ohne Weiteres abwerfen oder in diesem Wald weiß Gott wohin laufen können. Aber Shortstop hat sich von Cayden führen lassen. »Wer kommt sonst noch mit mir?«

Ich darf die Gruppe leiten, die das Vieh von einem Ende

des Anwesens zum anderen treibt. Als Kind habe ich mich immer sehr darauf gefreut. Unsere ganze Familie ist losgezogen und hat die Tiere zusammengetrieben und den Tag miteinander verbracht. Cooper bringt die Jungs im SUV ans Ziel.

»Vance, einer der Rancharbeiter, ich und Zach.«

Ich reiße den Kopf zu ihm herum. »Was?«

»Du weißt schon, groß, blöd, blaue Augen, wirklich mieser Haarschnitt.«

Ich schüttele den Kopf. Wenn er, wie angekündigt, mit Felicia Schluss gemacht hätte, wäre mir das inzwischen zu Ohren gekommen. Offensichtlich war es ihm doch nicht so ernst. Die Erkenntnis tut weh, weil ich ihm vertraut habe. Zwischen uns sind immer noch Gefühle, und das macht mir Angst. Ich will nicht zulassen, dass er auf meinem Herzen herumtrampelt, aber im Moment fühlt es sich genauso an.

»Keine Sorge.« Wyatt schüttelt den Kopf. »Er reitet nicht auf einem Pferd mit dir.«

Ich will etwas nach ihm werfen.

»Wie auch immer. Es ist ein großes Feld.« Gut. Wenn er die Kühe führt und ich mich um die Nachzügler kümmere, kann ich ihm aus dem Weg gehen.

Meiner Familie gehört eine Menge Land, und Daddy war immer der Meinung, das Vieh brauche ab und zu Auslauf. Bevor es Handys und all die Dinge gab, die wir jetzt zur Hilfe verwenden, hat die Viehtreiberei tagelang gedauert. Es war unsere Form eines Familienurlaubs. Das wird es diesmal nicht geben. Ich werde nicht mit Zach campen. Nie im Leben.

Wyatt lacht. »Oh, Cowgirl, eines Tages wirst du aus dem Traum, in dem du lebst, erwachen.«

Ich funkle ihn nur an.

Dann reite ich das Pferd zu unserem Anhänger und führe es hinein, bevor ich in den Truck steige. Es sind vierundzwanzig Kilometer bis zu den Rindern. Auf keinen Fall können die Pferde diese Strecke an einem einzigen Tag hin- und wieder zurücklaufen. Dennoch weigere ich mich, mit irgendeinem Mitglied des Hennington-Clans ein Zelt aufzubauen. Irgendwie werde ich einen Weg zurück nach Hause finden.

Unser Zwei-Pferde-Anhänger ist nur halb voll. Ich kann mir nur zu gut vorstellen, wessen Pferd Wyatt auf den anderen Platz laden will und wer den Wagen steuern wird.

»Guten Morgen, Presley.« Zachs tiefe Stimme lässt mich zusammenzucken, als er vor meinem Fenster auftaucht.

»Herrgott! Du hast mich erschreckt.«

Er grinst. »Bereit für unseren Tag?«

»Mir war nicht klar, dass wir ihn gemeinsam verbringen.«

»Ich fand, dass du mir genug aus dem Weg gegangen bist. Es tut gut, mal aus dem Büro rauszukommen.« Zach schlägt gegen das Fenster des Trucks und geht auf die Fahrerseite.

Das wird kein gutes Ende nehmen.

Er springt in den Wagen, als könne nichts in der Welt seine Stimmung trüben. Ich bin kurz davor, die Fassung zu verlieren. Wie kann er so ahnungslos tun? Meint er wirklich, wir könnten so tun, als wäre nichts passiert? Ich verschränke die Arme vor der Brust und atme hörbar durch die Nase aus. Na schön. Dann spiele ich eben mit.

»Was ist los?«, fragt er, als er aus der langen Einfahrt biegt.

Ich schaue ihn an, als sei er verrückt geworden. »Im Ernst?«

»Es scheint, als würdest du dich gar nicht freuen, mich zu sehen.«

»Wie geht es Felicia?«, frage ich in ätzendem Tonfall. Ich wollte eigentlich ruhig bleiben, aber der Gedanke an sie macht mich giftig. Selbst wenn Zach und ich niemals wieder zusammenkommen, würde ich sie nicht in seiner Nähe wissen wollen. Ihre Seele ist genauso schwarz wie ihr Haar.

Zach richtet seinen Hut und grinst. »Wenn du meinen Anruf erwidert hättest, würdest du das wissen.«

»Ich war beschäftigt, als du anriefst.« Die Wahrheit ist, ich wollte ihn nicht zurückrufen – ich war wütend, weil er sich nicht früher gemeldet hat.

»Ich dachte, du würdest zurückrufen.«

»Warum bist du nicht vorbeigekommen?«, frage ich ihn. »Du weißt ja, wo du mich findest.«

Er sieht mich mit flammenden Augen an. Dieser Blick lässt mich dahinschmelzen. »Oh ja, ich weiß genau, wo ich dich finde, Presley.«

»Du hast meine Frage nicht beantwortet.«

Zach fährt den Truck an den Straßenrand und dreht sich zu mir um. »Felicia und ich sind nicht mehr zusammen. Ich habe die letzten Tage damit verbracht, ihr bei der Suche nach einer neuen Wohnung und beim Umzug zu helfen.« Er hält eine Sekunde lang inne. »Siehst du, ich habe jedes Wort ernst gemeint, das ich gesagt habe. Aber ich musste ihr gegenüber fair sein, und es wäre nicht fair gewesen, zu dir zu kommen, nachdem ich gerade eine fünfjährige Beziehung beendet habe. Also, jetzt bist du am Ball.« Er lehnt sich zurück und legt den Gang ein.

Diese Information muss ich erst einmal verdauen.

Zach ist nicht mehr mit Felicia zusammen.

Ich bin Single.

Während er weiterfährt, grüble ich über all die Unwägbarkeiten nach, die es gibt. An sexueller Anziehung fehlt es uns jedenfalls nicht – hat es uns noch nie gefehlt. Ich weiß, dass wir zusammenpassen. Ich weiß, dass wir einander lieben können, und ich bin dabei zu begreifen, dass ich ihn immer geliebt habe. Und wenn ich ganz ehrlich bin, weiß ich, dass er auch mich liebt. Wenn es anders wäre, hätte er sie nicht verlassen. Er würde mich nicht so ansehen, wie er es tut. Und er wäre jetzt nicht hier. Aber Zach hat mich verletzt.

Andererseits sind wir jetzt beide erwachsen. Die Zeiten haben sich geändert.

Ich habe mich verändert. Und Zach ist nach all der Zeit sicher auch nicht mehr der, den ich einmal kannte. Es gibt eine Menge, das ich in Betracht ziehen muss. Mein Magen krampft sich zusammen, und mein Herz rast.

Wir erreichen das Tor, das wir passieren müssen, um zum Vieh zu gelangen. Als er die Fahrertür öffnet, um auszusteigen, greife ich nach seinem Arm. »Wie steht's?«, frage ich und benutze dabei seine Ausdrucksweise. Zach kommuniziert am liebsten in der Sprache des Baseballs.

Er lächelt und legt den Kopf in den Nacken. »Schätzchen.« Sein gedehnter Südstaaten-Akzent ist nun unverkennbar. »Es gibt keine Strikes, keine Outs, und wir sind erst beim ersten Inning.«

Ich kaschiere mein Lachen mit einem Hüsteln. »Du musst an deinem Spiel arbeiten, Zachary Hennington. Ich bin mir nicht mal sicher, ob ich zum Schlag ansetze.«

Zachs Augen leuchten auf, und sein Lächeln wird noch breiter. »Ich bin ziemlich gut darin, die Schlagfrau einzuschätzen, und ich glaube, sie ist schon in Positur.« Er beugt sich dicht zu mir und flüstert: »Die Frage ist, wird sie sich mit einem Schlag ins Spiel bringen oder einen Strikeout kassieren?«

Ich klopfe mir aufs Kinn. »Hmm. Kommt drauf an, wie gut der Wurf ist.«

»Genau in die Mitte.«

»Und wenn er eine Kurve fliegt?«

Er nimmt meine Hand in seine und reißt sie wie beim Werfen nach vorne. »Es ist der perfekte Wurf, Presley. Er wird nicht absinken, keine Kurve machen oder langsamer werden. Es ist nicht mal ein schneller Ball. Es ist dieser eine Wurf, der gelingt, wenn der Werfer möchte, dass die Schlagfrau trifft.«

Seine Lippen sind ganz nah. Jeder Muskel in mir ist angespannt in Erwartung eines Kusses. Stattdessen wendet er den Kopf ab. »Der Werfer bittet regelrecht darum, dass die Schlagfrau ausholt. Nimm den Schläger von der Schulter, Liebling.«

Er lässt mich los und hüpft pfeifend aus dem Truck. Ich bleibe schwer atmend und mit zerrütteten Nerven sitzen. Was, wenn ich wirklich aushole?

Kapitel 19

Während wir die Pferde satteln, spüre ich Zachs Blick auf mir. Ich kämpfe mit jeder Faser meines Seins darum, nicht zu ihm hinüberzuschauen. Ich hätte gerne etwas gesagt, aber die Angst ist größer als meine Sehnsucht. Ich muss mein Herz schützen. Bin ich überhaupt bereit für eine neue Beziehung?

Aber ich würde lügen, würde ich behaupten, dass ich ihn nicht will.

Ich habe ihn immer gewollt. Und jetzt, so viele Jahre später, bietet sich uns eine zweite Chance.

»Zach.« Ich will etwas sagen … irgendetwas, aber bevor wir noch ein Wort wechseln können, tauchen Wyatt und die anderen Männer auf.

»Ihr zwei habt ja lange genug gebraucht.« Wyatt grinst. »Ich dachte schon, ihr hättet vielleicht für einen Quickie angehalten.«

Zach funkelt seinen Bruder böse an, aber den schert das natürlich nicht. Am besten fährt man, wenn man seine Sprüche einfach ignoriert. »Und ich dachte, alle Hennington-Jungs hätten Ausdauer. Ich schätze, du bist das schwächste Glied.« Ich zucke mit den Schultern und steige auf Shortstop. Zach gluckst, als ich Wyatt die Zunge herausstrecke.

»Sehr reif.« Er lacht, bevor er meinem Pferd auf den Hintern schlägt, woraufhin es vorwärtsschießt.

Die Rodeoreiterin in mir erwacht zum Leben. Ich beuge mich vor und lasse die Geschwindigkeit des Pferdes durch mich hindurchfließen. Mein Herzschlag beschleunigt sich mit jedem Galoppsprung, den Shortstop macht. Ich gönne mir diese Minute. Der Wind peitscht durch mein langes braunes Haar, ich lächele übers ganze Gesicht, und mir ist, als könnten meine Augen endlich wieder die Welt so sehen, wie sie ist.

Wir nähern uns der Baumgrenze, und mir fällt ein, dass es absolut unmöglich ist, dort hindurchzupreschen. Ich wende Shortstop, um zu Wyatt und Zach zurückzukehren. Meine Brust hebt und senkt sich, doch es fühlt sich fantastisch an.

Es ist befreiend.

»Netter Versuch, das Pferd dazu zu bringen loszurennen.« Ich lächle, als ich neben Wyatt ankomme. »Du hast vergessen, dass ich reiten kann.«

»Sieht so aus, als bekämen wir unser Cowgirl Stück für Stück zurück.«

»Ich bin bereits zurück«, entgegne ich und sehe dabei Zach an, der auf seinem Pferd umwerfend aussieht. Ich spüre sein Selbstbewusstsein und seine Gelassenheit. Er lässt mich nicht aus den Augen und gibt mir dadurch das Gefühl, der einzige Mensch zu sein, der existiert.

Ausnahmsweise einmal ist Wyatt still, oder vielleicht hören wir ihn einfach nicht. Denn jetzt ist alles, was ich sehe, höre und fühle, Zachary Hennington. Ich weiß nicht, wie ich ihm widerstehen kann, ob ich es überhaupt will, ob ich es sollte, aber in diesem Moment weiß ich genau, was zu tun ist. Und ich denke, er weiß es ebenfalls.

»Okay.« Wyatt klatscht laut in die Hände. »Ich werde jetzt mal los und ihr wisst schon … arbeiten. Wenn ihr zwei mit eurem stummen Blickwettbewerb fertig seid, treibt die Herde von hinten an. Vance und ich werden sie anführen.«

Ich hole noch einmal tief Luft und nicke. »Bereit?«, frage ich Zach.

Statt zu antworten, reitet er vorwärts. »Hol aus, Pres. Was kann schlimmstenfalls passieren?«

»Dass du mich verletzt.«

»Das werde ich nicht.«

»Ich glaube ja nicht, dass du es mit Absicht tun wirst, aber du weißt nicht, was die Zukunft für uns bereithält.«

Zach lacht kurz auf. »Doch. Ich weiß, dass du meine Zukunft bist. Seit du wieder hier bist, habe ich das Gefühl, als wäre meine Welt wieder im Reinen. Eigentlich hätte es von Anfang an so sein sollen, aber ich war noch nicht bereit für dich.«

Mein Herz schmerzt, aber tief in mir keimt Hoffnung auf. Könnte es wirklich sein, dass wir damals einfach noch nicht bereit füreinander waren? Es heißt ja, alles geschehe aus einem bestimmten Grund. Vielleicht wären wir gescheitert. Damit bleibt allerdings die Frage, ob ich bereit bin, mich auf ihn einzulassen. Und die nicht zu beantworten, wäre nicht fair, für keinen von uns beiden.

»Hey«, reißt er mich aus meinen Gedanken. »Du brauchst jetzt nichts zu sagen. Du sollst nur wissen, dass ich auf dich warten werde.«

Zach zwinkert mir zu und reitet zu den Rindern hinüber. Ich schaue zum Himmel empor und schließe die Augen. »Warum kannst du mir kein Zeichen schicken?«, richte ich meine Frage an wen sie auch immer dort oben erreicht.

Ich nehme die Zügel auf und reite zu den Männern. Die Arbeit ruft. Ich habe heute mindestens neun Stunden Zeit, um intensiv nachzudenken.

Wir brauchen ungefähr eine Stunde, um die Kühe tatsächlich dorthin zu bewegen, wo wir sie haben wollen. Sie sind heute langsam. Das macht es ein wenig schwieriger, die Herde zusammenzutreiben, aber Zach und ich sind ein gutes Team. Jeder Nachzügler wird in die Gruppe getrieben, und wir finden einen Rhythmus.

Ich bin dankbar für die ungefähr fünfzehn Kühe zwischen

uns. Es gibt mir Zeit, mich meinen Gedanken zu widmen. Ich frage mich, ob Zach weiß, was es heißt, es mit zwei Jungs aufzunehmen, deren Welt aus den Angeln gerissen wurde. Es wird nicht leicht sein, sie für sich zu gewinnen. Sie haben ihren Vater sehr geliebt und leiden sehr unter seinem Tod.

Wyatt lässt sich zurückfallen und ruft mir zu: »Ich brauche dich drüben auf der linken Seite!«

»Was?«

»Auf der linken Seite. Zach braucht Hilfe.« Er grinst über seinen eigenen Scherz.

Und ob er die braucht. »Er kommt bestens klar.«

»Nun, ich bin der Vorarbeiter, und ich sage, dass du nach links reiten sollst.«

»Ich bin die Schwester des Besitzers.«

Er kneift die Augen zusammen. »Ich bin trotzdem dein Boss.«

»Als ob. Warum tust du das?«, frage ich.

»Weil du stur bist. Du hast einen guten Kerl, der dich liebt, direkt vor deiner Nase. Aber du bist gerade dabei, alles tausendmal abzuwägen und zu analysieren, oder?« Er zieht die Augenbrauen hoch. »Das dachte ich mir«, fügt er dann hinzu.

Ich seufze. Er kapiert es nicht. Ich weiß nicht, ob es *irgendwer* kapiert, aber diese Sache ist noch keineswegs entschieden. »Du denkst also, es sei das Richtige, mich von ihm drängen zu lassen?«

»Ich denke, ihr habt beide Angst. Er weiß, dass du deinen Mann verloren hast, und du hast Cayden und Logan. Ihm ist klar, was das bedeutet. Ich hab dafür gesorgt, dass es ihm klar ist. Hat er es denn wirklich vermasselt, als er jung war? Nein. Man hat ihm das Versprechen auf ein Riesengehalt und die Chance gegeben, eine echte Nummer im Profi-Baseball zu werden.« Wyatt hält inne, damit ich Zeit habe, das zu schlucken. Tief im Inneren habe ich es immer gewusst. Aber die zerbrochene Frau in mir wollte es nicht wahrhaben. Wyatt weiß nicht alles. »Wenn du lieber einem anderen Hennington eine Chance geben möchtest, stehe ich natürlich zur Verfügung.«

»Das mit dir und mir würde niemals funktionieren. Das weißt du«, antworte ich sanft.

»Ich weiß, du wirst immer Zach lieben. Also, warum bist du noch hier? Geh und liebe ihn.«

Ich wünschte, es wäre so einfach.

Widerstrebend reite ich nach links. »Wyatt meinte, du brauchst Hilfe auf dieser Seite.«

»Ach ja, meint er das?« Zach grinst. »Manchmal ist er doch gar nicht so übel.«

»Manchmal.«

Wir reiten langsam, um nach ausgebüxten Kühen Ausschau zu halten. Dann macht Zach den Anfang. »Wir müssen reden. Über so vieles. Auch über das, was du in jener Nacht draußen vor der Bar gesagt hast. Ich habe dir Zeit gelassen, aber du kannst so nicht weiterleben.«

Meine Muskeln verspannen sich, als mir klar wird, was er vorhat. Todds Tod ist das absolut Letzte, worüber ich jetzt reden möchte. »Ich tue alles, was ich tun muss.«

»Ich muss wissen, was in deinem Kopf vorgeht. Du belügst alle, aber ich bin nicht alle.«

Seit ich ihm die Wahrheit gesagt habe, verfolgt mich die Frage, warum ich das getan habe. Warum sollte ich es ausgerechnet dem einen Menschen erzählen, von dem ich am allerwenigsten wollte, dass er es weiß? Dennoch war es Zach, vor dem es mir herausgerutscht ist. Es ergibt keinen anderen Sinn als den, dass ich irgendwo in meinem Herzen eben doch das Bedürfnis hatte, es ihm zu erzählen. Vielleicht wusste ich, dass er es nicht gegen mich verwenden würde. Dass er nicht über mich urteilen würde.

»Nein«, stimme ich ihm zu. »Du bist nicht alle.«

Aber das bedeutet nicht, dass ich darüber reden kann. Ich habe die schrecklichen Erinnerungen so tief vergraben, dass ich gar nicht mehr weiß, wo sie zu finden sind. Sie zur Sprache zu bringen, mich ihnen zu stellen, könnte mich von Neuem zu Grunde richten. Die Albträume und die Visionen von meinem Mann sind so schmerzhaft. Um die Tage zu überstehen, habe ich die Wut festgehalten, mich an ihr festgeklammert. Die Traurigkeit wieder hervorzuholen, wäre furchtbar.

»Alles, worum ich dich bitte, ist, mich dann auch nicht wie alle zu behandeln. So groß deine Sorgen darüber auch sind, was die Zukunft für uns bereithalten könnte – oder auch nicht –, mir geht es genauso, Pres. Ich bin mir vollauf im Klaren darüber, dass ich derjenige war, der gegangen ist. Ich bereue es jeden einzelnen Tag. Aber du hast mich zerbrochen.«

Ungläubig schaue ich zu ihm hinüber. »Ich *dich*?«

»Ja.« Er sieht gen Himmel, bevor er den Blick wieder auf mich richtet. »Ich habe dich geliebt. Du warst der Grund, warum ich diesen Vertrag bei den Dodgers unterschrieben habe. Ich habe es nicht nur für mich getan!«

»Ich weiß, dass du das denkst. Aber wenn ich für dich das College abgebrochen hätte, wäre ich eine echte Närrin gewesen. Die Leute haben mich sowieso schon für eine gehalten, weil ich mein Traum-College aufgegeben hatte, um dir zu folgen. Ich wollte nicht mein ganzes Leben damit verbringen, *deinen* Träumen hinterherzujagen. Auf keinen Fall hätten wir noch zwei oder mehr Jahre durchgestanden, in denen du umhergereist wärst, sich dir überall Mädchen an den Hals geworfen hätten und ich das College beendet hätte.«

Er reibt sich die Schulter und nimmt sich einen Moment Zeit für seine Antwort. »Wir hätten es schaffen können. Oder vielleicht auch nicht. Wir werden es niemals wissen, weil du uns diese Chance nicht gegeben hast. Findest du, ich bin der Einzige, der schuld ist?«

»Lange Zeit habe ich das so empfunden. Ich hatte das Gefühl, ohne dich innerlich zu sterben. Du gehörtest so sehr zu mir, dass ich nach unserer Trennung absolut leer war. Todd hat Angie an diesem Wochenende besucht und mich im Arm gehalten, während ich geschluchzt habe. So ist überhaupt etwas aus uns geworden. Er hat mich wieder aufgebaut, nachdem ich wegen dir am Boden zerstört war.«

Es steckt Wahres in dem, was er zuvor gesagt hat. Sobald er fort war, habe ich aufgegeben. Auch ich war jung und naiv, und ich habe mich direkt in eine Beziehung mit Todd gestürzt. Gott, ich hatte solche Angst davor, allein zu sein.

Aber mein Leben mit Todd war nicht schlecht. Wir hatten Liebe, Kinder, Glück, und ich wäre mit ihm alt geworden.

»Ich hätte dich auch in den Armen gehalten.«

»Nicht von Kalifornien aus«, rufe ich ihm ins Gedächtnis.

»Nein, das wohl nicht.«

Wir verfallen in Schweigen, während wir langsam weiterreiten. Es gibt noch ein paar Dinge, die ich aufarbeiten muss, bevor ich nach vorn blicken kann. Nicht nur was Zach angeht, sondern mein ganzes Leben betreffend. Er tut gut daran, vorsichtig zu sein. Mein Herz ist immer noch schwer vom Verlust, aber auch voller Zorn auf so viele Menschen.

Unsere Geschichte geht tief unter die Haut, und die Narben sind nicht oberflächlich. Sie haben sich in mich gebrannt und einen bleibenden Schaden in meinem Herzen zurückgelassen.

Ich kann nicht einfach weitermachen.

Ich kann nicht einfach vergessen.

Mein Mann hat diese Wunden wieder geöffnet. Der Mann, der in guten wie in schlechten Zeiten hätte da sein sollen.

Die Gelübde, die wir abgelegt haben, und das Leben, das wir geteilt haben, existieren nicht mehr.

»Woran denkst du?«, fragt Zach.

»Ich denke an dich, an Todd und an mich und ob ich irgendetwas von alledem hinter mir lassen kann«, antworte ich aufrichtig. »Es gibt eine Menge Dinge, die zwischen uns stehen. Eine Menge Vergangenheit, und es ist nicht so simpel, es einfach wieder miteinander zu versuchen.«

Er nickt. »Das denke ich auch nicht.«

»Was denkst du dann?«

Zach seufzt und bleibt stehen. »Wyatt«, ruft er. »Presley und ich sind in einer Minute wieder da.«

Ich sehe verwirrt zu ihm hinüber. »Wir können nicht …«

»Wir werden nur ein paar Minuten brauchen«, unterbricht er mich und steigt vom Pferd. Er hält meine Zügel fest, während er zu mir emporschaut. »Steig ab.«

Sein Ton lässt keine Widerrede zu. Ich schwinge das Bein über den Sattel, aber mein anderer Fuß klemmt im Steigbügel fest, sodass ich beinahe falle, doch Zachs starke Arme geben mir Halt. Ich lege die Hand auf seine breite Brust und spüre seinen Herzschlag unter meinen Fingern. Wir bewegen uns nicht. Keiner von uns tut irgendetwas. Wir sehen einander nur in die Augen. Sein Arm spannt sich an, als er mich noch näher an sich drückt.

Ich will ihn küssen und seine Lippen auf meinen spüren. In seinen Augen sehe ich, dass er mit sich ringt.

»Wir haben uns jetzt zweimal geküsst.« Seine Stimme ist leise und rau. »Einmal habe ich dich überrumpelt, und dann hast du mich überrumpelt.« Er zieht die Augenbrauen hoch, und ich lächle. »Doch beim nächsten Mal will ich nicht, dass einer von uns sich zurückhält.«

»Und was wäre, wenn ich dich genau jetzt küssen würde?«, frage ich atemlos. Jede Faser meines Körpers ist voller Verlangen. Ihn zu berühren, in seinen Armen zu sein, ist alles, was meine Gedanken beherrscht. Und nun steht er direkt vor mir, stärker und anziehender denn je.

Er grinst und dreht seinen Kopf zu mir. »Dann würde ich es so verstehen, dass du den Schlag tatsächlich durchziehst.«

Kann ich widerstehen? Es ist Zachary. Ein Teil meiner Seele. Ich weiß nicht, ob ich mich wirklich abwenden kann – selbst wenn ich es wollte. Ich kann mein Leben ohne ihn leben – habe es ja auch schon getan –, aber ich denke, ich würde es bereuen, wenn ich es nicht versuchen würde.

»Zach«, flüstere ich. Ein Teil von mir zögert. Der andere Teil wünscht sich, dass er mir sagt, was ich tun soll.

Er beugt sich näher vor, und ich schließe die Augen. Aber seine Lippen berühren nicht meine, denn er küsst mich auf die Stirn. »Ich kann dir nicht sagen, ob du bereit bist, Pres. Ich kann dir nur sagen, dass ich dich immer geliebt habe. Ich habe immer die Augen geschlossen und dich an meiner Seite gesehen. Es war niemals vorüber.«

»Wenn es nur so einfach wäre.«

»Warum kann es das nicht sein?«

»Zum Beispiel weil ich zwei kleine Söhne habe, die gerade ihren Vater verloren haben. Weil ich deswegen immer noch am Boden zerstört bin. Weil ich kein Geld habe und nach Hause ziehen musste. Die letzten sechs Monate waren der reinste Albtraum, ich kann immer noch nicht schlafen. Alles tut weh.« Meine Augen füllen sich mit Tränen. »Ich habe es so satt, dass mir alles wehtut. Und du machst mir Angst. Denn du kannst mich schlimmer verletzen, als dir klar ist.«

Ich spüre, wie sein Herz schneller schlägt. Seine blauen Augen sind sanft und warm. »Ich will ja gar nicht behaupten, dass es keine Hürden gibt. Du hast Cayden und Logan, und deine Kinder sollen auch ein Teil meines Lebens werden.« Er zieht mich fester an sich. »Ich werde ihr Freund sein. Und wenn sie mich erst näher kennenlernen, werden sie sehen, dass nicht alle Henningtons Idioten sind.« Wir lachen beide, und ich schüttele den Kopf.

»Na ja …«, sage ich scherzhaft.

»Ich weiß, dass dein Mann gestorben ist und wie er gestorben ist. Und was die Tatsache betrifft, dass du pleite bist …« Er hält einen Moment lang inne. »Das ist mir vollkommen egal. Ob du Geld hast oder nicht, spielt hier keine Rolle. Ich will sehen, wohin das hier führt, und wenn es funktioniert, will ich für dich sorgen. Es gibt eine Menge aufzuarbeiten, und es wird nicht leicht, Liebling.«

Mir kommt es so vor, als würde nichts mehr wirklich leicht sein. »Ich will es auch nicht leicht, Zach. Ich will nur nicht wieder verletzt werden.«

»Ich werde dir niemals wehtun.«

»Aber das kannst du nicht versprechen.«

»Nein, das kann ich nicht. Aber ich kann versprechen, dass ich nicht mehr lockerlasse, bis du nachgibst. Dieses Mal bleibe ich, Presley Mae. Und ich werde dir zeigen, dass manchmal die Belohnung das Risiko wert ist.«

Er küsst mich auf die Nase und lässt mich los. Sofort vermisse ich seine warme Umarmung und schaudere.

Und in diesem Moment weiß ich, dass ich nachgeben werde. Weil nicht viel Widerstandskraft in mir übrig geblieben ist.

Ich hoffe, er ist bereit.

Kapitel 20

»Ich denke nicht, dass wir heute noch weiterreiten können«, sagt Wyatt, als die Sonne in der Ferne untergeht. »Wir haben noch einige Kilometer vor uns, und die Rinder machen nicht mit.«

Die letzten Stunden waren zermürbend. Das Tempo war quälend langsam, und es gab immer wieder einen Nachzügler, dem wir zwanzig Minuten lang hinterherjagen mussten.

Wir sind ungefähr auf halber Strecke, also gibt es keinen Weg zurück und keinen Weg nach vorn. Ich wusste, ich hätte nicht mitkommen sollen. Jetzt bin ich gezwungen, mit Zach, Wyatt und Vance, der mit Wyatt geritten ist, ein Lager aufzuschlagen. Fantastisch.

»Ich muss den Jungs Bescheid sagen«, erkläre ich und mache mich auf den Weg zu einer kleinen Baumgruppe. »So ein Mist.«

Wyatt lacht. »Ich werde mit dir kuscheln. In meinem Schlafsack ist immer Platz für dich, Cowgirl.«

Ich sehe, wie Zach ihn so zornig anschaut, dass jeder andere Mann zusammenzucken würde. Aber Wyatt erwidert seinen Blick und lächelt. »Was ist los, Zach? Klappt's mit deinem Zelt nicht richtig?«

»Ich werde dir derart in den Hintern treten, dass du den Weg zurück nach Tennessee nicht mehr findest.« Zachs Stimme ist leise und drohend.

»Oh bitte, ich weiß, wie du kämpfst.«

»Presley«, sagt Zach mit zusammengebissenen Zähnen.

»Ruf ruhig die Jungs an. Ich werde Wyatt helfen, das Lager aufzuschlagen.« Er packt Wyatt im Nacken und drückt ihn nach unten. »Wir werden alles fertig haben, wenn du zurückkommst, nicht wahr, Wyatt?«

Sein Bruder versucht, ihm einen Ellbogen in die Seite zu rammen, aber es gelingt ihm nicht. »Lass los, bevor ich dir die Nase breche!«

»Hör auf, dich wie ein Blödmann aufzuführen.«

Das hier ist ein kurzer Einblick in meine Zukunft mit Logan und Cayden.

Jungs.

Ich schüttle den Kopf und gehe davon. Daddy nimmt den Anruf beim ersten Klingeln entgegen. »Hallo, mein Schatz.«

»Woher hast du gewusst, dass ich es bin?« Ich lächle. Meine Eltern weigern sich strikt, ein Telefon mit Display anzuschaffen.

»Ich weiß immer, wann du mich brauchst.« Dad schafft es immer wieder, dass ich mich besser fühle. Noch nie war ich dankbarer dafür als jetzt. »Wie geht es voran?«

»Langsam.« Ich seufze. »Störrische Rindviecher.«

Er lacht. »Ich habe Verständnis für störrische Kreaturen.«

Vermutlich meint er mich damit. »Darauf möchte ich wetten, Daddy.«

»Ich hab mir schon gedacht, dass ihr alle heute Nacht draußen bleiben würdet. Das war ein langer Auftrieb.«

»Ich habe nicht damit gerechnet.«

»Du solltest eigentlich wissen, dass diese Jungs unter einer Decke stecken. Sie haben die zwei am weitesten voneinander entfernten Punkte auf unserem Land ausgewählt. Eine längere und heimtückischere Strecke hätten sie kaum finden können.«

Natürlich stecken sie dahinter. »Du hast es gewusst?«

Er gluckst, und ich stelle mir vor, wie er den Kopf schüttelt. »Jawohl.«

Er ist also einverstanden mit Zach. Das ergibt keinen Sinn. Daddy mochte ihn recht gern, aber als er mir das Herz brach und ich allein in Maine zurückblieb, hatte mein Vater nichts mehr für Zach übrig. Er ist ein stolzer Mann, und Zach hat ihm sein kleines Mädchen weggenommen und es dann sitzen lassen.

»Darüber werden wir noch ein Wörtchen reden, sobald ich nach Hause komme.«

»Klar, das werden wir.« Ich höre ihn prustend lachen. »Willst du mit den Jungs sprechen?«

»Ja, bitte.«

»Sie sind draußen bei Cooper. Sie übernachten zusammen. Er hat schon damit gerechnet, dass du anrufen würdest, und lässt dir ausrichten, du sollst dir keine Sorgen machen. Es geht ihnen gut.«

Ich stöhne auf. »Wir werden ja sehen, wie …«, beginne ich, bevor ich mich fange. Es war nicht Coopers Schuld. Und er würde sie nie wieder allein durch die Wildnis streifen lassen. »Vergiss es. Bist du sicher, dass du mich nicht holen kommen kannst? Um mich von diesen Hennington-Jungs zu befreien?«

»Ich hab das dein halbes Leben lang versucht, Kleine. Es hat damals nicht funktioniert, und es wird jetzt nicht funktionieren. Lass deinen Bruder einfach ein wenig Zeit mit seinen Neffen verbringen, ohne dich einzumischen.« Er räuspert sich, und ich warte auf seine nächsten Worte. »Sei vorsichtig dort draußen, wir sehen uns morgen.« Er legt auf, bevor ich noch irgendetwas sagen kann.

Das ist so eine Sache mit Forrest Townsend. Wenn er fertig ist, ist er fertig.

Ich schaue auf mein Handy und sehe eine Textnachricht.

Cooper: Genieß die Nacht.

Ich: Dahinter steckst du!

Cooper: Du hast gesagt, du willst mal raus aus dem Büro.

Ich: Ich hab damit bestimmt keine Nacht auf dem Feld mit deinen Angestellten gemeint.

Cooper: Verzogene Göre.

Ich: Ich hasse dich.

Cooper: Ich hasse dich noch mehr.

Ich lache über die kindischen Nachrichten. Wie habe ich meinen Bruder vermisst! Er hatte schon immer einen ausgeprägten Beschützerinstinkt, auch wenn Zach sein Idol war. Wenn ich geweint habe oder wütend war, hat Cooper mich sofort verteidigt. Und Zach hat sich, obwohl er ihm körperlich überlegen war, geduldig von Cooper anbrüllen und bedrohen lassen. Dass er Cooper dieses Gefühl von Stärke gab, hat mich damals nur noch mehr für ihn eingenommen.

»Du kannst dich nicht ewig verstecken.« Zachs Stimme erschreckt mich. Seine Hände wandern an meinem Rücken empor und bleiben auf meinen Schultern liegen.

»Ich verstecke mich nicht.«

Er massiert mir mit den Fingern den Nacken. »Wenn du das sagst«, erwidert er. Seine Hände arbeiten weiter.

Ich schließe die Augen und kann etwas von dem Stress loslassen. Seine Berührung entspannt mich. Ich fühle mich sicher in seinen Händen, dabei habe ich mir so lange eingeredet, ich dürfe mich nicht sicher fühlen. Ich war so jung, als ich ihn kennenlernte. Es war naiv zu denken, wir könnten alles haben und es würde uns nichts kosten. Das Leben schert sich nicht darum, ob man verliebt ist – Glück hat immer einen Preis, wir waren nur nicht bereit, ihn zu zahlen.

»Denkst du, wir haben eine echte Chance, Zach?«

Er hält inne und drückt sich an meinen Rücken. Dann legt er mir die Arme um die Schultern, und ich halte mich an ihm fest. »Ich denke, all das ist nicht umsonst passiert. Es gibt einen Grund, warum du jetzt in meinen Armen bist. Warum ich jetzt hier bei dir bin. Dass ich mir die Schulter ausgekugelt habe, dass du hierher zurückgekommen bist, es hat alles einen Sinn. Und wenn nicht für uns, für wen dann?«

Ich umklammere seine Unterarme fester, während ich über seine Worte nachgrüble. »Aber ich kann immer noch keinen Sinn darin sehen, warum das mit Todd passiert ist.«

»Das weiß ich auch nicht. Warst du glücklich?« Seine Stimme klingt ein wenig angespannt.

»Ich dachte es. Ich weiß, es ist nicht leicht für dich, das zu hören.« Ich drehe mich zu ihm um.

Er umfasst mein Gesicht mit beiden Händen und sieht mich mit so viel Mitgefühl an, dass ich es beinahe nicht ertragen kann. »Presley, du warst verheiratet. Du hast zwei Söhne bekommen. Ich habe dich vor fast siebzehn Jahren verlassen. Es wäre lächerlich zu glauben, du hättest dich nicht neu verliebt, dir kein neues Leben aufgebaut.«

Meine Augen füllen sich mit Tränen. »Aber wenn ich an Felicia und dich denke …« Ich trete einen Schritt zurück.

»Du musst mir vertrauen. Wenn wir wollen, dass es funktioniert, müssen wir ehrlich zueinander sein. Ist der Gedanke, dass ein anderer Mann dich berührt hat, schlimm für mich? Ja.« Zach tritt wieder näher an mich heran. »Dass er für dich da war, weil ich dich verlassen habe? Ja.« Meine Finger umklammern sein Handgelenk. »Aber Gott steh mir bei, Presley. Ich werde mir alles anhören. Ich will alles wissen. Das Gute, das Schlechte, das Glückliche, das Traurige und dann noch den ganzen Rest.«

Eine Träne rollt mir über die Wange, und ich merke, wie sich etwas in mir löst. »Ich fürchte, meine Wunden werden niemals heilen. Ich weiß nicht, wie ich das schaffen soll.«

So lange war die Wut in mir übermächtig. Jetzt spüre ich, wie sehr es schmerzt, dass all die Dinge, die Todd und ich geteilt haben, nur noch Erinnerungen sind. Er war nicht gemein oder untreu. Er war der Mann, der während sechsunddreißig Stunden Wehen meine Hand gehalten hat. Er hat hinter mir gestanden, als ich mein Geschäft eröffnete. Deshalb wird er immer einen Platz in meinem Herzen haben, egal, wie wütend ich auch sein mag.

Zach kennt es nicht, dass ein Teil meines Herzens einem anderen gehört.

»Ich erwarte nicht, dass du ihn vergisst.« Seine Stimme gibt seinen Schmerz nicht preis, aber ich sehe ihn in seinen Augen. »Er ist ein Teil von dir. Aber deine Wunden heilen bereits, du musst es nur zulassen.«

»Ich liebe dich, seit ich denken kann. Ich konnte nie damit aufhören und werde es auch nie tun. Aber du musst Geduld haben.« Meine Stimme zittert. Alles zerrt in mir wie beim Tauziehen. Ich will ihn, ich will ihn nicht. Ich liebe ihn, ich sollte es nicht. Er könnte mich heilen, er könnte mich verletzen. Meine Gedanken liegen im Widerstreit. Aber ein Gedanke drängt sich immer wieder in den Vordergrund: Ich will kein Leben ohne ihn. Egal, ob er dabei bloß mein Freund ist oder etwas Ernsteres aus uns wird.

Er schließt die Augen und legt die Stirn an meine. »Ich werde Geduld haben.«

»Sehr viel Geduld.«

Er lacht und hebt den Kopf. »Ich weiß. Aber du kannst dich trotzdem jederzeit wieder in meine Arme werfen und mich bis zur Besinnungslosigkeit küssen.«

Ich kichere und schüttele den Kopf. »Ich weiß nicht, wann das der Fall gewesen sein soll.«

»Ich hätte nichts dagegen«, witzelt er.

»Das möchte ich wetten.«

»Wie gesagt, ich bin bereit.«

Ich sehe ihm fest in die Augen. »Schön, das zu hören.«

Zachs Lächeln wird noch breiter. »Ich habe dich vermisst. Zwischen uns war alles immer so … leicht.«

Ich lege ihm eine Hand auf die Wange. Sein Bartschatten kratzt über meine Finger. Ich streiche ihm übers Gesicht und realisiere, dass er Wirklichkeit ist. Zach war immer ein Traum für mich. Eine wunderschöne Hoffnung, die dann nicht in Erfüllung ging. Aber das hier ist kein Traum. »Weißt du, warum ich nicht hierher zurückkommen konnte?«, frage ich.

»Nein.«

Seufzend lasse ich die Hand sinken. Es kostet mich große Überwindung, es einzugestehen: Dass ich meinen Mann geliebt habe und trotzdem fürchtete, ich würde nicht mehr zu ihm zurückgehen können, wenn ich Zach hier begegnete. Und darauf bin ich alles andere als stolz. »Deinetwegen«, gestehe ich.

Auch Zach lässt seine Hände fallen, und er tritt einen Schritt zurück. »Das verstehe ich nicht.«

»Ich auch nicht.« Meine Stimme zittert. »Ich konnte nie verstehen, warum der Gedanke an dich so wehtat, selbst nach all der Zeit. Ich weiß nicht, ob es daran lag, dass wir nie einen richtigen Schlussstrich gezogen haben, oder ob ich befürchtete, dass die Erinnerungen, die ich so tief vergraben hatte, wieder hochkommen würden.« Während ich mich meinen Gefühlen stelle, drehe ich mich in Richtung Wald um. »Irgendwie wusste ich, dass da sofort wieder diese Nähe zwischen uns sein würde.« Ich wirbele herum, damit er mich ansehen kann. »Dass sich mein Herz bei dir wieder geborgen fühlen würde.«

Zach reibt sich das Gesicht, bevor er gen Himmel blickt. »Weißt du, wie oft ich dich suchen wollte?«

Ich schüttele den Kopf.

»Einmal bin ich zu deinem Vater gegangen. Ich habe ihn angefleht, mir zu sagen, wo du bist, aber er hat geantwortet, ich hätte meine Chance gehabt und sie vermasselt. Du wärst verlobt, glücklich und über mich hinweg.«

Mir klappt der Unterkiefer herunter. Davon habe ich nie erfahren. Während all der Jahre hat mein Vater es nie erwähnt. »Ich weiß nicht, ob ich jemals über dich hinweggekommen bin. Ich habe Todd geliebt. Ich habe unser Leben geliebt. Er hat mich glücklich gemacht. Aber du, du warst ein Teil von mir. Verstehst du, was ich meine?«

Er kommt einige Schritte näher. »In meinem Leben gab es auch andere Frauen, nachdem ich dich verloren hatte. Aber ich habe niemals mehr so empfunden wie für dich.«

Wenn zwei Menschen einander bedingungslos lieben, so wie wir beide damals, wird man nie mehr der Mensch sein, der man vorher war. Unsere Verbindung ließ sich nicht durchtrennen, und so habe ich gelernt, wieder anders zu lieben. Jetzt, in diesem Moment, findet meine Seele ihren Weg zu ihm zurück.

»Küss mich«, bitte ich ihn mit gedämpfter Stimme.

Er legt den Arm um mich und zieht mich zu sich heran. Mein Atem geht flacher, als ich realisiere, was gleich geschehen wird. Ich werde ihm erlauben, mich zu küssen. Ich *werde* ihn küssen, denn das ist alles, woran ich noch denken kann. Zachs Augen leuchten in einem tiefen Indigo. Die Rosa-,

Orange- und Rottöne der untergehenden Sonne umhüllen ihn. Alles um uns herum ist warm und wunderschön.

»Bist du dir sicher, Liebling?«

»Ich liebe dich, seit ich zwölf Jahre alt war, Zachary Hennington. Du warst mein erster Kuss, meine erste Liebe, der erste Mann, der mich berührt hat. Ich will, dass du mich küsst, und ich will dich küssen.«

Als ich ihm in die Augen schaue, denke ich daran, dass er den Jungs die Pferde geschenkt hat, dass er Cayden gefunden hat, wie er sich in der Bar um mich gekümmert hat. Dass er Felicia verlassen hat, um uns eine Chance zu geben. Ohne Garantie, dass wir wieder zueinanderfinden würden, aber ich war ihm das Risiko wert.

Seine Hand legt sich fester um meine Hüfte, während er mit der anderen mein Gesicht hält. Langsam zieht er mich an sich, und ich schließe die Augen. Sobald unsere Lippen sich berühren, explodiert mein Herz vor Empfindungen. Alles in mir spannt sich an, und ich lege ihm die Arme um den Hals. Ich fühle so vieles auf einmal. Angst, Glück, Traurigkeit, Verzweiflung und Hoffnung. Es kommt mir vor, als hätte ich meinen Platz wiedergefunden. Zach ist meine Heimat. Zach ist derjenige, den ich immer gekannt und gewollt habe.

Wir liegen einander in den Armen, und unsere Lippen bewegen sich im Einklang. Seine Zunge gleitet über meine, und ich stöhne auf. Er zieht mich noch fester an sich, während er mich hemmungslos küsst. Ich halte seinen Nacken genau dort fest, wo ich ihn haben will. Er führt, dann führe ich, wir geben und nehmen beide.

Ich erinnere mich nicht daran, wann ich das letzte Mal so intensiv geküsst worden bin.

Seine Lippen lösen sich und wandern an meinem Hals hinab. Er drückt meinen Kopf sanft nach hinten, während er mit der Zunge meine Haut kostet. »Zachary«, stöhne ich, als er zurück zu meinem Mund gelangt.

Wir halten einander so eng umschlugen, dass es sich anfühlt, als seien wir eine einzige Person. Ich spüre nichts außer ihm. Er ist ein Teil von mir, und ich bin ein Teil von ihm.

Jede Sekunde in seinen Armen ist eine Sekunde, in der ich nichts denke. Mein Geist schwebt auf einer Wolke, während er mir Geborgenheit schenkt. Ich bin in Sicherheit und spüre keinen Schmerz. Er raubt mir die Gedanken, die mich verfolgt haben, und ersetzt sie durch die Sonne. Alles, was ich fühle, ist Wärme. Alles, was ich sehe, ist Licht. Alles, was mich erfüllt, ist Glück.

Er unterbricht den Kuss, und wir beide ringen um Atem. »Meine Güte«, keucht er.

»Ja.« Ich versuche, meinen Herzschlag zu verlangsamen. »Meine Güte.«

»Pres«, sagt er voller Zärtlichkeit. Ich schaue auf, und er streicht mir mit dem Daumen über die Lippen. »Bist du …« Er bricht ab und beginnt von Neuem. »War das okay?«

Ein weiterer Teil meines Herzens gehört jetzt Zach. »Ja.« Ich lächle ihn an. »Das war okay.«

Es gibt keine Garantie dafür, dass es funktionieren wird, aber ich will mir nicht den Rest meines Lebens diese Frage stellen. Und wenn wir uns immer noch *so* küssen können …

»Gut.«

»Zach?«

»Ja?«

»Wir müssen reden. Ich bin erst seit kurzer Zeit Witwe. Die Jungs sind noch nicht bereit, mich mit einem anderen Mann zu sehen«, erkläre ich. Ich muss den Weg wählen, der für sie der richtige ist. »Ich sage nicht, dass wir uns verstecken müssen, aber ich will es ihnen auch nicht unter die Nase reiben.«

Er nickt. »Ich werde dir das Tempo überlassen, aber ich werde in deiner Nähe sein. Ich habe mein halbes Leben ohne dich verbracht, und ich möchte nicht noch mehr Zeit verschwenden.«

»In Ordnung«, stimme ich zu. »Ich schätze, damit komme ich klar.«

Sein Blick wird jetzt weicher. »Das meinst du also, hm?«

»Es wird mir ziemlich viel abverlangen, aber ich werd's aushalten.«

Zach legt mir die Hand in den Nacken und fährt mir durch die Haare. »Aushalten?«

Mein Puls geht schneller. Ich schmelze dahin, als er sanft an meinen Haarsträhnen zieht und meine Kopfhaut zu kribbeln beginnt.

Langsam kommt sein Mund näher, aber er landet auf meinem Hals. Bei der Wärme seines Atems, vermischt mit der kalten Spur, die seine Zunge hinterlässt, spüre ich, wie sich meine Mitte zusammenzieht.

»Ich denke nicht, dass du etwas mit mir aushalten musst.« Seine leise Stimme ist verführerisch. »Damals war ich noch ein Junge. Ich kann dir versprechen, dass ich seither ziemlich erwachsen geworden bin.«

»Mmmmh«, stöhne ich, als er an meinem Ohrläppchen knabbert.

»Es wird nichts zum Aushalten geben. Nur eine Menge Spaß.«

Oh. Mein. Gott.

»Versprechungen, Versprechungen, Zachary.«

»Oh, Liebling.« Er zieht meinen Kopf zurück und zwingt mich, in seine blauen Augen zu schauen. »Ich verspreche dir das und noch eine ganze Menge mehr.«

Es langsam anzugehen wird wirklich schwierig werden, wenn er solche Dinge sagt.

Ich werde wohl erheblich früher nachgeben, als ich das je für möglich gehalten hätte. Wenn ich schon einem unsicher tastenden, halbwüchsigen Zach nicht widerstehen konnte, werde ich es erst recht nicht schaffen, mich von dem selbstbewussten, sündhaft attraktiven Mann vor mir fernzuhalten.

Kapitel 21

Zachary

Wie ist es möglich, so viel Glück zu haben? Was habe ich eigentlich getan, um diese Chance zu verdienen? Nichts. Nicht die geringste Kleinigkeit. Ich hatte die Hoffnung aufgegeben, sie je wiederzusehen. Und doch halte ich sie jetzt in meinen Armen.

Ich küsse sie noch einmal auf die Lippen. Da ich vermute, dass sie zu dem Schluss kommen wird, dass wir dies nicht tun dürfen, nutze ich bis dahin jede Gelegenheit, die sie mir bietet, um sie zu berühren.

»Lass uns zurückgehen.« Ich sehe die Furcht in ihren grünen Augen. »Pres?«

Sie wendet den Blick ab und nestelt an ihrem Armband herum: »Ich weiß einfach nicht, wo oder *wie* wir schlafen werden.«

Ich würde am liebsten lachen, weil sie so verdammt süß ist. Sie hat keinen Grund zur Sorge. Obwohl mich die Tatsache, sie in solcher Nähe zu wissen, sicher die ganze Nacht über knallhart sein lässt, werde ich sie zu nichts drängen. Ich habe ihr Zeit versprochen. Presley ist das Einzige auf dieser Welt, von dem ich immer gewusst habe, dass es richtig ist.

»Entspann dich«, sage ich und versuche, ihre Nerven zu beruhigen. »Du wirst das Zelt bekommen, und wir werden alle draußen am Feuer sitzen.« Ich habe keine Ahnung, ob das Wyatts Plan ist, aber so wird es laufen. Auf keinen Fall wird sie sich mit Vance oder meinem Bruder in diesem Zelt aufhalten, denn Wyatt kann seine Finger nicht bei sich behalten.

Sie stößt einen gewaltigen Seufzer aus. »In Ordnung. Tut mir leid, ich mache mich lächerlich.«

»Komm.« Widerstrebend lasse ich sie los. Wir gehen zu den Männern hinüber, und ich lege mir einen Plan zurecht.

Es gibt viel Gutes zwischen mir und Pres, aber auch jede Menge Komplikationen. Ich muss vorsichtig vorgehen, um sie nicht zu verschrecken, aber sie darf auch nicht den Eindruck bekommen, ich hätte kein Interesse. Das wäre absurd. Aber es ist erst eine Woche her, seit Felicia ausgezogen ist. Genauso wie ich mir darüber Sorgen mache, ob Presley nach ihrem Ehemann jemals wieder jemanden lieben kann, wird sie sich wahrscheinlich auch ihre Gedanken machen.

»Geht es dir gut?«, fragt sie.

Ihre grünen Augen schimmern im Mondlicht. Ich gehe einen Schritt auf sie zu, weil ich sie einfach küssen muss. Ich muss ihre Lippen auf meinen fühlen, um mir ins Gedächtnis zu rufen, dass sie wirklich hier ist. Dass sie kein verrückter Traum ist. Als ich ihr ganz nah bin, stockt ihr der Atem, und ich trete einen Schritt zurück. »Mist.« Ich schließe die Augen und wende den Blick ab.

»Hey.« Sie drückt mit der Hand auf meinen Arm. »Was ist los?«

Ich will es ihr gegenüber nicht zugeben, doch allein die Andeutung, dass sie uns eine Chance geben will, erfüllt mich mit großem Glück. Denn wenn in ihrem Herzen noch Hoffnung für uns besteht, werde ich diese aufspüren und festhalten. Presley gehört zu mir. Hat immer zu mir gehört. Wird immer zu mir gehören. Dafür werde ich sorgen.

»Ich wollte dich küssen«, gestehe ich. Es ist wahr, und

es ist der einzige Teil meiner Gedanken, den ich preisgeben werde.

»Warum hast du's nicht getan?«

»Willst du, dass ich dich küsse?«

Diese Frau. Ich werde nicht schlau aus ihr, was früher nie ein Problem war. Früher konnte ich ihre Gedanken lesen, ganz gleich, wie sehr sie sich dagegen gewehrt hat.

Sie sieht weg. »Ich weiß nicht … was ist das hier?«

»Nennen wir es ein Date.«

»Ein Date?«

»Ja, diese Sache, bei der ein Mann versucht, die Frau davon zu überzeugen, wie perfekt er ist – was du ja eigentlich schon weißt. Also ist dies ein Date, bei dem beide schon wissen, dass sie zusammenpassen.«

Lächelnd schüttelt sie den Kopf. »Du weißt, dass wir jetzt andere Menschen sind, Zach.«

»Ja. Und das ist der Grund, warum ich mich eben zurückgehalten habe.« Und doch spüre ich plötzlich den Drang, der letzte Mann zu sein, der sie besitzt.

Ein barbarischer Gedanke, ich weiß. Aber der Gedanke an die Hände eines anderen Mannes auf ihrem Körper weckt in mir den Wunsch, irgendetwas windelweich zu prügeln.

Presley tritt vor und legt mir eine Hand auf die Wange. Ich erstarre, überlasse ihr das Tempo. Doch es kostet mich alles an Zurückhaltung, was ich aufbieten kann, sie nicht in meine Arme zu ziehen. Auf diesen Moment habe ich Jahre gewartet.

»Manchmal, wenn ich dich ansehe, fühle ich mich wieder so jung wie damals. Es ist wie bei unserem ersten Kuss oder wie beim ersten Mal, als du mich in den Armen gehalten hast. Ich war mir so sicher, dass wir immer zusammen sein würden.« Presley schließt die Augen, und jetzt ziehe ich sie doch an mich. Ihr Kopf schmiegt sich an meine Brust. »Ich will nicht, dass es sich wieder so gut anfühlt, Zach.«

»Wie meinst du das?«

Sie hebt den Kopf und sieht mir in die Augen. »Es macht mir Angst, wie schnell wir uns wieder nahe sind. So als sei die Welt plötzlich wieder im Lot. Als hätte es nie anders sein sollen. Doch das ergibt keinen Sinn. Wenn man bedenkt, wie alles zu Ende gegangen ist, dürfte es mir jetzt nicht so ... leichtfallen.«

Sie hat recht, aber leicht, nein, leicht fällt es mir nicht. Mein Kopf weiß, dass wir nicht mehr die Kinder von damals sind, doch mein Herz weiß das nicht. Es weiß nur, dass es wieder schlägt. »Es ist nicht leicht, Liebling. Es ist höllisch schwer. Aber du hier, in meinen Armen, das ist das, was ich will. Ich denke nicht zehn Schritte weiter. Ich lebe im Hier und Jetzt.«

Ich schaue in ihre großen, wunderschönen Augen und verliere mich darin. Wann habe ich mich das letzte Mal so ruhig und gelassen gefühlt? Sie ist die Luft, die ich zum Atmen brauche, und ich bete zu Gott, dass sie mich nicht wieder ersticken lässt.

»Okay. Leben wir im Hier und Jetzt.«

Ich schnaube. »Ich weiß nicht, ob du jemals in der Lage warst, nicht zehn Schritte vorauszudenken.«

Sie lächelt und nickt. »Stimmt. Aber ich werde es versuchen.«

Sie war diejenige, die immer Pläne geschmiedet hat. Schon als wir Kinder waren, wusste sie ganz genau, was sie wollte. Ich fand es lästig, aber sie brauchte diese Sicherheit. Meine Brüder und ich haben alles in unserer Macht Stehende getan, sie ein bisschen lockerer zu machen. Und wenn sie diese Lockerheit zugelassen hat ... war es das Schönste auf der Welt. Eine hemmungslose Presley war berauschend.

Sie drückt mit beiden Händen meinen Kopf an ihren. Ich kämpfe gegen mein Verlangen an und rufe mir ins Gedächtnis, dass sie immer noch dabei ist herauszufinden, was sie fühlt. Ich balle hinter ihrem Rücken die Fäuste, damit ich nicht die Kontrolle übernehme, dann spüre ich ihren Atem auf meinen Lippen. »Im Hier und Jetzt«, flüstert sie, bevor sie ihren Mund auf meinen presst.

Ich erwidere ihren Kuss und ziehe sie an mich. Ihre Lippen bewegen sich im Einklang mit meinen. Ich kann es immer noch nicht ganz fassen: Sie war verschwunden – und jetzt halte ich sie in den Armen. Und nun werde ich sie nie wieder gehen lassen. Wenn es auch nur eine klitzekleine Chance auf Wiedergutmachung bedeutet, werde ich ihr alles geben, was sie will.

Jahrelang habe ich mir eingeredet, es sei besser so. Allen anderen habe ich erzählt, Presley und ich seien zu jung und unsere Liebe nicht stark genug gewesen. Dabei habe ich es selbst nicht geglaubt. Ich habe sie sehr geliebt, so sehr, dass es für uns beide gereicht hätte. Doch ich habe es ihr nie wirklich gezeigt.

Sie macht einen Schritt zurück.

»Wir werden das hinbekommen«, erkläre ich. Da gibt es nichts zu diskutieren.

»Das will ich doch hoffen, Cowboy.«

Ich lehne mich mit einem breiten Grinsen zurück. So hat sie mich früher genannt, wenn sie in Stimmung war. »Cowboy, hm?«

»Nun, das bist du jetzt doch, oder?«

Ich kann sehen, dass auch sie an damals denkt. Ihr spielerischer Ton und ihr Grinsen sagen mir alles, was ich wissen muss. Manche Dinge leben immer noch in unseren Herzen weiter – egal, wie sehr wir uns bemühen, sie zu vergessen.

»Willst du mich auf die Probe stellen?«

Ich kann sehen, wie sie vor mir zum Leben erwacht. Als ich sie nach all den Jahren wiedersah, war sie traurig, unfähig zu einem echten Lächeln. Nun wird sie Stück für Stück zu dem Mädchen, das ich einst gekannt habe. Aber mir geht es ebenso. Sie weckt Dinge in mir, von denen ich gar nicht wusste, dass ich sie vermisst habe. Allein ihre Gegenwart hilft mir, mich wieder ganz zu fühlen.

»Ich denke, alles im Leben ist eine Prüfung. Ich weiß nicht, ob wir sie bestehen werden, aber ich kann nicht so tun, als hätte ich keine Gefühle für dich.«

»Euch beiden ist doch klar, dass wir euch hören können, oder?« ruft Wyatt vom Lagerplatz aus und lacht. Offenbar stehen wir doch dichter dran, als ich gedacht habe.

Presley zieht den Kopf ein und drückt ihn an meine Brust. »Oh Gott.«

»Verschwinde«, antworte ich.

»Nein!«, brüllt er zurück.

Ich streiche ihr über den Rücken. »Lass uns zu den anderen gehen, bevor sie sich wie Idioten benehmen.«

»Zu spät«, sagt sie.

»Stimmt.«

Als wir ankommen, machen die Männer natürlich ein paar kindische Bemerkungen. Wyatt ist der Schlimmste, aber als er sieht, dass Presley sich unbehaglich fühlt, hört er damit auf. Ich werde nie den Tag vergessen, an dem er mir erzählt hat, er sei in sie verliebt. Ich wusste überhaupt nicht, was ich tun sollte.

Er ist mein Bruder.

Sie ist mein Ein und Alles.

Wir hatten uns gerade getrennt, da kam er mich in Kalifornien besuchen. Nach ein paar Bier ist er dann damit herausgeplatzt. Damals sagte er, dass er nichts deswegen unternehmen würde, dass er sie aber liebe und ich ein verdammter Idiot sei.

Und er hatte recht. Ich war dumm, aber diesen Fehler werde ich bestimmt nicht noch einmal wiederholen. So leicht wird Presley mich nicht mehr los.

Kapitel 22

Presley

»Es war toll«, sage ich zu Zach, der auf der untersten Stufe der Veranda steht. Ich komme mir albern vor, aber ich kann nicht aufhören zu grinsen. Die vergangene Nacht war einfach wundervoll. Er war so süß und ein vollkommener Gentleman. Endlich habe ich einmal nicht an den unglaublichen Schuldenberg gedacht, der sich vor mir türmt, oder an die Tatsache, dass ich mit fünfunddreißig wieder bei meinen Eltern wohne. Ich war einfach Presley, eine Frau, die durch die Hölle gegangen ist, nun aber langsam wieder festen Boden unter den Füßen gewinnt. Ich bin nicht zusammen mit Todd gestorben. Ich habe es verdient, wieder glücklich zu sein.

»Es war gut, dass du doch noch mitgekommen bist.«

»Das finde ich auch.« Ich lächle.

»Ich komme morgen vorbei, um nach den Pferden der Jungs zu sehen.«

»Dann besuch mich im Büro«, sage ich und beiße mir auf die Unterlippe. Auf einmal fühle ich mich wieder wie ein Schulmädchen.

Langsam kommt er die Treppe herauf. »Das werde ich. Darauf kannst du wetten.«

Ich trete einen Schritt zurück, nicht weil ich ihm nicht nah sein will, sondern weil ich es zu sehr will. Die Jungen könnten uns sehen, und ich will nicht, dass die Neuigkeit sich in der Stadt herumspricht. Von Gerüchten hatte ich genug, das reicht für ein ganzes Leben.

Trotzdem kommt er immer näher, und ich weiche weiter zurück. »Wir sehen uns dann.« Ich pralle gegen die Fliegengittertür. »Bis dann, Zach.«

Sein tiefes Lachen erfüllt mein Herz. »Bis dann, Presley.«

Sobald ich auf der anderen Seite der Gittertür bin, winke ich, und er zwinkert mir zu. Kaum habe ich die Tür geschlossen, lehne mich mit dem Rücken dagegen. Lange werde ich meine Gefühle nicht geheim halten können, das wird mir klar. Wenn man so angesehen wird, als sei man die einzige Person, die eine Rolle spielt, ist es berauschend.

Ich atme einige Male tief durch, um mich zu sammeln. Noch bevor ich das ganz geschafft habe, kommen die Jungs die Treppe heruntergestürmt. »Mom!«

»Hallo, ihr zwei!«, sage ich mit zittriger Stimme. Ich schaue ein letztes Mal zurück und hoffe, ihn zu sehen, aber er ist verschwunden.

»Wie war's beim Campen?«

»Hast du einen Bären gesehen?«

»Waren da Kojoten, die versucht haben, dich zu fressen?« Sie bombardieren mich mit ihren Fragen, und ich schüttele den Kopf.

»Ich hab euch zwei vermisst.«

»Wir hatten viel zu viel Spaß, um dich zu vermissen«, antwortet Cayden in aller Aufrichtigkeit. Logan lacht.

»Herzlichen Dank.« Ich grinse.

Logan zuckt mit den Schultern. »Mit Onkel Cooper macht es einen Riesenspaß, Mom.«

»Er hat mich früher an den Haaren gezogen und meine Puppen versteckt«, versuche ich, sie auf meine Seite zu ziehen.

Cayden verdreht die Augen. »Na und?«

»Na ja, er ist ein echter Fiesling.«

»Egal«, tut Logan meinen Einwand ab. »Kommt Zach

heute her, um uns zu helfen, Flash und Superman zu trainieren?«

Es war klar, dass sie das fragen.

»Nein, Zach ist gerade nach Hause gefahren.«

»Oooh«, jammern sie.

»Ihr könnt Opa bitten, euch mit Flash und Superman zu helfen«, schlage ich vor.

Ich bin immer noch nicht ganz über die Namen hinweg, die sie für ihre Pferde ausgesucht haben. Dabei dürfte ich eigentlich nicht schockiert sein, wenn man bedenkt, dass Cooper letzten Monat seine alten Comics wiedergefunden hat und sie die Jungs lesen lässt. Seitdem reden sie von nichts anderem mehr. Von dem Streit darüber, wessen Pferd das schnellere sein wird, klingeln mir immer noch die Ohren.

»Hi, Süße.« Mama ist meine Rettung.

»Hi, Mama.«

»Hattet ihr einen schönen Ausritt?«, fragt sie und reicht jedem der Jungs einen Keks aus ihrem geheimen Vorrat, der das am schlechtesten gehütete Geheimnis aller Zeiten ist. »Danke!«, sagen beide einmütig.

»Jetzt raus aus meiner Küche«, befiehlt sie. »Zack, zack.«

»Komm, Logan. Wir sehen mal nach, ob Superman seine Laserstrahlen auf dein langsames Pferd gerichtet hat!«, spottet Cayden, und Logan läuft hinter ihm her.

»Mein Pferd hat Kryptonit!«

Ich lache und lehne mich an die Theke. »Nun?«, fragt Mama noch mal.

»Ja, es war schön.«

»Warst du mit Zachary die ganze Nacht zusammen?« Dabei tut sie so, als höre sie nur beiläufig zu.

Ich könnte ehrlich zu ihr sein. So gern sie auch tratscht, sie würde mich niemals verraten. Mama war diejenige, die sich damals nach unserer Trennung den Klatsch hat anhören müssen, und sie würde niemals wollen, dass ich das jetzt durchmachen muss. Außerdem weiß sie, dass es die schnellste Art ist, mich von hier zu vertreiben.

»Wir sind in unseren Zelten geblieben. Wyatt und Cooper werden für diese Aktion noch was zu hören kriegen.«

»Sie wollen nur, dass du glücklich bist.«

Ich stibitze mir einen Keks, und sie wirft mir einen bösen Blick zu. Wieso bekommen die Jungs einen, aber ich nicht? »Ich habe Hunger.« Unbeirrt zucke ich mit den Schultern und nehme einen Bissen. »Sie können es aber nicht erzwingen. Zach hat mich wirklich schlimm verletzt, und ich habe immer noch mit meinem ganzen Schlamassel zu kämpfen.« Ich nehme mich in Acht. Sie hat einen Holzlöffel in der Hand und wird ihr Ziel nicht verfehlen.

»Er liebt dich. Er hat dich immer geliebt.«

»Ich lobe den Tag nicht vor dem Abend. Das ist alles.«

Sie nickt, während sie in einem Topf rührt. »Ich verstehe.« Ich warte auf einen Kommentar, aber sie sagt kein Wort.

»Mehr sagst du nicht?«, frage ich ungläubig.

»Du bist ein kluges Mädchen, Presley. Ich brauche dir nichts zu erzählen, was du bereits weißt. Jetzt reich mir bitte das Nudelholz.«

Ich drücke es ihr in die Hand und frage mich, in welches Paralleluniversum ich hineingeraten bin. Meine Mutter hat niemals einen Hehl aus ihren Gefühlen gemacht, was die Hennington-Jungs betrifft. Sie hat mich angefleht, mit anderen Jungen auszugehen, aber keiner hat je mein Interesse erregt. Ich glaube, es gibt Menschen, die man so tief liebt, dass man gegen jeden anderen immun wird. Zach war so jemand.

»Mama?«

»Mmh?«, fragt sie beiläufig.

»Was hast du gedacht, als ich Todd geheiratet habe?«

Sie drückt den Teigrand an die Pastete, wischt sich ihre Hand ab und greift nach meiner. »Ich dachte, dass du sehr gelitten haben musst.«

»Gelitten?«

»Ja, Schatz. Du hast dir überhaupt keine Zeit gegeben, sondern dich direkt in eine neue Liebe gestürzt. Du hast mir ständig erzählt, er gebe dir neue Kraft. Aber sobald du von Zach gesprochen hast, hast du geweint. Ich denke, du hast dich selbst dazu gebracht, Todd zu lieben, um Zach vergessen zu können.« Sie hält inne, um ihre Worte sacken zu lassen. »Ich behaupte nicht, du hättest ihn nicht geliebt. Aber wenn du mich schon fragst …« Mama legt den Kopf schräg und beschäftigt sich wieder mit der Pastete.

Ich setze mich auf den Hocker, schaue ihr zu und denke über ihre Worte nach. Das Mädchen, das ich damals war, war schwach. Ich habe mich immer in allem auf Zach verlassen. Er war der Grund, warum ich nach Maine gegangen bin, und der Grund, warum ich zusammengebrochen bin. Angie hat mir immer wieder gesagt, ich solle »darüber hinwegkommen«, aber ich konnte nicht. Ich wusste nicht, wie ich über jemanden hinwegkommen sollte, der ein Teil von mir war.

Und dann trat Todd in mein Leben. Er hat die Leere ausgefüllt, die Zach hinterlassen hatte.

»Es war sicher nicht das Gleiche, aber ich habe ihn geliebt«, antworte ich schließlich.

»Das bezweifle ich nicht.« Sie schaut auf. »Ich denke, du hast gelernt, ihn zu lieben. Deshalb hat es auch gut geklappt zwischen euch beiden. Es war nicht leidenschaftliche, turbulente Liebe wie mit Zach. Mit Todd hattest du ein starkes, solides Fundament. Ich wünschte, der liebe Gott hätte ihn dir nicht genommen. So jung.« Sie schüttelt den Kopf. »Es ist so sinnlos, dass so etwas geschieht.«

Ich schließe die Augen, und alles in mir verkrampft sich.

Sie hat das schon öfter gesagt, und jedes Mal winde ich mich innerlich. Es ist nicht Gottes Schuld. Es ist Todds Schuld. »Gott hat ihn nicht *genommen,* Mama«, erwidere ich, ohne nachzudenken.

Sie schaut auf und wirft mir einen seltsamen Blick zu. »Wie meinst du das?«

Ich stoße einen langen Atemzug aus und komme zu dem Schluss, dass es an der Zeit ist, ehrlich zu meiner Mutter zu sein. »Hinter alledem … warum wir hier sind … steckt viel mehr.« Wie bringe ich diese Worte bloß über die Lippen? Ich schäme mich so sehr und bin so verletzt.

Sie stellt die Rührschüssel auf die Theke und kommt um die Kochinsel herum. »Was ist los?« Sie legt mir die Finger unters Kinn und zwingt mich, sie anzusehen. Ihr gütiger Blick versetzt mich in meine Kindheit zurück.

Tränen quellen mir aus den Augen, als ich die Worte herauslasse. »Er hat sich das Leben genommen. Todd hat uns in finanzielle Schwierigkeiten gebracht, und er … er … er hat sich dafür entschieden, zu sterben. Das war nicht Gott. Gott hat ihn nicht geholt. Er hat sich selbst umgebracht.«

Mein Herz hämmert gegen meine Brust, als sie mich in die Arme schließt. Meine Mutter hält mich fest, und ich klammere mich an sie. Manchmal braucht ein Mädchen die Umarmung seiner Mama. Sie gibt mir all ihre Liebe und Unterstützung. Ich spüre, wie ihre Brust sich hebt und senkt, während sie mit mir weint.

Nach einer Weile küsst sie mich auf den Kopf und sieht mich mit rot geäderten Augen an. »Und die Jungs?«

»Sie wissen es nicht«, antworte ich sofort. »Sie dürfen es auch nicht erfahren. Niemand darf es erfahren.« Ich sehe sie flehentlich an. Sie muss mein Geheimnis hüten.

»In Ordnung.« Sie nickt. »Wer weiß es sonst noch?«

»Nur Angie und Todds Eltern.« Ich halte inne. »Und Zach.«

Verletztheit blitzt in ihren Augen auf, aber sie kaschiert sie schnell. »Ich verstehe.«

»Nein.« Ich greife nach ihrer Hand. »So war das nicht, Mama. Ich hatte getrunken, er war da, Felicia hat mich in Rage gebracht, und Zach hat mich beruhigt. Ich habe ihn angebrüllt, und da ist es herausgekommen.«

Sie tätschelt mir die Wange. »Ich bin nicht sauer, meine Kleine. Ich bin nur traurig um deinetwillen. Ich wünschte, du hättest es mir erzählt. Dein Daddy und ich haben nie verstanden, warum du kein Geld hast, obwohl Todd so ein hohes Finanztier gewesen ist.«

»Ja, er hat mich finanziell ruiniert.«

Mama sitzt da, während die Details aus mir heraussprudeln. Ich lasse die ganze hässliche Wahrheit heraus, und es ist gleichermaßen befreiend wie anstrengend. Meine Tränen fließen und verebben, meine Brust schmerzt, aber es hilft meinem zerrissenen Ich bei der Selbstheilung. Ihr Verständnis, ihre Wärme und ihre Berührung ermöglichen es mir, ein wenig tiefer zu trauern. Ich verzeihe ihm nicht. Ich verzeihe ihm gar nichts. Aber vielleicht beginne ich seine Verzweiflung zu verstehen.

»Ich finde, ihr solltet zu Besuch kommen«, versucht Angie, mich zu überreden.

»Ich wünschte, ich könnte. Aber ich muss arbeiten. Du weißt, warum.«

Meine Mutter hat angeboten, uns Geld zu geben, aber ich habe abgelehnt. Es wäre einfacher gewesen, doch mein Bedürfnis, mich auf andere zu verlassen, ist einer der Gründe, warum ich überhaupt in diesen Schlamassel hineingeraten bin. Hätte ich mich besser um mein eigenes Leben gekümmert, hätte ich Bescheid gewusst. Aber ich wollte glauben, alles sei bestens. Nun muss ich mich um mich selbst kümmern.

»Ich vermisse dich sehr.«

»Ich vermisse dich noch mehr.«

»Das solltest du auch«, witzelt sie.

»Hast du dich schon für den Cupcake des Monats entschieden?«, frage ich und merke, wie sehr mir die Arbeit im Laden fehlt.

Sie lacht. »Ja. Aber es ist kein Cupcake.«

»Ähm«, murmele ich verwirrt. »Es heißt: Cupcake des Monats!«

»Ich habe einen Muffin ausgewählt!«

»Einen Muffin? Wer will einen Muffin in einem *Cupcake-Laden?«* Mit dieser Frau und ihren verrückten Ideen wird es niemals langweilig.

»Wir haben in dieser Woche so viel verkauft wie schon lange nicht mehr.«

Oh. Nun ja, na dann. Muffins sind ohnehin wie Cupcakes, nur ohne die Glasur.

Sie erzählt mir, dass sie in den vergangenen zwei Wochen gleich zwei Männern den Laufpass gegeben hat. Angie genießt ihr Singledasein. Sie ist das ultimative Stadtmädchen. Ich kann mir nicht vorstellen, dass sie ihre Wohnung im Zentrum jemals verlassen wird, um in einen Vorort zu ziehen.

»Fangen die Jungs bald mit der Schule an?«

»Ja, in drei Wochen.« Ich stöhne innerlich. Es wird so hart für sie werden. Sie haben noch keinen Schimmer davon, dass die Uhren hier anders ticken.

»Sie kommen schon klar. Ich habe diese Woche mit Cayden geredet. Er freut sich darauf.«

Ich lache. »Das tut er. Aber ich denke, das liegt vor allem daran, dass er endlich aus dem Haus rauskommt.«

»Und er ist ganz verknallt in dieses Pferd«, fügt sie hinzu, und ich meine, einen Anflug von Enttäuschung in ihrer Stimme zu hören.

»Ja, stimmt.« Sie findet es nicht gut, das Zach es ihm geschenkt hat, aber das kümmert mich nicht.

»Was das betrifft …« Für einen Herzschlag herrscht Schweigen, bevor sie weiterspricht: »Mist, ich muss Schluss machen. Wir telefonieren bald wieder, okay?«

Ich danke dem Himmel, dass wir dieses Thema noch ein Weilchen länger aufschieben können. »Hab dich lieb.«

»Ich dich noch mehr.«

Wir legen auf, und ich werfe mich erschöpft aufs Bett. Wie soll ich es ihr nur beibringen? Ein dauerhafter Umzug wird sie schwer treffen, das weiß ich jetzt schon. Wird sie es verstehen? Wenn nicht, werde ich mich damit abfinden müssen, womöglich meine Schwägerin zu verlieren.

»Hast du mich überhaupt geliebt?«, fragt Todd mich außer sich vor Wut. »Hast du mich jemals wirklich gewollt?«

Ich bin dieses immer wiederkehrende Gespräch so leid. Natürlich habe ich ihn geliebt. Er war mein Ehemann. Ich will einfach nur, dass er endlich aufhört.

»Wie kannst du mich das überhaupt fragen?«, schreie ich feindselig zurück. »Nach dem, was du getan hast! Du hast diese Entscheidung getroffen! Du! Nicht ich!« Ich will, dass er einsieht, dass es nicht meine Schuld ist. Aber er lässt mich jede Nacht seinen Zorn spüren.

Nun tritt er näher. »Ich habe dich geliebt, als er es nicht getan hat. Ich war da. Und jetzt kehrst du zu ihm zurück, als hätte er dich nicht einfach weggeworfen?«

Wie kann er es wagen, mir solche Fragen zu stellen? »Du hast Nerven! Findest du, ich sollte herumsitzen und um dich weinen? Was ist mit meinem Herzen? Was ist mit all dem Schmerz, den du mir zugefügt hast? Du wirfst mit deinen Anschuldigungen um dich, als hätte ich das alles in Gang gesetzt.«

Todd ergreift meine Arme, und meine Tränen fließen. Es ist das erste Mal, dass wir einander berühren, seit er mich verlassen hat. Ich reiße die Arme weg. »Presley.« Seine Stimme bricht.

»Nein!«, schluchze ich. »Nein, tu das nicht. Du bist tot. Du bist nicht mehr da.« Innerlich zerbreche ich Stück für Stück. Er ist ein Geist, eine Illusion, aber er fühlt sich so real an. »In all den Jahren, die wir zusammen waren, gab es für mich nur dich. Ich habe dich geliebt. Ich habe mit dir Kinder bekommen.«

Er stößt einen tiefen Atemzug aus. »Wir wissen beide, dass das eine Lüge ist.«

Ich reiße den Blick hoch und sehe die Traurigkeit in seinen Augen. »Eine Lüge?«

»Wir wissen beide, dass du nie Kinder mit mir wolltest. Die Jungs sind das Ergebnis einer alkoholisierten Nacht, als du vergessen hast, die Pille zu nehmen. Machen wir uns doch nichts vor.«

Ich balle die Fäuste und ramme sie ihm in die Brust. »Ich hasse dich.«

»Ich hasse mich ebenfalls! Was denkst du, warum ich dich verlassen habe?«

Zitternd sinke ich zu Boden. Ich habe keine Kraft mehr. »So kann ich nicht weiterleben.«

»Sag mir einfach, warum es so leicht war, zu ihm zurückzukehren.« Er hockt sich hin und ergreift meine Hand. »Warum so bald? Warum ist es für dich so schwer, ihn loszulassen? Hast du ihn jemals losgelassen?«

Ich schaue ihn an, während mir die Tränen wie Sturzbäche über die Wangen strömen. »Ich weiß es nicht.«

»Aber ich weiß es.« Er seufzt. »Für dich gab es immer nur Zach.«

Ich erwache und richte mich atemlos auf. *Es war nur ein Traum.* Doch mir ist, als hätte dieses Gespräch wirklich stattgefunden, auch wenn ich weiß, dass mein Verstand mir Streiche spielt. Mein Herz hämmert, während seine letzten Worte in einer Endlosschleife erklingen. *»Für dich gab es immer nur Zach.«*

Kapitel 23

Zach: Komm zu mir in die Scheune.

Ich: Welche Scheune?

Zach: Deine.

Ich gehe hinaus in die drückende Hitze. Man könnte ein Ei auf dem Boden braten, so heiß brennt die Sonne vom Himmel herab. Ich habe heute nicht mit Besuch gerechnet, und da es im Arbeitszimmer nur einen Ventilator gibt, trage ich nichts weiter als eine abgeschnittene Jeans, ein weißes Tanktop und meinen Cowboyhut.

»Zach?« Suchend schaue ich mich um. Kaum habe ich ihn entdeckt, packt er mich auch schon.

»Komm hier herein.« Zachs Stimme ist angespannt, als er mich um die Taille fasst. »Du«, sagt er mit einem Stöhnen.

»Was?«, frage ich verwirrt.

Sein Blick wandert langsam an meinem Hals hinab. Ich beobachte, wie sich seine Brust hebt und senkt, während er meinen tiefen Ausschnitt mustert, den Anblick regelrecht in sich aufsaugt. Meine Atmung beschleunigt sich. Ich spüre seine Blicke, die Hitze seines Körpers und seine Finger auf meinem Rücken. Die Welt um mich herum beginnt sich aufzulösen.

»Weißt du, wie schön du bist? Wie sehr ich dich begehre?«

Er war wirklich sehr geduldig, das muss ich zugeben. Und er hat mich nie gedrängt.

»Cowboy«, murmle ich. Seine Augen blitzen auf, und ich grinse.

Mehr ist nicht nötig.

Nach einem schnellen Blick hinter sich fährt er mit beiden Händen in mein Haar, dann sind seine Lippen auf meinen. Die Wucht des Kusses schleudert mir den Hut vom Kopf. Ich schlinge ihm die Beine um die Taille, und er trägt mich tiefer in die Scheune hinein, wo man uns nicht sehen kann. Als ich seinen Hals umklammere, fällt mein Haar wie ein Schleier vor uns und gibt mir das Gefühl, dass nur wir existieren. Ich küsse ihn leidenschaftlich, er küsst mich noch leidenschaftlicher. Als wir den hinteren Teil des Stalls erreichen, drückt er mich gegen die Wand, um mich aufrecht zu halten, während er die Hände über meinen Körper wandern lässt.

Ich will, dass es nie endet.

Seine rauen Finger streifen über meine nackte Haut, ich unterdrücke ein Stöhnen. Dann packt er meine Hände und hält sie über meinem Kopf fest. Ich schlinge die Beine fester um seine Hüften, weil ich mehr will.

Plötzlich unterbricht Zach den Kuss, und ich seufze. »Sag mir, wann ich aufhören soll, Presley.«

Ich schaue in seine Augen und schüttle den Kopf. In diesem Moment lautet die Antwort *niemals*.

Daraufhin fixiert er meine Hände mit einer Hand über meinem Kopf und lässt seine Zunge an meinem Hals hinabgleiten. Ich weiß nicht, ob es die Hitze in der Luft ist oder die Hitze zwischen uns, aber ich verbrenne. Ich ringe nach Luft, als er tiefer hinunterwandert. Mit der anderen Hand umfasst er meine Brust, und ich lasse den Kopf gegen die Holzwand sinken.

Auf einmal tritt er zurück, lässt mich kurz auf zittrigen Beinen dastehen, bevor er mir ein Knie zwischen die Schenkel schiebt. Er spricht kein Wort, schaut mir nur in die Augen, während er meine Brust massiert.

»Ist das okay?«, fragt er und lässt meine Hände los.

»Ja.«

»Darf ich weitermachen?«

»Ja«, antworte ich, ohne zu zögern.

Er streift einen Träger meines Shirts und meines BHs von meiner Schulter. »Du bist so schön. Du bist immer schön gewesen, aber es ist, als würde ich dich mit neuen Augen sehen.«

Gütiger Gott.

Jetzt streift er auch die andere Seite hinunter, zieht mich aber nicht ganz aus. Stattdessen umfasst er meinen Hals mit beiden Händen und zieht meine Lippen zu sich. Wir küssen uns ganz zart, fast ohne Berührung, bis ich kurz davor bin, ihn anzubetteln.

»Pres?« Wyatts Stimme lässt uns beide innehalten.

Zach schiebt die Träger wieder auf meine Schultern und legt einen Finger auf meine Lippen.

»Presley?«, ruft Wyatt erneut. »Wo ist sie denn hin?«

Ich bin drauf und dran, dabei erwischt zu werden, wie ich mit Zach in der Scheune rummache. Ein Déjà-vu. Zach grinst und hält mich mit seinen Armen umfangen. Schon will ich ihn erneut küssen. Offenbar kann ich ihn nicht ansehen, ohne ihn zu begehren.

Wyatts Schritte kommen näher. Ich schließe die Augen und warte darauf, dass er etwas sagt.

Stattdessen entfernt er sich wieder.

Sobald die Luft rein ist, stoße ich einen Seufzer der Erleichterung aus. »Das war knapp.«

»Ich bin mir ziemlich sicher, dass er Bescheid weiß.«

»Es hätte auch Cooper sein können.«

Zach bringt mich zum Schweigen, indem er seine Lippen

auf meine drückt. Dann löst er sich von mir und fährt mir mit den Fingern durchs Haar. »Wir sehen uns heute Abend.«

»Ich werde da sein.«

»Zach.« Ich schlage ihm spielerisch gegen die Brust. Wir sitzen zusammen, in eine Decke gehüllt, und er erzählt mir von den Streichen, die er und Trent dem neuen Pferdetrainer auf seiner Ranch spielen. »Ihr seid so gemein. Ihr beide braucht ein Hobby.«

»Ich denke, ich habe ein neues Hobby gefunden.« Er küsst mich auf die Wange und zieht mich noch näher an sich.

»Ich bin ein Hobby?«

»Eher ein Sport.«

Empört lehne ich mich zurück. »Ein Sport?«

»Vielleicht ein Marathon. Aber das ist okay, Liebling. Mir gefallen all die Trainingsstunden.«

Leise kichernd schmiege ich mich wieder an ihn. »Vielleicht werde ich dich auf die Bank verbannen.«

Zach streift mit den Lippen mein Ohr, und ich erschaudere. »Ich bin mir sicher, dass du das nicht wirklich willst.«

Er hat recht, ich will es nicht. An jedem Tag, den wir zusammen verbringen, kämpfe ich gegen meine Gefühle für ihn an. Aber wenn ich in seinen Armen liege, ist es unmöglich, ihm nicht nachzugeben. Es ist, als würde ich dort weitermachen, wo wir in unserer Jugend aufgehört haben – bei dem guten Teil. Das Verlangen, das ich empfinde, sobald wir einander berühren, macht mir immer noch Angst. Es wäre so leicht, mich in ihm zu verlieren. Mich von der Leidenschaft packen zu lassen, aber das wäre ein Fehler. Einer, der mich noch mehr aus dem Gleichgewicht bringen würde. Also lassen wir es fürs Erste langsam angehen.

»Pass auf«, warne ich ihn, als er die Arme fester um mich legt.

Genau dort haben wir uns bereits in den vergangenen acht Nächten getroffen: unter den Sternen, an dem Bach, der unsere Grundstücke voneinander trennt. Ich versuche, mir vor Augen zu halten, dass wir nicht sechzehn sind, aber wenn Zach da ist, vergesse ich nur zu leicht die Welt um mich herum.

»Das heute in der Scheune hat Spaß gemacht.« Er lächelt.

Sofort spüre ich wieder die mittlerweile vertraute Sehnsucht. »Ja.« Ich stoße ein kleines Lachen aus und versetze ihm einen Stoß mit dem Ellbogen gegen die Brust. »Es war schön. Vielleicht werden wir es irgendwann wiederholen.«

Zach stöhnt. »Vielleicht?«

»Man kann nie wissen.«

Wir verstummen beide, und er hält mich fest an sich gedrückt. »Die Sonne geht auf. Ich sollte dich nach Hause bringen«, murmelt er dicht an meinem Ohr. »Ich will schließlich nicht, dass du tagsüber vollkommen k.o. bist.«

»Ich brauche tatsächlich ein wenig Schlaf. Ich bin völlig erschöpft.« Weil ich Angst vor meinen Träumen habe und mich deswegen wach halte, aber auch, weil ich mir die Nächte um die Ohren schlage, um mit Zach zusammen zu sein.

»Ich auch«, gesteht er. »Felicia hat gestern schon gefragt, warum ich so beschissen aussehe.«

Ihr Name genügt, um mir die Laune zu verderben. »Hast du ihr erzählt, dass ich dich die ganze Nacht wach halte?«, frage ich halb scherzhaft, halb ernst.

Zach zieht sich ein klein wenig zurück. Ich merke, dass er überlegt, wie er darauf antworten soll. Gestern Nacht hat er mir erzählt, dass sie ihn überreden will, ihrer Beziehung noch eine Chance zu geben. Da er ihr nicht sagen darf, dass wir zusammen sind, steht er mit dem Rücken zur Wand. Und ich weiß, dass sie mit allen Tricks arbeiten wird, wenn sie ihn zurückhaben will.

»Pres«, sagt er gereizt. »Ich mache alles genau so, wie du es willst.«

»Ich weiß.« Ich weiß es wirklich. Er respektiert meine Wünsche. Aber es ist noch zu früh. Im Moment genießen wir die Zeit, aber was geschieht, wenn wir auf den Boden der Tatsachen zurückkehren? Irgendwann werde ich mich den ungeklärten Fragen zwischen uns stellen müssen. Und ich weiß nicht, was dann aus uns wird.

»Vertrau mir.« Er greift nach meiner Hand. »Ich würde es am liebsten in die Welt hinausschreien, aber du hast ziemlich deutlich gemacht, dass du dafür noch nicht bereit bist.«

Ich wende den Blick ab, hin- und hergerissen. Mir ist, als sei mein Leben ein einziges großes Geheimnis. Und das treibt mich in den Wahnsinn. Aber die Geheimnisse, die ich hüte, bleiben besser im Dunkeln, denn wenn sie ans Licht kommen, werden sie alles andere überschatten. Ich brauche mehr Zeit. »Noch nicht. Ich hoffe, du verstehst es, aber für den Moment möchte ich einfach das hier genießen. Eine ganze Stadt, die gespannt wartet – und was, wenn es dann schiefgeht?«

»Du machst dir Sorgen wegen der anderen?«, fragt er.

»Nicht wirklich, ich meine nur, dass sie uns dann allesamt keine Ruhe mehr lassen werden. Sobald wir sicher sind …«

»Ich bin mir sicher, Presley. Ich habe keine Zweifel.«

Ich hebe einen Finger, um ihn zu bremsen. »Ich weiß, dass ich es noch einmal versuchen möchte. Und jetzt fühlt sich das hier richtig an.« Ich schiebe meine Arme unter seine und beobachte seine Reaktion. »Ich sage ja nicht, dass wir es für immer geheim halten müssen. Aber im Moment will ich Zeit für *uns* haben. Ohne äußere Einflüsse.« Ich beende meine Erklärung mit einem Kuss.

Er beugt sich vor und streicht leicht mit den Lippen über meinen Mund. »Ich kann auf dich warten. Ich kann ewig warten, wenn es sein muss.«

Ich recke mich zu ihm hin, um selbst noch die winzigste Lücke zwischen uns zu schließen. Ich spüre seine Finger auf meinem Rücken, während ich mich an ihm festhalte. Es ist ein süßer Kuss. Ohne Zunge, ohne brennende Leidenschaft, aber voller Zuversicht, dass wir es schaffen werden. Wenn es eines gibt, dessen ich mir sicher bin, dann das: Zach kann mich glücklich machen. Ich muss es nur zulassen.

»Du siehst müde aus«, bemerkt Wyatt, der in der Tür zum Arbeitszimmer steht. »Irgendwie genauso wie mein Bruder.«

Es war mir klar, dass er nicht lange brauchen würde, um uns auf die Schliche zu kommen. Vor allem, nachdem er uns gestern in der Scheune beinahe ertappt hätte. Er brauchte nur eins und eins zusammenzuzählen.

Ich lehne mich zurück und werfe den Stift auf den Schreibtisch. »Ich habe schlecht geträumt.«

»Hält das immer noch an?«

Richtig, er weiß von den Albträumen. »Ja, es wird sogar schlimmer.«

»Von deinem Mann?«, fragt er besorgt.

Ich nicke. »Es ist, als sei er real. Wir streiten uns, er sagt eine Menge verletzender Dinge ... Es spielt sich alles nur in meinem Kopf ab, aber ...«

»Das stimmt.«

»Aber ich kann nichts gegen diese Träume tun.«

Wyatt kommt um den Schreibtisch herum und setzt sich vor mich hin. »Wogegen kämpfst du an?«

Ich zögere und zucke dann mit den Schultern. »Schuldgefühle, schätze ich.«

»Wegen dir und Zach?«

Ich weiß, wie Wyatt für mich empfindet, und will ihn nicht verletzen. Er ist einer meiner besten Freunde. Doch er ist der Einzige, dem ich vertraue. »Wir lassen es wirklich langsam angehen.«

Er grinst. »Das bezweifle ich.«

»Nein«, beharre ich. »Ich meine es ernst.«

»Du und Zach, ihr habt immer schon nur zwei Geschwindigkeiten gekannt, Presley: Vollgas oder Stillstand. Ich bin nicht blind oder dumm. Genauso wenig wie alle anderen um euch herum«, sagt er und stößt ein Lachen aus. »Die halbe Stadt hat eine Wette am Laufen, wann es so weit ist. Die Trennung von Felicia hat länger gedauert, als ich erwartet hatte.«

Ich stöhne. »Genau das ist der Grund, warum ich nicht will, dass die Leute davon erfahren. Es geht euch alle 'nen Dreck an.«

Er beugt sich dicht zu mir, ein Grinsen auf dem Gesicht. »Freut mich zu sehen, dass du im Inneren zu dem Mädchen vom Land zurückgefunden hast.«

»Was?«, frage ich verärgert.

»›'Nen Dreck‹. Ich glaube, es ist das erste Mal, dass du dich benommen hast, als gehörtest du hierher.«

Ich starre ihn verblüfft an. »*Das* ist von dem, was ich gesagt habe, bei dir hängen geblieben?«

Er grinst. »Ich wollte dich nur darauf hinweisen.«

»Das weiß ich zu schätzen.«

Was natürlich nicht stimmt. Genaugenommen möchte ich ihm für sein selbstgefälliges Grinsen eine verpassen. Warum müssen sich immer alle in mein Leben einmischen?

Wyatt versetzt mir einen Klaps aufs Bein. »Ich sag's nicht gern, aber du und Zach, ihr passt zueinander. Das kann ganz schön nerven, weil man ständig mit der Nase drauf gestoßen wird. Jeder Mensch auf dieser Welt hofft doch insgeheim auf eine Liebe wie die zwischen euch.« Seufzend steht er auf. »Wobei ich nicht behaupten will, dass ihr es nicht vermasseln könnt, denn dass ihr dazu in der Lage seid, habt ihr ja bereits bewiesen.«

»Blödmann.«

»Im Ernst. Ihr zwei seid dumm wie Stroh, wenn es darum geht, das zu reparieren, was ihr kaputt gemacht habt. Wie lange schleicht ihr nun schon umeinander herum?«, fragt er.

Oh. Ich finde nicht, dass wir herumschleichen. Ich denke, wir kochen auf leiser Flamme. Außerdem übersieht er etwas sehr Wichtiges. »Und was, mein Freund, soll ich Cayden und Logan erzählen?«

Er wendet den Blick ab, zuckt mit den Schultern und brummt etwas vor sich hin. »Es sind tolle Kinder, Presley. Du musst ihnen nur die Chance geben, damit klarzukommen.«

Da hat er recht. Es sind tolle Jungs. »Erst will ich mir sicher sein, dass es etwas Ernstes ist.«

Wyatt lacht laut auf und klopft sich auf die Schenkel. »Oh, der war gut.«

»Ich weiß nicht, warum du lachst«, gebe ich ungerührt zurück.

»Du und ich, wir wissen beide, dass es genauso ernst ist wie eh und je.«

Im Moment weiß ich nur, dass ich zögere. Nicht wegen Todd oder der Jungs. Sondern wegen Zach. Wenn ich ihm mein Herz schenke, wird er auch die Seiten von mir lieben können, die so sehr beschädigt sind, dass ich gar nicht mehr weiß, wo der Riss überhaupt anfängt?

Und ich denke an die Vergangenheit.

An die Fehler, die ich gemacht habe. Ich habe mir selbst so oft wehgetan. Es gibt so vieles, von dem ich dachte, es würde mich glücklich machen, das ich letztendlich dann doch nur bereut habe.

Ich war jung und naiv und dachte, ich wüsste, was ich tue.

Erfüllt von dem verzweifelten Wunsch, ihn zu vergessen, den Schmerz enden zu lassen. Statt ihm zu sagen, was ich empfand, bin ich davongelaufen.

Ich schaue Wyatt durchdringend an. »Ich hoffe, dass es so ist. Aber ich weiß einfach nicht, ob ich seinen Versprechungen wieder vertrauen kann.«

Er kommt näher und hockt sich vor mir hin. »Warum bist du dir so sicher, dass er dir wehtun wird?«

»Weil die beiden einzigen Männer, die ich je geliebt habe, mich verlassen haben. Beide aus freien Stücken.«

Wyatts Augen blitzen auf, und ich warte darauf, dass er nachhakt.

Auf einmal will ich, dass er mir die Frage stellt. Wenn er es tut, werde ich nicht lügen.

Doch er schließt die Augen, stößt den Atem aus und sieht mich wieder an. »Eines Tages wirst du begreifen, wie sehr du dich irrst.«

Ohne ein weiteres Wort küsst Wyatt meine Hand und geht zur Tür hinaus. Ich hoffe wirklich, dass dieser Tag sehr bald kommt, denn ich bin so unfassbar müde.

Ich mache mich wieder an die Arbeit, doch keine Minute später klopft es an der Tür. »Herrgott, Wyatt.«

»Also«, erklingt eine Stimme, die nicht Wyatt gehört, von der Tür. »Ich bin zwar nicht *dieser* Hennington, aber manch einer behauptet, ich sei der besser Aussehende.«

Ich lehne mich mit einem Grinsen zurück. »Dem würde ich zustimmen.«

Zach kommt mit einem Blumenstrauß herein. »Die sind für dich.«

Mit einem breiten Lächeln gehe ich um den Schreibtisch herum. »Du bist so charmant.«

Ohne nachzudenken, gebe ich ihm einen zarten Kuss. »Danke.«

Er nickt. »Ich bin hier, um mich mit Cayden und Logan zu treffen.«

»Oh?«

Davon wusste ich gar nichts. Für gewöhnlich erzählen die Jungs mir so etwas sofort. Bisher hat uns Zach mehrmals die Woche Besuche abgestattet, um ihnen zu zeigen, wie sie die Pferde trainieren können. Dass er offensichtlich so gut mit meinen Söhnen umgehen kann, bedeutet mir sehr viel.

»Warum reitest du nicht mit uns aus?«

Ich schaue aus dem Fenster und kaue auf meiner Unterlippe. Ich weiß es nicht. Dann wären wir alle zusammen …

»Presley«, sagt Zach voller Wärme.

Mein Herzschlag beschleunigt sich bei dem Gedanken, dass wir vier Zeit miteinander verbringen. »Ich … glaube … ähm«, murmele ich und gebe mich geschlagen. »Okay. Unter einer Bedingung.«

»Und die wäre?«

»Keine Anspielungen.«

Zach grinst. »Das würde ich niemals tun.«

»Lügner.«

»Na schön, vielleicht ein oder zwei, aber ich werde mich benehmen.«

Ich werfe ihm einen Blick zu, der ihm bedeutet, dass ich ihn durchschaue. »Wir werden ja sehen.«

»Bekomme ich eine Belohnung, wenn ich brav bin?«, fragt er mit einem schelmischen Grinsen.

Wie kann ich infrage stellen, was ich empfinde, wenn er so ist wie jetzt? Ich lächle nur halb so viel, wenn er nicht da ist. Es ist, als würde Zach das Gewicht der gesamten Welt von meinen Schultern nehmen. Vielleicht ist es genau das, was Glück ausmacht. Befreit zu werden.

»Eventuell wirst du bis heute Abend warten müssen.« Ich zwinkere ihm zu und schlendere zur Tür hinaus.

Er stöhnt, und ich kann mir ein Lächeln nicht verkneifen.

Wir gehen zum Paddock, wo die Jungs bereits mit ihren Pferden arbeiten. Es ist für mich immer noch erstaunlich, dass sie sich binnen weniger Monate so gut eingelebt haben. Nach dieser Nacht, als er sich verlaufen hatte, hatte Cayden zwar zunächst Angst, wieder aufs Pferd zu steigen, aber dank Wyatt und Cooper hat er sich dann doch wieder ein Herz gefasst.

»Mom!« Logan winkt und kommt auf mich zugetrabt. »Willst du reiten?«

»Ja.« Ich lächle, und sein Grinsen wird noch breiter.

»Eure Mom hat mich früher beim Wettreiten immer geschlagen«, sagt Zach und legt den Arm auf die Umzäunung. Gott, er sieht wirklich heiß aus.

Die engen Jeans, der Hut – ihm scheint einfach die Welt zu gehören. Alles um ihn herum wirkt strahlender. Es ist, als sei er die Sonne, die allem, was dunkel und kalt war, Wärme und Schönheit spendet.

»Nun ja.« Ich versuche, meine verrücktspielenden Hormone unter Kontrolle zu bringen. »Du warst immer langsam.«

»Ich habe dich gewinnen lassen.«

Ich lache spöttisch. »Von wegen.«

»Ich glaube, du weißt selbst, dass Jungs besser sind, Mom«, sagt Logan lachend.

Ich schaue mit hochgezogenen Augenbrauen zu ihm hinüber. »Ist das so, Kleiner?«

»Oh Gott«, brummt Cayden. »Jetzt haben wir den Salat.«

»Was soll das heißen?«, frage ich, obwohl ich ganz genau weiß, wovon er redet.

Ich liebe Wettbewerbe. Vielleicht hat es mit der Rennreiterin tief in mir zu tun, aber selbst als die Jungs noch klein waren, habe ich es geliebt, ihnen dabei zuzuschauen, wie sie sich für etwas begeisterten und sich anstrengten. Als sie klein waren, haben wir aus allem einen Wettstreit gemacht. Normalerweise gewann ich, aber wenn Todd mich doch einmal besiegte, wurde zu Hause eine Riesenparty veranstaltet.

Cayden wirft die Hände hoch. »Das heißt, dass du jetzt im Mom-ist-die-Beste-Modus bist. Du wirst total durchdrehen und deinen Tanz aufführen, wenn du gewinnst.«

»Ich finde, du solltest sie noch mal nachmachen.« Das kommt von Logan, der sich sichtlich anstrengt, nicht zu lachen.

Ich werfe Cayden einen warnenden Blick zu. »Untersteh dich!«

Er schaut zu Zach hinüber und grinst. Dann hüpft Cayden entschlossen von seinem Pferd, wedelt mit den Händen und wackelt mit dem Po. Ich lache, er lacht, und Zach prustet, während er sich den Bauch hält.

»Sehr witzig, Jungs.«

»Zach«, fährt Cayden fort. »Und dann tut sie das.« Er führt mir völlig unbekannte Tanzschritte auf.

Zach gibt ihm einen Klaps auf den Rücken. »Ihr hättet sie mal sehen sollen, als sie noch jünger war, wenn sie ein Rennen gewonnen hat.«

Jetzt beginnen alle, mich zu imitieren, und jede Darbietung ist weniger schmeichelhaft als die vorangegangene. Währenddessen stehe ich mit verschränkten Armen da und tue, als würde ich mich ärgern, was natürlich nicht stimmt. Nicht im Geringsten. Denn in Momenten wie diesen werden sie zu Freunden. Ja, Zach hat ihnen die Arbeit auf einer Ranch gezeigt, aber dies ist etwas anderes. Durch die Albereien knüpft Zach mit Logan und Cayden ein Band, ohne es auch nur zu wissen. Diese Erkenntnis erfüllt mich mit so viel Wärme, dass ich platzen könnte. Alles davon ist echt und aufrichtig. Er tut es nicht, weil er es tun muss oder um mein Herz zu gewinnen. Er tut es, weil er sie mag.

Kapitel 24

»Was sagst du, Schätzchen? Bereit, den Arsch versohlt zu kriegen?«, fragt Zach, und die Jungs grinsen.

Erstens hat er mich »Schätzchen« genannt. Zweitens hat er sich im Beisein der Kinder derb ausgedrückt. Aber sie sind Jungs, und sie haben schon Schlimmeres gesagt und gehört, daher lasse ich es durchgehen. Keinen scheint das Kosewort zu irritieren, denn wir sind hier im Süden, wo jeder irgendjemandes »Schätzchen« ist.

Ich mustere Zach von Kopf bis Fuß und tippe mir mit dem Zeigefinger ans Kinn. »Tja«, erwidere ich herablassend. »Ich bin mir nicht sicher, ob du ein würdiger Gegner bist.«

Cayden lacht. »Ich denke, er könnte es mit dir aufnehmen, Mom.«

»Ist das so, hm?«, frage ich. »Hast du gewusst, dass ich zufällig beim Barrel Racing die meisten Preise von ganz Bell Buckle abgestaubt habe?«

Logan schnaubt. »Bei den zehn Leutchen, die hier leben? Davon gehören die Hälfte zu unserer Familie.«

»Hüte deine Zunge, du halbe Portion«, sage ich halb im Scherz. Sie sollen ihren Spaß haben, aber übertreiben sollten sie es auch nicht. »Mein Ruf hier ist kein Witz.«

»Warst du auch die Homecoming Queen deiner Highschool, Mom?« Cayden stupst Logan an, während sie mich nicht aus den Augen lassen. Sie wissen, wie sie mich in Rage bringen. Todd hat früher ständig solche Witze gerissen. Als wäre es eine Sünde, hübsch zu sein.

Zach kommt herüber und legt die Arme um die Jungs.

»Und ob sie das war. Es überrascht mich, dass sie nicht mit ihrem Krönchen schläft.«

»Du willst auch mitspielen?« Ich zucke mit den Schultern. »Ich meine, mich an jemanden zu erinnern, der auch eine Krone trug.«

»Ich war bereits ein Student«, gibt Zach ohne zu zögern zurück. »Natürlich haben mich die Frauen geliebt. Ich war der King.«

Ich presse mir inbrünstig die Hand aufs Herz. »Oh, König Zach, wie können Eure königlichen Untertanen sich nur mit Euch vergleichen?«

Logan bricht in Gelächter aus. »Ihr zwei seid doof.«

»Du wirst dir am Ende noch Hausarrest einhandeln.« Ich grinse.

»Du wirst gegen Zach verlieren. Ich wette fünf Dollar«, gibt Logan zurück und haut Zach auf die Schulter.

»Jep«, stimmt Zach ihm zu. »Logan und ich kennen den Deal.«

»Cay?«, frage ich, während er noch zögert. »Ihr könnt mich doch nicht beide im Stich lassen und die Seiten wechseln!«

Auf keinen Fall gehen meine *beiden* Söhne auf die dunkle Seite. Wo bleibt die Loyalität? Doch die Tatsache, dass sie sich mit ihm verbünden, zaubert ein Lächeln auf mein Gesicht. Seit der Nacht im Wald sind Zach und Cayden ganz dicke miteinander, während Logan immer noch ein bisschen auf der Hut zu sein scheint.

Cayden brummt etwas vor sich hin, bevor er einlenkt. »Okay, dann bin ich halt für dich.«

Ich kichere. »Satansbraten.«

»Okay.« Zach klatscht in die Hände. »Das sind die Regeln: Wir reiten von hier aus zu der alten Scheune und zurück. Der Erste, der wieder hier ankommt, gewinnt. Du kennst doch den Weg, oder, Presley Mae?«

Ich lege den Kopf in den Nacken und recke die Hüfte vor. »Ich kenne ihn bestens, Zachary Wilber.«

»Wilber!«, brüllt Logan. »Dein zweiter Vorname ist Wilber?« Er lacht schallend.

Zach tritt näher, und ich weiß, dass ich in echten Schwierigkeiten stecke. »Also bitte, Zach«, murmele ich und weiche zurück. »Du hast meinen zweiten Vornamen genannt. Es ist nur fair.«

»Wilber ist ein Familienname.«

»Ja«, gebe ich mit erhobenen Händen zu, »noch dazu ein sehr schöner.« Ich schaue zu den Zwillingen hinüber, die verschwörerisch kichern. »Einen, den ich dringend ablegen würde, aber das spielt hier keine Rolle«, füge ich hinzu, als er näher kommt.

»Ich denke, du brauchst mal einen ordentlichen Tritt in den Hintern.«

»Das würdest du nicht wagen.«

Er lächelt mit einem schnellen Blick zu meinen Söhnen. »Du hast recht. Würde ich nicht.« Mein Herz beruhigt sich wieder, als er stehen bleibt. Vielleicht komme ich ja doch ungeschoren davon. Doch dann rennt er auf mich zu, packt meine Beine und wirft mich über seine Schulter. »Zach!«

Die Erde dreht sich unter mir, als er mich herumwirbelt. Das wird er mir büßen! »Sag, dass es dir leidtut.«

»Niemals!«, rufe ich. Mir wird schwindlig.

»Sag es!«

»Lass mich runter, du Riesentrottel!«

Er schlägt mir auf den Hintern. »Sag, dass es dir leidtut und dass du wünschst, man hätte dich Wilber genannt.«

Logans und Caydens Gelächter dringt an meine Ohren, während Zach mich weiter herumwirbelt. »Na schön!«, brülle ich, als meine Sicht sich trübt. »Tut mir leid, dass deine Eltern dich Wilber genannt haben!«

»Das habe ich nicht gemeint.«

Ich lache und greife nach seinem Handgelenk, während er sich immer schneller dreht. Mein dunkelbraunes Haar weht um mich herum, aber alles, was ich höre, sind die Jungs, die ihn anfeuern. Es schert mich nicht, ob wir lächerlich aussehen. Zum ersten Mal seit sehr langer Zeit sind wir alle glücklich. Meine Zwillinge lachen, fröhlich, ausgelassen, und genauso fühle ich mich auch.

»Sag es, Mom!«

Ich schlage auf Zachs Beine, und er hält inne. »Es tut mir leid, und ich wünschte, ich könnte so cool sein wie du und würde Wilber heißen.«

»Braves Mädchen.« Zach stellt mich wieder auf festen Boden, lässt mich aber noch nicht los. Alles um mich herum dreht sich. Ich stolpere, aber Zachs Arme fangen mich sofort auf. Als ich mich an seinen breiten Schultern festhalte, muss ich gegen den Impuls ankämpfen, ihn zu küssen.

Aber ich sehe das Verlangen auch in seinen Augen. Die Anziehung zwischen uns lässt sich nicht leugnen, nach so vielen Nächten, die wir zusammen verbracht und nur geredet haben.

»Ich habe Angst zu fallen.«

»Das werde ich nicht zulassen.«

Forschend schaue ich in seine blauen Augen und frage mich, ob er es so meint, wie ich es verstehe. »Ich …«, beginne ich, aber Zach rettet mich, indem er laut ruft:

»Also, soll ich euch zeigen, wer der wirkliche Herrscher ist?«

Logan johlt. »Team Zach!«

»Team Mom«, erklingt Caydens wenig begeisterte Stimme.

»Cay!« Empört stemme ich die Hände in die Hüften. Dieser Junge! Ich habe ihn auf die Welt gebracht, dafür kann er zumindest so tun, als sei er in meinem Team.

Er zuckt mit den Schultern. »Tut mir leid, Mom. Ich will, dass Zach gewinnt.«

»Kinder«, murmle ich und gehe dann zu meinem Pferd.

Shortstop steht gesattelt neben Zachs Pferd. Ich gehe um ihn herum, überprüfe meinen Sattel und alles Mögliche, um mich davon zu überzeugen, dass niemand versucht, mich zu sabotieren. Diesen Kerlen traue ich alles zu.

Zach streift mit seiner Brust meinen Rücken, als ich mich vorbeuge, um nach den Hufen des Pferdes zu sehen. »Tut mir leid«, witzelt er mit einem Grinsen.

»Nur weiter so, Cowboy.«

Er tut es wieder und sagt mit warmer, tiefer Stimme: »Du weißt, wie sehr ich es mag, wenn du mich so nennst.«

Ich trete einige Schritte zurück und spähe zu den Jungs hinüber, die in irgendeine Auseinandersetzung vertieft sind. Wie hilfreich, dass zudem ein sehr großes Tier ihnen die Sicht versperrt. Ich schlendere zu Zach hinüber, streiche mit den Fingern über seine Brust und freue mich, als er erschaudert. »Ich weiß. Vielleicht werde ich dich heute Abend so nennen, wenn niemand in der Nähe ist.«

Zach umfasst meine Arme. »Du wirst mich in den Wahnsinn treiben.«

»Nicht so sehr, wie dein Anblick mich gerade in den Wahnsinn treibt.«

Ich genieße es, als er den Blick senkt und ihn auf meinem Oberkörper verweilen lässt. Daraufhin dehne ich mich ein wenig und recke die Brüste vor. Mein enges weißes Tanktop überlässt nur wenig seiner Fantasie, außerdem war sein Mund vor nicht einmal zwölf Stunden genau an dieser Stelle. Seit einer Woche spanne ich ihn nun schon auf die Folter, und ich sehe ihm an, dass es ihm immer schwerer fällt, sich zu beherrschen. Aber in diesem Moment geht es mir weniger um die Erotik.

»Du bringst mich verdammt noch mal um, Pres.«

Zufrieden stelle ich fest, dass mein Plan aufgeht.

»Och«, gurre ich. »Kann es sein, dass die Herausforderung zu … *hart* … für dich ist?«

Seine Augen blitzen auf, als er mein Spiel durchschaut. »Du spielst mit unfairen Mitteln.«

Ich grinse. »Ich spiele, um zu gewinnen.« Leise vor hin brummend richtet Zach sich auf. »Los geht's, Jungs!«

Ich springe auf Shortstop. Zach senkt das Kinn, seine Lippen zucken. »Du bist tot.«

»Du sitzt noch nicht auf deinem Pferd, Zach.« Ich lege den Kopf schräg. »Was ist los?«

»Manche Dinge ändern sich nie«, murmelt er und nähert sich mit einem ziemlich seltsamen Gang seinem Pferd.

Ich reite zum Startpunkt, während Zach ein wenig Mühe hat, in den Sattel zu kommen. Aber das ist kein Grund, das Rennen nicht beginnen zu lassen. »Den Countdown, Cayden!«

»Achtung.«

»Nein!«, brüllt Zach.

»Fertig.«

»Presley! Nicht schummeln!«, schreit er, als er endlich auf seinem Pferd sitzt.

»Ich bin nicht diejenige, die damit angefangen hat.« Ich lächle unschuldig.

»Los!«, ruft Cayden, und ich bin weg.

Ein falscher Schritt, und Zach wird mich mühelos einholen. Ich reite so schnell, wie Shortstop mich trägt, auf die alte Scheune zu. Wyatt, Cooper, Zach und ich haben früher ständig Wettrennen gemacht. Daher weiß ich, dass es eine Möglichkeit gibt, bei der Wende an Boden zu gewinnen, aber ich kann mich nicht mehr erinnern, ob es links- oder rechtsherum war.

»Komm schon, Shortstop.« Ich treibe ihn an. Wir fliegen

über den Pfad, ohne uns auf irgendetwas anderes als uns selbst zu konzentrieren. Ich muss die Zeit nutzen, die ich habe. Außerdem will ich gewinnen.

Die Scheune kommt in Sicht, und ich höre Zachs Stimme hinter mir.

»Du solltest besser auf der Hut sein, Süße. Ich komme.«

»Mist.«

Ich beuge mich vor, gebe Shortstop einen Klaps auf den Rücken und hoffe, dass er beschleunigen kann.

Ich galoppiere um die Kurve, und Zach ist mir direkt auf den Fersen. »Ich kriege dich noch«, spottet er.

Das Ziel ist in Sicht. Ich will gewinnen, aber er wird es niemals zulassen.

Wir kommen zu dem Pfad, der an dieser Stelle breiter wird, sodass wir Seite an Seite reiten. Wir machen beide einen Satz nach vorn, und die Jungs jubeln und springen auf und ab. Ganz gleich, wer tatsächlich das Rennen gewinnt, ich habe bereits viel mehr gewonnen.

Als Logan Zach zum Sieger bestimmt, widerspricht Cayden ihm natürlich nicht. Diese kleinen Banditen.

Anschließend vollführt Zach seinen eigenen Siegestanz, und die Jungs schließen sich ihm an. Lachend sehe ich ihnen zu. Als sie mit ihrem Spott und der Siegesfeier fertig sind, unternehmen wir alle einen Ausritt. Die Jungs werden mittlerweile mühelos mit den Pferden fertig, Zach war ein großartiger Lehrer. Hoch aufgerichtet sitzen sie im Sattel und haben ihre Tiere die ganze Zeit unter Kontrolle.

»Könnt ihr zwei vielleicht noch ein Wettreiten machen?«, fragt Logan, als wir die Pferde wieder in ihre Boxen bringen.

»Ich denke, Zach muss arbeiten«, erkläre ich.

»Es macht so viel Spaß mit ihm, Mom.«

Ich lächle. »Ja, das stimmt. Ich kenne ihn schon lange.«

Logan lehnt sich an die Wand. »Das hat mir Wyatt schon

erzählt. Er sagt, du und Zach wärt vor langer Zeit mal ein Paar gewesen.«

Großartig. Nun, ich schätze, es musste früher oder später herauskommen. »Ja.« Ich lächle. »Wir waren lange zusammen. Dann habe ich euren Dad kennengelernt.«

Logan nickt, als würde er verstehen. Ich rühre mich nicht vom Fleck und warte auf seine nächste Frage, denn ich kann förmlich sehen, wie sich die Rädchen in seinem Kopf drehen. Logan ist zart besaitet. Er vermisst seinen Dad, und ich frage mich, ob ich genug getan habe, um ihm durch seine Trauer zu helfen.

»Denkst du, Dad hätte Zach gemocht?«, fragt Logan, ohne mir in die Augen zu sehen.

Nie im Leben. »Ich denke, wenn dein Dad Zach jetzt kennen würde, würde er ihn mögen.«

Näher an der Wahrheit geht es nicht. Todd hat Zach gehasst. Aber er hatte auch ein sehr verzerrtes Bild von ihm. Er hat nur einen Mann gesehen, der mich auf die denkbar schlimmste Weise verlassen hatte. Als ich am Boden zerstört war, hat Todd sich um mich gekümmert.

»Cool.« Logan verfällt wieder in stilles Nachdenken.

»Magst du ihn?«, hake ich nach.

»Ich finde ihn wirklich cool. Ich denke, er mag dich, Mom.«

»Ach ja?«, frage ich, überrascht, dass er es bemerkt hat.

Er zuckt mit den Schultern.

Eigentlich möchte ich nicht weiter in ihn dringen, aber ich weiß nicht, ob ich noch einmal die Gelegenheit dazu bekommen werde. »Ich denke, Zach mag dich und Cay sehr.«

»Magst du ihn?«, fragt er mich mit Tränen in den Augen.

»Ich werde euren Dad immer lieben. Er hat mir dich und Cayden geschenkt. Das kann ihm niemals jemand nehmen, okay?«

Ich spüre einen Stich im Herzen, als ich in seine Augen

schaue und den Schmerz darin sehe. Todds Tod hat meine Kinder so tief verletzt. Sie verdienen es nicht, noch mehr zu leiden.

»Ich hab dich so lieb, Mom.«

»Und ich dich noch viel mehr«, sage ich und lege die Arme um ihn.

Logans Schultern zittern ein wenig, als er den Kopf in den Nacken legt, um mich anzuschauen. »Ich mag Zach, und wenn du ihn magst, dann ist das okay.«

»Du bist ein guter Junge, weißt du das?« Mein Sohn schließt die Augen und drückt mich noch fester an sich. Doch als Cayden und Zach die Scheune betreten, löst er sich von mir.

»Ich glaube, da wartet etwas in der Küche«, sagt Cayden verschwörerisch. »Bis später!«, ruft Logan, und die beiden flitzen davon.

Ziellos wandere ich durch die Scheune, räume hier und da etwas hin und her und frage zum ersten Mal, was Todd sagen würden, wenn er uns jetzt sähe? Würde er es verstehen? Kümmert es mich, was er denken würde? Ich weiß es nicht. Ich glaube, er würde wollen, dass ich glücklich bin. So würde ich zumindest fühlen, wenn es umgekehrt wäre. Aber ich erinnere mich auch daran, was Zachs bloße Erwähnung bei ihm auslöste. Dass er es kaum ertrug, seinen Namen zu hören. Ich kann mir nicht vorstellen, dass er Zach in der Nähe seiner Kinder sehen wollen würde.

Andererseits – hätte er sich nicht für den Selbstmord entschieden, hätte er sich darüber niemals Sorgen machen müssen.

»Hey.« Zach legt mir eine Hand auf die Schulter. »Was geht in dir vor?«

»Findest du, es geht zu schnell mit uns?«, platze ich heraus.

Er hält inne und ergreift meine Hand. »Was bringt dich denn auf diese Idee?«

»Logan hat etwas gemerkt, und ich denke schon die ganze Zeit, dass es vielleicht noch zu früh ist.«

»Empfindest du so?«

»Habe ich das nicht gesagt?«

Zach streicht mit dem Daumen über meinen Handrücken. »Nein, du hast gesagt, du denkst es die ganze Zeit. Aber was *empfindest* du?«

Ich versuche zu begreifen, was ich empfinde. Ich bin glücklich und kann wieder frei atmen, und ich will jede Nacht mit ihm zusammen sein. Der schönste Teil des Tages sind meine Nächte mit Zach. Ich sehne mich nach ihm im selben Moment, in dem wir uns voneinander verabschieden. Und bis zu meinem Gespräch mit Logan eben war ich nicht der Meinung, dass wir es eilig haben.

»Verwirrung«, antworte ich schließlich.

»Wir sind kein normales Paar, Pres. Wir kennen einander schon ewig, und ich kenne dich besser, als du dich selbst kennst. Verstehst du denn nicht, Liebling? Wir sind füreinander geschaffen.« Zach lässt meine Hand los und umfasst mein Gesicht. »Von mir aus besteht keine Eile, aber ich finde nicht, dass wir es zu schnell angehen. Ich denke, wir finden gerade den Weg dorthin zurück, wo wir schon immer hingehört haben.«

Ich schließe die Augen, drücke meine Lippen auf seine und lasse seine Worte zu mir durchdringen.

Ja, er hat recht. Doch ich wünschte, wir hätten nicht durch die Hölle gehen müssen, um unseren Platz zu finden. Und ich hoffe inständig, dass es den Jungs gelingen wird, ihn zu akzeptieren.

Kapitel 25

Zachary

Ich will, dass die heutige Nacht perfekt wird. Damit sie endlich ihren Kopf ausschaltet und uns erlaubt, *wir* zu sein. Aber Presley neigt dazu, zu viel über alles nachzudenken. Das war schon immer so.

»Bist du dir sicher?«, fragt Wyatt, als er mir hilft, meinen Truck zu beladen.

»Nein, aber ich habe es satt, auf einem Stein zu schlafen.«

Er lacht. »Ich bezweifle, dass das dein wahres Motiv ist, aber ich kaufe es dir ab. Doch sie wird deinen Quatsch durchschauen. Das tut sie immer.«

Ich habe die heutige Nacht bis ins letzte Detail durchgeplant. Presley wird sich wie immer mit mir treffen, nur dass es diesmal nicht so sein wird wie in den letzten drei Wochen. Da sie sich weigert, mit mir auszugehen, werde ich zu anderen Mitteln greifen müssen.

»Pack einfach weiter den Wagen«, erinnere ich ihn an seinen Job. »Ich hab dich nicht um einen Kommentar gebeten.«

Eigentlich wollte Wyatt nur kurz vorbeikommen, um ein paar von seinen Sachen abzuholen. Aber jetzt hält er mir schon seit einer geschlagenen Stunde eine Predigt darüber, was ich alles dabei bin zu vermasseln. Der Mistkerl war nicht da, als meine Eltern ihn brauchten, aber jetzt hat er zu allem eine Meinung. Als ich damals Felicia als Verwaltungshilfe einstellte, hat er noch am selben Tag gekündigt und die Stelle bei den Townsends angenommen. Hat sich einfach verpisst.

Als Dad den Schlaganfall hatte und nicht mehr arbeiten konnte, habe ich die Geschäfte übernommen. Ich fand, das war das Mindeste, was ich ihnen zurückgeben konnte, nach allem, was sie für mich getan haben. Dank meines Dads war ich in der Lage, jedes Baseballcamp meiner Wahl zu besuchen, ich konnte reisen, zusätzliche Trainingsstunden nehmen. Alles, weil es mein Traum war.

»Da drin sind zusätzliche Decken, weil sie schnell friert.« Wyatt wirft noch eine Tasche in den Wagen.

»Ich weiß.«

»Ich weiß nicht, was du weißt, Zach. Ich hoffe, ihr seid bereit für was auch immer ihr tut. Presley mag denken, sie sei bereit, aber du hast Scheuklappen auf.«

Verdammt, geht das schon wieder los.

»Du bist nicht *ihr* Bruder. Du bist meiner. Fang endlich an, dich auch so zu benehmen.« Ich presse ihm seinen Hut gegen die Brust. »Ich liebe sie. Ich würde ihr niemals wehtun. Und ganz gleich, was du denkst, das hier ist keine Affäre. Ich bin derjenige, der sich um sie kümmert.«

Er kann denken, was er will. Die Wahrheit ist, dass ich das alles ihr zuliebe tue. Es geht mir nur um sie. Nicht um mich oder die Tatsache, dass ich mich jede Nacht zurückhalten muss. Sie kann nicht schlafen, es sei denn, ich halte sie im Arm. Aber auf diesem elenden Stein kann sie es unmöglich bequem haben, daher werde ich sie richtig verwöhnen. Ich könnte mir selbst in den Hintern beißen, nicht früher daran gedacht zu haben.

»Was du nicht sagst, Zachary. Du weißt es immer am besten, wenn es um sie geht.«

»Wo liegt dein Problem?«

Er schnaubt. »Seit Wochen sehe ich nun zu, wie ihr zwei

umeinander herumschleicht. Wie kann das für dich okay sein? Wenn sie nicht bereit ist, auch nur über euch beide zu reden, wie könnt ihr dann überhaupt zusammen sein?«

»Ich schleiche nicht herum. Wir sind keine Kinder mehr. Sie *hat* Kinder, die sie beschützen muss. Du weißt eben nicht alles.«

Wyatt soll jemand anderen mit seinen Ratschlägen belästigen. Ich habe keine Ahnung, seit wann er ein Beziehungsexperte ist. Er selbst hatte noch nie eine ernsthaft feste Freundin.

Wyatt verschränkt die Arme vor der Brust. »Ich würde meinen Hintern darauf verwetten, dass du derjenige bist, der nicht alles weiß. Aber hey, ich bin ja nur ein Junge vom Land, was?«

Damit geht er zurück ins Haus, und ich lasse ihn. Manchmal, wenn er Presley beobachtet, murmelt er etwas vor sich hin. Die beiden verbindet eine einzigartige Freundschaft, und ich respektiere das. Obwohl ich es gleichzeitig verfluche. Es passt mir nicht, dass er sie so gut versteht.

Ich springe in den Truck und fahre zu unserem Treffpunkt. Nur dass unsere Nacht diesmal ganz anders verlaufen wird.

Ich: Ich fahre früh los.

Presley: Ich habe die Jungs gerade ins Bett gebracht.

Ich: Perfekt.

Presley: Ich hab nicht Ja gesagt.

Ich: Du hast auch nicht Nein gesagt. Ich hab eine Überraschung für dich.

Ich hoffe, das weckt ihre Neugier. Sture Südstaatenfrauen sind nicht leicht zu beeindrucken.

Presley: Oh? Was für eine Überraschung?

Aha, es hat funktioniert.

Ich: Du musst schon herkommen, um sie dir anzusehen. Deine Eltern wissen Bescheid. Komm einfach zu unserem Treffpunkt.

Heute Morgen habe ich mir tatsächlich als Erstes den Segen ihrer Mutter geholt. Daraufhin hat sie mir lächelnd das Bein getätschelt und gesagt, dass sie mir wieder wohlgesonnen sei. Damit habe ich zumindest eine Townsend auf meiner Seite. Ihr Daddy wird es mir sicher sehr viel schwerer machen, das ist mir klar.

Presley: Was führst du im Schilde, Zachary Hennington?

Ich mag es, wenn sie mich bei meinem vollen Namen nennt. Das tut sie nur, wenn sie böse auf mich oder streitlustig ist.

Ich: Süße, komm einfach zu unserem Treffpunkt. Wir haben ein heißes Date.

Und hoffentlich eins, das ein breites Lächeln auf dieses zauberhafte Gesicht zeichnet. Denn ich will, dass sie versteht, wie besonders sie ist und dass ich mich immer wieder für sie entscheiden würde.

Kapitel 26

Presley

Als ich, nachdem ich die Kinder ins Bett gebracht habe, die Treppe hinunterschleiche, sehe ich Daddy in seinem Sessel sitzen. »Gehst du noch weg, Süße?«, fragt er, ohne den Blick vom Fernseher abzuwenden.

»Hi, Daddy«, sage ich ertappt, als sei ich wieder fünfzehn.

Er lacht kurz auf. »Denk bloß nicht, ich wüsste nicht, dass du jede Nacht bei diesem Jungen bist.«

»Ich bin mir ziemlich sicher, dass er kein Junge mehr ist und ich zu alt, um Hausarrest zu bekommen.« Ich küsse ihn auf die Wange, und er murmelt etwas Unverständliches.

»Wir sehen uns morgen früh.«

Lächelnd drücke ich seine Schulter. »Hab dich lieb, Daddy.«

Er sieht mich an. »Ich hab dich auch lieb, Presley.«

Es gibt Tage, an denen ich mich selbst dafür ohrfeigen könnte, dass ich meine Familie so vernachlässigt habe. Heute ist so ein Tag. Mein Vater und meine Mutter haben mir in den vergangenen Monaten wieder Halt gegeben. Und sie haben nichts von mir verlangt, aber alles für mich getan.

Auf der hinteren Terrasse angekommen, werfe ich mir die Decke über, die ich dort hinterlassen habe. Es ist kühl im Freien, und ich habe kaum etwas an. Nach Zachs SMS hatte ich Lust, mich ein wenig ins Zeug zu legen. Ich trage ein kurzes weißes geschnürtes Kleid mit einem braunen Gürtel und dazu eine helle Jeansjacke, außerdem habe ich mein Haar heute Morgen mit dem Lockenstab bearbeitet, sodass es in weichen Wellen fällt. Dazu die Cowboystiefel, die gut geeignet sind, um durch die Felder zum Bach zu stapfen. Nicht dass ich sonst schlampig aussehe, aber so richtig in Schale werfe ich mich eigentlich nie.

An unserem Treffpunkt lehnt Zach schon an seinem Truck. »Hallo, meine Schöne.« Er tritt vor und nimmt mich in die Arme.

»Hallo, du.« Sofort erscheint ein Lächeln auf meinen Lippen. Ich versuche, über seine Schulter zu schauen, aber er dreht mich so, dass ich nichts sehen kann.

»Willst du mich umbringen?«

»Ich?«, frage ich verwirrt.

»Mit diesem Kleid.«

Ich grinse. »Vielleicht hatte ich vor, dich ein wenig zu foltern.«

»Nun ja.« Er drückt seine Lippen auf meine. »Ich finde.« Noch ein Kuss. »Du machst.« Und noch einer. »Deine Sache gut.« Als unsere Lippen sich diesmal berühren, halte ich sie dort fest. Zachs Hände finden ihren Weg in mein Haar, er umfasst es locker. Ich liebe die Art, wie er mich küsst. Mit Kraft und Stärke, aber niemals brutal. Sich mit einem anderen Menschen sicher und stark zugleich zu fühlen, ist berauschend.

Wir lassen unsere Zungen tanzen, während ich mich in Zachs Berührungen verliere. Ich kann mich einfach nicht beherrschen. Kaum bin ich mit ihm zusammen, verliere ich jeden Sinn für Realität. Es ist, als würde die Zeit, in der wir voneinander getrennt waren, alle Gefühle nur noch verstärken. Sobald er mich berührt, will ich mehr.

Zach streicht mir über die Wange. »Ich habe etwas mit dir vor.«

»Ich erinnere mich«, sage ich und lächle.

Er ergreift meine Hand und zieht mich zum Truck. Es ist nicht sein alter Wagen, sondern ein brandneuer. »Gehört der dir?«

»Ich habe zwei. Unseren Truck und diesen hier.«

Mir fällt auf, dass er *unseren* gesagt hat. »Du betrachtest den anderen Truck als unseren?«

Wir steigen ein, Zach lässt den Motor an und dreht sich mit einem verschmitzten Grinsen zu mir. »Na klar. Schließlich sind viele tolle Erinnerungen damit verbunden … Ich weiß noch sehr gut, wie du genau auf diesem Sitz einen Strip hingelegt hast, nachdem ich den Homerun erzielt hatte.«

Ja, es gibt Dinge, die vergisst man nie. »Ich war jung.«

»Du warst nackt.«

»Immerhin hatte ich noch BH und Slip an!«

Zach fährt mit dem breitesten Lächeln die Straße hinunter. »Pres, du hast einen weißen Slip getragen, ein Hauch von Nichts. Und den BH hast du ziemlich schnell ausgezogen, wenn ich mich recht erinnere.« Er klopft aufs Lenkrad.

Ich rutsche auf meinem Sitz hin und her und sage: »Wenn ich mich recht erinnere, mein Lieber, hast *du* ihn mir ausgezogen.« *Jawohl, vergiss das nicht, Freundchen.*

Diese Art von sexueller Spannung war schon zwischen uns, als wir jung waren. Obwohl ich gar nicht mehr warten wollte, hatte ich Angst, er würde weiterziehen, wenn wir erst einmal Sex gehabt hatten. Zach war unruhig, immer auf dem Sprung, und vielleicht habe ich damals schon gespürt, dass das mit uns nicht von Dauer sein würde.

»Ich weiß. Du hast dich auf diesem Sitz gewunden. Du hast immer wieder dein Haar angehoben und den Wind hindurchwehen lassen. Und ich weiß auch, dass ich zum ersten Mal kapiert habe, warum ein Blowjob während des Fahrens gefährlich ist.«

»Zach!« Meine Wangen brennen. »Ich kann nicht glauben, dass du das gesagt hast.«

Er zuckt mit den Schultern, als tue ihm das nicht im Mindesten leid. »Es war ein guter Tag.«

»Wohin fahren wir?«

Er fädelt seine Finger zwischen meine. »Wir haben ein Date.«

»Aber alle Lokale sind geschlossen, es ist schon nach zehn.« Ich spähe auf meine Armbanduhr. »Und ich bin noch nicht bereit.«

Noch während ich den Satz ausspreche, bereue ich ihn. Warum kann ich nicht loslassen? Wenn mir der heutige Tag eines vor Augen geführt hat, dann, dass Zach nahezu perfekt ist: Wie er mit den Jungs umgegangen ist, das Wettrennen, und wie sie ihm dann beide die Daumen gedrückt haben.

»Ich weiß, Schatz. Es ist ein Date für uns allein. Vertrau mir.«

Ich drücke seine Hand. »Ich vertraue dir. Es tut mir leid, ich habe es nicht so gemeint. Ich habe einfach nur Angst.«

»Entspann dich.«

Er fährt auf ein Stück Land, das den Henningtons gehört. Ungefähr drei Kilometer weiter gibt es dort einen Teich, in dem wir als Kinder geschwommen sind. Trent hat mich damals immer mit seinen Geschichten über die gefährlichen Blutegel so in Panik versetzt, dass ich Wyatt und Zach ein gutes Jahr lang bloß vom Ufer aus zugesehen habe, um sicherzugehen, dass sie nicht starben, bevor ich mich traute, ebenfalls in dem Teich zu baden. Damals war es Trents größte Freude, mich zu piesacken – und er war verdammt gut darin.

»Willst du zum Teich?«, frage ich.

Zach antwortet nicht, den Blick fest auf die Straße gerichtet. Der Mond leuchtet heute Nacht sehr hell, und die

Spiegelung, als wir tatsächlich vor dem Teich anhalten, ist atemberaubend.

»Zach«, flüstere ich. Überall um den See herum leuchten Laternen, deren Kerzen einen magischen Schein verbreiten. Ein Pavillon-Zelt mit Stühlen ist am Ufer aufgebaut. Ich schaue mich weiter um, und mein Herz quillt über. »Das ist wunderschön.«

Zach greift sachte nach meiner Hand. »Komm mit.« In seiner Stimme liegt Stolz. Er zieht mich vor den Truck, dessen Lichter uns beleuchten. »Tanz mit mir.«

Ich sage kein Wort. Stattdessen lege ich die Arme um ihn und lasse meine Angst los, einfach so. Aus dem Wagen dringt Musik, aber ich könnte nicht sagen, welcher Song es ist. Ich spüre die Musik. Ich spüre seinen Puls unter meinen Händen, aber vor allem spüre ich uns. Wir *sind* in diesem Moment die Musik. Er ist der Rhythmus, nach dem ich tanze. Und unsere Musik ist eine wunderschöne Sinfonie.

»Du bist wie ein Traum, ich warte die ganze Zeit darauf, dass ich aufwache«, flüstert er mir ins Ohr.

Ich sehe ihm in die Augen. »Ich weiß, was du meinst.«

»Ich dachte, du wärst für immer fort.« Er streicht mir mit dem Daumen übers Gesicht. »Nie hätte ich gedacht, dass ich dich wieder berühren würde.«

Lächelnd schmiege ich den Kopf in seine Hand. »Ich auch nicht.«

Das Schicksal hatte es nicht vorgesehen, dass wir uns wiederfinden. Ich habe neu gelernt, zu lieben. Es war nicht einfach, aber ich habe es geschafft. Niemals hätte ich gedacht, eines Tages hier zu stehen. Mit ihm.

Er hebt mich leicht an, sodass ich ihm in die Augen sehen muss. »Ich bin nicht glücklich über das Wie, aber ich bin glücklich, *dass* es so gekommen ist. Ich habe dich vermisst, Pres. Du bist mein Herz.«

Und ich schmelze dahin. »Du machst es mir schwer, dir zu widerstehen, Zachary.«

Er beugt sich vor und küsst mich verlangend. Ich greife in sein Haar und halte ihn fest. Unsere Lippen bewegen sich in glühender Leidenschaft. Ich will, dass er spürt, wie viel er mir bedeutet. Wie viel mir das hier bedeutet, unter den Sternen zu tanzen, im bloßen Licht der Scheinwerfer und Laternen. Er kennt mich wirklich gut, denn dieses Das-hier-ist-doch-kein-Date ist genau das, was ich jetzt brauche.

Er umfasst mit beiden Händen mein Gesicht und zieht sich zurück. »Ich muss aufhören.«

Ich will ihn dazu drängen, weiterzumachen. Jede Faser meines Körpers sagt mir, dass heute Nacht *die* Nacht ist. So lange schon tanzen wir drum herum, weil er mir die Chance gab, mich ganz auf mein Gefühl zu verlassen. Und jetzt will ich *ihn* fühlen. Ganz.

Aber ich tue es nicht, sondern trete einen Schritt zurück.

»Entschuldige.« Er kommt näher. »Manchmal muss ich mir ins Gedächtnis rufen, dass wir noch nicht so weit sind.«

»Ich will dich, Zach.« Die Worte kommen einfach so heraus.

Seine Augen weiten sich. »Aber ich will dich nicht drängen.«

Das tut er nicht. Ich wusste, dass es heute Nacht passieren würde, und ich kann es selbst kaum fassen, dass es mir überhaupt gelungen ist, mich nicht sofort auf ihn zu stürzen. Ich weiß, was ich fühle. Ich will mit ihm zusammen sein.

Ich muss mit ihm zusammen sein.

Wenn ich nicht wüsste, was mich erwartet, würde ich vielleicht zögern. Doch mein letztes Mal ist so lange her. Ich sehne mich danach, und ich weiß, dass er genau der Richtige ist. Ich vertraue ihm.

»Was ist denn in dem Zelt da?«, frage ich mit belegter Stimme.

Das erste Mal haben wir in einem Zelt miteinander geschlafen. Vermutlich will er darauf anspielen.

Ich drehe mich um, aber er hält mich am Handgelenk fest. »Ich schwöre, es war nicht für das gedacht, was du jetzt denkst.«

Ich schenke ihm ein schwaches Lächeln. »Ich weiß, Cowboy.«

Selbst wenn es seine Absicht war, würde es mich nicht kümmern. Nun, vielleicht doch. Aber alles, was ich jetzt sehe, ist seine Fürsorglichkeit. Er hat alles getan, damit unser erstes »Date« etwas Besonderes wird.

»Wir müssen nichts tun. Ich will nur, dass wir zusammen unter den Sternen schlafen. Ich will dich die ganze Nacht lang im Arm halten. Das ist alles, Pres.«

Ich nehme ihn an den Händen und führe ihn zum Zelt. »Das will ich auch, Zach.«

Er stößt einen Seufzer aus. Ich will all das – danach.

Im Zelt schließe ich den Reißverschluss, gegen Insekten und sonstige ungebetene Gäste. Zach sieht mich an, als ich mich wieder zu ihm umdrehe. Ich schlüpfe aus meiner Jeansjacke und sehe, wie sein Blick über mein trägerloses Kleid gleitet, bevor ich mich im Zelt umschaue. Einmal mehr hat er sich wahrhaftig selbst übertroffen.

Das Zelt ist voller Kerzen und Laternen. Und in der Mitte steht ein Bett mit Decken und Kissen. Keine aufblasbare Matratze, nein, es ist ein richtiges Bett.

»Sag mir, dass das wahr ist«, murmelt er.

Ich greife in meinen Rücken und ziehe den Reißverschluss herunter. »Es ist wahr.«

Er tritt vor, ergreift meine Hände und hindert mich daran, mir mein Kleid auszuziehen. Dann lässt er meine

Hände los und drückt mich an sich. »Wir müssen es nicht tun, Pres.«

Meine Finger wandern über seine Wange, und seine Bartstoppeln kitzeln mich. »Ich war mir noch nie sicherer. Ich will, dass du mich liebst, Zachary. Ich will, dass du mir diese Nacht schenkst.«

Sein Kopf ruht an meinem. »Ich werde dir jede Nacht schenken.«

Zachs Mund verschmilzt mit meinem, als er mich hochhebt. Ich halte mich an seinem Hals fest, und er trägt mich zum Bett, um mich behutsam niederzulegen und sich über mir aufzustützen. Ohne Hast fährt er fort, mich zu küssen. Wir lassen uns beide Zeit, wir haben die ganze Nacht für uns.

Seine Lippen streifen über meinen Hals, und er küsst jeden Zentimeter meiner Haut auf dem Weg zu meiner Schulter. »So perfekt«, flüstert er.

Ich stütze mich auf die Ellbogen, während er mit den Fingern über meinen Körper streift. Ich erschaudere unter seiner Berührung, aber ich bin weit davon entfernt zu frieren. Die Sommerluft ist warm, ich schließe die Augen und atme diesen Moment ein. Moschus, Gras und Landluft erfüllen mich. Zach erfüllt mich.

Ich streiche mit den Händen über seine dunkelbraunen Haarsträhnen, während er die Position nutzt, um meinen Reißverschluss ganz herunterzuziehen. Er lässt das Kleid so, wie es ist, gibt mir die Möglichkeit, die Führung zu übernehmen. »Ich will dich«, bekräftige ich. »Ich will uns.«

»Ich habe dich immer gewollt.«

Ich knie mich hin und lasse mein Kleid herabgleiten. Ich konnte unter diesem Kleid keinen BH tragen, und das scheint von Vorteil zu sein. Er kann den Blick nicht von mir abwenden. Zach stößt ein tiefes Stöhnen aus, und ich rutsche näher an ihn heran. »Berühre mich«, flehe ich. »Bitte.«

Er lässt mich nicht warten. Im Nu sind seine Hände auf mir. So weit sind wir auch in den vergangenen Wochen schon gegangen, aber diesmal ist es etwas anderes. Ich spüre es ebenfalls. Eine Barriere zwischen uns ist gefallen. Wir wissen beide, worauf es hinausläuft.

Unsere Lippen finden sich, während er meine Brüste massiert. Er rollt meine Brustwarzen zwischen Daumen und Zeigefinger, was mich in den Wahnsinn treibt.

Ich drücke die Hand gegen seine Brust, will seine Haut fühlen. Er lehnt sich zurück, und als er mich fragend ansieht, ziehe ich ihm das Hemd über den Kopf. Ich will ihn nur ansehen. Obwohl wir bereits in den Dreißigern sind, ist Zach gebaut wie ein Zwanzigjähriger. Seine Brust ist breit, und die Muskeln sind genauso, wie ich sie in Erinnerung habe. Sie fühlen sich fest an, als wollten sie von mir berührt werden. Mit den Fingerspitzen erkunde ich jede Kuhle. »Du bist immer noch der erotischste Mann, den ich kenne.«

»Das liegt daran, dass wir perfekt zusammenpassen.« Sanft drückt er mir einen Kuss auf den Hals. »Du bist das Schönste auf der Welt. Weil du für mich geschaffen wurdest.« Zach schiebt sich höher und küsst mich direkt unter dem Ohr. »So wie ich für dich geschaffen wurde.«

Ich lasse mich zurücksinken und umfasse sein Gesicht. »Ich fühle so viel, ich kann es nicht erklären.« Ich kann es nicht in Worte fassen. Noch nicht. Tief in meinem Inneren spüre ich, dass in diesem Moment alles so ist, wie es sein soll, und das Gefühl überwältigt mich.

»Fühl einfach uns beide«, sagt Zach, bevor er seinen Mund auf meinen presst.

Seine Finger gleiten an meinem Rücken hinab, und ich halte mich an seinen Schultern fest. Er drückt mich in die Kissen, meine Augen schließen sich, und ich tue genau das, was er gesagt hat – ich fühle.

Seine Lippen wandern wieder an mir hinab, umspielen meine Brüste und saugen an meinen Brustspitzen. Feuer rast durch meine Adern. Es gibt nur noch ihn und mich. Ich weiß nicht, wann ich mich das letzte Mal so begehrt gefühlt habe. Seine Berührungen sind entschlossen, nehmen mich in Besitz.

»Wenn ich aufhören soll …«, erinnert er mich.

»Hör nicht auf.«

Zach schiebt die Finger in meinen Slip und zieht ihn herunter. Ich hebe ein wenig den Po, um es ihm leichter zu machen. Jetzt bin ich vollkommen nackt, in jeder Hinsicht, und lasse ihn meinen Körper betrachten, in mein Herz hineinsehen. Als Zach mich das letzte Mal so ansah, war ich achtzehn und hatte keine Schwangerschaftsstreifen, keine Cellulitis, keine Narben oder unerwünschte Pfunde. Meine Brüste waren straff. Auf einmal bekomme ich Angst. Was, wenn ich ihm nicht gefalle? Mit abgewandtem Kopf schließe ich die Augen.

»Was ist los?«

»Nichts«, antworte ich schnell.

Plötzlich spüre ich wieder sein Gewicht auf mir. »Presley.« Er streicht mir das Haar zurück. »Schau mich an, Schatz.«

Ich öffne die Lider.

»Du bist noch schöner als in meiner Erinnerung. Was immer du an Unvollkommenheiten siehst … ich sehe nur Schönheit.«

Eine Träne kullert mir über die Wange. »Warum sagst du immer das Richtige?«

Er zuckt grinsend mit den Schultern. »Glaub mir, das tue ich gar nicht. Ich sage dir nur, was ich fühle. Zeige dir, was ich sehe. Wenn es das Richtige ist, dann bestätigt es nur, was ich bereits weiß.«

Mein Herz hämmert gegen meine Brust, und ich bete,

dass er es nicht sagt. Ich weiß, dass er mich liebt. Ich sehe es in seinem Blick, und wenn er genau hinschaut, sieht er es auch in meinem. Aber ich kann es jetzt nicht aussprechen. Auch wenn wir beide uns einig sind, dass es den richtigen Zeitpunkt für uns nie geben wird. Auch wenn es offensichtlich ist, dass wir uns wieder ineinander verlieben werden. Auch wenn ich nicht mal weiß, ob ich überhaupt je aufgehört habe, ihn zu lieben. Aber heute Nacht werde ich es ihm nicht sagen.

Ich werde es ihm zeigen.

Damit er die Worte nicht ausspricht, beuge ich mich vor und drücke meine Lippen auf seine. Wir lassen unsere Zungen umeinanderkreisen, während ich seinen Gürtel löse, seine Hose öffne und herunterziehe. Dann schleudert Zach sie sich von den Füßen und wirbelt mich herum, sodass ich auf ihm sitze.

Seine Härte drückt gegen meinen Unterleib. Ich stöhne auf. »Ich brauche dich.«

Er dreht mich so, dass ich ihn ansehen kann. Ich muss mich bewegen, sehne mich nach dem Kontakt. Mein Haar fällt herab, und er setzt sich auf, um die Regie mit einem Kuss zu übernehmen. Seine Finger wandern an meinem Rücken hinab. Ich halte mich an ihm fest, lasse mich von seinen Armen umschließen.

Plötzlich dreht er mich um, sodass ich wieder auf dem Rücken liege, dann gleitet er über meinen Körper hinab und bedeckt ihn dabei mit Küssen. Das hat er schon als Teenager perfekt beherrscht, seine Zunge und seine Lippen schafften es immer, dass ich alle Selbstbeherrschung aufgab.

»Ich muss dich kosten, Presley.«

»Ich glaube, dann werde ich bei lebendigem Leibe verbrennen.«

Sein Lachen vibriert über meine Haut, aber er spricht

kein Wort. Stattdessen drückt er seine Zunge gegen meine Klitoris.

Ich kralle die Finger in sein Haar, als er es noch einmal tut. Meine Hüften bewegen sich, aber er hält mich fest und fährt fort, zu lecken und zu saugen. Bei jeder Berührung zuckt mein Kopf hin und her. Ich murmle etwas, ich weiß selbst nicht, was, während er mich zu neuen Höhen führt. Ich bin verloren, schwebe, bin schwerelos, und es kümmert mich nicht, ob ich jemals wieder den Boden erreiche. »Zach!«, schreie ich, als mich die Ekstase wieder auf die Erde trägt. Er macht weiter, bis ich ganz still daliege.

Dann ist sein Gesicht wieder über meinem. »Ich könnte in dir ertrinken.«

Ich öffne die Augen und lächle. »Ich hätte nichts dagegen.«

Endlich zieht Zach seine Boxershorts herunter. Jeder Zentimeter von ihm gehört wieder mir. Er war der erste Mann, den ich jemals so nah an mich herangelassen habe, und möglicherweise ist er auch der letzte.

»Wenn du willst, dass ich aufhöre …«, bietet er mir erneut an.

Ich hebe die Hand an sein Gesicht. »Ich will, dass du mich liebst.«

»Ich bin so froh, dass du das sagst.« Sein Lächeln ist warm und beruhigend.

Er greift nach dem Kondom. Während er es überstreift, kribbelt mein Bauch aus so vielen Gründen. Was ist, wenn es doch nicht so gut ist, wie ich es in Erinnerung habe? Was, wenn ich ihn enttäusche?

»Zach.« Meine Stimme ist voller Furcht.

»Was ist los?« Mit großen Augen blickt er mich an. Wahrscheinlich spürt er mein Unbehagen.

Jetzt komme ich mir albern vor. »Nichts. Es ist nichts.«

»Presley.« Er verlagert ein ganz klein wenig sein Gewicht. »Ich kann warten.«

Am liebsten hätte ich laut aufgelacht. Als wenn wir jetzt noch warten würden. Und ich will auch gar nicht warten. Ich will es nur nicht verderben. »Aber ich nicht. Ich bin bereit.«

Er beugt sich vor, bis ich ihn zwischen meinen Beinen spüre. »Sieh mich an«, bittet er.

In seinen tiefblauen Augen sehe ich so viel Liebe, dass es beinahe schmerzt. Die vergangenen acht Monate habe ich so viel verloren, doch am Ende haben sie mich hierhergeführt. Zu einem Mann, der mich liebt. Der sich für meine Kinder interessiert. Der sich jede Nacht mit mir trifft, um mich in seinen Armen zu halten, wenn ich nicht schlafen kann. Er ist der Junge, der meine Hand gehalten hat, als meine Großmutter starb und ich zu große Angst hatte, um ins Haus zu gehen. Der Teenager, der Armando Delgado auf die Nase geboxt hat, nachdem dieser versucht hatte, mich zu küssen – um ihn dann mit einem Coolpack zu versorgen. Er ist der Mann, den ich nie gekannt habe, der aber immer in meinem Herzen gelebt hat.

Als er in mich eindringt, steht alles um mich herum still. Da sind keine Grillen, keine blinkenden Glühwürmchen, da ist nichts auf der ganzen Welt außer uns. Wir schauen einander in die Augen, während er tiefer in mir versinkt. Mir kommen die Tränen, und eine bahnt sich ihren Weg und kullert über meine Wange. Es ist zu viel. Zu viele Gefühle, Gedanken, Regungen, und ich kann sie nicht zurückhalten.

Zach beugt sich vor und küsst die Träne weg. »Gott, Pres.«

»Du fühlst dich so gut an«, stoße ich hervor.

»Weine nicht, Liebes.«

Aber ich will nicht, dass er sich Sorgen macht. »Es sind Tränen des Glücks. Ich bin im Moment so glücklich.«

Die Tränen strömen mir weiter übers Gesicht, während

wir uns lieben. Zach wischt jede einzelne weg und flüstert, wie perfekt ich sei. Ich schiebe ihn auf den Rücken, weil ich die Macht der Kontrolle spüren muss. Und ich weiß, wie sehr er das früher gemocht hat.

»Ich bin so nah dran«, murmelt er, während ich mich vor und zurück wiege.

Als ich meine Bewegungen beschleunige, spannt sich sein Gesicht an, und sein Griff wird fester. Ich will ihm mit den Nägeln über die Brust fahren, doch er packt meine Handgelenke. »Lass los, Zach.« Ich bewege mich, so schnell ich kann.

Dann gibt es kein Zurück mehr. Wieder und wieder ruft er meinen Namen, als er zum Höhepunkt kommt.

Nachdem unsere Atmung sich wieder beruhigt hat, nimmt er mich in die Arme. Ich liege da, eine Hand auf seinem Herzen. Es gibt viel zu sagen, aber alles, was ich will, ist hier zu sein, die Beine umeinandergeschlungen, vollkommen befriedigt und ineinander verloren.

»Pres?«, fragt er und streicht mir mit einem Finger über den Rücken.

»Hm?«

»Wirst du heute Nacht hier schlafen?«

Ich hebe den Kopf und lächle. »Ja, ich denke, das werde ich.«

Er zieht mich fest an sich, und ich schließe die Augen. In diesem Moment fühlt sich alles richtig an.

Kapitel 27

»Du solltest dein Haar auf Wickler drehen und es danach hochstecken«, befindet Grace.

Ich betrachte mich im Spiegel. »Ich bin so müde, dass ich kaum die Augen offen halten kann.« Emily kommt uns abholen, wir wollen ausgehen. Sie hat einen Auftritt im Lucky's, und die ganze Stadt wird kommen, denn hier nimmt niemand den langen Weg nach Nashville auf sich.

Seit Zachs und meiner Liebesnacht sind drei Wochen vergangen, in denen ich mich Nacht für Nacht mit ihm getroffen habe. Ich schleiche mich spätabends hinaus und krieche am Morgen zurück in mein Bett. Gott sei Dank weiß ich noch, welche Treppenstufen knarren. Obwohl Mama sicher längst Bescheid weiß, denn sie macht immer wieder Anspielungen auf die Ringe unter meinen Augen und die Grasflecken auf meinen Kleidern.

»Emily hat gesagt, es sei deine Pflicht, zu kommen.« Grace tritt hinter mich und richtet mir das Haar. »Lass mich mal machen.«

Als wir uns dann endlich auf ein Outfit für mich geeinigt haben und die Treppe hinunterkommen, bleibt Coopers Blick eine Spur zu lange auf Grace ruhen. Dann grummelt er leise etwas vor sich hin und wendet sich wieder seiner Lektüre zu. Interessant.

»Hi, Coop!« Sie schlägt ihm auf den Hinterkopf, und ich unterdrücke ein Lachen. Offenbar beruhen die Gefühle nicht auf Gegenseitigkeit.

»Grace.« Er reibt sich den Schädel. »Wollt ihr Emily

singen hören?«, fragt er mich und versucht, sie nicht anzusehen.

Ich schenke ihm ein wissendes Grinsen und antworte: »Ich finde, du solltest mitkommen.«

Seine Gesichtszüge entgleiten leicht, womit er meine Vermutung bestätigt. »Ja«, stimmt Grace mir zu. »Wir könnten einen Aufpasser gebrauchen.«

Cooper entschuldigt sich mit einer faulen Ausrede, aber ich lasse es auf sich beruhen. Grace war für eine Weile Trents Freundin, und wenn ein Hennington seinen Anspruch geltend macht, ziehen alle anderen sich zurück. Es sei denn, man ist ein Townsend ... Ich kann nur mutmaßen, wie sich die Geschichte noch entwickeln wird.

»Viel Spaß, Mom!«, sagt Logan, der zusammen mit meinem Dad durch die TV-Sender zappt.

»Benehmt euch.«

»Wir werden das Haus nicht verlassen, Mom!«, versucht Cayden zu scherzen.

»Gut.« Ich zerzause ihm noch das Haar, dann machen wir uns auf den Weg.

Auch Zach wird heute Abend kommen, aber wir haben beschlossen, unsere Beziehung weiter geheim zu halten. Ich habe keine Ahnung, wie es mir gelingen soll, die Finger von ihm zu lassen. Offen gestanden weiß ich schon jetzt, dass ich ihm nicht werde widerstehen können. Er lässt alles heller strahlen. Die Dunkelheit ist nicht mehr leer, wenn er da ist. Außerdem kann ich jetzt, seit wir Sex haben, nicht anders, als ihn mir nackt vorzustellen, wenn ich ihn anschaue.

»Grace«, sage ich vorsichtig.

»Was ist das für ein Ton? Muss ich mir Sorgen machen?«

Ich schüttele den Kopf. »Es ist nichts Schlimmes.«

»Willst du vielleicht endlich zugeben, dass du wieder mit

Zach zusammen bist?«, fragt sie mit einem verschmitzten Grinsen.

»Du weißt Bescheid?«, frage ich verblüfft.

»Natürlich weiß ich Bescheid. Alle wissen Bescheid, Presley. Ich meine, Zach läuft durch die Stadt, als hätte er gerade die Landesmeisterschaft gewonnen. Du hast ständig ein Lächeln im Gesicht. Ihr beide seht so aus, als würdet ihr euch die ganze Nacht um die Ohren schlagen …« Sie stupst mich gegen den Ellbogen und lacht. »Wir sind nicht blöd, wir wollten euch nur euer Geheimnis lassen.«

Damit habe ich nicht gerechnet. Ich habe wirklich geglaubt, niemand würde Verdacht schöpfen. »Krass«, murmele ich. »Ich dachte …«

»Du dachtest, niemand wüsste etwas?«

»Ja!«

»Dann weißt du jetzt, dass du als Schauspielerin völlig unbegabt bist.« Grace parkt den Wagen, dreht sich zu mir um und legt mir ihre Hand auf den Unterarm. »Ich freue mich für dich, Pres. Nach deiner Rückkehr warst du so traurig. Es war bestimmt nicht leicht für dich, wieder hier zu sein, aber wir haben dich lieb. Ich war nie verheiratet und habe keine Kinder, daher werde ich nicht einmal so tun, als würde ich verstehen, wie es ist, wenn man seinen Ehemann verliert. Du sollst nur wissen, dass ich immer ein offenes Ohr für dich habe. Und glaub mir … ich bin wirklich glücklich darüber, dass du und Zach eine zweite Chance gefunden habt.«

Ich lächle und nicke. »Ich bin auch glücklich, aber zugleich macht es mir Angst.«

»Warum?«

»Es ist zu früh.«

Sie schüttelt den Kopf. »Ich finde, es hat viel zu lange gedauert. Du erinnerst dich vielleicht nicht mehr an die Presley und den Zach, die ich von früher kenne. Die, von denen alle sich gewünscht haben, sie könnten auch so sein. Die einander so sehr geliebt haben, dass wir alle eifersüchtig waren.« Sie lacht bei der Erinnerung. »Ich habe mit sechs Jungs Schluss gemacht, weil sie mich nicht so angesehen haben, wie er dich angesehen hat.«

»Das ist doch verrückt«, rufe ich. »Du darfst das, was wir hatten, nicht für normal halten.«

»Genau, Presley. Es war nicht normal. Es war etwas ganz Besonderes. Ich glaube, wir waren alle den Tränen nahe, als wir hörten, dass ihr Schluss gemacht habt. Versteh mich nicht falsch«, fügt sie schnell hinzu. »Ich denke, du hattest recht. Du hast zwei Jahre lang auf ihn gewartet, und dann hat er diesen Vertrag unterschrieben, als sei es völlig unwichtig, was du willst.«

»Danke.« Ich seufze.

»Aber ihr wart so jung. Er war ein unreifer Junge mit Dollarzeichen in den Augen.«

Ich weiß, was sie meint. In den letzten Monaten habe ich begriffen, dass ich zu naiv war, um die Situation auch nur ansatzweise zu verstehen. Wünschte ich, die Dinge hätten sich anders entwickelt? Ja. Vielleicht. Ich weiß es nicht. Wenn er diesen Vertrag nie angenommen hätte, dann hätte ich meine Jungs nicht, und sie bedeuten mir alles.

»Ich glaube, es war so vorherbestimmt«, gebe ich zu. »Ich war so lange wütend auf ihn, ich will nicht, dass jetzt auch noch die Stadt darauf herumreitet.«

Sie lacht. »Klar warst du wütend. Das verstehe ich nur zu gut. Diese Männer können einem den letzten Nerv rauben.« Aha, das ist wohl auf sie und Trent gemünzt. Ich frage mich, ob doch mehr dahintersteckt. »Lass uns hineingehen.« Nun lächelt sie wieder.

Als wir die Bar betreten, halte ich sofort nach Zach Ausschau. Aber das, was ich dann entdecke, erwischt mich kalt: Felicia, die Zachs Arm umklammert, während er mit Trent redet. Sie schmiegt sich an ihn und bettet den Kopf an seine Schulter. Zwar beachtet er sie nicht, aber mich ärgert es maßlos. Ich beobachte, wie sie ihn anstarrt, wie sie an seinen Lippen hängt, während er spricht. Und ich koche vor Wut.

Was denkt sie sich dabei? Er gehört mir. Gestern Nacht waren wir bis weit in den Morgen hinein bei ihm zu Hause. Sie soll ihn in Ruhe lassen, sofort.

»Na dann«, sage ich leise.

Graces Blick fällt auf die Szene, die ich beobachte. »Pres.« Sie versucht, mich abzulenken. »Hör mal, du kannst das nur klären, wenn du hinübergehst und …«

Ich lasse sie nicht aussprechen. Denn ich weiß genau, was ich tun muss.

Meine Füße bewegen sich wie von allein, als ich schnell und zielstrebig losmarschiere. Alles in mir brodelt, während ich an die letzten Wochen zurückdenke, in denen Zach mich in den Armen gehalten, mich geküsst und geliebt hat, als sei ich die einzige Frau auf Erden. Jetzt berührt diese Frau ihn? Nein. *Zur Hölle, nein.* Sie wird sehr schnell lernen, wo ihre Hände hingehören und wo nicht. Und Zach, nun, er wird ebenfalls dazulernen müssen.

Zachs Blick folgt mir, als ich näher komme. Dann schaut er Felicia an und wieder mich. *Ja, du steckst in Schwierigkeiten.*

Ohne mein Tempo zu verlangsamen oder innezuhalten, gehe ich weiter, baue mich dicht vor Zach auf, umfasse seinen Nacken und ziehe seinen Mund auf meinen. Genau hier, mitten in der Bar der Stadt, küsse ich ihn. Ich lasse jeden Einzelnen wissen, dass wir zusammen sind. Und Zach zögert nicht, nimmt mich in die Arme und hält mich fest an sich gedrückt. Seine Lippen bewegen sich im Einklang mit meinen, während um uns herum ein Pfeifkonzert ertönt. Ich weiß nicht, wie lange wir so dastehen, aber es kommt mir wie eine Ewigkeit vor.

Ich mache meinen Anspruch auf den Mann deutlich, der schon immer zu mir gehört hat. Die Sorge, was die Leute denken werden, löst sich in Luft auf. Grace hat recht – das mit uns war schon immer etwas Besonderes.

Sobald ich das Gefühl habe, dass meine Botschaft angekommen ist, löse ich mich von ihm. Zachs Lippen verziehen sich zu einem frechen Grinsen. »Hallo, Schatz.«

»Du steckst in Schwierigkeiten.«

»Wenn das deine Art ist, mich zu bestrafen, kann ich damit leben.«

Ich senke den Kopf und werfe ihm einen ernsten Blick zu. »In. Großen. Schwierigkeiten.«

»Felicia«, sagt er und zieht mich an sich. »Ich habe beschlossen, nächste Woche zu der Auktionsgala zu gehen.« Ich sehe ihn verwirrt an. »Besorg mir zwei Eintrittskarten. Presley wird als meine Begleitung mitkommen.«

»Und buch uns auch ein Hotelzimmer«, setze ich hinzu. »Wir werden anschließend wahrscheinlich ein wenig Privatsphäre brauchen.«

Sie schnaubt und geht davon.

»Also, wir besuchen eine Gala?«

»Das habe ich gesagt, damit die Botschaft auch wirklich verstanden wird.«

Ich schaue ihn an, bis mir plötzlich wieder einfällt, warum diese Botschaft überhaupt nötig war. »Warum genau hat sie sich an dich gehängt?«

Er zieht mich dicht an sich. Zachs Nase streift mein Ohr, als er flüstert: »Sie ist betrunken, und ich war nur nett. Mehr nicht. Aber dein Auftritt war sehr wirkungsvoll.«

Ich lehne mich zurück, damit ich in seine Augen blicken

kann. »Ich glaube, es wird Zeit, dass die Frauen in dieser Stadt erfahren, dass du nicht zur Verfügung stehst.«

»Presley.« Seine Stimme ist ganz tief, und seine Augen leuchten voller Genugtuung. »Seit meinem fünfzehnten Lebensjahr stehe ich nicht mehr zur Verfügung.« Er küsst mich auf die Stirn, zieht mich noch fester an sich und unterhält sich weiter mit Trent, als sei nichts geschehen.

Ich schaue zu Grace hinüber, die mit verschränkten Armen dasteht und grinst.

Nun, jetzt gibt es kein Versteckspiel mehr.

Wyatt taucht mit einer jungen Frau auf, die ich noch nie gesehen habe. »Wenn das nicht Mr und Mrs Ich-bin-so-dumm-zu-denken-ich-könnte-die-ganze-Stadt-an-der-Nase-herumführen sind.«

»Halt die Klappe, Blödmann.« Zach versetzt seinem Bruder einen scherzhaften Boxhieb.

Wyatt reibt sich die Schulter. »Jetzt bin ich aber echt gekränkt. Da gebe ich mir alle Mühe, euch zur Einsicht zu bringen, und das ist der Dank?«

»Du warst das?«, frage ich mit einem Grinsen.

»Hm, ja, Cowgirl. Oder glaubst du, dass ihr sonst aufgewacht wärt?«

Obwohl unsere Beziehung nicht einfach ist, hat Wyatt immer mein Wohl im Sinn. Daher beuge ich mich vor und küsse ihn auf die Wange. Es gibt so vieles, das ich ihm sagen will, aber nicht hier. Wenn ich ehrlich bin, war er derjenige, der mir geholfen hat, über meinen eigenen Schmerz hinauszusehen. »Du bist ein guter Freund. Und eines Tages wirst du jemanden sehr glücklich machen.« Ich schaue zu der Frau hinüber, die er mitgebracht hat. Sie trägt kaum mehr als ein Bikinioberteil, und ihre Shorts verhüllen weniger als meine Unterwäsche. »Hoffentlich eine andere«, setze ich spontan hinzu.

Er lacht. »Kann es sein, dass du schon was getrunken hast?«

»Keinen Tropfen.«

»Dann solltest du vielleicht etwas trinken, denn die wilde Bestie in mir kann niemand zähmen.«

Er versteckt sich hinter seinem Humor. Ich durchschaue ihn, aber wir alle brauchen einen Schutzwall. Ich habe mich selbst lange Zeit hinter einer Mauer versteckt, und wäre er nicht gewesen, würde ich das immer noch tun. Sicherheit ist ein Luxus, den man nicht für selbstverständlich nehmen sollte, das habe ich selbst schmerzlich am eigenen Leib erfahren müssen. Und es hat mich völlig aus der Bahn geworfen. Wyatt hat zwar nichts Vergleichbares erlebt, trotzdem leidet er.

»Das einzig Wilde an dir ist dein Haar.« Zach versetzt ihm einen Stoß.

Wyatt wehrt ihn ab, greift nach seinem Drink und legt den Arm um seinen One-Night-Stand. »Friede, ihr Trottel.«

Zach und ich holen uns beide einen Drink, dann trinkt er sein Bier, während ich an meinem Jameson nippe, bis Grace mich auf die Tanzfläche zerrt. Wir kichern und tanzen wie in alten Zeiten. Ein Song folgt auf den anderen, und wir bleiben, wo wir sind. Ich tanze für mein Leben gern, selbst der Line Dance mit seinen genau vorgegebenen Schritten liegt mir.

»Mann.« Grace lacht. »Gleich knöpft sich Zach diesen Typen vor, der dich die ganze Zeit anstarrt.« Als sie mich herumwirbelt, sehe ich, dass er jemanden beobachtet.

Mein Blick fliegt in die Richtung, in die er schaut, und ich kichere. Es ist der Mann, mit dem ich beim letzten Mal getanzt habe. »Er hat wohl meine kleine Showeinlage mit Zach nicht mitbekommen, hm?«

Ich tue weiter so, als würde ich nichts bemerken, bis ich

sehe, wie Zach seine Flasche auf die Theke knallt und zu ihm hinübergeht. »Mist.« Ich eile davon. Grace folgt mir.

Ich erwische Zach, bevor er den anderen erreichen kann. »Wohin des Weges, Cowboy?« Ich lächle.

Zachs Miene wird sofort weich. »Ich will nur eine Rechnung mit jemandem begleichen.«

»Das ist es nicht wert.«

»Du bist alles wert.«

»Hach.« Ich küsse ihn auf die Lippen. »Du bist so süß.«

»Ich mag dich, wenn du so bist.« Zach geht weiter.

»Wenn ich wie bin?«

Zach beugt sich zu mir herunter, und die Wärme seines Atems kitzelt meine Haut. »Glücklich.«

Auch mir gefällt es, doch gleichzeitig habe ich schreckliche Angst, dass es schnell zu Ende sein könnte. Nun gibt es kein Geheimnis mehr um uns. Keine Chance für uns, es langsam angehen zu lassen, weil alle Bescheid wissen. Wahrscheinlich wird diese Stadt morgen eine verdammte Parade abhalten. Das heißt, auch meine Kinder müssen es erfahren, und zwar so schnell wie möglich. Und ich weiß nicht, wie sie es aufnehmen werden.

Der Song geht in einen meiner Lieblingssongs über. »Tanz mit mir«, fordere ich Zach auf.

Sein Arm gleitet um meinen Rücken, er hebt mich hoch und trägt mich zur Tanzfläche. Dort stellt er mich wieder auf den Boden und greift nach meiner Hand. Ich liebe die Art, wie er mich hält, während wir tanzen. Seine Hand umfasst meinen Nacken, damit er mich führen kann, während die andere Hand meine Finger auf seine Brust drückt.

Wortlos bewegen wir uns in vollkommener Harmonie. In dem Lied geht es ums Fallen und Auffangen. Der Text berührt mich tief im Herzen, und unweigerlich höre ich dabei *seine* Stimme. Denn so ist Zach. Er wäre da, wenn ich fiele.

Zach wirbelt mich über die Tanzfläche, ohne auch nur eine Sekunde lang den Blick von meinen Augen zu lösen. Er führt mich mühelos, ich stehe vollkommen in seinem Bann. Als er mit den Lippen die Worte des Texts formt, füllen Tränen meine Augen. Die Bar um uns herum löst sich in Nichts auf, während er mir vorsingt, was uns beiden aus dem Herzen spricht. Die Musik endet, aber wir bleiben eng umschlungen stehen.

»Ich liebe dich, Presley.«

Mein Herz hört auf zu schlagen, als ich ihn ansehe und es weiß: Ich habe mich bis über beide Ohren in Zachary Hennington verliebt, aufs Neue. Der Junge, der mir bereits als Kind das Herz gestohlen hat, hat es einmal mehr geschafft. Nur dass es diesmal noch stärker ist. Schon in der ersten Nacht, in der wir uns geliebt haben, habe ich es gewusst. Wahrscheinlich schon in der Minute, als ich ihn zum ersten Mal wiedersah. Ich wusste, dass ich ihm nicht würde widerstehen können. Wir waren immer Presley und Zach und werden es immer sein.

Meine Augen werden feucht. »Ich liebe dich auch.«

Er zieht mich an sich und küsst mich.

Um uns herum bricht Applaus aus, und ich schiebe Zach lachend von mir.

Als jemand laut weiter applaudiert, schaue ich mich suchend im Raum um, in der Erwartung, Wyatt zu sehen, weil es für ihn typisch wäre. Stattdessen entdecke ich ein Paar grüne Augen, das ich seit Monaten nicht gesehen habe.

Angie lässt die Hände sinken, wischt sich übers Gesicht und geht zur Tür hinaus.

Kapitel 28

»Ich bin gleich wieder da«, rufe ich Zach zu und eile hinter ihr her. Verdammt. Ich wusste, dass die Neuigkeit nicht gut bei ihr ankommen würde, aber so hatte sie es nicht erfahren sollen.

Ich drücke die Tür auf und sehe mich um. Sie entfernt sich schnell von der Bar, kopfschüttelnd. Ich kenne sie mein halbes Leben lang und weiß, dass sie keinem Streit aus dem Weg geht. Sie ist eine Frau, die die direkte Konfrontation sucht und gehört werden will. Angie läuft nur weg, wenn sie leidet.

»Angie!«, rufe ich. Sie bleibt stehen, dreht sich um und wirft mir einen Blick zu, in dem eine Mischung aus Traurigkeit und Ärger liegt. Statt zu warten, macht sie kehrt und rennt noch schneller. »Angie! Stopp!« Ich eile ihr nach. »Verdammt! Hör auf, vor mir davonzulaufen.«

Angie wirbelt herum und funkelt mich an. »Du nimmst mich wohl auf den Arm. Du willst mir sagen, ich soll aufhören? Wie wär's, wenn du aufhörst?« Ja, so gefällt sie mir schon besser.

»Was fällt dir ein?« So einfach gebe ich mich nicht geschlagen. »Du weißt nicht, was ich durchgemacht habe, du hast kein Recht, über mich zu urteilen.«

»Zach? Zach ist also der neue Mann in deinem Leben?« Neben dem Zorn höre ich die Gekränktheit in ihrer Stimme. Sie weiß Bescheid, hat alles miterlebt, wie schrecklich ich gelitten habe, all die Nächte, in denen ich schluchzend in ihren Armen lag. »Wirklich, Pres? Nach all dem? Der verdammte

Zachary Hennington? Ich meine, warum reist du nicht gleich in der Zeit zurück, um wieder ein Teenager zu sein? Oh, nun ja, irgendwie bist du das ja. Also, wirklich?«

Ich weiß nicht, was ich sagen soll. Aber ich weiß, dass ich das Richtige tue. Es ist nicht wie vor siebzehn Jahren, als ich tatsächlich noch ein Teenager war. Wir sind erwachsen, wir haben uns Zeit gelassen, haben geredet und die Probleme der Vergangenheit verarbeitet. Es ist keine Affäre. Ich liebe ihn.

»Ja. Wirklich«, sage ich bedächtig. »Wir sind nicht mehr dieselben Menschen wie damals, Angie.«

»Ach nein?« Sie lacht. »Er ist also nicht derselbe Mann, der dich verlassen hat, als du ihn am dringendsten gebraucht hast? Oder bist du nicht mehr dieselbe Frau, die meinen Bruder geheiratet hat? Denn diese Frau würde nicht zu ihm zurückkehren.«

Ich habe versucht, mich zurückzuhalten, aber dass sie Todd als Waffe benutzt, kann ich nicht einfach so hinnehmen. »Dein Bruder? Du meinst den Mann, der mich mit über zweihunderttausend Dollar Schulden sitzen gelassen und sich das Leben genommen hat? Den Mann, der dafür verantwortlich ist, dass ich wieder in Bell Buckle bin? Den meinst du?«, frage ich verächtlich. »Den Mann, der seine beiden Söhne vaterlos zurückgelassen hat? Der seine Ehefrau im Stich gelassen hat? Fang bloß nicht mit Wie-du-mir-so-ich-dir-Spielchen an.«

Sie schnaubt und wischt sich eine Träne weg. »Ich kann es nicht glauben. Ich dachte, du wärst hier unglücklich.« Angie geht auf und ab. »Ich dachte, meine arme Schwester und meine Neffen säßen in Tennessee fest und würden das Leben dort hassen. Und dann komme ich hierher und sehe, wie du mit deinem Ex rummachst. Mit dem Mann, der deinen eigenen Worten zufolge dein ganzes Leben vermasselt hat.«

»Hör auf damit.«

Ihr ganzer Körper verkrampft sich. Ich sehe, wie sie innerlich kämpft. »Ich bin so furchtbar wütend, aber vor allem deshalb, weil du mich belogen hast, Presley. Mich! Deine beste Freundin. Die dich auf jedem Schritt deines Weges begleitet hat. Wie konntest du nur?«

Und genau da liegt mein wunder Punkt. Ich bereue, es ihr nicht gesagt zu haben. Aber ich hatte Angst vor ihrer Reaktion und hätte ihre Missbilligung nicht verkraftet.

»Ich wollte es dir ja erzählen, aber ich wusste, dass du so reagieren würdest.« Ich trete näher an sie heran. »Du bist so lange meine Familie gewesen, und deshalb wollte ich deine Meinung zu diesem Thema lieber nicht hören.«

»Also hast du mich lieber angelogen?«

»Ich habe nicht gelogen«, verteidige ich mich. »Ich habe es dir nicht gesagt, weil Zach und ich noch nicht so weit waren. Das ist erst nach unserem letzten Telefonat passiert.« Kaum sind die Worte heraus, verachte ich mich sofort dafür. »Nein.« Ich schnaube. »Weißt du was? Nein.«

»Nein?« Sie sieht mich verwirrt an.

»Nein!« Nun werde auch ich wütend. »Ich bin es leid, drum herumzureden. Ich liebe ihn. Ich liebe ihn, Angie. Und wenn du mich liebst, dann wirst du das verstehen. Denn ich verdiene es, wieder geliebt zu werden. Ich muss nicht den Rest meines Lebens damit verbringen, mir etwas zu wünschen, das Todd mir genommen hat.« Nun lasse ich meinen Tränen freien Lauf. »Ich habe es verdient. Und ich werde mich verdammt noch mal nicht ausgerechnet deshalb mies fühlen, weil Zach und ich uns wiedergefunden haben.«

»Hast du ihn überhaupt geliebt?«, ruft sie.

Ich weiß, wen sie meint, und muss mich beherrschen, sie nicht zu ohrfeigen. »Stell niemals meine Liebe zu Todd infrage.«

Ja, sie ist verletzt und außer sich, aber ich bin nicht diejenige, die falschliegt. Ich betrüge ihn nicht oder beschmutze sein Andenken. Er hat den Tod gewählt, und ich wähle das Leben.

Plötzlich packt sie ihre beiden Zöpfe und schreit: »Verdammt, Pres! Ich hab mich so darauf gefreut, dich zu sehen. Ich wollte dich endlich in den Arm nehmen und mich davon überzeugen, dass es dir gut geht. Damit habe ich nicht gerechnet! Hätte ich gewusst …«

»Was?«, frage ich herausfordernd. »Hättest du was gewusst, Angie?«

»Dann wäre ich wenigstens vorbereitet gewesen.«

»Willst du etwa, dass ich unglücklich bin?«, frage ich vorsichtig.

»Ja, ich will, dass du jeden verdammten Tag heulst.« Angie verdreht die Augen. »Natürlich will ich das nicht. Ich will nur, dass du mir vertraust.«

Ich wünschte, sie wüsste, wie gern ich es ihr erzählt hätte. »Wäre ich überzeugt gewesen, dass du dich auch nur ein kleines bisschen für mich freuen würdest, hätte ich es getan. Verstehst du denn nicht? Deine Meinung bedeutet mir viel, und ich wusste, dass du es nicht gut auffassen würdest.«

Sie wendet das Gesicht gen Himmel, holt tief Luft und dreht sich dann wieder zu mir um. »Es tut mir leid, dass ich so reagiert habe. Ich wollte diejenige sein, die dich zum Lächeln bringt. Und ich wollte nicht, dass es Zach ist.«

Aber Zach ist derjenige, der mir geholfen hat. Ich habe gelitten, bis er mir den richtigen Weg gezeigt hat. Angie wäre mein Fels in der Brandung gewesen, wenn ich in Pennsylvania geblieben wäre. Aber das Schicksal hat mich wieder nach Hause geführt.

»Es ist nicht deine Entscheidung.«

Ihr Zorn kehrt zurück. »Wie konntest du ihm verzeihen, nachdem er dich schwanger sitzen gelassen hat?«, schreit sie mich an.

»Verdammt, Angie.« Ich sehe mich um, um sicherzugehen, dass niemand in der Nähe ist. »Ich habe ihm nie von dem Baby erzählt.«

»Er weiß es also nicht mal?« Ihr verurteilender Tonfall lässt mich zusammenzucken.

»Nein«, sage ich abwehrend. »Ich … ich habe vor, es ihm zu erzählen, aber bisher war nie der richtige Zeitpunkt dafür.«

Sie schüttelt den Kopf. »Du hast ein echtes Problem mit deinen Geheimnissen, Presley. Sie werden dich noch mal einholen.«

Doch diese Art von Gespräch führt man nicht draußen vor einer Bar. »Hör einfach auf.«

Als Angie sich abwendet, spüre ich ihre Enttäuschung. Ich hatte wirklich vor, es Zach zu erzählen. Hundertmal habe ich die Worte im Kopf gesagt, und doch konnte ich sie nie laut aussprechen.

»Ich bemühe mich ja. Ehrlich. Und es wird besser, Stück für Stück.« Und es stimmt, auch wenn ich nicht immer die besten Entscheidungen treffe. »Es tut mir leid.« Als ich ihr eine Hand auf die Schulter lege, merke ich, wie sehr sie mir gefehlt hat. »Ich will nicht streiten. Bitte«, flehe ich sie an.

»Ich auch nicht.« Sie atmet schwer aus. »Ich hätte es wissen müssen. Dass du wieder mit ihm zusammenkommst.«

Ich stupse sie gegen den Arm. »Wolltest du meine Retterin sein?«

»Ich bin deine Retterin. Ich bin die beste verdammte Freundin der Welt.« Ihr Lächeln erlischt. »Ich hasse dich. Und ich hasse es, dass ich dich liebe, obwohl ich dich am liebsten erwürgen würde.«

»Ich hasse dich auch.« Ich packe ihren Arm und ziehe sie an mich. »Ich habe dich vermisst.«

»Scheint so.«

Ich schlage ihr spielerisch auf die Schulter. »Du Besserwisserin.«

Angie lehnt sich mit einem Seufzen zurück. »Wissen die Jungs über euch Bescheid?«

»Noch nicht«, gestehe ich. »Es ist eigentlich erst in den letzten zwei Wochen ernst geworden. Wir haben es sehr langsam angehen lassen. Doch ich glaube, Logan ahnt etwas.«

Wir gehen zu der Bank hinüber, die vor der Bar steht. Ich kann förmlich sehen, wie Angies Hirn die Neuigkeiten verarbeitet, und um ehrlich zu sein, geht es mir nicht anders. Innerhalb weniger Stunden ist alles so real geworden. Irgendwie ist jetzt doch alles ruckzuck gegangen. Als sie meine Hand mit beiden Händen umfasst, fühle ich mich an unsere letzte Begegnung erinnert.

»Dein Haar sieht immer noch beschissen aus«, bemerke ich beiläufig.

»Du bist zu mager.«

»Du solltest wirklich aufhören, so hübsch zu sein.«

Angie grinst. »Das habe ich von meiner Schwester.«

Ich bette den Kopf an ihre Schulter, kämpfe gegen den Drang zu weinen. »Es tut mir ehrlich leid.«

»Mir auch.«

»Wir sollten wieder hineingehen, bevor Zach und Grace mit einem Suchtrupp herauskommen. Du weißt, wie der Süden zu euch Yankees steht.«

Sie wirft mir einen bösen Blick zu. »Wahrhaftig. Ich komme mir vor wie in einem Paralleluniversum. Hast du gewusst, dass es hier nirgendwo Starbucks gibt?«

»Ja, klar.«

Sie würde hier unten eingehen. Das Stadtleben ist alles,

was sie kennt und liebt. In Maine musste Angie bereits vier Jahre lang darauf verzichten, aber dort gibt es wenigstens viele tolle Bars, und dass sie ihren geliebten Kaffee durch Bier ersetzen musste, war kein Problem für sie. »Ich sollte wohl wenigstens Hallo sagen.« Sie bettet ihren Kopf auf meinen.

»Es würde mir viel bedeuten, wenn ihr zumindest höflich miteinander umgehen könntet. Auch für die Jungs. Sie mögen ihn wirklich.«

»Kein Wunder, er hat ihnen Pferde geschenkt!« Sie lacht. »Ich würde ihn auch mögen, wenn er mir ein Pferd schenken würde.«

Ich richte mich auf. »Lass uns gehen.«

Wir erheben uns, doch als wir uns umdrehen, kommt Zach bereits auf uns zu. Mein Magen krampft sich zusammen, und ich bete, dass diese Begegnung friedlich verlaufen wird. Angie, die in meinem Rücken steht, macht ein abfälliges Geräusch. Kein guter Anfang.

»Hallo, Zachary«, säuselt Angie übertrieben freundlich.

»Angelina.« Lächelnd nennt er sie bei ihrem vollen Namen. »Lange nicht gesehen.«

»Ach ja?« Ihr Sarkasmus ist unüberhörbar. »Stimmt genau. Du hast mich sicher sehr vermisst.«

»Gut, gut«, sage ich laut, um zu entschärfen, was sich da zusammenbraut. Ich kenne Angie, und ich weiß, dass auch Zach keiner Herausforderung aus dem Weg geht.

»Alles in Ordnung mit dir?« Er reibt mir über den Arm.

Ich greife nach seiner Hand und trete näher an ihn heran. »Alles in Ordnung. Angie wusste nicht …«

Ich sehe Enttäuschung in seinen Augen aufblitzen, denn er weiß, dass Angie für mich wie eine Schwester ist. Eigentlich haben die beiden sich immer gut verstanden – bis er mich verlassen hat. Danach hat sie ihn verabscheut.

»Das mit deinem Bruder tut mir sehr leid.« Zach tritt vor, und sie senkt den Kopf. »Ich weiß, dass ihr euch sehr nahegestanden habt.«

»Danke.« Sie klingt aufrichtig.

Angie mag vieles sein, aber gemein ist sie nicht. Auch sie ist durch die Hölle gegangen. Sie ist kein unfreundlicher Mensch, nur ein wenig temperamentvoll. Ich konnte mich immer darauf verlassen, dass sie auf meiner Seite ist, ihre Loyalität und Freundschaft sind unerschütterlich.

»Holen wir uns doch einen Drink«, schlage ich vor.

Drinnen stelle ich Angie erst einmal allen vor. Sie und Grace finden schnell heraus, dass sie die Liebe zur Malerei gemeinsam haben, und vertiefen sich in ein Gespräch über die Museen und Galerien in Philadelphia und New York. Als Trent sein Abzeichen aufblitzen lässt, erklärt Angie ihm, dass sie das wenig beeindruckt, und Grace hat offensichtlich ihren Spaß daran, dass eine Frau ihn in die Schranken weist. Ich wünschte, sie würde auch ein paar Worte mit Zach wechseln, aber Angie, stur wie immer, meidet ihn.

Die ganze Zeit über sitzt Zach neben mir, eine Hand in meinem Nacken, und streichelt mich geistesabwesend. Meine Hand liegt auf seinem Oberschenkel, und ab und zu lehnen wir uns aneinander.

»Also, Angie.« Schließlich spricht Zach sie direkt an. »Wie lange bleibst du in der Stadt?«

Sie lehnt sich auf ihrem Stuhl zurück und verschränkt die Arme vor der Brust. »Versuchst du jetzt schon, mich loszuwerden, Hennington?«

»Ang«, warne ich sie. »Ich denke nicht …«

»Ich bin zum Geburtstag der Jungs gekommen.« Sie sieht ihn mit einem Blick an, der in mir den Wunsch weckt, sie zu ohrfeigen. Als wollte sie ihn provozieren. »Mein Bruder ist mit ihnen jedes Jahr an ihrem Geburtstag zu einem Eishockeyspiel gegangen. Ich dachte, wir fahren nach Nashville und sehen uns die Predators an.«

Todd hat stets ein Riesenevent für sie daraus gemacht. Je älter sie wurden, umso aufwendiger wurde die Feier. Immer war es etwas ganz Besonderes für alle drei. Und auch ich konnte mich nicht beschweren, denn derweil gönnten Angie und ich uns einen Wellnesstag.

»Sie werden begeistert sein«, antworte ich mit einem Lächeln. »Als ich es vorgeschlagen habe, hatten sie keine große Lust.«

»Ich bin ja auch die coole Tante.«

»Ja.« Ich lache. »Ich weiß.«

»Wie auch immer, sei nicht traurig, wenn der Reitunterricht auf Eis liegt, solange ich hier bin.« Sie feixt.

Zach zögert keine Sekunde. »Das werden wir noch sehen.«

Angie weiß noch nicht, wie wichtig das Reiten den Jungs geworden ist. Oder wie sehr sie Zach mittlerweile ins Herz geschlossen haben. Cayden ist bereits der Meinung, dass er der »Coolste« von allen Henningtons ist, und sogar Logan findet ihn gar nicht mehr so übel. Trent ist weiterhin sein Liebling, keine Ahnung, warum. Vielleicht liegt es am Abzeichen. Und Wyatt ist für sie wie ein Bruder geworden. Sie betrachten ihn als ihresgleichen, wahrscheinlich, weil er sich auch so benimmt.

Angie verdreht die Augen und wendet sich wieder Grace zu. Wir werden wohl doch noch einiges zu bereden haben.

»Hallo, hallo«, sagt Wyatt, der gerade von dort zurückgekehrt ist, wo auch immer er mit seiner Begleitung des heutigen Abends war. »Wen haben wir denn da?«

»Das ist Angelina, meine Schwägerin.«

Weil ich sie mit ihrem vollen Namen vorgestellt habe, sieht Angie mich strafend an, dann richtet sie den Blick auf Wyatt – und erstarrt am ganzen Leib. Oh, Mist. Wie es aussieht, ist auch meine taffe Schwägerin nicht immun gegen die Henningtons. Sie sind wirklich wie der sprichwörtliche Honig für die Fliegen.

»Schöner Name, Angelina.« Wyatt lässt all seinen Charme spielen. Ich kenne diesen Blick von früher, er nimmt sein nächstes Opfer ins Visier.

»Angie«, korrigiert sie ihn.

»Der ist sogar noch schöner. Genau wie du.«

Trent verschluckt sich an seinem Bier, und Zach bricht in Gelächter aus. »Geschmeidig, Bruder«, sagt Zach. »Wirklich geschmeidig.«

»Wie ein Babypopo.« Trent stimmt in die Frotzelei ein.

Zach stößt Trent mit dem Ellbogen an. »So was in der Art ist er auf jeden Fall.«

»Hört auf damit, ihr zwei«, weise ich sie leise zurecht. »Angie, das ist Wyatt.«

»Oh mein Gott!« Sie steht auf und zieht ihn an sich. »Danke! Ich habe schon so viel von dir gehört, und Presley sagt, du wärst wie ich – nur mit einem Schwanz.«

Also ehrlich. »Angie!«

»Was?« Sie sieht mich kopfschüttelnd an. »Oh, man nimmt hier keine schmutzigen Wörter in den Mund? Ich habe keine Ahnung, was hier unten eigentlich erlaubt ist.«

»Angie.« Wyatt zieht ihren Namen in die Länge. »Du darfst hier sagen, was immer du willst. Je schmutziger, umso besser.«

»Ich mag ihn.« Sie verzieht die Lippen zu einem Lächeln und sieht zwischen mir und Wyatt hin und her.

»Das ist ziemlich offensichtlich.« Oje, das kann nur Ärger bedeuten.

»Zwei von dreien, das ist keine schlechte Quote.« Sie durchbohrt Zach mit ihrem Blick.

Er lacht. Ich lache nicht. Stattdessen stehe ich auf und

will sie am Arm packen, um sie in die Damentoilette zu zerren und dem Unsinn ein Ende zu setzen. Denn ihre Sticheleien sind ungerecht. Wenn sie schon auf jemanden sauer sein will, dann bitte auf mich.

Wyatt tritt schnell zwischen uns. »Wie wär's mit einem Tanz?«, fragt er Angie mit ausgestreckter Hand.

Wo ist eigentlich seine Begleitung? Es würde mich nicht wundern, wenn er sie irgendwo sitzen gelassen hätte. Dieser Kerl. Aber Angie ist nicht seine Liga, sie wird ihn zum Frühstück verspeisen. Obwohl es Spaß machen könnte, sich das anzusehen.

»Hört sich gut an.« Sie zuckt mit den Schultern und erhebt sich.

Vielleicht kommt sie mit besserer Laune zurück. Wenn es einer schafft, die Anspannung zu lösen, dann Wyatt. Als sie die Tanzfläche betreten, einen widerwilligen Trent und eine ebenso widerwillige Grace im Schlepptau, drehe ich mich zu Zach um. »Tut mir leid.«

»Es gibt nichts, was dir leidtun müsste. Angie liebt dich und passt auf dich und die Jungs auf.«

»Das stimmt. Und ich war so lange mit Todd verheiratet, dass sie sich wahrscheinlich keinen anderen an meiner Seite vorstellen kann, erst recht nicht dich – sorry.«

Er lacht leise. »Schon in Ordnung.«

»Trotzdem fühle ich mich jetzt besser.«

»Ach?«

»Ja, weil es jetzt raus ist. Sobald wir mit den Kindern gesprochen haben, müssen wir uns nicht mehr verstellen.«

Was nun schnell passieren sollte. Vor allem, da ihre großmäulige Tante da ist, die die Neuigkeit sicher nicht für sich behalten kann.

»Presley«, sagt er voller Zuneigung.

»Ja?«

»Ich liebe dich. Ich meine es ernst. Ganz gleich, was passiert, wenn wir mit Cayden und Logan reden. Ganz gleich, ob es Angie oder dem Rest der Welt nicht gefällt, dass wir zusammen sind, ich stehe dazu. Ich bin fest entschlossen, dafür zu sorgen, dass es diesmal funktioniert.«

Er hat keine Ahnung, was seine Worte mit meinem Herzen anstellen. Ich beuge mich vor und lege die Hand auf sein Herz. »Ich liebe dich, Zachary Hennington. Von unserem ersten Kuss an war ich bis über beide Ohren in dich verliebt.«

Unsere Lippen berühren sich, und ich höre einen Haufen Idioten brüllen. »Küss sie richtig, Zach!«

Ich will den Kopf drehen, aber er lässt es nicht zu. Er presst seine Lippen fest auf meine und beugt meinen Kopf nach hinten. Seine Zunge gleitet über meine Lippen, und ich seufze. Er hält mich fest, beherrscht jede Bewegung. Ich bin gefangen, verloren, völlig verzaubert von ihm. Mein Herz hämmert, während er mich mit so viel Leidenschaft küsst, dass es mir den Atem raubt. So sollte jede Frau geküsst werden.

»Seid ihr zwei endlich fertig?«, erklingt Wyatts Stimme, und wir reißen uns voneinander los.

Meine Lippen brennen, und ich bedecke meinen Mund mit der Hand. »Tut mir leid«, murmle ich, senke den Kopf und versetze ihm einen Klaps gegen die Brust.

Zach stößt ein Ächzen aus und richtet sich auf. »Es ist deine Schuld.«

»Schieb mir nicht die Verantwortung in die Schuhe, Zachary«, witzle ich.

»Also, Zach«, sagt Angie von hinten. »Ich habe das Gefühl, wir müssen reden.«

»Ang«, sage ich warnend.

»Du weißt schon, das Kriegsbeil begraben, da du jetzt wieder mit meiner Schwägerin schläfst.«

»Oh Gott. Bitte, hör auf.«

Angie ignoriert mich weiter. »Ich war für sie da, während du dich beim Baseball vergnügt hast. Ich habe dafür gesorgt, dass sie nicht in der Klapse gelandet ist, nachdem du sie wegen deiner glänzenden Karriere verlassen hattest.« Der Boden tut sich unter meinen Füßen auf. Ich flehe sie mit Blicken an, nichts mehr zu sagen. »Hast du endlich eingesehen, wie falsch es war, sie sitzen zu lassen?«

»Wir haben das alles besprochen«, antwortet er und hält mich fest umklammert.

»Ja, Angie.« Ich werfe ihr einen vielsagenden Blick zu. »Wir sind darüber hinweg, okay?« Mit einem Blick auf die Uhr sage ich in entschiedenem Ton: »Es ist spät. Ich habe dich so lange nicht gesehen. Lass uns zurückfahren und reden, nur wir zwei.«

»Ich kann sie nach Hause bringen«, bietet Wyatt an.

»Warst du nicht mit jemandem hier?«, frage ich.

Wyatt zuckt mit den Schultern. »Mir gefällt die hier besser.«

Angie schaut mit einem Lachen auf. »Wir sind uns ja wirklich ähnlich. Nur dass mein Schwanz vermutlich größer ist als deiner.«

»Willst du vergleichen, Angelina?«

»Angie.«

Wyatt grinst. »Wortklauberei.«

»Also schön, ihr zwei.« Jetzt kommt die Mutter in mir zum Vorschein. »Ich werde mit Angie fahren, da sie mit dem Wagen hergekommen ist.«

Zach zieht mich an sich. »Sehen wir uns heute Nacht?«, flüstert er mir ins Ohr. »Ich kann ohne dich nicht einschlafen.«

Ich sehe in diese blauen Augen, die ich so sehr liebe. »Darauf kannst du wetten.«

Nicht immer bekommt man eine zweite Chance, aber dass Zach und ich wieder zueinandergefunden haben, war Schicksal, daran glaube ich fest. Hätten wir uns damals nicht getrennt, hätten wir nie erfahren, wie das Leben ohne den anderen ist. Und ich bin dankbar, dass es mir vergönnt ist, erneut mein Glück zu finden.

Kapitel 29

»Okay, das heißt, du schleichst dich jede Nacht aus dem Haus?«, fragt Angie, als sie sich in mein Bett kuschelt. Sie hat darauf bestanden, dass wir zusammen übernachten, so wie früher oft.

»Ich schleiche nicht wirklich hinaus.«

»Gehst du zur Haustür raus?«

Ich schnaube. »Nein.«

»Weiß irgendjemand davon?«

»Nun, sie wissen es, aber es ist nicht allgemein bekannt.«

»Kletterst du aus dem Fenster?«, fragt sie.

»Nein.« Ich lache. »Ich gehe, wenn die Jungs schlafen, und komme zurück, bevor sie aufwachen. Wir treffen uns, nur eben bei Nacht.«

Sie sitzt mit vor der Brust verschränkten Armen da. »Gehst du heute Nacht auch zu ihm?«

Ich will nicht länger lügen. »Ja. Ich weiß nicht, ob er dort sein wird, aber ich gehe zum Bach hinunter.«

Angie grinst. »Ich weiß deine Ehrlichkeit zu schätzen.«

In der nächsten Stunde reden wir über Gott und die Welt. Sie lacht über die Geschichte mit dem Wettrennen und beginnt sogar zu lächeln, wenn ich seinen Namen erwähne. Hoffentlich erkennt sie, wie glücklich er mich macht. Wie sich alles verändert hat, seit er bei mir ist.

»Es gefällt mir nicht«, sagt sie. »Aber ich freue mich für dich.«

Ich setze mich neben sie aufs Bett und greife nach ihrer Hand. »Es ist schwer für dich, das verstehe ich gut. Aber für mich ist es auch nicht einfach. Ich habe mich nicht Hals über Kopf in diese Sache hineingestürzt. Er hat mir geholfen, mit Todds Entscheidung klarzukommen. Richtig begreifen kann ich sie immer noch nicht, wahrscheinlich werde ich das auch nie, aber ich bin nicht mehr so wütend.«

Sie nickt. »Ich wünschte, ich wäre es auch nicht.«

»Was meinst du?«

»Es hätte so viele andere Wege gegeben als diesen. Es fällt mir sehr schwer, ihm zu verzeihen. Es hätte niemals so enden dürfen.«

Ich schließe die Augen und suche angestrengt nach den richtigen Worten. »Nein, das hätte es nicht. Wir hätten einen Weg gefunden, aber das war wohl zu schwer für ihn. Ich kann seinen Stolz nachvollziehen. Wirklich.« Stolz war es auch, der mich so isoliert hat, als ich hierher zurückgekehrt bin. Weil ich nicht wollte, dass irgendjemand davon weiß. Ich habe es gehasst, nach Tennessee heimkehren zu müssen, um bei meinen Eltern zu leben. Und es fällt mir immer noch schwer. »Aber ich war seine Frau. Ich sollte seine Partnerin sein … Doch dann hat er ganz allein beschlossen, dass er nicht mehr konnte.«

»Ja«, stimmt sie mir zu. »Und damit hat er das Leben von uns allen ruiniert.«

»Vielleicht«, sage ich mit großer Behutsamkeit. »Vielleicht hat er gedacht, es würde uns retten.«

Angies Augen füllen sich mit Tränen. »Ich bin auch allein gewesen, Pres.«

»Ich weiß.«

»Nein.« Sie schüttelt den Kopf und richtet sich auf. »Ich glaube nicht, dass du das weißt. Ich habe fast jeden Tag mit ihm geredet. Ich habe mit dir und den Jungs geredet. Ihr wart meine Familie. Die hat er mir genommen. Aber vor allem hat er mich mit so vielen Fragen zurückgelassen.

Und dann hast du dich einfach nicht mehr gemeldet.« Ihre Lippen zittern. »Jetzt verstehe ich es, aber es hat wehgetan.«

»Es tut mir so leid.«

»Das muss es nicht. So ist es eben.« Angie fährt sich übers Gesicht und wischt die Tränen fort. »Ich bin nicht mehr sauer oder wütend auf dich. Ich will dich nur wieder zu Hause haben.«

Im Moment weiß ich nicht, ob ich jemals nach Pennsylvania zurückkehren werde. Wenn ich nachts die Augen schließe, sehe ich keine Stadtlichter mehr. Ich sehe Sterne. Ich sehe blaue Augen, Glühwürmchen und ländliche Hügel. Mein Herz ist hier. Mein Herz ist bei diesem Mann, der wahrscheinlich unten am Bach bereits auf mich wartet.

Aber Angie leidet, und ich will ihr nicht noch mehr wehtun.

Irgendwann döst Angie ein. Weil ich spät dran bin, schicke ich Zach eine Nachricht, damit er Bescheid weiß. Doch er antwortet nicht. Wahrscheinlich ist er in seinem Truck eingeschlafen. In den letzten beiden Nächten haben wir beide nicht viel Schlaf bekommen.

Heute jedoch werden wir nicht zum Teich fahren, damit ich morgen früh auch wirklich pünktlich zu Hause bin.

Aber als ich den Bach erreiche, ist keine Spur von Zach zu sehen. Ich schicke ihm eine weitere Nachricht.

Ich: Hey, Cowboy … ich bin hier.

Ich setze mich auf den Felsen und denke an die vergangene Nacht.

»Ich glaube, hier sollten wir ein Haus bauen«, sage ich, in seine Arme gekuschelt. Gerade haben wir uns geliebt, und so großartig das auch ist, das hier ist noch besser. Zach liegt auf dem Rücken, mein Kopf ruht auf seiner Brust. Sein Herzschlag dröhnt in meinem Ohr, während er mir mit den Fingern über den Rücken streicht.

»Ja?«, fragt er und versucht, seine Aufregung zu verbergen.

»Nun, falls ich dich behalte.«

Er schmunzelt. »Vielleicht werde ich dich ja auch wegschicken.«

»Ha!« Ich stütze mich auf. »Das würdest du nicht tun.«

Zach dreht sich leicht, streicht mir das Haar aus dem Gesicht und grinst. »Ich weiß nicht ...« Er hebt die Decke an. »Du bist sexy.« Er lässt seine Hand über meinen Oberschenkel gleiten und arbeitet sich langsam nach oben vor. »Aber das warst du schon immer.«

»Ist das so?«, frage ich und spreize die Beine für ihn. »Du bist selber gar nicht so übel.«

Er senkt die Lippen auf meine Schulter, und ich schaudere. »Die anderen Typen waren sich immer einig, dass sie Schlange stehen würden, wenn ich dich jemals aufgäbe.«

Ich schüttelte den Kopf. »Und deshalb wolltest du dich nicht von mir trennen?« Ich stöhne, als sein Finger meine Klitoris streift.

Er fährt fort, mich mit kreisenden, federleichten Bewegungen zu reizen. »Nein.« Seine Stimme klingt eine Nuance heiserer. »Ich hätte jeden umgebracht, der dich anfasst. Du, Presley Mae, bedeutest mir alles.«

Ich will etwas darauf erwidern, aber bei seinen letzten Worten drückt er den Daumen nach unten und steigert die Berührung. Ich presse den Kopf in das Kissen und wölbe mich ihm entgegen.

»Dein Körper gehört nur mir«, murmelt er, bevor er an meinem Ohr knabbert. »Ganz allein mir.« Er trifft den perfekten Punkt, und ich werfe mich fast vom Bett. Meine Beine öffnen sich weiter, während ich hoffe, dass er nicht aufhört.

Er macht weiter, und ich fliege immer höher. Seine Finger gleiten langsam in mich hinein und wieder hinaus und bringen mich fast zum Höhepunkt. »Ich brauche mehr.« Ich wölbe mich ihm entgegen, aber er zuckt zurück.

»Ich muss es hören, Presley.«

Ich weiß nicht, was er unbedingt hören muss, aber ich will wirklich kommen. »Zach«, protestiere ich.

»Sag es, und ich werde dich kommen lassen«, verspricht er mir.

Ich wende den Blick nicht von seinen Augen ab. »Was?«, frage ich, während jeder Teil meines Körpers angespannt ist. »Ich werde sagen, was immer du hören musst.«

Im Moment könnte ich vor Verlangen schreien.

»Dass du jetzt mir gehörst.«

Das Wort »jetzt« fällt auf. Ich finde es herrlich, dass er das Gefühl hat, ich sei immer sein gewesen, ohne mein Leben mit Todd einfach abzutun. Ich umfasse seinen Nacken. »Ich gehöre dir, jetzt und immer, Cowboy.«

Keine Sekunde später drückt er mich aufs Bett, lässt mich seine pulsierende Härte spüren und dringt tief in mich ein. Ich verdrehe die Augen, während ich spüre, wie er mich ausfüllt, immer mehr. Jeder Stoß bringt mich dem Höhepunkt näher. Jedes Klatschen von Haut auf Haut bindet uns enger aneinander. Ich atme ihn ein, weiß, dass ich mich an all das immer erinnern werde. Er ist die Sonne, die Luft, die wunderschönen Lichter, die uns jetzt und hier umgeben. Ich will auf ewig mit ihm hier leben. Seine Arme umfassen mich, seine Liebe befriedigt mich, und seine

Stimme tröstet mich. Wenn ich mit ihm zusammen bin, weiß ich, wer ich bin.

Ich drücke ihn auf den Rücken, weil ich das Bedürfnis habe, ihn meine Liebe spüren zu lassen. Ich will ihm alles zeigen, was in meinem Herzen ist. »Schau mir zu«, fordere ich ihn auf.

Ich umfasse seinen Penis und führe ihn wieder in mich hinein. »Du hast ja keine Ahnung …«, murmelt er, während er beobachtet, wie er in mir verschwindet. »Du bist ein Teil von mir.«

»Und du bist ein Teil von mir.«

Zachs Kopf sinkt in das Kissen, sobald ich richtig sitze. Ich warte. Ich will seinen Blick auf mir spüren. Will sehen, wie er die Kontrolle verliert, während ich mich ihm hingebe. Das ist das erotischste Gefühl auf der Welt. Die Kerzen hüllen ihn in das schönste Licht. Seine ohnehin gebräunte Haut sieht noch dunkler aus, seine blauen Augen sind wärmer, und jeder Zentimeter von ihm gehört ganz mir.

Als unsere Blicke sich treffen, beginne ich, mich zu bewegen. »Fuck«, stöhnt er.

»Genau das tun wir.«

»Nein, Süße«, widerspricht er. »Wir ficken nie.« Zachs Finger graben sich in meine Hüften. »Selbst wenn es schnell und hart ist und vollkommen außer Kontrolle.« Er richtet sich auf, sodass wir Brust an Brust sitzen. Dann ergreift er eine Handvoll meiner Locken und zieht daran. »Wir lieben uns.«

Ich küsse ihn leidenschaftlich, dann bewege ich mich rastlos auf ihm. Die Reibung lässt meinen Höhepunkt heftig und schnell kommen. Wieder und wieder rufe ich seinen Namen, während ich um ihn herum pulsiere.

Zach wirft mich auf den Rücken und zieht das Tempo

an. Wir sprechen nicht, aber ich spüre, was er mir sagen will. Er liebt mich. Und ich liebe ihn. Als er kommt, zieht er mich in seine Arme.

»Ich glaube, wir sollten wirklich ein Haus hier bauen. Ich könnte ewig so weitermachen.«

Ich verziehe die Lippen zu einem Lächeln, küsse ihn auf die Brust und schmiege mich an ihn. »Ich auch.«

Und es stimmt. Inzwischen sind meine Träume von Todd keine Albträume mehr, nun ist es, als würde er über uns wachen. Ich war so wütend auf ihn, dass ich es mir nicht gestattet habe, glücklich zu sein. Aber als ich endlich bereit war, meine Wut loszulassen, haben sich auf einmal alle Bruchstücke wieder zusammengefügt.

Ich schaue auf mein Handy: Immer noch keine Nachricht. Als ich seine Nummer wähle, erreiche ich nur die Mailbox. »Hallo, Schatz. Wo bist du? Ich mache mir Sorgen. Bitte, ruf mich zurück.«

In meinem Magen bildet sich ein Knoten, als ich mir alles Mögliche vorstelle, das passiert sein könnte. Natürlich geht meine Fantasie mit mir durch, und ich schwanke zwischen Autounfall und der Idee, er könne eingeschlafen sein. Schließlich beschließe ich, zu seinem Haus zu gehen. Schlafen kann ich jetzt ohnehin nicht mehr, weil der Gedanke an das letzte Mal, als ich einen geliebten Menschen telefonisch nicht erreichen konnte, mich quält.

Auf dem Weg zu seinem Haus zwinge ich mich, nicht mehr an die Vergangenheit zu denken. Zach ist nicht Todd, und es ist unfair, diesen Vergleich überhaupt anzustellen. Bestimmt hat er einen guten Grund, warum er nicht zu unserem vereinbarten Treffen erschienen ist – zum Beispiel, weil er tatsächlich schlicht eingeschlafen ist. Doch zu Hause ist er auch nicht, also kehre ich zum Bach zurück und warte noch eine Stunde. Inzwischen ist es fast vier Uhr morgens, und ich bin vollkommen erschöpft.

Da er nun sicher nicht mehr aufkreuzen wird, mache ich mich schließlich auf den Heimweg. Um niemanden zu wecken, rolle ich mich auf der Hollywoodschaukel zusammen und schließe die Augen.

»Presley!«, höre ich jemanden meinen Namen brüllen. »Ich weiß, dass du hier bist! Komm runter, damit wir reden können!«

Ich öffne die Augen, und die Sonne blendet mich. Meine Muskeln sind steif und verspannt, weil ich auf der Schaukel eingeschlafen bin, und ich habe keine Ahnung, wie spät es ist.

»Zach?« Ich hebe den Kopf, um über das Verandageländer zu spähen, und sehe, wie er gerade die Scheune verlässt. »Was machst du da?« Ein Blick auf mein Handy sagt mir, dass es halb sieben am Morgen ist.

Wunderbar. Gerade mal zwei Stunden Schlaf. Mit mir wird heute nicht viel anzufangen sein.

»Was ich da mache?«, nuschelt er und gerät ins Stolpern.

»Bist du betrunken?«, frage ich.

Er tritt zur Seite und schwankt dann leicht zurück. Als ich ihn genauer betrachte, fällt mir auf, dass er noch immer dieselben Klamotten trägt, die er in der Bar anhatte. Er ist völlig verdreckt und hält etwas in der Hand. Eine Flasche. »Ist das dein Ernst, in diesem Zustand zu mir nach Hause zu kommen?«

»Sollte ich besser nicht hier sein, Süße?«, fragt Zach herausfordernd.

Ich bin verwirrt. Wenn jemand wütend sein sollte, dann doch wohl ich. Schließlich bin ich diejenige, die gestern Nacht versetzt wurde. »Nein.« Böse schnaubend steige ich von der Veranda. »Wo warst du gestern Nacht? Ich habe am Bach auf dich gewartet. Ich habe mir Sorgen gemacht.«

Er kommt auf mich zu und seufzt tief. »Das solltest du auch.«

»Was?«

»Du solltest dir Sorgen machen, Presley.« Er lehnt sich gegen die hölzernen Scheunentüren. »Oder du kannst trinken, bis es nicht mehr wehtut. Wenn du betrunken bist, ist es dir scheißegal.«

Seine Worte ergeben keinen Sinn. »Was soll mir scheißegal sein? Wo warst du gestern Nacht?«

»Ich habe gelernt.«

Oh, Jesus. Dieses Gespräch ist anstrengend. »Geh ins Bett. Du musst deinen Rausch ausschlafen.« Ich trete näher an ihn heran, aber er bewegt sich sehr schnell.

»Ich habe etwas über die Dinge gelernt, die du mir nie erzählt hast.«

Er nimmt einen großen Schluck Bourbon, ohne mich aus den Augen zu lassen.

»Ach ja? Als da wären?« Jetzt bin ich sauer. Er ist gestern Nacht nicht aufgetaucht, hat mich beunruhigt, und jetzt ist er betrunken.

Er lacht. »Zum Beispiel die Tatsache, dass du eine Menge Geheimnisse hast. Aber ich finde alles heraus.«

Mein Herz hört auf zu schlagen. »Was hast du gesagt?« Er kann nichts wissen. Ich habe ihm von Todd und dem Geld erzählt. Ich habe ihm alles erzählt, außer …

»Jawohl.« Er tritt auf mich zu. »Stell dir meine Überraschung vor. Aber was verbirgst du sonst noch vor mir?«

»Du musst nüchtern werden.«

»Hör auf, mich zu belügen!«, brüllt Zach.

Ich schiebe ihn zurück in die Scheune, damit er nicht alle aufweckt. »Ich rede über gar nichts mit dir, wenn du so aggressiv bist. Du willst dieses Gespräch führen?« Er wendet den Blick ab. »Dann werde erst nüchtern.«

Zach fährt sich mit beiden Händen durchs Haar, und ich sehe die Traurigkeit in seinen Augen. »Ich habe dich geliebt. Ich habe dich so verdammt geliebt. Aber du … du sagst mir nicht einmal die Wahrheit!«

Mir ist zum Weinen zumute. Noch vor wenigen Stunden war alles gut zwischen uns. Wie kann er es nur herausgefunden haben? Oder geht es gar nicht um das Baby? Trotzdem weiß ich in diesem Augenblick, dass ich es ihm erzählen muss. Dass ich ehrlich mit ihm sein muss. »Bitte, schlaf dich aus. Dann reden wir. Sieh einfach zu, dass du etwas Schlaf bekommst.«

In der Box, in der wir immer die Decken aufbewahren, richte ich ihm ein provisorisches Bett her. Er wirft die Flasche von sich und kommt mit großen Schritten auf mich zu, dann umfasst er meinen Nacken mit festem Griff, bevor er den Mund auf meinen drückt. Sobald unsere Lippen sich berühren, spüre ich es. Irgendetwas stimmt nicht. Er ist zornig und verletzt, und etwas hat sich verändert. Dieser Kuss ist anders als alle anderen.

Zach zieht sich zurück und starrt mir in die Augen. »Du hast mich zerstört, Cowgirl.«

Meine Sprache lässt mich ebenso im Stich wie mein Herzschlag. Starr vor Angst stehe ich da. Dann sagt er nichts mehr, legt sich bloß hin und verliert das Bewusstsein, noch bevor ich aus meiner Starre erwache.

Er weiß es. Und das wird nichts Gutes bedeuten.

Kapitel 30

Während Zach in der Scheune seinen Rausch ausschläft, gehe ich wieder hinein, um mich für den Tag frisch zu machen. Das ungute Gefühl in der Magengrube wird immer stärker. Natürlich war es falsch von mir, ihm nichts von der Schwangerschaft zu erzählen. Aber ich war achtzehn Jahre alt. Und ich wollte es ihm sagen, so viele Male, aber ich war mir nicht sicher, ob wir überhaupt noch mal eine Zukunft hatten, und die Erinnerung daran war so schmerzhaft, dass ich die Worte einfach nicht herausbrachte. Deshalb habe ich immer nur daran gedacht, wie er mich verlassen hat. Nicht an das Baby.

Als ich zurück zur Scheune komme, ist er nicht mehr da. Ungläubig sehe ich mich um. Ist er wirklich einfach so verschwunden? Wie kann er mir das antun?

»Suchst du mich?«, erklingt auf einmal seine tiefe Stimme hinter mir.

»Zach.« Ich fahre herum.

Entschlossenen Schrittes kommt er auf mich zu. »Du hast mich angelogen.«

Ja, es gibt keinen Zweifel mehr. Er weiß Bescheid.

Zach fordert mich mit seinem Blick heraus, es abzustreiten.

»Ich wollte nicht, dass du es so erfährst. Ich hätte es dir erzählt.«

»Wann?«, schreit er. »Wann hattest du vor, mir zu erzählen, dass wir ein Baby hatten?«

Keiner von uns bewegt sich. Ich will ihm alles sagen, aber

wie erkläre ich das? Ich war jung, dumm und verletzt, und dann war ich total am Ende. »I-ich … es ist lange her.«

Er tritt einen Schritt zurück. Sein Blick huscht unruhig umher, meidet mich. »Ich kann nicht.« Zach dreht sich um und geht an mir vorbei.

Ich greife nach seinem Arm. »Bitte. Ich wollte es dir so viele Male sagen. Und jedes Mal … konnte ich es nicht mehr. Ich weiß, das war schäbig, aber du musst verstehen, dass der bloße Gedanke daran mir wehgetan hat. Es war auch so schon schlimm genug.«

Ein Gefühl von Vergeblichkeit überwältigt mich. Ja, es war falsch von mir, ihm das zu verheimlichen, aber ich hatte meine Gründe. Ich habe ein Jahr voller Verluste hinter mir. Ich habe einen geliebten Menschen verloren, meinen Job, mein Leben, wie es mal war. Ich will ausnahmsweise einmal gewinnen. Wenn ich die Rede auf unser Kind gebracht hätte, hätte es nur wieder etwas aufgewühlt, das ich gern vergessen hätte.

Zach sieht mich an. »Du hattest ein Baby. *Wir* hatten ein Baby.«

»Nein.« Ich senke den Blick, und diesmal fangen die Tränen an zu laufen. »Ich habe ihn verloren.«

»Ihn?«, stößt er mit erstickter Stimme hervor.

»Zwei Wochen, nachdem du gegangen bist, habe ich von der Schwangerschaft erfahren. In der siebzehnten Woche hatte ich eine Fehlgeburt.«

Er sieht mich durchdringend an, bevor es aus ihm herausbricht. »Und das konntest du mir nicht sagen? Du warst nicht der Meinung, ich hätte es verdient, das zu wissen?« Ich habe ihm das Herz gebrochen. »Verdammt, Presley! Wie konntest du so etwas vor mir verheimlichen? Wie konntest du mich nach all diesen Jahren ansehen und es mir nicht erzählen?«

Damals hatte ich mich selbst verloren. Der Zorn, die Traurigkeit, Gefühle vollkommenen Versagens hatten monatelang mein Leben überschattet. Jede Nacht bin ich weinend aufgewacht, habe mir den Bauch gehalten und Zach angefleht, zurückzukommen. Und währenddessen versank mein Leben in Dunkelheit.

»Ich konnte es dir nicht sagen. Als du mich verlassen hast, ist ein Teil von mir gestorben. Übrig blieb ein großes, riesiges, schmerzendes Loch. Dann habe ich herausgefunden, dass ich schwanger war. Ich war so wütend. Ich habe dich dafür gehasst, dass du mich allein gelassen hast«, erkläre ich.

»Du hättest es mir sagen sollen! Ich wäre zurückgekommen!«

Und genau das war der Grund, warum ich es ihm verschwiegen habe. »Aber nicht um meinetwillen!«

Die Tränen rollen mir über die Wangen, als mein siebzehn Jahre alter Schmerz wieder an die Oberfläche kommt. Ich hatte ihn verdrängt, aber er ist mit voller Macht wieder da.

»Was soll das heißen?«

»Es soll heißen, dass *ich* nicht genug für dich war! Ich hätte dich gebraucht. Und du bist trotzdem gegangen. Und dann? Hätte es was geändert, dass ich schwanger war? Ich habe dieses Baby verloren, und ich habe dich verloren. Was denkst du, wie ich mich gefühlt habe?«

»Ich weiß es nicht! Du hast mir keine Chance gegeben, es herauszufinden!« Er stößt ein Ächzen aus und schlägt mit der Hand gegen die Scheunentür. »Ich kann es nicht fassen, Presley.«

»Ich war nicht perfekt. Ich war achtzehn Jahre alt! Achtzehn, Zach. Allein in einer fremden, neuen Stadt, schwanger, ohne Familie, und ein Junge hatte gerade mein Leben ruiniert. War es falsch von mir? Ja. Aber verdammt, ich hatte solche Angst.«

Ich bin ehrlich, in meiner Wut habe ich mich nicht um seine Gefühle geschert. Als er damals in diesen Bus stieg, hatte plötzlich alles, von dem ich dachte, es sei der Sinn meines Lebens, keine Bedeutung mehr. Meine Welt wurde aus den Angeln gehoben.

»Aber du hattest kein Problem damit, mich dafür zu verurteilen, dass ich fortgegangen bin?« Er tritt einen Schritt vor. »Wie einfach für dich zu sagen, es sei meine Schuld gewesen. Ich wäre zurückgekommen, wenn ich von deiner Schwangerschaft gewusst hätte. Ich hätte zu dir gestanden, das College abgeschlossen, dich geheiratet und gesehen, wohin das Leben uns führt.«

Am liebsten hätte ich laut gelacht. »Du hättest wirklich für ein Kind deine Träume aufgegeben?«

»Nein.« Er weicht zurück. »Ich hätte trotzdem …«

»Du hättest was?«, frage ich aufgebracht. »Hm? Als du fort bist, habe ich dir gesagt, dass ich eine Familie will, und du hast erwidert, dass das jetzt noch kein Thema für dich sei. Was wäre also anders gewesen?«

Ich kenne Zachary ebenso gut, wie er mich kennt. Er hatte zwei Leidenschaften, Baseball und mich. Ich habe am eigenen Leib erfahren, was von beidem ihm wichtiger war, und ich denke nicht, dass das Baby einen Unterschied gemacht hätte.

Mein Zorn spiegelt sich in seinen Augen wider. »Das wissen wir nicht, weil du es vor mir geheim gehalten hast!«

»Folgendes wäre passiert«, antworte ich und trete auf ihn zu. »Du hättest weiter Baseball gespielt, genau wie du es immer getan hast. Nichts an unserer Situation hätte sich geändert. Du hättest diesen Job angenommen, und ich wäre auf dem College geblieben. Haben wir falsch gehandelt?« Ich halte inne. »Vielleicht. Aber es ist die Entscheidung, die wir getroffen haben. Ich wusste nichts von dem Baby, als du gegangen bist. Vielleicht wäre alles anders gekommen, aber *ich* wollte der Grund sein, warum du bleibst, und nicht die Tatsache, dass du mich geschwängert hast.«

»Also, wie lange warst du schwanger?«

»Nur knapp fünf Wochen.«

»Fünf Wochen!«, schreit er. »Weißt du, wie viele Male ich dich in dieser Zeit angerufen habe?« Zach kommt näher. »Weißt du es?«

In diesem Moment hasse ich mich selbst. Alles in mir zerbricht, genau wie vor all diesen Jahren. »Ich war im Unrecht, aber als ich so weit war, es dir zu sagen, habe ich bereits geblutet!« Tränen strömen mir übers Gesicht, als ich an diesen Tag denke. »Ich habe das Baby verloren. Ich habe ihn verloren! Ich habe Angie angerufen, aber sie war nicht da. Also hat Todd mich ins Krankenhaus gebracht. Nachdem man mir erklärt hatte, was geschehen war, habe ich stundenlang geweint. Ich habe dich an diesem Tag angerufen, Zach.«

Er reißt den Blick hoch. »Wann?«

»Irgendein Mädchen ist an dein Telefon gegangen. Ich habe angerufen, als ich in diesem Krankenzimmer saß und darauf wartete, dass sie alles aus mir entfernen.«

Das Gefühl des Verrats war so stark, dass ich mir geschworen habe, nie wieder mit ihm zu sprechen. Es war nicht rational. Ich weiß, dass viele unserer Entscheidungen mit achtzehn nicht rational waren, aber der Gedanke an ihn und das Mädchen brachte mich ans Ende meiner Kräfte. Meine Hormone und Gefühle haben verrücktgespielt.

»Ich war mit niemandem zusammen.« Er kommt näher. »Es hat Jahre gedauert, bis ich ein anderes Mädchen auch nur angesehen habe!«

»Sie war nicht das Problem. Das Problem war, dass ich

dich gebraucht hätte.« Er kapiert es nicht. »Ich habe *dich* angerufen, und stattdessen geht irgendeine Tussi ans Telefon?«

»Verdammt noch mal, Presley! Das war vor siebzehn Jahren, und es hat niemand anderen gegeben.«

»Jesus!« Ich werfe die Hände hoch. »Jetzt ist es also für dich in Ordnung, dass es siebzehn Jahre her ist, aber für mich darf es das nicht sein?«, rufe ich. »Weißt du was? Es ist mir egal! Ich erkläre dir nur, warum ich dich nie wieder angerufen habe.«

Er schaut weg und sieht mich dann wieder an. »Das ist Blödsinn! Und nicht nur das, aber was spielt das noch für eine Rolle? Du hast mit mir Schluss gemacht! Du hast beschlossen, dich von mir zu trennen, weil du die drei Jahre nicht warten wolltest.«

»Ich hätte nicht gedacht, dass du so schnell weiterziehen würdest.«

»Das habe ich auch nicht getan! Vielleicht war es meine Agentin, die ans Telefon gegangen ist, hast du das je in Erwägung gezogen?«

Nein, das habe ich nicht. Und es ist auch egal, weil es darum überhaupt nicht geht. Diesen Streit hätten wir damals ausfechten müssen. »Nein, aber darum geht es bei dieser Auseinandersetzung nicht. Ich habe es nicht in Erwägung gezogen, weil ich schwanger war und gerade dabei, das Baby zu verlieren.«

»Wie ist es möglich, dass zwei Menschen dieselbe Sache so unterschiedlich in Erinnerung haben?«

»Ich weiß es nicht.«

»Ich bin so stinksauer«, gibt er zu.

Ich verstehe seine Gefühle, aber keiner von uns war perfekt. Wenn ich ihm bereits vor einigen Monaten von dem Baby erzählt hätte, was hätte das bewirkt?

»Also betrinkst du dich und tauchst bei mir zu Hause auf?

Beschließt, dass du mich anbrüllen willst? Mir sagen willst, wie sehr ich im Unrecht bin? Findest du nicht, du hättest dies ein wenig anders handhaben können?«

»Ich habe es falsch gehandhabt?« Er stößt ein ersticktes Lachen hervor. »Verdammt, willst du mich auf den Arm nehmen?«

»Wir haben beide Fehler gemacht!«, schreie ich zurück. »Ich behaupte nicht, im Recht zu sein, aber inwiefern hilft uns das jetzt?«

Jetzt sind wir wieder die Presley und Zach wie früher. Hitzköpfig und emotional. Ja, er ist süß und liebevoll, aber er kann auch sehr wütend werden. Wenn man ihn provoziert, wehrt er sich. Genau wie ich, was sich jetzt gerade wieder zeigt.

»Kannst du dir vorstellen, wie das ist, Presley?« Er kocht förmlich über vor Zorn. »Wenn man nach Hause kommt, sich darauf freut, dich bald wiederzusehen, um dann herauszufinden, dass wir ein Baby hatten und dass du mich siebzehn Jahre lang belogen hast.«

»Wie hast du davon erfahren, Zachary?« Jetzt koche *ich* über vor Zorn. Er will ein herablassender Mistkerl sein? Dann werde ich es ihm zeigen. Die einzige Person, die davon wusste, ist Angie, und sie hat es ihm nicht erzählt. »Hm? Wer hat dir die Augen geöffnet und dir klargemacht, dass ich ein verlogenes Miststück bin?«

Er zuckt leicht zusammen. »Ich habe dich niemals als Miststück bezeichnet.«

»Wer hat es dir gesagt?« Meine Stimme ist unheimlich ruhig.

»Es ist unerheblich.«

»Das ist es nicht!« Ich marschiere auf ihn zu.

Er vergräbt die Hände in seinem Haar und weicht wieder vor mir zurück. »Ich muss wissen, warum du es mir nicht gesagt hast.« Zachs Zorn hat sich aufgelöst. Die Feindseligkeit, die eben noch da war, hat sich in Enttäuschung verwandelt. »Wir haben über alles gesprochen, wie konntest du mir ausgerechnet das vorenthalten?«

Darauf gibt es viele Antworten. Mein Lebensweg war mit Dornen und Nägeln gepflastert. Und ich habe mein Möglichstes getan, jedes Hindernis zu nehmen. Doch seither war es nie wieder wie vorher. Den Verlust eines Kindes kann man nicht überwinden.

Nun steht Zach mit dem Rücken zur Wand, daher gehe ich weiter, bis wir einander berühren. »Ich spreche niemals darüber. Irgendwo ist die Erinnerung noch lebendig, aber ich versuche, nicht daran zu rühren. Du warst der Mann, mit dem ich mein Leben teilen wollte, mit dem ich ein Kind haben wollte. Als dieser Traum zu meinem schlimmsten Albtraum wurde, war ich am Ende vollkommen leer.« Er sieht mir fest in die Augen. »Als ich hierher zurückgekehrt bin, habe ich mit Todds Selbstmord gekämpft, meinen Schulden, meinen Söhnen – ich wollte nicht auch noch diesen Schmerz erneut erleben. Es tut mir leid, dass ich es dir nicht gesagt habe, aber ehrlich, ich wollte nicht mehr in der Vergangenheit leben, nachdem wir den Entschluss getroffen hatten, noch einmal von vorn anzufangen.«

»Aber du hattest kein Problem damit, mir die Vergangenheit vorzuhalten«, entgegnet er frustriert.

Er hat recht. »Das war falsch von mir.«

»All diese Jahre hatte ich Schuldgefühle, weil ich das Mädchen verlassen hatte, das ich mehr als alles andere geliebt habe. Das habe ich mir nie verziehen. Und jetzt habe ich jeden einzelnen verdammten Tag darum gekämpft, dir zu beweisen, dass ich heute der Richtige für dich bin!« Er tritt vor und zwingt mich so, zurückzuweichen. »Ich habe dir alles von mir gegeben, Presley.« Seine Brust hebt und senkt sich, während ihm Tränen in die Augen treten. »Ich! Nur ich! Ich habe deine Geheimnisse gehütet! Ich habe an deiner Seite gestanden. Dich im Arm gehalten, als du wegen all der Dinge geweint hast, die du wegen Todd durchmachen musstest!«

»Ich habe dich nicht darum gebeten, Geheimnisse zu hüten!«, schreie ich. »Jetzt willst du also Todds Selbstmord gegen mich verwenden?« Ich stoße ihn weg. »Ich habe bei dir Halt gesucht. Denkst du, es war leicht für mich, dir zu sagen, dass er sich umgebracht hat?«

»Sag nichts über meinen Daddy!« Plötzlich ist Logan da. Er kommt herbeigeeilt und versetzt Zach einen Stoß.

Mir rutscht das Herz in die Hose. Ich weiß nicht, seit wann er hier ist, aber so sollte mein Sohn die Wahrheit nicht erfahren.

Es ist alles meine Schuld. Geheimnisse kommen ans Licht, ganz gleich, wie sehr wir uns bemühen, sie zu vergraben.

Kapitel 31

»Logan!« Ich strecke die Hand nach ihm aus.

»Das stimmt nicht! Mein Daddy würde so etwas niemals tun! Er hat mich lieb gehabt!« Er boxt Zach gegen die Beine.

Zach hockt sich hin und zieht Logan in die Arme, hält ihn fest. »Natürlich hat er dich lieb gehabt«, sagt Zach leise und sieht mich voller Bedauern an.

»Du darfst meine Mom nicht anschreien!« Er schlägt in Zachs Armen weiter um sich. »Und du bist nicht mein Dad!«

»Ich weiß. Ich weiß, dass ich das nicht bin. Aber ich habe dich gern.«

»Nein, hast du nicht! Du wirst niemals mein Dad sein! Ich hasse dich!«

Die Fäden, die mein zerfetztes Herz zusammenhalten, reißen auseinander. Wieder leidet mein Sohn. Ich bin so unfähig. Ich weiß nicht, wie ich das schaffen soll. Wieso vermassle ich alles immer wieder?

Ich packe Logan und nehme ihn in die Arme. »Stopp! Logan, stopp!«

Er stößt mich weg und versucht, an Zach heranzukommen. »Logan.« Zachs Stimme ist verzweifelt. »Logan, ich bin nicht … ich … ich würde niemals versuchen, den Platz deines Dads einzunehmen.« Seine Augen sind angsterfüllt. Ich weiß nicht, was ich tun soll. Ich kann nicht fassen, dass Logan gehört hat, was ich gesagt habe. »Ich würde deiner Mom niemals wehtun.«

Ich wiege ihn in den Armen. »Zach und ich …«, beginne ich, aber was soll ich nur sagen? Wir haben uns gestritten?

Na und? Er hätte es niemals auf diese Weise erfahren dürfen. »Es tut mir leid, Lo.«

»Warum hast du gelogen? Warum hast du gesagt, Daddy hätte sich umgebracht? Das hat er nicht getan.« Logan beginnt zu weinen. »Sein Herz ist stehen geblieben!«

»Sein Herz ist tatsächlich stehen geblieben«, erkläre ich.

Er sieht mich mit so viel Schmerz in den Augen an. »Du hast mir gesagt, er sei im Himmel. Du hast mir nicht gesagt, dass er sich das Leben genommen hat! Du hast mir nicht gesagt, dass er nicht länger bei uns sein wollte.«

Ich umfasse Logans Gesicht mit beiden Händen. »Nein, er hat dich lieb gehabt und wollte bei dir sein!«

»Du lügst«, weint er. »Du hast uns gezwungen, hierherzuziehen. Wir wollten nicht hierherkommen. Wir wollten in unserem Haus bleiben.« Tränen strömen ihm übers Gesicht, und es bricht mir das Herz. »Ich will meinen Dad zurückhaben!«

»Das weiß ich. Ich wünschte auch, er hätte uns nie verlassen.«

»Das darfst du nicht sagen!«, brüllt er. »Du liebst Zach!«

»Logan«, sagt Zach und berührt ihn am Arm. »Deine Mama hat deinen Daddy sehr geliebt. Sie hat mir erzählt, wie sehr sie ihn vermisst. Und was für ein großartiger Mann er war, dass er sich um euch gekümmert hat, dass er mit euch zu Eishockeyspielen gegangen ist.«

»Mein Daddy war der Beste!«, sagt Logan voller Trotz.

»Das war er sicher, denn er hatte dich und Cayden.«

Weinend wendet Logan den Blick ab.

»Logan«, flüstere ich zärtlich.

»Er hat dich angebrüllt. Daddy hat dich nie angebrüllt!«

»Was ist passiert?«, fragt Angie hinter mir atemlos. Ich drehe mich um. Sie hält Caydens Hand in ihrer und sieht uns alle tränenüberströmt dastehen. »Logan?«

»Sag es ihr, Tante Angie!«, fleht er. »Sag Mom, dass Daddy sich nicht umgebracht hat!«

Cayden erstarrt, und Angie drückt ihn an sich. Sein Blick fliegt zwischen mir und Angie hin und her. »Lo«, sagt sie leise. »Es ist viel komplizierter als das.«

Wyatt, Cooper, Mama und Daddy tauchen hinter ihr auf.

»Mom?«, fragt Cayden.

»Ihr irrt euch alle!«, schreit Logan. »Er ... er ... er ...« Logan vergräbt den Kopf an meiner Brust. »Er hätte sich nie umgebracht!«

»Cayden«, sage ich leise und strecke ihm eine Hand entgegen.

Er stürmt vorwärts und schlingt die Arme um mich. »Warum?«, fragt er. »Ist es wahr?«

Angie sieht mich mit zitternden Lippen an. Stumm flehe ich sie an, etwas zu sagen. Ich kann nicht atmen, das Gefühl, erneut alles zu verlieren, drückt mir die Luft ab.

»Ihr wisst, dass euer Daddy mein Bruder war«, sagt sie und kommt langsam näher, »und dass ich ihn jeden Tag vermisse, aber manchmal geschehen Dinge, die wir nicht erklären können. Es ist hart, und es tut weh, aber ihr müsst wissen, wie sehr er euch beide geliebt hat.«

»Er hat Mom geliebt!«, ruft Logan. Das ist so gar nicht seine Art. Er ist immer der Fügsame, vernünftig und einfühlsam.

Ich klammere mich an die Jungs, während mir nach und nach klar wird, welchen Schaden ich angerichtet habe. Dabei habe ich sie doch nur beschützt! Glaubte ich zumindest. Doch was, wenn ich ihnen gleich die Wahrheit gesagt hätte? Vielleicht wären sie dann inzwischen über den Schock hinweg. Und ich hätte nicht alles alleine mit mir ausmachen müssen.

Angie sieht mich an, und ihr stockt der Atem. Tränen

rinnen ihr übers Gesicht. »Er hat es getan.« Ihre Stimme ist leise und gebrochen. »Er hat uns alle so sehr geliebt. Aber er war auch sehr, sehr traurig, Liebling.«

Ich breche in Schluchzen aus. »Er hat dich und Cayden so sehr geliebt!« Ich ziehe sie fest an mich. »Daran dürft ihr niemals zweifeln.«

Ganz gleich, wofür Todd sich entschieden hat, ich werde niemals zulassen, dass sie sich ungeliebt fühlen. Ich frage mich, ob er uns so sehr geliebt hat, dass er es nicht ertragen konnte, uns leiden zu sehen. Wir waren der Mittelpunkt seiner Welt. Jemand, der so intensiv liebt, wählt diesen Weg nicht leichtfertig. Auch wenn seine Entscheidung alles zerstört hat, letztendlich hat sie mich hierher zurückgeführt. Sie hat mir meine Familie, meine Freunde und Zach zurückgegeben.

Cayden weint noch heftiger. »Ich verstehe das nicht. Wenn er uns geliebt hat, wie konnte er dann fortgehen?« Seine Stimme zittert.

Ich denke, Todd wusste, dass er mich, sobald all seine Lügen ans Licht gekommen wären, verlieren würde, daher hat er mich so gehen lassen, wie es ihm möglich war. Zu seinen Bedingungen.

»Manchmal gibt es keine Antworten. Manchmal müssen wir einen Menschen einfach lieben und Trost darin finden, dass er nicht mehr leidet.« Ich wische mir die Tränen weg. »Er wird immer in unseren Herzen und in unserer Erinnerung sein. Das wird niemals vergehen.«

Mein Dad kommt langsam näher und lässt sich neben mir nieder. »Wisst ihr noch, was ich euch Jungs über die Liebe eines Daddys erzählt habe?« Sie sehen ihren Großvater an und nicken. »Erinnert ihr euch, dass ich euch gesagt habe, dass das *Warum* keine Rolle spielt, sondern das *Für immer*?« Er streckt die Hand aus, streicht mir übers Gesicht und wendet sich dann wieder den beiden Jungs zu.

»Es spielt keine Rolle, welche Gründe euer Daddy hatte. Ihr müsst immer daran denken, dass er euch für alle Ewigkeit liebt. Und er wird in euch weiterleben. Er wacht über euch und schenkt euch Liebe, wenn ihr sie braucht. So wie in diesem Moment.«

Der Rest meiner Familie versammelt sich um uns herum.

»Wir alle lieben euch«, wirft Mama ein. »Ich liebe euch mehr als mein eigenes Leben.«

»Aber …«, beginnt Logan.

»Nein«, unterbricht ihn mein Vater. »Es gibt in dieser Sache kein Aber. Ihr versteht es vielleicht nicht, aber selbst vom Himmel aus gibt euer Daddy acht auf euch. Ihr leidet gerade sehr, aber schaut euch jetzt einmal um. Ihr habt all diese Menschen, die euch lieben.«

Cooper tritt vor und lässt sich auf die Knie sinken. »Was auch passiert, ihr seid nicht allein«, versichert er und sieht mich und dann die Jungs an. »Ihr braucht eure Gefühle nicht zu verbergen. Wir sind für euch zwei und eure Mama da.«

Mit einem heiseren Schrei breche ich zusammen. So lange habe ich meine Trauer in mich hineingefressen, habe mich innerlich von ihr in Fetzen reißen lassen. Ich habe mich von meinen eigenen Ängsten dazu zwingen lassen, mehr zu leiden, als notwendig war. Trotzdem sehe ich keine Verurteilung in ihren Augen. Nur bedingungslose Liebe.

Mein Blick wandert zu Zach. Dem Mann, der mir während der letzten sechs Monate alles bedeutet hat. Dem Mann, der mir mehr Liebe und Mitgefühl geschenkt hat als irgendjemand sonst und dem ich doch nicht die ganze Wahrheit habe sagen können. Vielleicht habe ich meine Beziehung wegen eines siebzehn Jahre alten Geheimnisses zerstört.

»Ich liebe euch«, sage ich zu Logan und Cayden. »Ich liebe dich so sehr«, sage ich und schaue Zach in die Augen.

Er schüttelt den Kopf und wendet den Blick ab.

Wyatt versetzt ihm einen Stoß und legt den Kopf schräg. Beide stehen auf und gehen zur Tür, wo wir sie nicht hören können. Er legt Zach eine Hand auf die Schulter, und Zach sackt in sich zusammen. Ich will nach ihm rufen, ihn trösten, aber ich weiß nicht einmal, wie es um uns steht.

Es ist so viel gesagt worden.

So viele Herzen müssen heilen.

Er blickt zu mir herüber, nickt und verschwindet außer Sicht.

»Hier«, sagt Angie und reicht mir eine Tasse Kaffee.

»Danke.« Ich rutsche auf der Hollywoodschaukel zur Seite, damit sie neben mir Platz nehmen kann. »Ich habe es wirklich vermasselt.«

»Ja.« Sie seufzt. »Aber andererseits vielleicht auch nicht.«

Ich warte auf eine Erklärung, denn ich kann beim besten Willen nichts Gutes an der Situation erkennen. Doch Angie nippt an ihrem Getränk und bemerkt meinen fragenden Blick nicht. »Wie meinst du das?«, frage ich schließlich nach.

»Du lernst, um das zu bitten, was du brauchst. Du läufst nicht mehr weg. Du kämpfst um dein Leben, Pres. Jetzt gibt es keine Geheimnisse mehr. Du kannst endlich frei sein.« Sie schlingt den Arm um mich und zieht mich an sich. »Ich weiß, es macht dir Angst, aber Zach musste es wissen. Die Jungs mussten die Wahrheit erfahren. Und wenn Zach damit nicht klarkommt, ist das in Ordnung. Du lebst nicht in irgendjemandes Schatten.«

So schrecklich der heutige Tag auch war, so hatte er doch etwas Heilendes. Die Jungs trauern, aber sie beginnen zu verstehen. Meine Eltern und mein Bruder haben eine entscheidende Rolle dabei gespielt, ihnen zu helfen. Wir alle haben mit ihnen zusammengesessen, geredet, ihnen die Kraft gegeben, die sie brauchen, und am Ende waren sie beide ein wenig ruhiger.

Es geht uns zwar keineswegs gut, aber es gibt viele Menschen, die uns helfen.

»Was ist, wenn ich ihn nicht zurückgewinnen kann?«

»Nun, dann verdient er dich nicht.«

»Ich war im Unrecht«, gebe ich zu.

Angie wird immer auf meiner Seite sein, aber mir ist durchaus bewusst, wie sie zu dieser Sache steht. »Ich denke, du warst sehr jung und sehr verletzt. Ich kenne dich praktisch mein ganzes Erwachsenenleben lang, du bist kein unaufrichtiger Mensch, Presley. Du bist eine Wegläuferin. Du hast dich noch nie zuvor irgendeiner Sache gestellt.«

Mein Gott, sehen mich die Leute etwa so? Als eine schwache Frau, die wegläuft?

»Moment.« Sie richtet sich auf und schaut mich an. »Bevor du dich aufregst: Ich meine nur, dass du als Jugendliche Zach hattest. Dann Todd und mich. Du hattest die ganze Zeit irgendjemanden. Dann hat Todd dir den Boden unter den Füßen weggezogen. Und damit gehen einige Kratzer und Prellungen einher.«

»Ich komme mir vor wie eine Idiotin.«

Sie legt mir eine Hand aufs Bein. »Das bist du nicht. Du bist so viel stärker als die Frau, die ich das letzte Mal gesehen habe. Du hast nicht klein beigegeben, aber du hast dich entschuldigt und versucht, Wiedergutmachung zu leisten. Ich denke, du hast einen weiten Weg hinter dir, Liebes.«

»Ich hatte keine Wahl.« Ich atme schwer.

»Nein.« Sie hält kurz inne. »Die hattest du nicht. Und ich denke, dass Zach sich ebenfalls verändert hat. Ihr beide habt euch verändert. Es war wirklich unfair von mir, etwas anderes anzunehmen.«

Logan öffnet die Tür, und unsere Köpfe drehen sich gleichzeitig zu ihm. »Mom.«

»Alles klar mit dir, Liebling?«, frage ich und gehe auf ihn zu.

»Ich mag Zach.«

Ich lächle ein wenig traurig. »Ich auch.«

»Ich möchte ihm sagen, dass es mir leidtut.«

Diese Worte wecken in mir die Hoffnung, doch nicht alles falsch gemacht zu haben. »Ich bin mir sicher, er kommt bald wieder zu Besuch.«

Er schaut zum Paddock hinüber. »Er ist lustig. Und echt nett. Und er bringt dich zum Lächeln.«

Ich will ihm die Wahrheit nicht länger vorenthalten. »Zach und ich haben Erwachsenenprobleme. Und egal, ob wir diese Probleme lösen können oder nicht, ich weiß, dass er dich und Cayden sehr gern hat. Ich kenne ihn – ich denke nicht, dass ihr ihn wieder loswerden könnt. Was auch immer geschieht.« Ich hocke mich hin, damit ich ihm in die Augen sehen kann. »Onkel Cooper, Tante Angie, Wyatt, Trent, die ganze Stadt – alle werden für euch da sein. In Ordnung?«

»Glaubst du, er ist sauer auf mich?«

Seine kleinen grünen Augen füllen sich mit Tränen. »Nein, Liebling. Ich glaube nicht, dass er auf dich sauer ist. Nicht einmal ein winziges bisschen.«

Er nickt. »Ich habe ihn ziemlich hart geboxt.«

Angie kichert. »Ich denke, wir zwei müssen noch ein wenig an deinen Boxkünsten arbeiten. Nächstes Mal musst du ihm zwischen die Beine treten.«

»Angie!«, schimpfe ich.

»Ich bringe dem Jungen nur die Basics bei, meine Liebe. Zwischen die Beine und auf die Nase.« Sie zwinkert Logan zu.

Logan lacht. »Ich hab dich vermisst, Tante Angie.«

»Oh, Junge.« Sie geht zu ihm hinüber und zerzaust ihm das Haar. »Ich hab dich noch mehr vermisst.«

»Bitte, hör nicht auf sie. Du wirst niemanden treten.«

Er grinst und richtet den Blick wieder auf den Paddock. »Ich hoffe, er kommt morgen vorbei.«

Ich würde am liebsten sagen, dass ich das auch hoffe, aber ihm geht auch so schon genug durch den Kopf. Zach spielt jetzt eine wichtige Rolle in Logans Leben, ohne dass das jemand von ihm gefordert hätte. Er ist zu seinem Freund geworden, zu jemandem, auf den er sich verlassen hat. So, wie auch Wyatt und Cooper, aber mit Zach ist es etwas Besonderes. Cayden betrachtet ihn als seinen Helden, seit er ihn fand, als er sich verirrt hatte, doch die Beziehung zwischen Zach und Logan hat sich erst langsam entwickelt.

Angie ergreift Logans Hand. »Wie wär's, wenn wir uns alle einen Film ansehen? Ich bin noch eine Woche hier. Weil da nämlich jemand Geburtstag hat.« Sie schaut sich um und tippt sich ans Kinn. »Er wird elf. Ich frage mich, wer das sein kann?«

Logan verdreht die Augen. »Du musst an deinen Schauspielkünsten arbeiten, Tante Angie.«

»Ich geb dir gleich Schauspielkünste.«

»Bloß nicht!«, stößt er hervor. »Du brauchst sie noch.«

Wir brechen in Gelächter aus, und Angie jagt hinter ihm her. »Komm her, du kleines Monster!«

Sie verschwinden im Haus und lassen mich allein zurück. Was soll ich jetzt tun? Ich fühle mich so verloren. Was die Jungs betrifft, hat sich die Lage beruhigt, aber davon sind Zach und ich weit entfernt. Es hilft nichts, wir müssen miteinander reden.

Also ziehe ich mein Handy aus der Hosentasche und schicke ihm eine Nachricht.

Ich: Wir sollten reden.

Dann starre ich beschwörend auf das Telefon, bis plötzlich seine Antwort erscheint.

Zach: Ich weiß.

Das ist alles? Doch mir fehlt schlicht die Kraft, mich aufzuregen.

Ich: Morgen?

Zach: Ja, morgen. Wie geht es den Jungs?

Ich schaue gen Himmel und bete. »Bitte, mach, dass ich diesen Mann nicht noch einmal verliere. Bitte, lass uns einen Weg finden, diese Probleme zu lösen.«

Ich: Es geht beiden gut. Logan befürchtet, dass du wütend auf ihn bist.

Seine Antwort kommt sofort.

Zach: Niemals. Ich bin wütend auf mich selbst. Ich bin wütend auf uns. Bis morgen dann.

Ich tippe eine Antwort, überlege dann aber, ob ich sie abschicken soll. Eine Textnachricht ist eigentlich nicht das richtige Medium für solch eine Erklärung, aber ich muss ihm sagen, dass ich ihn liebe. Er muss wissen, dass sich das nicht geändert hat, auch wenn wir jetzt beide sehr aufgewühlt sind.

Ich: Ich werde dich heute Nacht vermissen. Du sollst wissen, dass ich dich liebe, was auch immer passiert.

Ich klicke auf Senden und schließe die Augen.

Ich sitze da, halte mein Handy in der Hand und warte darauf, dass es summt.

Aber es kommt kein Summen.

Ich habe die Liebe meines Lebens verloren – wieder einmal.

Kapitel 32

»Gerade, als wir dachten, für die beiden hätte sich alles zum Guten gewendet. Wir hatten noch nicht einmal Zeit, ihnen einen Herzkuchen zu backen«, dringt Mrs Rooneys Stimme durch den Flur. »Du meine Güte. Sie muss völlig fertig mit den Nerven sein.«

»Sie ist noch nicht einmal aufgestanden«, sagt Mama.

Oh, lieber Gott. Da sollte ich wohl besser einschreiten, bevor die Gerüchteküche erneut zu brodeln begann. Als ich die Küche betrete, sehe ich als Erstes überall Gebäck, Kuchen und Pasteten, die eine ganze Bäckerei füllen könnten. Angie sitzt kauend am Tisch und schreibt etwas in einen Notizblock. »Was ist das alles?«, krächze ich.

»Guten Morgen, Sonnenschein.« Angie versucht, munter zu klingen, aber ihre gute Laune ist nicht echt. Sie weiß, wie ich mich fühle.

Jetzt erst bemerke ich die vier anderen Frauen in unserer Küche: Mrs Rooney, Mama, Mrs Hennington und meine Lehrerin aus der dritten Klasse, Mrs Kannan. Das kann nichts Gutes bedeuten.

»Oh, Süße«, sagt Mrs Rooney und verzieht das Gesicht. »Das mit dir und Zach tut mir so leid.«

Ich sehe sie mit großen Augen an. »Was tut Ihnen leid?«

»Wir haben gehört, worum es bei eurem Streit ging.« Sie legt mir eine Hand auf den Arm. »Du musst am Boden zerstört sein.«

»Vollkommen am Ende. Ich meine, sie sieht auch so aus«, bemerkt Mrs Kannan.

Ich bin erst vor zehn Minuten aufgewacht, was erwarten sie? Außerdem habe ich nicht damit gerechnet, dass in meinem Haus eine Konditorei aufmacht. Ich verspüre den unwiderstehlichen Drang, die Augen zu verdrehen, und reibe sie mir schnell, damit sie es nicht sehen. Ich brauche ganz dringend einen Kaffee, sonst bin ich der Situation nicht gewachsen.

Mrs Hennington tritt vor. »Du wirst immer wie eine Tochter für mich sein.«

»Äh, danke.« Ich schüttele den Kopf. »Aber das wird schon wieder. Wir müssen nur reden.«

Sie unterhalten sich weiter, als sei ich nicht da. »Meint ihr, in ihrem Alter findet sie noch mal einen Mann?«, fragt Mrs Kannan. »Sie ist immer noch hübsch und hat nicht allzu viele überflüssige Pfunde auf den Rippen, aber sie ist auch nicht mehr die Jüngste.«

»Ich stehe übrigens hier«, rufe ich ihnen ins Gedächtnis.

»Zach hat gestern Abend ganz schrecklich ausgesehen.« Seufzend wendet sich Mrs Hennington an ihre Freundinnen. »Ich war so froh, dass sie endlich wieder zusammengefunden hatten.«

Ich komme mir vor, als würde mein eigenes Leben vor meinen Augen wie ein Film ablaufen.

»Wir kamen gar nicht dazu, uns darüber zu freuen, da hatten sie es schon wieder vermasselt«, sagt Mama. »Mein Mädchen war immer schon schlauer, als es ihr selbst gutgetan hat.«

»Ich habe gehört, sie hätte irgendein großes Geheimnis vor ihm gehabt.«

»Hallo!«, rufe ich empört. »Ich kann euch hören!«, woraufhin Mrs Rooney mir einen kurzen Blick zuwirft und sich dann wieder ihrer kleinen Gluckenversammlung zuwendet. »Aber er war auch nicht gerade Mr Perfect, Macie. Ich meine, dein Sohn hätte öfter mal eine ordentliche Tracht Prügel verdient.«

Es ist zwecklos zu versuchen, sie zum Schweigen zu bringen. Ich kann nur hoffen, dass er wie versprochen heute anrufen wird und wir dem Gerede bald ein Ende machen können. Hilfe suchend sehe ich zu Angie hinüber, die sich immer noch den Bauch vollstopft. Doch sie zuckt gleichgültig mit den Schultern. »Ich würde am liebsten all diese Backgöttinnen einstellen.« Kuchenkrümel fallen ihr aus dem Mund.

»Was du brauchst, ist ein Futtertrog.« Ich werfe mich auf den Stuhl neben ihr.

»Hast du das hier gekostet?« Sie hält mir eine Gabel vor den Mund. »Iss das. Es ist fantastisch.«

Ich nehme einen Bissen. Mrs Henningtons Käsekuchen, den würde ich immer herausschmecken. Himmlisch. »Das ist der Grund, warum ich backe.«

»Das wäre der Grund, warum ich tausend Kilo wiegen würde«, gesteht Angie und stopft sich eine weitere vollbeladene Gabel in den Mund. »Gott.« Sie stöhnt. »Für dieses Zuckerparadies könnte ich sterben.«

Ich lehne mich zurück und gebe mir größte Mühe, nicht mehr hinzuhören, doch es gelingt mir nicht. Wenn man den Damen Glauben schenken darf, ist Zach gestern Nacht nicht nach Hause gekommen. Natürlich habe ich mit dem Handy in der Hand geschlafen, in der Hoffnung, er würde sich doch noch melden. Ich bin sogar zum Bach runtergegangen, aber er war nicht dort. Ich zücke mein Handy und tippe.

Ich: Bitte, sag mir, dass es dir gut geht. Ich würde gern so schnell wie möglich reden.

»Du wirst noch Diabetes bekommen, wenn du hierbleibst«, sage ich lachend.

Angie isst weiter, während ich darauf warte, dass das Telefon klingelt.

»Presley.« Mama lenkt mich ab. »Die Stadt möchte etwas Nettes für dich tun.« Sie lächelt ihre Freundinnen an.

»Weshalb?«, frage ich verwirrt.

»Nun.« Mrs Rooney kommt mit ausgestreckten Armen auf mich zu. »Natürlich wegen deiner Trennung. Keine Frau sollte in deinem Alter unter einem gebrochenen Herzen leiden müssen.«

Dafür, dass ich bei diesem Satz nicht laut aufstöhne, hätte ich eine Medaille verdient. »Wir haben uns nicht getrennt. Wir haben bloß etwas zu klären.«

»Wirklich?«, fragt Mama. »Warum ist Macie dann in aller Eile hergekommen, um mich darüber aufzuklären, dass Felicia ihre Umzugskisten in sein Haus zurückbringt?«

Mir rutscht das Herz in die Hose. Er würde sie nicht zurücknehmen. Auf keinen Fall. »Mrs Hennington.« Meine Stimme bricht. »Sind Sie sich sicher?«

»Es tut mir leid, Liebes.« Sie senkt den Blick. »Ich habe sie gefragt, was sie da tut, und sie hat geantwortet, Zach würde es mir schon früh genug selbst sagen. Ihn habe ich nicht gesehen, aber es war klar, dass sie ihre Sachen zurück in sein Haus geschleppt hat.« Sie stößt einen Seufzer aus. »Ich hätte gute Lust, ihn von meinem Land zu werfen.«

»Ich … ich verstehe nicht«, bringe ich heraus. »Ich meine, das muss ein Irrtum sein.«

Sie tritt neben mich und reibt mir den Rücken. »Ich wünschte, das wäre es.«

Diesmal werde ich mich nicht einfach nur zurücklehnen und abwarten. Er kann mir nicht sagen, dass er für mich da ist, dass er mich liebt und ein Haus bauen will, und dann geht er nach unserem ersten Streit zu Felicia zurück. Das ist unmöglich. Mrs Hennington muss sich irren. Er wollte einen Tag Zeit, aber ich will ein ganzes Leben.

Kapitel 33

Zachary

Ich starre auf die Nachricht von gestern Nacht und hasse mich dafür, dass ich nicht geantwortet habe. Nach meiner letzten Nachricht an sie habe ich das Handy quer durch den Raum geschleudert, weil ich nicht sehen wollte, was sie schreibt. Der pochende Katerkopfschmerz, das Stechen in meiner Brust – es ging einfach nicht.

Presley hat keine Ahnung, wie tief verletzt ich bin. Ein Baby. Unser Baby. Das Einzige, was ich niemals einer anderen gegeben habe, weil ich nur mit ihr eine Familie haben wollte. Und sie hat nie ein Wort gesagt. Heute bin ich derjenige, der nicht darüber reden kann.

»Ruf sie an«, drängt Trent mich. Meine beiden Brüder waren die ganze Nacht bei mir. Ich war so durch den Wind, dass ich mit Dingen um mich geworfen habe, bis sie fürchteten, ich würde auch die Möbelstücke nicht verschonen. Also haben sie mich in Wyatts Hütte gebracht, wo es weniger zum Werfen gibt, geschweige denn etwas Zerbrechliches.

»Und was soll ich sagen?«

»Dass es dir leidtut und dass du sie liebst. Was weiß ich! Du hast die ganze Nacht gejammert, wie viel sie dir bedeutet. Und du weißt, dass du niemals aufhören wirst, sie zu lieben, oder?«

Ich nicke.

»Dann sei kein Idiot!«

»Sie hat gelogen!«

»Na und?«, schaltet Wyatt sich ein. »Was soll's? Sie ist Presley Townsend. Die Frau, hinter der die Hälfte aller Männer in dieser Stadt her sind. Ganz zu schweigen davon, was sie dir bedeutet.«

Trent brummt zustimmend.

Mein jüngerer Bruder meldet sich erneut zu Wort. »Ich will ihr Verhalten nicht entschuldigen, ich sage nur, dass du sie kennst und weißt, was für einen Mist sie durchgemacht hat.«

»Du findest es in Ordnung, dass sie das vor mir geheim gehalten hat?«, schleudere ich ihm entgegen. »Für dich wäre es also nach all der gemeinsamen Zeit völlig in Ordnung gewesen …« Ich stöhne. »Gott! Ich weiß nicht mal, auf wen ich im Moment wütend bin! Ich weiß nur, dass ich mein ganzes Leben versucht habe, über sie hinwegzukommen.«

»Also, bist du jetzt über sie hinweg? Willst du sie nicht mehr? Bist du wirklich bereit, sie aufzugeben?« Lächelnd wartet Wyatt auf meine Antwort. »Würdest du wirklich mit ansehen wollen, wie irgendein anderer Typ sie anbaggert, wenn sie in der Bar tanzt?«

Ich sehe rot. »Sei lieber still.«

»Wenn du sie liebst, dann hör auf, deswegen so herumzuzicken. Sie hat dich belogen, das hab ich kapiert. Aber sie war in einer wirklich schlimmen Situation.« Er nimmt einen neutraleren Tonfall an. »Ich wusste nicht, dass ihr Mann sich das Leben genommen hat. Sie muss durch die Hölle gegangen sein. Das erklärt auch, warum sie Angst hatte, dir auch das zu erzählen, Mann.«

Mein Verstand begreift, was er meint, aber da ist immer noch die Tatsache, dass sie so lange Zweifel hatte. Ich wusste immer, dass wir es schaffen würden, aber sie war sich offenbar nicht sicher, ob wir die Liebe finden würden, die wir früher einmal hatten. Während ich davon überzeugt war.

»Was soll das heißen: Sie hatte Angst, es mir zu erzählen?«, frage ich ihn.

»Du hast sie verlassen. Todd hat sie verlassen. Sie hat alles verloren. Sie bekommt dich zurück. Womit, denkst du, hat sie möglicherweise als Nächstes gerechnet?« Er lässt seinen Hals knacken. »Bitte, triff die falsche Entscheidung. Lass sie gehen. Dann schauen wir mal, was passiert.«

Trent steht auf, kommt herüber und gibt mir einen Klaps auf den Hinterkopf. »Du bist ein Idiot.«

»Ihr seid beides Idioten.«

»Stimmt.« Er schmunzelt. »Aber zumindest weiß ich, dass ich um Grace kämpfen würde, sollte sie mich jemals verlassen.«

So ein Blödsinn. Grace hat ihn schon vor Monaten verlassen, er will es einfach nicht wahrhaben. Er ist der letzte Mensch, von dem ich in Liebesdingen einen Rat annehmen würde. Wyatt wirft mir einen Blick zu, der mir sagt, dass wir da einer Meinung sind.

»Wie hast du das mit dem Baby erfahren?«, fragt Trent.

»Spielt keine Rolle.«

Der Punkt ist, dass sie es mir verheimlicht hat. Bis ich es selbst herausgefunden habe, und das ist das, was zählt.

Wyatt mustert mich mit durchdringendem Blick. »Ich denke, es spielt durchaus eine Rolle.«

»Natürlich denkst du das.« Ich hebe das Kinn. »Stell dir vor, du erfährst, dass die Frau, die du liebst, die du heiraten willst, für die du sterben würdest, nicht ehrlich mit dir war. Und das so lange Zeit. Es war mein Recht, von dem Baby zu erfahren.«

Wyatt springt auf und kommt mit großen, wütenden Schritten direkt auf mich zu. »Du warst schon immer der begriffsstutzigste von uns dreien. Trotzdem hast du es geschafft, diese Frau zu kriegen.« Er stößt einen frustrierten

Seufzer aus. »Ich weiß, wie es ist, mit anzusehen, wie jemand, den du liebst, jemand anderen liebt. Ich habe es selbst erlebt. Ich weiß, wie es sich anfühlt, nicht sagen zu können, was du denkst, weil du weißt, dass dein ganzes Leben sich dann mit einem Schlag verändern wird.« Er schnippt mit den Fingern. »Einfach so. Du willst Spielchen mit ihr spielen? Sie wird einen anderen Spieler finden. Es stehen jede Menge in der Schlange.« Mit diesen Worten verlässt er die Hütte.

Trent schüttelt den Kopf. »Er ist in Presley verliebt, seit er sie das erste Mal gesehen hat, aber sie hat sich für dich entschieden. Ich weiß nicht, was du von ihm erwartest. Er hat sich ferngehalten, weil er sich niemals zwischen euch beide gestellt hätte. Aber ich bin mir nicht sicher, ob er das noch länger tun wird, wenn du sie verlässt.«

»Dann wäre er für mich gestorben.«

»Warum?«

»Weil sie mir gehört.«

»Im Moment tut sie das noch.« Trent legt mir eine Hand auf die Schulter. »Aber nicht, wenn du sie gehen lässt.« Damit lässt auch er mich in der Hütte zurück.

Ich weiß nicht mehr, was ich tun soll. Meine Gedanken kreisten nur um sie, seit ich sie gestern das letzte Mal sah. Doch jetzt muss ich an Logan und Cayden denken. Wie verzweifelt sie waren, als sie die Wahrheit erfuhren. Wie verzweifelt ich bin, seit auch ich die Wahrheit erfuhr.

Hat sie es getan, weil sie mich verletzen wollte? Nein. Ich verstehe ihre Motive. Deshalb tut es nicht weniger weh.

Früher haben wir davon geträumt, eine Familie zu gründen. So viele Nächte haben wir damit verbracht, über unser gemeinsames Leben zu reden und wie es sein würde.

»Zwei Jungen und ein Mädchen.« Presley sieht mich mit funkelnden Augen an.

»Ich will nur Mädchen«, sage ich ihr, und sie rollt sich mit einem Lächeln wieder herum.

»Das sieht dir ähnlich, Zachary Hennington. Das sieht dir ähnlich.«

Ich würde ihr geben, was immer sie will, solange sie nicht aufhört, so zu lächeln. Ich bin ein verdammter Glückspilz.

»Wie wäre es mit einem Kompromiss?«, frage ich sie.

Sie mustert mich nachdenklich. »Was für ein Kompromiss?«

Sie kennt mich gut genug, um zu wissen, dass ich immer nachgeben werde. Aber sie spielt mit, mir zuliebe.

»Zwei Jungen und zwei Mädchen.«

»Vier Babys?«

»Warum nicht? Ich habe zwei Brüder, und du hast einen. Eine glatte Zahl wäre sowieso besser.« Das stimmt. Trent und ich verbünden uns immer gegen Wyatt. Gestern Nacht wären wir fast mit dem Kochlöffel verprügelt worden, weil wir ihn an den Fahnenmast gehängt haben. Daddy erklärten wir, wir würden schließlich in einem freien Land leben. Er hat gelacht, aber Mama hat geschimpft, etwas über Jungs und ihre Haare.

Presley legt den Kopf schräg und schaut zum Himmel empor. »Ich weiß nicht … dann müssen wir uns eine Menge Namen ausdenken. Bisher haben wir nur zwei.«

Sie ist verrückt, aber ich liebe sie. »Wir wissen, dass das erste Mädchen Sadie heißen wird und der erste Junge Colton.«

»Richtig, aber schon darüber haben wir einen Monat lang gestritten …«

»Und uns versöhnt«, rufe ich ihr ins Gedächtnis.

»Was Spaß gemacht hat.« Sie grinst. »Aber … zwei weitere Namen würden noch mehr Streit bedeuten.«

Ich liebe es, wenn ihr Akzent so stark durchkommt. Presley ist meine Sirene. Ich kann ihren Ruf hören, ganz gleich, wo ich bin. Auf dem Spielfeld befinde ich mich in einem Tunnel, konzentriere mich nur auf den Schlagmann, den Ball, die Läufer. Meine ganze Aufmerksamkeit gilt in diesem Moment dem Spiel. Es sei denn, sie ruft etwas. Mit einem einzigen Wort kann sie meine Trance durchbrechen. Und wenn sie aufgeregt ist, verstärkt sich ihr Akzent, und das ist dann alles, was ich höre.

»Und noch mehr Versöhnungen.«

»Falls ich dir verzeihe.« Sie legt den Kopf schräg.

»Das tust du immer«, rufe ich ihr ins Gedächtnis.

Presley stöhnt. »Hör auf, so verdammt süß zu sein.«

»Wie wäre es mit … Noah und Holly?«, schlage ich vor.

Sie verdreht die Augen. »Die Namen nennst du immer!«

»Was sind deine?«

Ich weiß bereits, was sie ausgesucht hat. »Sydney und Dawson.«

»Wie aus dieser blöden Serie, die du dir ansiehst?« Um Himmels willen, nein. »Ich nenne meinen Sohn nicht nach irgendeinem Burschen an einem Bach.«

»Du lebst selbst an einem Bach!«, ruft sie spöttisch und verschränkt die Arme vor der Brust. »Und mir gefällt sein Name. Und Pacey gefällt mir noch mehr.«

Sie weiß genau, was sie sagen muss, um mich eifersüchtig zu machen. Natürlich mag sie einen blöden Fernsehstar. Sie zwingt mich jede Woche, eine Stunde lang diese miserable Serie anzusehen. Und gleich danach sehen wir uns noch eine andere Sendung an. Sie, Grace und

Emily treffen sich dafür sogar einmal wöchentlich, aber irgendwie werde ich trotzdem immer mit hineingezogen.

»Wir nennen unseren Sohn nach keinem von denen.« Ich gebe nicht klein bei.

»Na schön.«

»Wie wär's mit Babe für einen Jungen und Penelope für ein Mädchen?«

Presley sieht mich an, als hätte ich den Verstand verloren. »Ich werde mal so tun, als sei das mit Babe ein Scherz gewesen. Nur weil du ihn nach einem berühmten Baseballspieler benennst, macht ihn das noch lange nicht zu einem. Und Babe haben wir das dickbäuchige Schwein genannt, das wir gerade bekommen haben. Also nein.«

»Na schön, du suchst einen Mädchennamen aus und ich den Jungennamen. Was immer der nächste Name ist, dabei bleibt's.«

»In Ordnung, das Mädchen soll Violet heißen.«

Damit könnte ich leben.

»Und der Junge Logan.«

Sie lächelt. »Das gefällt mir. Colton, Sadie, Logan und Violet Townsend-Hennington.«

»Was?« Ich bin empört. »Wie kommst du auf die Idee, meinen Nachnamen nicht anzunehmen? Was ist das für ein Blödsinn mit zwei Nachnamen?«

Presley rollt sich auf den Rücken und sieht mich mit einem Grinsen an. »Eine Frau hat jedes Recht auf einen Bindestrich.«

»Ich werde dir gleich einen Bindestrich zeigen.« Ich lasse mich auf sie fallen und küsse sie, bis sie nach Luft schnappt. Sie windet sich unter mir, und ich muss mich beherrschen, ihr die Kleider nicht gleich hier auf dem Außenfeld vom Leib zu reißen. Dieses Mädchen hat keine Ahnung, welche Wirkung sie auf mich hat.

Ich umklammere mein Handy so fest, dass die Finger weiß werden. Ich muss eine Entscheidung treffen: Will ich wirklich den Rest meines Lebens ohne sie leben?

»Geh nach Hause, duschen«, sagt Wyatt, der die Tür aufreißt. Offenbar hat er sich wieder beruhigt. »Dann such deine Eier zusammen und krieg den Hintern hoch, am besten in dieser Reihenfolge. Denn ich verspreche dir eins.« Er tritt vor. »Wenn du dich nicht um sie bemühst, werde ich es tun, und diesmal werde ich nicht fair spielen. Ich werde ihr zeigen, warum ich der bessere Bruder bin und warum sie von Anfang an mit mir hätte zusammen sein sollen.«

Mein Zorn erwacht, und ich baue mich vor ihm auf. »Hör mir zu«, sage ich eindringlich. »Ich habe sie nicht gehen lassen, also lass deine Hände von ihr.«

»Dann geh und hol sie dir zurück.«

Ich schiebe mich an ihm vorbei und remple ihn dabei mit der Schulter an.

»Trottel.« Er lacht, als die Tür hinter mir zuschlägt.

Meine Gedanken rasen, während ich den ganzen Weg zurück nach Hause laufe. Es ist eine Sache zu verstehen, warum sie es getan hat, und eine andere, es zu akzeptieren. Dann sind da noch die Jungs und was sie gerade durchmachen.

Vielleicht ist dies einfach nicht der richtige Zeitpunkt für uns.

Vielleicht wird es niemals einen richtigen Zeitpunkt geben.

Ich hätte für sie da sein können. Was mich am meisten ärgert, ist die Zeit, die wir verschwendet haben. Mein Leben lang habe ich immer wieder an sie gedacht, selbst wenn ich versucht habe, sie zu vergessen. Jede Beziehung habe ich sabotiert, weil keine ihr das Wasser reichen konnte. Sie hätte niemand anderen lieben müssen. Kein anderer Mann hätte ihr Trost spenden müssen. Ich wäre da gewesen.

Stattdessen hat sie es für sich behalten und es als Vorwand benutzt. Was verbirgt sie sonst noch vor mir?

Als ich zu Hause ankomme, lehnt Felicia an der Tür. Ich stöhne auf. Dafür habe ich jetzt nicht die Geduld. Früher habe ich sie angeschaut und Schönheit gesehen, jetzt erkenne ich, wie blind ich war. Sie ist das Gegenteil von Presley, und das in jeder Hinsicht. Felicia hat Stunden damit verbracht, sich zurechtzumachen, wenn wir ausgegangen sind, Presley braucht fünf Minuten. Felicia ist nicht besonders beliebt in der Stadt, was ich darauf geschoben habe, dass die Leute sie nicht richtig kennen. Aber jetzt denke ich, ich war derjenige, der sie nicht kannte. Sie hat mich getäuscht, und jetzt sehe ich Dinge, die mir zuvor nie aufgefallen sind.

»Hey.« Sie lächelt. »Ich wollte nach dir sehen. Ich habe mir Sorgen gemacht, als ich gehört habe, dass du bis zum Schluss in der Bar geblieben bist und Brett dich nach Hause fahren musste.«

»Es geht mir gut.« Ich bin nicht halb so nett wie sonst, weil sie endlich akzeptieren muss, dass es vorbei ist. »Du solltest gehen. Ich weiß es zu schätzen, dass du nach mir sehen willst, aber ich wäre lieber allein.«

»Zach.« Sie seufzt. »Bitte, du brauchst einen Freund.«

Ich schaue sie an und frage mich, ob das mit uns funktioniert hätte, wäre Presley nicht zurückgekommen. Ich hatte vor, sie zu heiraten, weil es an der Zeit war. Es war einfach das Richtige. Trent hat mich gefragt, ob ich Felicia je geliebt habe. Das habe ich, aber nicht annähernd so sehr, wie ich Presley liebe.

»Ich muss nachdenken, Felicia. Allein.«

Sie legt mir eine Hand auf den Arm. »Ich weiß, wie sehr dir das wehtut. Ich bin froh, dass du endlich herausgefunden hast, was für ein Mensch sie ist. Sie ist eine Lügnerin, Zach.

Ist es immer gewesen. Wie konnte sie ein Baby vor dir geheim halten?«

»Hör auf«, verlange ich. »Halt den Mund, denn ich weiß genau, was du tust.«

»Ich tue überhaupt nichts.«

»Nein?« Ich lache. »Sag mir, dass das kein Teil deines Plans ist.«

Felicia tritt zurück. »Plan? Welcher Plan?«

Ich schaue sie nur an.

»Wir könnten über diese Sache hinwegkommen, Zach«, flötet Felicia.

Genau das ist es. »Nein. Können wir nicht.«

»Zach«, fleht sie. »Bitte, ich liebe dich. Ich kann dich glücklich machen.«

Und jetzt weiß ich genau, wo ich hingehöre.

»Ich liebe Presley.«

Wir haben beide unser ganzes Leben damit verbracht, wegzulaufen. Ob zueinander hin oder voneinander fort. Es ist Zeit, stehen zu bleiben und uns um all unsere Probleme zu kümmern, damit wir weiterziehen können. Sie zu lieben ist keine Entscheidung – ich kann einfach nicht anders.

»Nein, hör mir zu. Du verdienst so viel mehr.« Felicia tritt näher und legt mir eine Hand um den Nacken. Ich weiche zurück, aber sie packt fester zu.

»Ich wusste immer, dass du zu mir zurückkommen würdest.«

»Aha«, erklingt Presleys Stimme hinter mir. »Jetzt ist mir klar, warum du auf meine Nachricht nicht geantwortet hast.«

Ich stoße Felicia weg und drehe mich um. Da steht Presley, mit Tränen in den Augen.

»Ich schwöre bei Gott, Presley.« Ich eile zu der Frau, die ich liebe. »Ich bin gerade nach Hause gekommen, und da war sie schon hier.«

Sie schüttelt den Kopf. »Deine Mutter hat gesehen, wie Felicia Kartons ins Haus gebracht hat.« Sie verschränkt die Arme vor der Brust.

»Sie zieht nicht hier ein«, erkläre ich.

Presley weicht zurück. »Ich bin hergekommen, weil ich es nicht ertragen konnte, auch nur noch eine einzige Sekunde länger von dir getrennt zu sein. Ich habe dich so sehr vermisst, dass mein Herz geschmerzt hat, Zach.« Ich greife nach ihren Armen, aber sie entreißt sie mir. »Ich dachte, es sei ein Irrtum. Ich dachte, deine Mutter hätte sich getäuscht.«

Keine Ahnung, was Mama gesehen hat, aber Felicias Einzug war es mit Sicherheit nicht. Was für ein Spiel spielt sie? »Hast du meiner Mutter erzählt, wir seien wieder zusammen?«

Händeringend tritt sie einen Schritt zurück. »Ich habe ihr gesagt, dass ich einige Kartons bringe.«

Ich drehe mich wieder zu Presley um. »Ich wollte nur kurz duschen und dann gleich zu dir fahren.«

Presley sieht nicht so aus, als würde sie mir glauben.

»Um was zu tun?« Sie klopft mit dem Fuß auf den Boden.

»Das.« Ich kann keine Sekunde länger warten. Deshalb fasse ich sie um die Schultern und presse meinen Mund auf ihren. Als ich ihren Duft einatme, wird alles bestätigt, was ich bereits weiß. Dies ist die Frau, die ich liebe. Ich gehöre zu ihr. Ich würde mein Leben für sie geben. Wir werden uns streiten, weil wir beide Hitzköpfe sind. Nicht alles wird so laufen, wie wir es uns wünschen, und wir haben eine Menge aufzuarbeiten, aber Presley ist mein Leben.

Seit sie zurück ist, habe ich zum ersten Mal nicht das Gefühl, etwas zu vermissen. Allein ihre Nähe lässt mich zum Leben erwachen. Ganz sicher werde ich sie nicht wieder gehen lassen.

Doch jetzt lockere ich meinen Griff, und sie tritt zurück. Na toll, nun setzt es wieder eine Ohrfeige.

Doch stattdessen stiehlt sich ein Lächeln auf ihr Gesicht. »Das hätte funktioniert.« Dann wandert ihr Blick hinter mich.

»Es ist nichts passiert. Es würde *niemals* etwas passieren.«

»Okay«, sagt sie.

»Okay?«, brüllt Felicia hinter mir. »Okay? Einfach so? Sie verschweigt dir, dass sie von dir schwanger ist, hält es *jahrelang* vor dir geheim, lässt dich wie einen Idioten dastehen, und du küsst sie? Ich sage die Wahrheit. Ich sage dir alles, und es bedeutet *gar nichts*?«

Ich ziehe Presley an mich. »Es ist nicht deine Entscheidung.«

Presley schlüpft aus meinen Armen und geht zu ihr hinüber. »Du warst es also, die es ihm erzählt hat. Ich schätze, du hast in der Dunkelheit gelauert und uns belauscht, und dann hast du gedacht, dies sei deine einmalige Chance.« Sie hat recht. Felicia hat gewartet, bis Presley weg war, und mir alles erzählt. »Aber du hast eine Sache vergessen.« Presley lächelt.

»Und die wäre?«

»Er liebt dich nicht.«

Damit macht sie auf dem Absatz kehrt und kommt zu mir zurück.

»Zum Teufel mit dir, Presley!«, schreit Felicia.

Presley hebt die Hand und winkt ihr mit den Fingerspitzen zu.

»Bye bye, Felicia.«

Die Frau schafft mich.

Kapitel 34

Presley

»Kommst du mit rein?«, fragt Zach, als Felicia in ihrem Wagen davonfährt. Mir ist klar, dass nun nicht wie durch ein Wunder alles wieder gut ist. Ganz gleich, was er vor ihr gesagt hat oder wie er mich geküsst hat, unter der Oberfläche brodelt weiter eine Menge Unausgesprochenes.

»Ja.« Drinnen sehe ich sofort die umgestürzte Wohnzimmerlampe und die verstreuten Papiere. »Was ist denn hier passiert?«

»Ich war sauer.«

»Das sehe ich.«

Er schließt die Tür und beginnt aufzuräumen. »Ich bin immer noch sauer.«

Das dachte ich mir. »Darf ich dir wenigstens etwas erklären?«, frage ich.

Er setzt sich und macht mir Platz. »Leg los.«

Mit einem mulmigen Gefühl im Magen suche ich nach den richtigen Worten. »Als ich sechzehn war, wollte ich dich heiraten. Ich erinnere mich noch genau daran, wie ich meiner Mutter eröffnet habe, dass ich Mrs Zachary Hennington werden würde.« Ich lächle. »Ich war so sehr in dich verliebt, dass mir alles egal war. Mir war klar, dass es schwer werden würde, weil du älter warst als ich und vor mir die Schule abschließen würdest, aber mein Glaube an uns war unerschütterlich.« Mein Gott, wie jung ich damals war. »Ich dachte, wenn unsere Liebe nur stark genug ist, würde der Rest sich schon ergeben.«

»Hast du eine Ahnung, wie es für mich war, dich zu verlassen, Presley?«, fragt Zach und beugt sich vor. »Ich war achtzehn und wollte aufs College gehen, wo der Rest meiner Mannschaft an den Schrauben der Stollenschuhe drehte, während ich die Tage zählte, bis ich dich wiedersehen konnte.«

Ich lege meine Hand auf seine. »Ich weiß. Zumindest glaubte ich, es zu wissen. Als du fort warst und ich allein hier zurückbleiben musste, war ich so deprimiert. Grace hat mich immer wieder mitgeschleppt, wenn sie ausging. Ich habe sogar meinen Abschlussball verpasst, weil du in dieser Woche ein Spiel hattest. Ich hatte nichts, Zach. Ich war nichts.«

Ich stehe auf und gehe im Wohnzimmer auf und ab. Obwohl es so lange her ist, kommt es mir vor, als wäre es erst gestern gewesen. »Dann zog ich nach Maine, in dem festen Glauben, wir würden die nächsten zwei Jahre zusammenleben. Endlich würde ich meine zweite Hälfte wiederhaben. Du hast mir an meinem Abschlusstag einen Antrag gemacht, und ich dachte wirklich, das sei alles, was zählt. Natürlich wusste ich, dass du davon träumst, in der Liga zu spielen. Aber ich habe mir wohl immer wieder eingeredet, das würde erst nach dem College passieren. Dass ich das alles nicht allein würde durchstehen müssen. Dann hast du ohne zu zögern diesen Vertrag unterschrieben. Ohne vorher mit mir darüber zu sprechen.«

»Wenn du denkst, es sei leicht gewesen, dich zurückzulassen«, murmelt er, während er aufsteht und auf mich zukommt, »dann irrst du dich.«

»Nein, das denke ich nicht.« Ich schüttle den Kopf.

Er bleibt stehen und fährt sich mit der Hand übers Gesicht. »Weißt du, wie viele Male ich diesen Moment im Geiste durchgegangen bin? Ich habe sehr wohl gezögert, Pres. Ich wollte mit dir reden, aber der Manager sagte, wenn ich jetzt ginge, würde ich diesen Vertrag nicht noch einmal bekommen. Ich wusste nicht, was ich tun sollte.«

»Das ist mir klar. Ich habe lange dafür gebraucht, aber nun verstehe ich es. Mir geht es jetzt um die Sache mit dem Baby.« Ich atme tief ein und aus.

Er schließt die Augen, geht zurück zum Sofa, setzt sich und lehnt sich zurück. Sobald ich ebenfalls Platz genommen habe, spüre ich, wie alles wieder hochkommt, genauso heftig wie vor siebzehn Jahren.

»Du warst fort, und ich war furchtbar deprimiert. Ich dachte, du würdest bleiben. Ich habe wirklich geglaubt, dass du aus diesem Bus steigen und mich in die Arme schließen würdest und dass wir zusammen sein würden. Verrückt, ja, aber ich habe dich so sehr geliebt.« Vor meinem inneren Auge sind wir wieder Jugendliche. In meinem Kopf laufen die Bilder ab wie ein Film. »Mir ist immer wieder furchtbar übel geworden, aber ich habe es auf meine Traurigkeit geschoben. Ich bekam kaum etwas runter und war ein Wrack.« Ich schnaube und verdrehe die Augen. »Damals war ich so dumm. Ich meine, wirklich – dumm. Angie hat mich schließlich gezwungen, zum Arzt zu gehen, und da habe ich erfahren, dass ich in der zwölften Woche schwanger war. So weit fortgeschritten schon. Ich hatte kaum gegessen, keine Vitamine genommen, nichts dergleichen. Ich denke, ich habe noch heftiger geweint als an dem Tag, an dem du fortgegangen warst.«

»Warum hast du mich nicht angerufen?«, fragt er.

Die Eine-Million-Dollar-Frage. »Ich wünschte, ich könnte dir eine bessere Antwort als diese geben«, gestehe ich, denn was jetzt kommt, bereue ich am meisten. »Ich wollte nicht, dass du davon erfährst. Ich wollte nicht, dass du an meinem Leben teilnimmst. In meinen Augen hattest du mich aus freien Stücken verlassen, daher gab es für dich keinen Platz mehr in meinem Leben.«

»Wow.«

»Ich weiß«, sage ich schnell und rutsche näher an ihn heran. »Ich weiß, wie das klingt, aber ich will dich nicht länger belügen. Ich war im Unrecht, das ist mir heute klar. Es war das Schlimmste, was ich tun konnte. Doch zwei Wochen später sah alles schon wieder anders aus.«

Er schaut auf. »Ich verstehe nicht.«

Ich war in der vierzehnten Schwangerschaftswoche, als auf einmal dieses freudige Gefühl in mir aufstieg. Todd war gerade zu Besuch, er und ich hatten den ganzen Tag ferngesehen und gegessen, was damals in meinem Fall eine ganz schöne Menge war. Ich erinnere mich, wie er neben mir saß, als ich das erste Flattern spürte und ich mir wünschte, er wäre Zach. Und ich weiß noch, dass ich ihn ansah und mir die Tränen kamen, weil es nicht Zachs blaue Augen waren, die mir entgegenblickten.

»Ich wusste, dass ich es dir sagen musste. Deshalb habe ich all meinen Mut zusammengenommen, um dich anzurufen. Todd hatte mich gedrängt, dich zu informieren. Die Sache zwischen ihm und mir war rein platonisch, aber ich konnte spüren, dass er etwas für mich empfand. Trotzdem hat er darauf bestanden, dass du es erfahren musst.«

Trotz all seiner Fehler, trotz des Schmerzes, den er mir und den Jungen zugefügt hatte, war Todd Zach gegenüber niemals gefühllos gewesen. Vermutlich war es das, was mich am Anfang zu ihm hingezogen hat: die Tatsache, dass er fair war. Und er hielt mich wahrscheinlich für unvernünftig.

»Presley.« Zach stößt einen zittrigen Atemzug aus. »Ich kann den Mist, den wir in jungen Jahren gemacht haben, ja verstehen. Aber wir sind uns in letzter Zeit nähergekommen und haben Pläne geschmiedet, und dennoch hast du es nie erwähnt.«

»Ich hatte Angst. Ich musste es damals durchstehen,

nicht du. Es *einmal* zu durchleben, war schlimm genug, ich wollte die alten Wunden nicht wieder aufreißen.«

Zach sieht mich mit einer Mischung aus Verständnis und Ärger an. »Wie hättest du ihn genannt?«, fragt er schließlich.

Verwirrt frage ich: »Warum?«

»Erinnerst du dich an die Gespräche, die wir darüber geführt haben?«

Ich lehne mich in die Polster zurück und versuche, mich daran zu erinnern, welches Gespräch er meint, wir haben so oft und so viel über unsere Zukunft geredet. Ich muss lächeln, als mir einfällt, wie wir um die Namen gestritten hatten. Wie er auf einige meiner verrückten Ideen so frustriert reagiert hat, aus Spaß natürlich. »Sadie und Colton«, sage ich, doch dann dämmert es mir.

Er sieht mich wortlos an.

Oh, mein Gott. »Zach«, stoße ich hervor. »Das …«

»Logan und Violet.« Seine Miene verrät nicht, was er denkt, aber ich kann es mir vorstellen. Deshalb hat er so verletzt reagiert, als ich ihm Logans Namen genannt habe.

»Ich schwöre es«, sage ich flehend. »Daran habe ich nicht gedacht. Ich habe versucht, alles zu vergessen, was mich gequält hat, um nicht in eine noch tiefere Depression zu rutschen.«

Zach setzt sich aufrecht hin. »Ich habe das Gefühl, dich im Stich gelassen zu haben.« Seine Stimme bricht. »Ich habe dich enttäuscht, und ich habe nicht einmal davon gewusst.«

Ich nehme seine Hand in meine. »Ich wollte nicht schuld sein, dass es endet. Ich bin so glücklich, wenn ich mit dir zusammen bin, dass es mir schon wieder Angst macht.« Doch ich merke, dass ich tiefer gehen muss, auch wenn es wehtut. »Ich war schon einmal so glücklich, und mein Leben ist zusammengebrochen. Aber wenn ich bei dir bin, habe ich das

Gefühl, genau dort zu sein, wo ich hingehöre. Wenn ich bei dir bin, darf ich einfach ich selbst sein.«

Zachs Finger legen sich fester um meine.

»Diese neue Freiheit wollte ich nicht verlieren. Ich wollte *dich* nicht verlieren. Also habe ich einfach nicht darüber nachgedacht. Ich habe es verdrängt, weil ich dachte, so kann es uns nichts anhaben. Ich habe mich geirrt, Zach. Ich habe mich ganz furchtbar geirrt.«

Tränen strömen mir über die Wangen. »Ich liebe dich so sehr. Es gibt keine weiteren Geheimnisse. Versprochen.«

Ich warte darauf, dass er böse wird oder mich verurteilt. Und wünsche mir so sehr, dass er mich versteht. Mir verzeiht.

Doch er steht ohne ein Wort auf und verlässt den Raum. Verlässt mich.

Ich sitze da und breche innerlich zusammen. Jeder Teil von mir schmerzt in dem Wissen, dass ich ihn verloren habe. Dabei dachte ich wirklich, wir hätten noch eine Chance. Als er auch nach einigen Minuten nicht zurückkommt, reiße ich mich so weit zusammen, dass ich das Haus verlassen kann, bevor er mich gänzlich zerstört. Mein Herz verkraftet es nicht zu hören, dass es vorüber ist. Ich habe alles in meiner Macht Stehende getan, und ich muss seine Wünsche respektieren.

Ich stehe auf. Äußerlich weine ich stumme Tränen, aber innerlich schreie ich und will es nicht wahrhaben.

Meine Hand berührt den kühlen Türknauf. Als ich ihn drehe, höre ich Zachs Stimme. »Wohin gehst du?«

»Bitte, sprich es nicht aus«, flehe ich.

»Was soll ich nicht aussprechen?«

Ich drehe mich um. »Sag mir nicht, dass es vorbei ist.«

»In Ordnung«, antwortet er. »Was soll ich dir sagen, Presley?«

»Dass du mir verzeihst. Dass du willst, dass ich bleibe.«

Zach macht zwei große Schritte, bis er nah genug ist, um mich zu berühren. Ich weiche zurück, und er folgt mir, bis ich mit dem Rücken an der Tür stehe, gefangen. Seine Finger gleiten an meiner Wange hinab und wischen die verbliebenen Tränen fort. »Ich glaube nicht, dass ich jemals aufhören könnte, dich zu lieben. Ich will nicht noch einmal ohne dich leben«, gesteht er. »Wir sind stärker als vor all diesen Jahren. Also.« Er küsst mich auf die Nase. »Sag, dass du weiter mit mir streiten wirst. Sag, dass du dich jede Nacht mit mir am Bach treffen wirst. Sag, dass du in meinen Armen einschlafen und dir meine Sorgen anhören wirst. Presley Benson, sag, dass du bleiben wirst.« Bei diesen Worten hält er meinen Blick fest, und die Gefühle, die sich in seinen Augen spiegeln, überwältigen mich.

Ich kralle die Hände in sein Hemd, umklammere es, als ginge es um mein Leben. »Ich werde für immer bei dir bleiben.«

Der Ärger und die Traurigkeit in seinen Augen weichen Liebe und Hoffnung. Jedes Wort, das ich gesagt habe, ist wahr. Er ist meine Ewigkeit. Seine Lippen drücken sich auf meine, und er hebt mich hoch. Ich halte mich fest, als er mich durch das Haus in sein Schlafzimmer trägt. Unsere Zungen finden einander langsam, während wir all den Kummer der letzten zwei Tage in diesen Kuss fließen lassen.

Gefühle überfluten mich, als ich richtig begreife, dass es doch nicht zu Ende ist. Diesmal werden wir nicht auseinandergehen. Er legt mich aufs Bett, und ich beginne zu weinen. Ich verspüre eine Mischung aus Glück und Erleichterung, als wir uns einander hingeben. Nichts hält mich zurück. Jeder Augenblick fühlt sich so richtig an, noch mehr als zuvor.

Alle meine Karten liegen auf dem Tisch, und er hat nicht dichtgemacht. Er hat sich darauf eingelassen.

»Warum weinst du?«, fragt er besorgt.

Wahrscheinlich verängstigt ihn mein Gefühlsausbruch. »Ich bin glücklich.«

Er lächelt. »Ich auch.«

»Du machst mich glücklich.«

Er streicht mir das Haar aus dem Gesicht. »Ich liebe dich«, sagt er sanft und küsst mich dann erneut. »So sehr.«

Meine Hand liegt auf seiner Brust. »Ich möchte dich nicht noch einmal verlieren, Zach.«

Er beugt sich vor, bis unsere Nasen sich berühren. »Ich werde dir niemals erlauben, wegzulaufen. Und wenn du es trotzdem tust, werde ich dir folgen.« Seine Lippen berühren meine. »Bis ans Ende der Welt.«

Ich lasse die Finger an seiner Brust emporwandern und genieße es zu spüren, wie jeder seiner Muskeln sich unter meiner Berührung anspannt. »Ich denke, wir sollten uns versöhnen, so wie früher. Das konnten wir wirklich gut.«

Zach reibt seine Nase an meiner, küsst mich auf den Mundwinkel und senkt den Kopf dann zu meinem Hals hinab, um an der empfindlichen Stelle direkt unter meinem Ohr zu saugen, bei der ich mich stets winde. Er haucht dagegen, und ich stöhne.

Ich liebe es, dass wir immer noch so gut zusammenpassen. Ich liebe es, dass er mich immer noch binnen Sekunden antörnen kann, und weiß, was ich mag. Es ist wie ein Date im Schnelldurchgang – wir haben alle Peinlichkeiten hinter uns gebracht, und jetzt passt die Sache einfach. Doch es hätte auch ganz anders ausgehen können. Die lange Zeit der Trennung, die Menschen um uns herum, unsere gemeinsame Vergangenheit … Das alles sprach gegen uns.

Er schiebt mir die Träger von den Schultern und küsst mich dabei. Alles in mir brennt vor Verlangen nach ihm. »Ich werde mich eine ganze Weile lang mit dir versöhnen, Süße.«

Er sieht mich mit verschleiertem Blick an. Die Leidenschaft, die darin glüht, entzündet sich zu einem Inferno.

Ich umfasse sein Kinn, zwinge ihn, mich anzusehen. »Das will ich hoffen. Und jetzt küss mich.«

»Ja, Ma'am.«

Ohne auch nur einen Moment zu zögern, gehorcht er. Mund an Mund reißen wir einander die Kleider vom Leib. Ich will seine Haut auf meiner spüren. Ich will ihn lieben, und das ausgiebig, so lange, bis wir beide genug haben.

Er rollt mich unter sich, bevor er an meinem Körper hinabgleitet. »Ich muss dich schmecken«, sagt er, mir fest in die Augen sehend.

Zach ist immer so intensiv, wenn wir zusammen sind. Jede Emotion spiegelt sich in seinen Augen. Mit nur einem einzigen Blick wird so viel zwischen uns gesagt, und seine Bewegungen reagieren sofort auf das, was er sieht. Es ist verdammt sexy zu beobachten, und es ist das höchste Vergnügen, es zu *spüren*.

Er küsst meinen Bauch und lässt die Hand dort liegen. Ich schaue ihn an und fahre mit den Fingern durch sein Haar. »Ich hoffe es, Zachary.«

»Was hoffst du?«

»Ich hoffe, dass wir eines Tages die Pläne umsetzen können, die wir geschmiedet haben.« Ich streiche ihm über die Wange. »Ich will all das, wovon wir gesprochen haben, einschließlich eines Babys. Ich bin nur noch nicht so weit.«

Er bittet mich nicht darum, aber ich will nicht, dass er denkt, es sei nicht mein Wunsch.

Zach ist ein außergewöhnlicher Mann. Er ist ohne zu zögern auf Cayden und Logan zugegangen. Er wird die Vaterfigur sein, die meine Söhne brauchen, und hoffentlich auch unsere eigenen Kinder.

Jetzt richtet er sich wieder auf und zieht mich an sich,

sodass wir uns gegenübersitzen und einander in die Augen sehen. Nackt, und vollkommen offen füreinander. »Ich habe nie geheiratet, habe keine Kinder. Es gab niemanden auf dieser Welt, mit dem ich das hätte tun oder haben wollen. Niemanden außer dir.« Sein Daumen gleitet über meine Lippen. »Du wirst mich eines Tages heiraten, und ich will alles für Logan und Cayden sein, was sie brauchen. Ein Freund, ein Vater und ein Beschützer. Ich werde euch drei mit allem lieben, was ich habe. Und ich weiß, dass du noch nicht so weit bist. Aber ich wollte das schon vor sechs Monaten.«

Lächelnd schüttele ich den Kopf. »So sicher bist du dir, hm?«

Er grinst zurück und drückt mich in das Kissen. »Ich bin mir sicher, dass ich dich heiraten werde, und dann werden wir eine ganz besondere Familie gründen.«

Und ich will sie ihm schenken. »Vielleicht sollten wir bis dahin noch ein wenig üben?«, schlage ich vor.

»Ahh«, sagt er und schiebt seine Finger zwischen meine Schenkel. »Du denkst also, ich müsse üben?«

Zach lässt seine Finger kreisen, und ich schließe die Augen. »Du bist so …«, beginne ich, aber es fühlt sich zu gut an, um weiterzureden. »So *gut*.«

Er beugt sich wieder vor, nur dass er diesmal nicht aufhört. Er hebt meine Beine an und leckt über meine Klitoris. »Zach.« Ich stöhne.

Er macht weiter, während ich den Kopf hin und her reiße. Lieber Himmel. Ich werde explodieren. Er hält keine Sekunde inne, während ich die Hände in die Laken kralle. Ich winde mich und stöhne, als er zubeißt und ich den Höhepunkt erreiche. »Zach!«, brülle ich, als der Orgasmus meinen ganzen Körper erschüttert. Meine Atmung geht schwer, und ich vergesse alles um mich herum.

Doch schließlich schaue ich auf ihn hinab, und er zwinkert mir zu. »Also, was meintest du gleich noch mit Üben?«

»Ich denke, du bist gut«, antworte ich atemlos. »Aber ich denke auch, ich könnte eine Pause gebrauchen.«

Ich drücke ihn auf den Rücken und werfe mir das Haar über die Schulter. Ich will sein Gesicht sehen, wenn ich ihn mit Küssen bis zu seinem Penis bedecke und mit der Zunge seine Spitze umkreise. »Pres«, warnt er mich. Ich weiß, was ihm gefällt, und dass er es nicht mag, wenn ich mit ihm spiele. Aber das ist der Teil, der mir am besten gefällt. Ihn dabei zu beobachten, wie er vor Ungeduld fast die Fassung verliert.

Es hat etwas so Erotisches, wie er da liegt, die Hände hinterm Kopf verschränkt, während ich ihm Lust bereite. Statt meiner typischen Katz-und-Maus-Nummer beschließe ich, ihn zu überraschen, indem ich den Mund öffne und ihn tief in mich aufnehme.

»Verdammt!«, schreit er und bäumt sich auf. »Mein Gott!«

Ich lächle, während ich den Kopf hebe und senke, wobei ich mich besonders der Spitze widme. Jedes Ächzen und Stöhnen, das über seine Lippen dringt, spornt mich an. Ich will ihm Lust schenken, ihm durch meinen Körper zeigen, wie sehr ich ihn liebe.

»Süße«, keucht er. »Liebling«, stöhnt er. »Halt. Du musst aufhören.« Seine Hüften bäumen sich auf und zwingen mich, ihn tiefer in mich aufzunehmen. »Wenn du nicht aufhörst, werde ich kommen. Aber ich will in dir sein.«

Kaum habe ich mich zurückgezogen, hat er mich mit einem Satz auf die Matratze gedrückt. »Ich liebe dich.«

»Ich liebe dich auch«, antworte ich.

»Hör niemals damit auf«, sagt er, als er in mich eindringt.

Die Empfindung, als er mich ausfüllt, ist überwältigend. »Das werde ich nicht«, verspreche ich.

Wir lieben uns, manchmal süß und langsam, dann wieder wild und leidenschaftlich. Als mein zweiter Orgasmus mich fortreißt, klammere ich mich an ihn. Er sagt mir, wie schön ich sei, wie sehr er mich begehre und wie sehr er mich brauche.

Ich fühle mich stärker an ihn gebunden als je zuvor. Heute haben wir einander alles gegeben, was wir haben, und diesen Teil von mir werde ich nicht mehr zurückbekommen, selbst wenn ich es wollte. Mein Leben mit Zach wird niemals einfach sein – dafür sind wir beide zu dickköpfig –, aber jede vergossene Träne wird es wert sein. Er ist meine Bestimmung.

Wir liegen da, verheddert in den Laken. »Ich will mit Logan reden«, erklärt er schließlich.

»Worüber?«

»Über uns.« Zach rollt sich auf die Seite und legt mir eine Hand auf die Hüfte. »Du hast erwähnt, dass er sich schlecht fühlt. Er soll sich keine Sorgen machen.«

Ich nicke. »Ein Gespräch mit dir wird ihm guttun.«

»Ich denke, miteinander zu reden tut uns allen gut. Für Cayden sollte ich mir auch ein wenig Zeit nehmen.«

Ich lege ihm die Hand auf die Wange. »In Ordnung.« Ich lächle. »Lass uns mit ihnen reden.«

»Aber zunächst einmal denke ich, dass wir uns noch ein weiteres Mal versöhnen müssen, nur um auf der sicheren Seite zu sein.«

Ich kichere, als er mich auf sich zieht.

Ein weiteres Mal ist das Mindeste, was ich tun kann, um sicherzustellen, dass wir uns vollkommen versöhnt haben.

Kapitel 35

Zachary

Eigentlich war ich in Gegenwart ihrer Söhne nie nervös, aber nach unserem letzten Aufeinandertreffen ist das anders. Der Anblick, wie sie sich weinend an Presley klammerten, hat mich fertiggemacht.

Denn ich fühle mich schuldig, schließlich habe ich dazu beigetragen, dass sie die Umstände von Todds Tod auf diese Weise erfahren haben. Auch wenn es nicht meine eigenen Kinder sind, sind sie doch ein Teil von ihr, was bedeutet, dass sie auch ein Teil von mir sind. Und ich habe es ernst gemeint, als ich Pres versprach, immer für sie da zu sein.

»Hey, Jungs.« Ich hoffe, dass mein Lächeln halbwegs unbefangen wirkt.

»Zach!« Logan kommt herbeigeeilt, und ich breite die Arme aus. »Es tut mir leid, dass ich dich geboxt habe«, sagt er sofort. Er umarmt mich stürmisch, doch ich halte ihn an den Schultern fest, damit er mir wirklich zuhört.

»Das ist Schnee von gestern, kleiner Mann.« Es schmerzt mich, dass sich dieses Kind deswegen Sorgen gemacht hat. Wenn ich sehen würde, wie jemand meine Mutter anbrüllt, bekäme er es mit uns drei Brüdern zu tun. »Ich finde es bewundernswert, wie du deine Mama verteidigt hast. Du hast echte Stärke und Mut bewiesen.«

»Hat es nicht zu sehr wehgetan?«

Ich bewahre eine stoische Miene. »Ich musste einen Eisbeutel auf mein Bein legen.« Ich tue so, als würde ich es strecken. »Aber das wird schon wieder.« Logan strahlt voller Stolz, und ich kann nicht umhin, ebenfalls stolz zu sein.

Cayden hüpft von der Veranda herunter, und ich bin gespannt, was er zu sagen hat. »Bedeutet das, dass ich in Zukunft kein Benson mehr sein werde?«

Presley kommt herbei und legt mir eine Hand auf den Arm. Diese Frage will sie wohl offenbar beantworten. »Dein Dad wird immer dein Dad sein. Er hat dir das Leben geschenkt, seinen Namen, ein Zuhause und noch viel mehr. Dein Name wird sich niemals ändern, selbst falls meiner es eines Tages tun wird.«

Wenn die Jungs nicht hier wären, würde ich ihr sagen, dass er sich ganz bestimmt ändern wird. Ich werde so bald wie möglich dafür sorgen, dass die ganze Welt weiß, zu wem sie gehört.

»Ihr solltet etwas wissen«, erkläre ich den Jungen. »Ich bin immer für euch da. Immer. Wenn ihr reden wollt oder ein paar wirklich coole Streiche lernen wollt – ich bin euer Mann. Ich bin mit Trent aufgewachsen, der mir so ziemlich jeden Streich gespielt hat, und ich habe mich geradewegs revanchiert und sie an Wyatt ausprobiert.«

Beide Jungs lachen.

»Aber im Ernst, ihr drei bedeutet mir alle sehr viel.« Ich zögere ein wenig, ihnen zu sagen, wie sehr ich Presley liebe. Alles hat seine Zeit. Ich würde ihnen lieber zeigen, wie viel sie mir bedeutet, als es in Worte zu fassen.

Die Worte eines Mannes sind nur so viel wert wie die Taten, die ihnen folgen.

Ich will ihnen die Dinge beibringen, die mein eigener Dad mir beigebracht hat. Er hat meiner Mutter die Welt zu Füßen gelegt und sie stets so behandelt, als gehörte sie ihr. Er beklagt sich nie. Er hat uns einmal gesagt, dass er, wenn sie ihn jemals verließe, verloren wäre. Ich dachte immer, er würde spinnen, bis ich Presley verloren habe.

Presley nimmt meine Hand in ihre. »Ich denke«, sagt sie voller Enthusiasmus, »wir sollten Teams bilden und wieder ein Wettreiten veranstalten. Was meint ihr?«

Logan und Cayden horchen auf. »Ich weiß nicht«, sage ich scherzhaft. »Ich habe dich schon mal geschlagen, und das war wirklich peinlich für dich.«

»Ha!«, ruft sie mir ins Gesicht. »Ich habe *dich* geschlagen! Ich glaube, dein Gedächtnis schwindet langsam, alter Mann.«

Sie hat mich nicht alt genannt, als ich sie vor Lust zum Schreien gebracht habe. »Alt?«

Presleys Augen leuchten, als sie mich über die Schulter ansieht. »Älter als ich.«

»Wie auch immer, du irrst dich. Ich habe gewonnen, stimmt's, Jungs?«

»Du hast verloren, Mom. Ich finde, da Cayden der Jüngste ist, sollte er in ihrer Mannschaft sein«, meint Logan. Ich werte es als gutes Zeichen, dass er im Gewinnerteam sein will.

»Klingt gut.« Ich stoße meine Faust gegen seine.

»Schon wieder?«, murrt Cayden. »Ich habe *schon wieder* Mom?«

»Hey!«, ruft Presley vorwurfsvoll. »Ich habe euch zwei Melonenköpfe aus meinem Körper gepresst, und du hörst bis heute keine Klage von mir.« Sie dreht sich um und murmelt: »Ich bringe sie zur Welt, und sie mögen ihn, weil er ihnen ein Pferd schenkt. Wahnsinn.«

»Wir können dich hören«, rufe ich ihr ins Gedächtnis.

»Das freut mich«, spottet sie.

Sie ist so süß, wenn sie so ist. Aber während meine Liebste in der Großstadt war, habe ich Pferde gezüchtet. Ich habe das eine oder andere gelernt. Ich werde ihr schon zeigen, wo der Hammer hängt.

»Okay«, sagt sie und führt Shortstop aus der Box. »Die Regeln lauten: Es gibt eine neue Route.«

Ich sehe sie mit schmalen Augen an. Sie führt irgendetwas im Schilde. »Ich bin dagegen.«

»Willst du es mir verwehren, Hennington?«

»Du steckst in Schwierigkeiten.«

Sie kommt auf mich zugeschlendert, und ihre grünen Augen funkeln verschmitzt. »Ich denke ...« Sie tätschelt meine Brust. »Du bist hier derjenige, der in Schwierigkeiten steckt, Cowboy.«

Ich kann nicht anders, wenn sie meinen Spitznamen benutzt, will ich mich am liebsten sofort auf sie stürzen. »Presley«, warne ich sie. »Dafür wirst du bezahlen.«

Sie presst die Lippen zusammen, und ich erstarre. Ihre Finger streichen über meine Wange. »Ich freue mich darauf.«

»Das will ich hoffen.«

Wir reiten um die Wette, während die Jungs mich anfeuern. Am Ende vollführen Logan und ich unseren Siegestanz. Presley schwört, dass sie einmal mehr betrogen wurde. Und sie dachte wirklich, sie könnte gewinnen.

Den Rest des Tages zeige ich den Zwillingen, wie sie mit ihren Pferden arbeiten. Wir entscheiden uns, einen einfachen Ausritt mit den beiden zu unternehmen. Es wird ein ruhiger, entspannender Tag für uns alle. Die Jungen lachen viel, größtenteils auf Presleys Kosten, aber es scheint ihr nichts auszumachen. Wann immer einer von ihnen lächelt, leuchtet ihr Gesicht auf.

Gelegentlich wirft sie mir einen Blick zu, der mir verrät, wie dankbar sie ist.

»Wie wäre es, wenn wir bei mir zu Hause kochen würden?«, biete ich an, als wir nach unserem Ausritt die Pferde versorgen.

»Cool!«, ruft Cayden. »Wir sehen, wo Zach wohnt.«

Logan sieht seine Mutter an. »Dürfen wir?«

»Du kannst kochen?«, fragt sie mich herausfordernd.

»Männer grillen. Frauen kochen.«

Sie befreit ihr Haar aus der Spange und lässt es lose herabfallen. Gott, ich will sie. Aber dann sehe ich ihre Reaktion auf meine Worte. Sie verschränkt die Arme vor der Brust, und ihre Augen weiten sich. »Ist das so?«

Und los geht's.

»Nur eine unterschiedliche Wortwahl«, versuche ich, meine Haut zu retten.

»Haha.«

»Hey, Logan«, rufe ich. »Kannst du mir helfen?«

Presleys Ausdruck wechselt von leicht feindselig zu neugierig.

»Na klar!« Er kommt herbeigeeilt.

Ich gehe zu ihr hinüber und ziehe sie an mich. »Gib mir ein paar Sekunden mit ihm, okay?«

»Cayden«, ruft sie. »Wie wär's, wenn wir nachschauen, ob Tante Angie schon ins Zuckerkoma gefallen ist? Und wir sagen ihr Bescheid, dass sie zum Abendessen zu Zach kommt.«

Logan und ich führen die Pferde zurück zu ihren Boxen. »Was meinst du, reden wir mal von Mann zu Mann?«

Er setzt sich auf einen Heuballen und nickt. Ich verkneife mir ein Lächeln darüber, wie reif er zu sein versucht. Ich weiß noch, wie ich in seinem Alter war, höllisch draufgängerisch und überzeugt, bereits ein Mann zu sein. Das will ich ihm nicht nehmen.

»Ich möchte gern wissen, ob zwischen uns alles okay ist.«

»Ist es«, sagt er. »Ich mag dich. Alles cool.«

Ich schmunzle. »Das freut mich.«

Doch ich muss wissen, was er mit angehört hat, deshalb bohre ich weiter. »Du weißt ja, dass deine Mom und ich gestritten haben. Gibt es etwas, das du mich fragen möchtest?« Weiß er von dem Baby?

Aber er fragt: »Trennt ihr euch jetzt, weil sie etwas vor dir geheim gehalten hat?«

Ich verspüre ein klein wenig Erleichterung. »Nein, wir werden uns nicht trennen.«

»Bist du sauer, dass sie gelogen hat?« Besorgt senkt Logan den Blick.

»Wir waren beide nicht immer offen zueinander, als wir jung waren, und jetzt ist alles herausgekommen. Deshalb haben wir uns gestritten. Aber wir haben einander verziehen.«

»Sie hat die Wahrheit über meinen Dad vor mir geheim gehalten.«

»Du weißt, warum, oder?«

Presley hat ihre Wut hinter sich gelassen, und das freut mich für sie. Aber ich bin noch längst nicht so weit. Immer wenn ich ihre Söhne ansehe, überkommt mich erneut die Wut auf Todd. Es sind gute Kinder, sie ist eine gute Frau, und er hat sie im Stich gelassen. Ich verstehe es einfach nicht.

Logan stößt hörbar den Atem aus. »Ja. Ich bin aber nicht mehr klein. Ich kann das verkraften.«

»Ich weiß, dass du tough bist.«

»Versprichst du mir etwas, Zach?«

Logan und Cayden haben beide Presleys Augen. Sie sind ihr so ähnlich, dass es mir schwerfällt, ihnen etwas abzuschlagen. »Ich kann es versuchen.«

»Versprich mir, dass du meiner Mom nicht wehtun wirst.«

Um dieses Versprechen zu halten, würde ich alles tun.

Aber er hat schon genug Halbwahrheiten zu hören bekommen. »Ich verspreche, dass ich ihr niemals mit Absicht wehtun werde. Ich kann nicht versprechen, dass es niemals geschehen wird, weil wir manchmal eben Fehler machen und auch den Menschen, die wir eigentlich lieben, wehtun.«

»Wie mein Daddy?«

»Ja, Kumpel. Ich denke nicht, dass er euch wehtun wollte.«

Er schaut weg und holt tief Luft. »Aber es tut trotzdem weh.«

»Davon bin ich überzeugt.«

»Ja.« Er sieht mich wieder an.

»Wie wär's, wenn wir die Pferde striegeln und dann deiner Mom eine kleine Freude bereiten?«

Logans Gesicht leuchtet auf, und ich fühle mich besser.

Nach zwanzig Minuten haben wir alles erledigt, und ich gehe mit Logan aufs Feld, wo wir Blumen für Presley pflücken, so viel, wie wir tragen können. Als er mir auf dem Weg zurück alles über irgendein Spiel erzählt, das er mit seinen Freunden aus Philadelphia spielt, spüre ich, dass wir mit kleinen Schritten vorankommen.

»Wo wart ihr zwei?«, fragt Presley, die uns auf der obersten Treppenstufe der Veranda erwartet.

Logan zeigt die Blumen, die er hinter dem Rücken versteckt hatte. »Zach und ich haben dir die hier gepflückt.«

Sie lächelt das mir vertraute Lächeln. Das Lächeln, das nur für mich bestimmt ist. Ihre Augen füllen sich mit Tränen, aber es sind keine Tränen der Traurigkeit. »Ich danke euch.«

Dann kommt Presley die Treppe herunter, drückt Logan einen Kuss auf die Wange und wendet sich mir zu. Unsicher, ob es ihr recht ist, Zärtlichkeiten vor den Jungs auszutauschen, zögere ich.

Doch sie schlingt die Arme um mich und vergräbt das Gesicht an meinem Hals. Als ich ihre Tränen auf meiner Haut spüre, drücke ich sie fest an mich.

Dann hebt sie den Kopf, beugt sich vor und presst ihre Lippen auf meine. Nach dem kurzen Kuss legt sie den Kopf in den Nacken. »Ich werde mich später richtig bei dir bedanken.«

Ich lache und wirbele sie herum. Ich bin ein glücklicher Mann. Und ich habe vor, dafür zu sorgen, dass das so bleibt.

Epilog

Presley

Achtzehn Monate später

»Bist du endlich fertig?«, ruft Grace von unten. Noch nie habe ich die Stadt in solchem Aufruhr wegen einer Parade erlebt. Dabei weiß ich nicht einmal, weshalb sie diesmal veranstaltet wird.

»Ich wäre es, wenn du mich nicht zwingen würdest, in diesen Kisten zu wühlen!«, brülle ich nach unten.

Vor sechs Monaten haben wir mit dem Bau des Hauses am Teich begonnen, nachdem auch die Jungs ganz begeistert von dem Ort waren. Nun sind es nur noch zwei Wochen, bis wir endlich bei meinen Eltern ausziehen. Trotzdem, sie haben mir sehr geholfen, und seit ich hier wohne, habe ich einen ordentlichen Batzen meiner Schulden abbezahlen können, denn da ich keine Miete zahle und auch sonst praktisch keine Kosten habe, war ich in der Lage, zusätzliche Zahlungen zu leisten.

Angie ist wieder auf einen Besuch in der Stadt, sie war ganz gespannt, das Haus zu sehen, da die Jungs ihr ständig Videos und Fotos schicken.

»Beeil dich!«, brüllt sie nun zurück.

Ich verdrehe die Augen und richte mein Kleid. Irgendwie habe ich mich breitschlagen lassen, auf Graces Festzugswagen mitzufahren. Ihr Vater ist der Feuerwehrkommandant und besteht darauf, einen eigenen Wagen zu bekommen –

weil der Sheriff auch einen hat. Als wenn Trent und Grace jetzt gerade noch mehr Stress bräuchten …

Ich renne die Treppe hinunter und suche nach dem Karton mit meinen Stiefeln. »Du siehst süß aus!« Grace lächelt.

»Das ist alles, was ich finden konnte.« Ich lache. Da kein bestimmtes Outfit vorgegeben war, bin ich in das erstbeste Kleid geschlüpft.

»Nun, es erfüllt seinen Zweck.« Angie zuckt mit den Schultern.

»Wo sind die Jungs?« Suchend sehe ich mich um. Wehe, wenn sie sich draußen schmutzig gemacht haben, denn sie dürfen heute als Trents »Deputys« auf seinem Wagen mitfahren.

»Deine Eltern haben sie mitgenommen«, erklärt Grace.

»Okay. Und wir müssen auch los.«

Als wir uns dem Stadtzentrum nähern, sehe ich bereits jede Menge Leute die Straßen säumen. Ich liebe es, wie man hier für solche Ereignisse einfach alles stehen und liegen lässt. Es zeigt, dass dies nicht einfach eine Gemeinde ist – sondern eine Familie.

Angie stöhnt, wann immer uns jemand aufhält, um Hallo zu sagen. Was bedeutet, dass sie pausenlos stöhnt. Endlich schaffen wir es zum Sammelpunkt der Festzugswagen.

»Diese Stadt braucht dringend ein Beruhigungsmittel.«

Ich kichere. »Vielleicht bist du diejenige, die eines bräuchte.«

»Hi, Angie.« Wyatt umfasst sie von hinten.

Doch sie befreit sich von ihm und fuchtelt mit dem Finger vor seinem Gesicht herum. »Schlag dir das aus dem Kopf. Aus uns wird nichts. Das passiert nicht noch mal. Nie wieder.«

»Noch mal?« Ich schreie fast. »Wann habt ihr es denn das erste Mal getan?«

»Unerheblich«, sagt sie und dreht ihm den Rücken zu. »Hau ab.«

Ich mustere sie und grinse. Angie wirft mir einen herausfordernden Blick zu.

»Presley!«, ruft Grace, die vom Festwagenplatz zu mir gerannt kommt. »Wir müssen los.«

»Ja, Presley.« Angie zieht die Augenbrauen hoch. »Du musst los. Ich will dich nicht aufhalten.«

Ich zeige mit dem Finger auf sie. »Darüber reden wir noch.«

»Ihr bringt mich alle noch um«, brummt Grace und zieht mich zu dem Wagen.

Nachdem Grace minutenlang einen ziemlichen Wirbel veranstaltet, um uns allen Plätze zuzuweisen, suche ich meine Söhne, die mit stolzgeschwellter Brust auf Trents Wagen stehen, die Hände auf den Hüften zu Fäusten geballt. Ich weiß nicht, ob sie sich für Superhelden halten oder ob sie Trent imitieren.

»Hi, Jungs!« Ich winke.

Beide salutieren mir. »Officer Benson und Officer Benson zu Ihren Diensten.«

Ich breche in Gelächter aus. Wie gut sie sich in ihre neue Heimat eingewöhnt haben. Manche Tage sind zwar schwerer als andere, und sie haben noch viele Fragen über ihren Vater, aber die Unterstützung meiner Familie hat den Wechsel hierher leichter gemacht, als ich erwartet habe.

»Wo ist Zach?«, frage ich sie.

Sie zucken beide ratlos mit den Schultern. »Ich glaube, er hat mit Coach Keeland geredet«, sagt Logan.

Das ist sehr wahrscheinlich. Logan hat Zach gegenüber erwähnt, dass er Baseball spielen wolle, was Zach dazu veranlasst hat, vom Esstisch aufzuspringen, sich seinen Handschuh zu schnappen und Logan praktisch nach draußen zu zerren, um sofort damit anzufangen. Und Logan entpuppte sich tatsächlich als Talent. Seit er es ins Schulteam geschafft hat, gebärdet sich Zach wie sein persönlicher Cheerleader. Manchmal überrascht es mich, dass er sich für Logans Spiele nicht auch noch das Gesicht bemalt. Es ist zum Schreien komisch.

Cayden und ich gehen häufig gemeinsam ausreiten. Die Pferde geben ihm eine Menge Trost. Ich bin froh, dass wir in den Tieren etwas gefunden haben, das uns verbindet.

»Grace?« Ich unterbreche sie dabei, Trent böse anzufunkeln, der sich gerade mit irgendeiner Frau unterhält. Was für ein Esel dieser Mann ist!

Sie sieht mich mit traurigen Augen an. »Warum hast du den guten Bruder abbekommen?«

»Ich hab ihn mir frühzeitig reserviert.«

»Sehr lustig«, entgegnet sie sarkastisch.

Mrs Rooney kommt um die Ecke. »Es ist Zeit zu starten! Sorgt dafür, dass ihr den Zeitplan einhaltet.« Ja, natürlich wollen wir die Reihenfolge nicht durcheinanderbringen. »Damit bist du gemeint, Trent Hennington. Zwing mich nicht, deine Mama herzuholen.« In dieser Stadt wissen alle, wer wirklich das Sagen hat, auch wenn er der Sheriff ist.

»Wofür ist diese Parade gleich noch mal?« Ich kann mich beim besten Willen nicht daran erinnern, was wir eigentlich feiern.

Sie lacht. »Sie wird zu Ehren des Geburtstags von Bell Buckles Gründervater abgehalten. Und außerdem feiern wir, dass du und Zach zusammenzieht.«

»Was?«, frage ich, ohne eine Miene zu verziehen. »Ist das wirklich so?« Ich sehe Grace an.

Sie zuckt ahnungslos mit den Schultern. »Du weißt doch, wie deine Mama und ihre Freundinnen sind. Sie würden alles für eine Parade tun. Erzähl mir nicht, dass dich das wirklich noch überrascht. Wir haben sogar eine Parade veranstaltet, weil man Bürgermeister Peckham den Blinddarm rausoperiert hat.«

Unfassbar. Wir veranstalten eine Parade, weil ich mit Zach zusammenwohnen werde? Ich werde wohl mal ein ernstes Wörtchen mit meiner Mutter und ihren Freundinnen reden müssen.

»Lass uns so tun, als ginge mich das alles nichts an«, sage ich zu Grace.

»Wie du willst, Süße.«

Grace überprüft ihr Make-up, während ich mich umsehe.

»Presley, Schätzchen.« Mrs Rooney zieht meine Aufmerksamkeit auf sich. »Sieh zu, dass du dieses Kleid ein wenig weiter herunterziehst. *Diese* Backen braucht ja nicht gleich die ganze Stadt zu sehen, Kleines. Du magst mit ihm zusammenleben, aber du willst die Milch bestimmt nicht kostenlos hergeben, wenn du weißt, was ich meine.«

»Oh, gütiger Gott«, brumme ich. Ich würde ihr am liebsten erzählen, dass ich die Kuh bereits verkauft habe, als ich siebzehn war, entscheide mich aber dagegen. »So kurz ist das Kleid nun auch wieder nicht.«

Als sie darauf keinerlei Reaktion zeigt, ziehe ich den Rock tatsächlich ein wenig tiefer.

Die Parade beginnt. Grace nimmt ihren Platz an der Spitze des Wagens ein, und ich gehe nach hinten. Sie winkt wie die Schönheitskönigin, die sie einmal war, obwohl ich nicht glaube, dass sie sich damals erträumt hatte, als ehemalige Miss Bell Buckle auf einem mit Krepppapier geschmückten Wagen zu fahren, hinter dem ein großes Plastikherz schwebt. Doch sie scheint glücklich zu sein.

Nach einigen Minuten stoppt die Parade plötzlich.

»Was ist los?«, frage ich Grace. Als ich nach vorne spähe, begreife ich. Zach hat sich mitten auf der Straße aufgebaut. »Zach?« Ich trete an den Rand.

Er springt mit einem breiten Lächeln auf den Wagen. »Hi, Schatz.«

»Hi.« Ich werfe ihm einen Blick zu, der ihm unmissverständlich zu verstehen gibt, dass er den Verstand verloren hat. »Was machst du da?«

»Ich muss dir etwas sagen.«

»Jetzt?«, frage ich.

»Ja, jetzt.«

Ich sehe mich um und warte darauf, dass Mrs Rooney kommt und ihn mit einem Paddel oder irgendetwas verprügelt, aber alle stehen nur lächelnd da. Jetzt steigen auch meine Söhne auf den Wagen, und mein Herz beginnt zu rasen. Ich sehe zu meiner Familie hinüber, die sich alle an den Händen halten.

»Weißt du«, sagt Zach lässig, »die Jungs und ich haben uns neulich unterhalten. Und wir meinen, es ist an der Zeit, dass wir endlich eine Familie werden.«

Mir kommen die Tränen. »Denkt ihr das?«

»Jawohl!«, rufen die Zwillinge wie aus einem Mund.

Zach sinkt vor mir auf die Knie. »Ich liebe dich, Presley. Ich liebe Cayden und Logan. Ich liebe alles in deinem Leben und will es mit dir teilen.« Er ergreift meine Hand. »Ich habe mich in dich verliebt, als ich fünfzehn Jahre alt war. Damals habe ich mir geschworen, dass ich dich eines Tages heiraten werde. Einmal war ich verdammt nah dran.« Er zwinkert mir zu, und ich versuche, nicht zu weinen. »Ich hätte nie gedacht, dass du den Weg zu mir zurückfinden würdest, aber hier bist du. Ich verspreche, dich von ganzem Herzen zu lieben. Ich werde dich niemals betrügen. Ich werde dich niemals freiwillig verlassen. Und ich werde an deiner Seite stehen und dir alles geben, was du brauchst.« Jetzt rinnen mir die Tränen unaufhaltsam über die Wangen. »Ich will ein Zuhause für uns alle vier. Cayden und Logan haben mir die

Erlaubnis gegeben, dich zu fragen … Presley Benson, willst du meine Frau werden?«

Ich sehe meine Söhne an, die mit einem breiten Grinsen hinter ihm stehen. Die Tatsache, dass er sie gefragt hat, lässt mein Herz anschwellen. Tränen des Glücks strömen, als ich den Mann ansehe, den ich von ganzem Herzen liebe. Eine zweite Chance bekommt man nicht jeden Tag, und ich werde ewig dankbar sein für unsere. »Natürlich will ich, Cowboy.« Als Zach mir den Diamantring ansteckt, den ich getragen habe, als wir jünger waren, begreife ich, dass er ihn all die Jahre aufbewahrt hat.

Dann steht er auf, nimmt mich in die Arme und küsst mich, während um uns herum Jubel ausbricht. »Sieht so aus, als hätten wir doch noch einen Homerun geschafft«, sagt er mit rauer Stimme.

Ich lächle. »Ich würde sagen, das ist ein Grand Slam.«

TRIGGERWARNUNG

Mein Herz in deinen Händen enthält Elemente, die möglicherweise triggern können.

Diese sind:

Suizid, Fehlgeburt, Tod, Verlust und Trauer.

Wie Blitz und Donner

Amy Baxter
KING'S LEGACY -
ALLES FÜR DICH
Roman
DEU
304 Seiten
ISBN 978-3-404-17954-1

Jaxon King kann nichts mehr überraschen. Der Besitzer des angesagten New Yorker Clubs King's Legacy hat schon viel gesehen. Die große Liebe? So etwas gibt es nicht. Dann trifft er auf Hope, die neue Kellnerin, und auf einmal ist alles anders. Hope Vanderwall ist durch die Hölle gegangen. Jetzt will sie in New York neu anfangen. Ein eigenes Leben, nach all den Jahren. Das ist ihr fester Entschluss. Aber Jaxon ist nicht bereit, sich damit abzufinden, dass ihre Liebe unmöglich sein soll.